Das säurefreie und alterungsbeständige Papier EOS liefert Salzer, St. Pölten
(hergestellt aus chlorfrei gebleichtem Zellstoff aus nachhaltiger Forstwirtschaft).

ISBN 978-3-8000-5662-0

Coverillustration und Umschlaggestaltung von
CREATIO IMAGINIS; Maria-Franziska Ammon
Lektorat: Ingola Lammers

Druck: CPI Moravia Books GmbH, CZ
7 6 5 4 3 2 1

Ueberreuter im Internet: www.ueberreuter.at

Brigitte Melzer

Die Fluchweberin

UEBERREUTER

1

»Versteck dich!«

Mom riss die Schranktür auf und bedeutete mir, hineinzukriechen. Doch ich konnte mich nicht bewegen. Ich konnte nur auf den offenen Schlund starren, dessen Dunkelheit mich verschlingen würde, wenn ich noch einen Schritt vorwärts machte. Und auf das Gesicht meiner Mutter; bleich und versteinert. So hatte ich sie noch nie gesehen. Ich war zu klein, um zu begreifen, welche Gefühle sich darin widerspiegelten, trotzdem ahnte ich, dass sich alles für immer verändern würde, sobald ich einen Schritt in den Schrank machte.

»Mach schon, Raine!« Ich spürte die Wärme ihrer Hand auf meinen Rücken, als sie mich vorwärts schob, und wollte mich in ihre Arme werfen, aber sie hielt mich auf Abstand. »Du musst jetzt ganz leise sein, Liebes.« Ihre Stimme bebte und ihre Augen schimmerten feucht. »Schließ die Augen und halte dir die Ohren zu. Und ganz gleich, was auch passiert, vergiss nicht, dass ich dich liebe!«

Ihre Worte versetzten mir einen Stich. Sie klangen so endgültig. Als würde ich sie nicht mehr wiedersehen, sobald sich die Schranktür hinter mir schloss. Aber das war natürlich Unsinn. Nächste Woche war meine Einschulung und Mom und Dad planten schon seit Wochen, wie wir diesen Tag feiern wollten.

»Mommy?«

Sie schüttelte den Kopf. »Du musst jetzt tapfer sein.«

Ein letzter Schubs, dann war ich im Schrank. Die Tür schloss sich hinter mir, Dunkelheit hüllte mich ein. Ich wollte hier raus, wollte der Finsternis und dem Zederngeruch entkommen, der aus den kleinen Duftsäckchen in die Luft stieg, die zwischen den Kleidern hingen. Einzig der Ernst in Moms Stimme und das, was ich in ihren Augen gesehen hatte, hielten mich zurück. Dass ich hier drin war, hatte etwas mit dem Lärm zu tun, der von unten kam.

Und es war noch nicht vorbei.

Schwere Schritte, begleitet von gebellten Befehlen, näherten sich dem Kinderzimmer, immer wieder durchbrochen von den aufgebrachten Rufen meines Dads. Ich hatte Dad noch nie schreien gehört, nicht einmal erlebt, dass er je laut geworden wäre. Von wachsender Angst erfüllt kroch ich in den hintersten Winkel des Schrankes. Dorthin, wo die Finsternis am undurchdringlichsten war und die wenigen Lichtstreifen, die durch die Lamellen der Schranktür hereinfielen, unendlich weit entfernt schienen. Ich wollte Mom gehorchen, wollte die Augen schließen und mir die Ohren zuhalten, allein schon, um Dads Gebrüll nicht länger hören zu müssen. Doch ich konnte mich nicht bewegen.

Dads Rufe wurden lauter und unter seine Wut mischte sich noch etwas anderes. Etwas, das ich nicht benennen konnte, das mir aber noch größere Angst machte als das Geschrei.

Durch die Lamellentür hindurch sah ich, wie Mom das Fenster öffnete. Wollte sie aufs Dach steigen? Bevor ich eine Antwort darauf fand, flog die Tür auf. Schwarz gekleidete Männer, die Gesichter unter Stoffmasken verborgen, stürmten ins Zimmer. Sie trugen Pistolen und Gewehre und dicke Westen, die wie eine Rüstung aussahen. Doch das waren nicht die edlen Ritter, die ich aus Dads Geschichten kannte. Die schwarzen Männer waren böse!

»Stehen bleiben!«, rief einer von ihnen, der die Waffe auf Mom richtete.

Sie erstarrte.

Von hinten bahnte sich Dad einen Weg an den schwarzen Männern vorbei und baute sich zwischen ihnen und Mom auf. »Verlassen Sie sofort mein Haus!«

Die Männer in Schwarz rührten sich nicht vom Fleck.

»In diesem Haus wird Magie praktiziert«, sagte einer von ihnen. »Gemäß Paragraf 3 der Schutzverordnung zur Abwendung von Gefahren durch die unlautere Ausübung von Magie sind wir berechtigt, den Verursacher festzunehmen.«

Ich begriff nicht, wovon er sprach, hatte keine Ahnung, was ein Verursacher war oder was praktizieren bedeutete. Ich verstand nur, dass er von Magie sprach und dabei klang, als sei das etwas Schlechtes.

Sein Blick richtete sich auf Mom. »Sarah MacDaniels, Sie sind verhaftet. Bitte folgen Sie uns.«

Mom zögerte einen Moment, ihr Blick schoss durch mein Zimmer, überallhin, nur nicht zum Schrank. Dann machte sie einen Schritt auf den Mann zu, der gesprochen hatte.

Dad vertrat ihr den Weg. »Meine Frau wird nirgendwohin gehen. Wir haben nichts getan.«

»Machen Sie sich nicht lächerlich! Unsere Messgeräte haben beinahe bis zum Anschlag ausgeschlagen!«

»Messgeräte«, schnappte Dad. »Sie haben unser Haus …«

»Überwacht. Ja.«

»Dazu haben Sie kein Recht!«

»Der Verdacht auf Ausübung von Magie befugt uns, alle notwendigen Schritte zu unternehmen. Treten Sie zur Seite, Sir.« Seine höflichen Worte änderten nichts an der Kälte, die seine Stimme mit jeder Silbe verbreitete.

Als Dad sich nicht rührte, richteten die Männer ihre Waffen auf ihn. Einer trat vor. Er wollte zu Mom, bevor er sie jedoch zu fassen bekam, stürzte Dad sich auf ihn. Ein furchtbarer Knall durchschnitt die Luft, gefolgt von einem dumpfen Schlag, als Dad zu Boden stürzte. Moms Schreie füllten die Dunkelheit im Schrank bis in den letzten Winkel aus. Zwei der Schwarzen packten sie und zerrten sie aus dem Zimmer. Mein Blick war auf Dad gerichtet. Er lag still da, als würde er schlafen. Unter seinem Kopf breitete sich eine rote Lache aus.

Mit einem Schrei fuhr ich aus dem Schlaf und sah mich schwer atmend um. Es war dunkel und für einen Moment glaubte ich, noch immer in jenem Schrank zu sitzen, in dem ich mich als Fünfjährige versteckt hatte. Allmählich jedoch schälten sich die vertrauten Umrisse meines Zimmers aus der Finsternis. Schrank. Schreibtisch. Kommode. Badezimmertür. Ich saß aufrecht in meinem Bett, verheddert in schweißnasse Laken, und kämpfte gegen die Gespenster der Vergangenheit an. Einen Kampf, den ich seit zwölf Jahren vergeblich führte. Die Erinnerung an jenen Tag, an dem mein Vater vor meinen Augen gestorben und meine Mutter für immer aus meinem Leben verschwunden war, verfolgte mich jede Nacht.

Mom war eine Heilerin gewesen, sie hatte Menschen geholfen, gegen deren Krankheiten die Schulmedizin nichts mehr ausrichten konnte, und ihnen neue Hoffnung gegeben. Die Behörden interessierte es nicht, dass sie mit ihrer Gabe Gutes tat. Für sie war Mom nur eine Zauberin – ein magisch begabtes Individuum, wie es das Gesetz nannte. Jenes Gesetz, nach dem jegliche Form von Magie strengstens verboten war.

Ich hatte nie herausgefunden, woher die Magiepolizei von Moms Arbeit gewusst hatte, war mir aber ziemlich sicher, dass einer ihrer *Patienten* sie verraten hatte. Jemand, dem sie geholfen hatte!

Die Ausübung von Zauberei war eines der größten denkbaren Verbrechen und wurde gnadenlos verfolgt. Dabei hatte es schon immer Magie gegeben und die meisten hatten die Arbeit der Zauberer durchaus zu schätzen gewusst. Anfang des 18. Jahrhunderts jedoch war man einer Verschwörung auf die Spur gekommen. Zaubernde hatten sich zusammengeschlossen und schmiedeten Pläne, Königin Anne zu stürzen und die Herrschaft über England an sich zu reißen. Auf

Befehl der Königin wurden die Verschwörer aufgegriffen und hingerichtet.

Die Bedrohung schien abgewendet, doch niemand hatte damit gerechnet, dass die geplante Machtübernahme der Zauberer weit mehr umfasste, als lediglich die englische Krone an sich zu bringen. Über Jahrzehnte hinweg schmiedeten sie Pläne, die weit über die Grenzen Großbritanniens hinaus reichten. Der gescheiterte Versuch, die Königin zu stürzen, war lediglich der Auftakt zu einer weltweiten Revolution.

Als Jahrzehnte später bekannt wurde, dass die Verschwörer noch immer im Verborgenen operierten und der Tag näher rückte, an dem sie mit der Umsetzung ihrer Pläne beginnen wollten, entschieden sich die Regierungsoberhäupter der betroffenen Länder für einen umfassenden Präventivschlag. Dieses Mal beschränkten sie sich nicht auf die bekannten Rädelsführer. Unterstützt von magischen Beratern führten sie eine bis dato nie da gewesene Säuberungsaktion durch. Soldaten trieben die Zaubernden und jeden zusammen, der auch nur im Verdacht stand, etwas mit Magie zu tun zu haben, und töteten sie.

Seitdem ist Magie offiziell verboten. Doch sie ist noch längst nicht ausgerottet. Magische Gegenstände sind selten geworden, erfreuen sich aber gerade deshalb auf dem Schwarzmarkt einer gewissen Beliebtheit. Und noch immer werden Menschen mit magischen Fähigkeiten geboren.

Menschen wie Mom und ich.

Etwa hundert Jahre nach der ersten Säuberung gab es erneute Anzeichen für eine Wiederkehr der Magie. Die Mächtigen begriffen, dass sich das Übel nicht mit einer einzigen Aktion dauerhaft ausmerzen ließ. Wieder begannen sie Zaubernde zu verfolgen, um zu verhindern, dass diese erneut erstarken konnten. Anfang des 20. Jahrhunderts gründeten sie schließlich die *Einheit zur Aufspürung und Eindämmung magischer Auswüchse. Kurz:* Die Magiepolizei. Eine weltweit operierende Einheit, bestehend aus einem Stab von Beamten, die in schicken Büros Informationen verknüpften und Einsätze koordinierten, einer bewaffneten Eingreiftruppe, deren Aufgabe es war, Zaubernde aufzugreifen, und den Suchern, verdeckt arbeitenden Ermittlern, die Magie in all ihren Formen und Auswüchsen aufspürten.

Magie war für mich nie etwas Beängstigendes gewesen. Ich hatte gesehen, wie Mom mit ihrer Gabe geheilt, auf die Stimmungen der Menschen eingewirkt und ihnen ihre Depressionen genommen hatte.

Wie konnte das etwas Schlechtes sein?

Die Regierung jedoch machte keinen Unterschied zwischen guter und böser Magie, lediglich die magischen Berater, die in ihren Diensten standen, blieben verschont. Darüber hinaus war jede Form der Zauberei gleich verdammenswert und wurde mit derselben Härte verfolgt. Selbst ich wäre in ihren Augen gefährlich, obwohl meine Magie in ihrer Ausprägung geradezu lächerlich war. Jemanden damit zu bedrohen war ungefähr so beeindruckend, als würde ich versuchen, einen Menschen mit einem Wattebausch zu erschlagen. Vielleicht ein bisschen beeindruckender.

In Zeiten, in denen Kriege und Völkermorde als barbarisch angesehen wurden, wurden Zaubernde nicht länger getötet. Sie verschwanden einfach. Offiziell wurden sie für ihre Verbrechen eingesperrt. Es war jedoch ein offenes Geheimnis, dass die Mediziner einen Weg gefunden hatten, uns von unserer Magie abzuschneiden, indem die entsprechenden Areale des Gehirns *deaktiviert* wurden. Das klang harmlos. Wie grausam dieser Eingriff in Wahrheit war, belegten verdeckt gemachte Videoaufnahmen, die immer wieder über Piratensender in die normalen Fernsehkanäle eingespeist wurden. Die Zaubernden waren nach dieser Form der Behandlung zwar am Leben, ihr Gehirn aber war zerstört. Wankend wie Zombies, ohne den geringsten Funken von Verstand, bewegten sie sich innerhalb der Anstaltsmauern, in denen sie vor sich hin vegetierten, bis ihnen die Gnade des Todes zuteilwurde. Die Vorstellung, dass meine Mom eine von ihnen war, war kaum zu ertragen.

Letzten Sommer hatte ich versucht, sie aufzuspüren, das Vorhaben jedoch wieder fallen gelassen, als ich begriff, dass ich mich dafür mit den Behörden auseinandersetzen musste. Behörden, die mich in eine dieser Anstalten stecken würden, wenn sie über mich Bescheid wüssten.

Ich hatte auf den Stufen des Londoner Hauptsitzes der Magiepolizei gestanden und war im Begriff gewesen, wieder zu gehen, als ein Mann durch die Glastür nach draußen, die Treppen hinunterstürmte.

»Wenn du einen Angehörigen suchst«, rief er mir im Vorbeigehen zu, »spar dir die Mühe! Sie dürfen keinen Besuch empfangen.« Er war an mir vorbei und seine Worte wurden bereits leiser, trotzdem hörte ich ihn noch sagen: »Sie verraten einem nicht einmal, ob sie noch leben.«

An diesem Tag hatte ich meine Suche beendet, bevor ich überhaupt begonnen hatte. Aus purem Selbstschutz. Ich mochte keine Blitze schleudern oder Gegenstände fliegen lassen können, trotzdem würde ich mit einem matschigen Hirn in einer dieser Anstalten landen, wenn jemand herausfand, über welche Fähigkeiten ich verfügte.

Ich hatte aus der Vergangenheit gelernt und war vorsichtig. Mir würde nicht dasselbe passieren wie Mom. Sie hätte ihre Gabe nicht einsetzen dürfen, schon gar nicht bei Menschen, die sie nicht einmal richtig kannte und auf deren Verschwiegenheit sie nicht vertrauen konnte. Manchmal hatte ich gehört, wie meine Eltern darüber stritten. Dad hatte verlangt, dass sie aufhörte ihre Magie einzusetzen, doch Mom hätte es nicht ertragen, jemandem nicht zu helfen. Sie vertraute darauf, dass die Menschen, die sie von ihrem Leiden befreite, sie nicht ans Messer liefern würden. Womöglich war es ein Sucher gewesen, der auf sie aufmerksam geworden war und sich als Patient bei ihr vorgestellt hatte. Sucher waren mit Abstand die hinterhältigsten Vertreter der Magiepolizei. Sie arbeiteten verdeckt, und sobald sie die Informationen hatten, die sie brauchten, setzten sie die Einsatztruppe darauf an, die die Zaubernden aufgriff und hart gegen jene vorging, die sich ihnen dabei in den Weg stellten. So wie Dad. Weil die Sucher selbst nicht eingriffen, blieb ihre eigene Tarnung intakt und sie konnten weiterhin die Bevölkerung unterwandern und ausspionieren.

Ganz allmählich gelang es mir, die Nachwirkungen meines Traums abzuschütteln. Meine Atmung und mein Herzschlag beruhigten sich und meine Hand zitterte nicht mehr, als ich die Decke zurückschlug und aufstand. Ich war mittlerweile erstaunlich gut darin geworden, mich wieder unter Kontrolle zu bekommen. Wenn ich in einer Stunde zum Frühstück ging, würde mir niemand ansehen, was mich quälte. Trotzdem war ich froh, dass ich das Zimmer für mich allein hatte. Es fiel mir auch so schon schwer genug, mich einzufügen. Im Heim und bei meinen früheren Pflegefamilien war es einfacher gewesen. Viele Heimkinder wurden von schlimmen Erinnerungen geplagt, sodass sich dort zumindest niemand über Albträume wunderte. Auch in meinen früheren Schulen war es leicht gewesen, die Fassade der Normalität aufrechtzuerhalten. An einem Ort, den man morgens aufsuchte und nachmittags wieder verließ, stellten nur wenige Leute Fragen. Erst recht nicht, wenn man wie ich gelernt hatte, unauffällig zu sein. Seit ich nach Holbrook Hill gekommen war, hatte sich das geändert. Ich war das erste Mal in meinem Leben in einem Internat, und wenn es nach mir gegangen wäre, hätte ich gut darauf verzichten können. An einem Ort, an dem man es rund um die Uhr mit Lehrern und Mitschülern zu tun hatte, war es schwer, ein Geheimnis für sich zu behalten.

Ich ging zum Fenster und schob es auf. Ein Schwall feuchter Herbstluft fegte in den Raum und ließ mich schaudern. Draußen war es noch dunkel, die Wälder, die auf der anderen Seite der Mauer an das Internatsgelände angrenzten, waren von tief hängenden Nebelschwaden durchzogen und der Boden mit einer dünnen Schicht Reif bedeckt. Der Winter kam näher und mit ihm die Zeit, in der ich mich am einsamsten fühlte.

Ich ließ das Fenster geöffnet, knipste die Lampe an und ging zum Kleiderschrank, um mir meine Sachen für den Tag herauszusuchen. Die Erinnerung an den Traum war noch immer frisch. Entsprechend schwer fiel es mir, die Schranktür zu öffnen. Einen Moment klammerten sich meine Finger um den Knauf, ehe ich die Tür aufzog, um meine Schuluniform herauszuholen. Ein grün-braun karierter Faltenrock, weiße Kniestrümpfe und eine weiße Bluse wanderten nach draußen. Gestern war es ziemlich frisch gewesen, weshalb ich auch noch nach dem farblich passenden, dunkelgrünen Wollblazer Ausschau hielt. Dafür musste ich ganz hinten im Schrank suchen, dort, wo die Schatten am undurchdringlichsten und die Erinnerungen am stärksten waren.

Die Magiepolizei hatte mich damals schnell in meinem Versteck ausfindig gemacht. Keine große Leistung angesichts der Tatsache, dass ich zu schreien begonnen hatte, als Dad zu Boden gegangen war. Sie hatten mich aus dem Haus in einen grauen Bau voller grauer Räume, bevölkert mit Menschen mit grauen Gesichtern gebracht. Zumindest sahen sie so in meiner Erinnerung aus. Tagelang wurde ich einem Test nach dem anderen unterzogen, der zeigen sollte, ob ich ebenfalls Magie im Blut hatte. Die Ergebnisse waren allesamt negativ.

Damals war meine Kraft noch nicht erwacht, und als es Jahre später geschah, war sie so vollkommen anders als Moms Magie, dass die Magiepolizei Schwierigkeiten haben würde, sie zu entdecken, solange sie nicht Zeuge wurde, wie ich sie einsetzte.

Schließlich wurde ich als harmlos eingestuft und »freigegeben«. Es folgte eine jahrelange Odyssee durch verschiedene Heime und Pflegefamilien. Die meisten Familien gaben mich zurück, sobald sie begriffen, dass ich nicht vorhatte, ein Teil ihres Lebens zu werden. Sie tauschten mich um wie ein Kleidungsstück, das sich nach dem Kauf als Fehlgriff erwiesen hatte. Sosehr ich mir auch wünschte, eine Familie zu haben und dazuzugehören, so wenig konnte ich es mir erlauben. Die Gefahr, mich zu öffnen und mein Geheimnis – bewusst oder unbewusst – zu lüften, war zu groß.

Glücklicherweise würde ich im nächsten Frühjahr nicht nur meinen Schulabschluss machen, sondern auch volljährig werden. Dann konnte ich endlich auf eigenen Beinen stehen und die Zeit der Pflegefamilien gehörte endgültig der Vergangenheit an. Immerhin konnte ich meiner aktuellen Pflegefamilie nicht den Vorwurf machen, mich zu bedrängen. Bei den Stensons handelte es sich um ein stinkreiches Ehepaar, für das ich eine Art Wohltätigkeitsprojekt war. Während sie sich in der Öffentlichkeit damit brüsteten, einer armen Waise ein Zuhause zu geben, hatten sie mich ins Internat abgeschoben, noch ehe ich einen Fuß auf ihr Anwesen gesetzt hatte. Immerhin war es eine gute Schule, mit Einzelzimmern für jeden.

Seufzend nahm ich den silbernen Bilderrahmen zur Hand, der auf meinem Nachttisch stand. Das Foto darin zeigte meine Eltern und mich an meinem fünften Geburtstag. Wir alle trugen bunte Papphüte und beugten uns lachend über die schiefe, zweistöckige Torte, die Mom damals extra gebacken hatte. Das Bild war die einzige Erinnerung, die mir an meine Eltern geblieben war. Es war nicht immer in einem Rahmen gewesen, weshalb es mittlerweile verblichen und teilweise auch zerknittert war, doch ganz egal, wie alt es auch wurde, ich wurde niemals müde, es immer und immer wieder anzusehen. Die Wärme in Moms Augen und das schelmische Funkeln in Dads Blick hatten mir schon oft über meine Einsamkeit hinweggeholfen. Wenn ich uns drei ansah, glaubte ich das übermütige Gelächter beinahe zu hören, das an diesem Tag unser Haus erfüllt hatte. Dann war es, als wären sie immer noch bei mir. Und irgendwie würden sie das auch immer sein, denn wenn ich mich im Spiegel betrachtete, schien ich die perfekte Mischung aus beiden zu sein. Zumindest hatte ich Moms helle Haut und ihr rotbraunes Haar geerbt und Dads grüne Augen. Ich strich mit den Fingerspitzen über das Foto und stellte es wieder auf den Nachttisch zurück. Die Vergangenheit konnte ich nicht mehr ändern, ebenso wenig wie die Gegenwart, die ganz schön kompliziert war. Aber die Zukunft gehörte mir. Denn auch wenn das Leben im Internat schwieriger war als an einer normalen Schule, so war ich dennoch dankbar, dass ich hier sein durfte. Holbrook Hill war eine angesehene Schule, deren Abschluss mir gute Chancen auf einen vernünftigen Job oder ein weiterführendes Studium eröffnen würde. Wenn ich erst erwachsen und finanziell unabhängig war, konnte ich mein Leben gestalten, wie ich wollte. Ich konnte mich abschotten und mir sogar einen Job suchen, der sich von Zuhause aus ausüben ließ. Ich wäre Herr über mein eigenes Leben. Und solange ich auch weiterhin darauf achtete, dass niemand hinter mein Geheimnis kam, war ich in Sicherheit.

2

Wie jeden Morgen war ich eine der Ersten beim Frühstück. Ich saß bereits an einem der abgelegeneren Tische vor einem Teller mit Rührei und Toast, als sich der Speisesaal langsam füllte. Unterhaltungen und Gelächter, gepaart mit Geschirrklappern drangen bis unter die hohen Decken des gotischen Saals, verdrängten die Stille und machten selbst dem letzten Morgenmuffel klar, dass der Tag unwiderruflich angebrochen war.

Es dauerte nicht lange, bis sich Mercy, Ty und Lily mit ihren Tabletts und der üblichen aufgekratzten Begrüßung zu mir an den Tisch gesellten. Meine Freunde. Oder besser: die Leute, in deren Gesellschaft ich mich halbwegs sicher fühlte.

Ich hatte schon früh die Erfahrung gemacht, dass es gefährlich war, mich anderen anzuvertrauen. Trotzdem war ich einmal in Versuchung geraten. Vor zwei Jahren, als ich noch in London lebte und dort zur Schule ging, war ich bis über beide Ohren in einen unglaublich süßen Jungen verschossen gewesen. Sein Name war Jake, und schon kurz nachdem wir angefangen hatten, miteinander auszugehen, hatte sich meine Welt nur noch um ihn gedreht. Die Chemie zwischen uns stimmte und seit dem Tod meiner Eltern hatte ich mich nicht mehr so gut aufgehoben gefühlt. Schließlich beschloss ich, ihm von meinen Fähigkeiten zu erzählen. Ich hatte mir nichts dabei gedacht, immerhin musste Mom meinem Dad auch irgendwann von ihrer Magie erzählt haben. Abgesehen davon vertraute ich ihm.

An dem Tag, an dem ich es ihm sagen wollte, wurde ein Junge aus unserer Klasse von der Magiepolizei abgeholt.

Als sie ihn aus dem Schulhaus zum Wagen führten, stand Jake neben dem Eingang und beobachtete das Spektakel. Das zufriedene Lächeln in seinen Zügen war erschreckend gewesen, wahrhaft entsetzt hatte es mich jedoch, als sich einer der Polizisten im Vorübergehen bei ihm für den Tipp bedankte.

Der Junge, den sie abgeholt hatten, kam nie wieder.

An diesem Tag begriff ich, dass ich selbst den Menschen, die ich mochte, nicht vertrauen durfte.

Meine erste Reaktion war es gewesen, mich von allen abzusondern. Ich fand jedoch schnell heraus, dass gerade Außenseiter und Einzelgänger gefährdet waren, der Magiepolizei gemeldet zu werden. Die bloße Tatsache, dass die Leute nichts über sie wussten, machte sie verdächtig.

Im Laufe der Zeit erkannte ich, dass ich am wenigsten Gefahr lief, verdächtig zu erscheinen, wenn ich irgendwo dazugehörte. Seitdem hatte ich mich, wann immer ich an einen neuen Ort kam, einer Gruppe angeschlossen. Menschen, die mich als ihre Freundin bezeichneten und von denen ich behauptete, dass sie meine Freunde waren. Die Kunst war es, sich Menschen auszusuchen, die ich zwar mochte, aber nicht so sehr, dass ich Gefahr lief, mich ihnen zu öffnen. Das war ziemlich armselig, aber auf diese Weise geriet ich zumindest nicht in Versuchung, mehr über mich preiszugeben, als gut für mich war. Zum Glück waren die meisten Leute sowieso zu sehr mit sich selbst beschäftigt, um zu bemerken, dass ich ihnen nur etwas vorspielte.

Mercy, Ty und Lily waren die perfekten Kandidaten. Ich mochte die drei, sie waren witzig und sympathisch, aber sie waren auch oberflächlich genug, um gar nicht erst zu bemerken, wie sehr ich mich in Wirklichkeit zurückhielt. Ich war da. Das schien ihnen zu genügen. Manchmal genügte es mir sogar selbst. Es gab Tage, an denen ich es schaffte, mir einzureden, dass die drei echte Freunde waren. Menschen, denen ich etwas bedeutete und die mir wichtig waren.

Eigentlich war es paradox: Ich hasste mein Leben, ganz besonders die Einsamkeit, und trotzdem tat ich alles, um es zu schützen.

»Hey, Raine, hörst du mir überhaupt zu?«

Mercys Stimme riss mich aus meinen Gedanken. Auch wenn meine Albträume dafür sorgten, dass ich beinahe jeden Morgen früh auf den Beinen war, war das nicht gerade eine Zeit, zu der ich bereits vernünftig funktionierte. Abgesehen davon hasste ich die Mahlzeiten, wenn alle fröhlich schnatterten und mich daran erinnerten, wie wenig ich dazugehörte.

»Was?«

Lachend schob sie sich eine blonde Locke hinters Ohr. »Ich sollte mich wohl inzwischen daran gewöhnt haben, dass du um diese Uhrzeit noch auf Autopilot läufst. Ich wollte wissen, ob du heute Nachmittag beim Waldlauf dabei bist.«

Allein bei der Vorstellung schüttelte es mich schon. Als ich nach Holbrook Hill gekommen war, hatte ich mich für das Volleyballteam entschieden, weil es einfacher war, Anschluss zu finden, wenn man zu einem Team gehörte. Abgesehen davon mochte ich Ballspiele. Aber Waldläufe? Es mochte zwar erst September sein, aber hier am Rande des Dartmoor Nationalparks, eine halbe Stunde Fußmarsch von der nächsten Ortschaft entfernt, zeigte sich das Wetter bereits von seiner besten Herbstseite.

»Ich muss für den Geschichtstest Ende der Woche lernen.« Das war nicht einmal gelogen, allerdings war ich recht gut in Geschichte, sodass sich der Lernaufwand in Grenzen hielt. Abgesehen davon war erst Montag.

»Oh verflucht, der Test!« Ty schlug sich mit der Hand auf die Stirn. »Den hatte ich völlig vergessen.« Er warf mir seinen berühmten Hundeblick zu. »Kannst du mir deine Notizen leihen, Raine? Bitte. Biiiittteee.«

Ich seufzte. Ty war nicht so unwiderstehlich, wie er glaubte, doch wenn er etwas wollte, konnte er einem so lange auf den Keks gehen, bis er es bekam. »Du kannst sie dir in der Pause kopieren.«

»Du bist unbezahlbar!« Er warf mir eine Kusshand zu und schob sich gleich darauf eine Gabel mit Rührei in den Mund. »Wie sieht es mit Sonntagabend aus, Mädels?«, fragte er kauend. »Zimmerparty bei mir?«

Obwohl die Wohngebäude der Jungen und Mädchen getrennt waren und das Betreten der Zimmer des anderen Geschlechts untersagt war, gab es regelmäßig geheime Zimmerpartys. Ich war mir ziemlich sicher, dass die Lehrkräfte und Hausvorsteher davon wussten, es aber duldeten, solange wir nicht über die Stränge schlugen. Oder sie irgendwelche Pärchen knutschend in den Besenkammern fanden. Tys Zimmerpartys waren ausgesprochen harmlos. Es bedeutete nichts weiter, als dass wir uns einen Film auf seinem Laptop ansehen und er versuchen würde, mit einem der Mädchen zu knutschen. Wie üblich würde er sich eine Abfuhr einhandeln, sich furchtbar darüber beklagen, dass wir nicht seinem Charme erlagen, und dann im letzten Drittel des Films einschlafen.

Es waren vollkommen harmlose Abende, die tatsächlich Spaß machten. Zumindest wenn der Film einigermaßen gut war. Deswegen nickte ich auch, als Lily und Mercy ebenfalls zusagten.

»Achtung, Traumpaar auf zwölf Uhr«, zischte Lily, als Kim und Max an unserem Tisch vorbei zu ihrem Stammplatz in der Mitte des Speisesaals gingen. Wie gewöhnlich waren die beiden spät dran, die Frühstückszeit endete in fünf Minuten, und wie jeden Morgen trug Max das Tablett seiner Freundin, während sie hoch erhobenen Hauptes hinter ihm herstolzierte.

Max nickte mir im Vorübergehen kurz zu, was mir sofort einen giftigen Blick von Kim einbrachte. Die beiden waren das ungekrönte Königspaar der Schule, er der Kapitän des Basketballteams und sie das Mädchen mit dem Abo auf den Titel der Ballkönigin. Optisch waren sie ein tolles Paar, er groß, kantig und dunkelhaarig, sie klein, mit weiblichen Kurven und langem, blonden Haar; was jedoch den Charakter anging … Max war ein netter Kerl, so nett, dass ich mich fragte, wie um alles in der Welt er mit einer Zicke wie Kim zusammen sein konnte. Wenn es jemanden gab, den ich als meine Erzfeindin bezeichnet hätte, dann auf jeden Fall Kim. Seit ich im letzten Jahr nach Holbrook Hill gekommen war, versuchte sie mir das Leben zur Hölle zu machen. Max war damals ebenfalls neu an der Schule gewesen. Um uns nicht völlig ausgeliefert zu fühlen, hatten wir uns zusammengetan. Es war schnell klar gewesen, dass Max' Platz im Kreise der beliebten Leute war, trotzdem hatte er mich am Ende der ersten Woche gefragt, ob ich mit ihm ausgehen wollte. Ich hatte ihn dazu nicht ermuntert, und wie jedem anderen auch, seit meiner Erfahrung mit Jake, hatte ich ihm einen Korb gegeben. Kim war vom ersten Tag an auf Max abgefahren und schien mir die Schuld daran zu geben, dass er sich erst für sie zu interessieren begann, nachdem ich ihm eine Abfuhr erteilt hatte. Seitdem stand ich an der Spitze ihrer persönlichen Hassliste, woran sie mich beinahe täglich durch spitze Bemerkungen, diverse Gemeinheiten oder persönliche Übergriffe erinnerte.

Bisher war es mir gelungen, mich zurückzuhalten, in letzter Zeit jedoch fiel es mir mit jedem Mal schwerer, ihre Demütigungen still zu ertragen. Im Gegensatz zu meiner Mom war mein Herz nicht aus Gold und ich würde auch nicht davor zurückschrecken, meine Magie gegen Kim einzusetzen. Wenn ich es geschickt anstellte, brauchte ich mir nicht einmal Sorgen zu machen, erwischt zu werden. Meine Magie war anders als Moms. Schwächer und von einem Detektor kaum auszumachen. Ich konnte weder heilen noch Gegenstände teleportieren oder verschwinden lassen.

Das erste Mal hatte sich mein Talent gezeigt, als ich zehn war. Damals war ich sehr wütend auf ein Mädchen im Heim gewesen, das mir ständig die Spielsachen weggenommen hatte. Ich wünschte mir inständig, dass es ebenfalls keine Spielsachen mehr haben sollte. Und mein Wunsch ging in Erfüllung. Sie begann ihre Spielsachen zu verlieren, und was nicht verloren ging, ging kaputt, sobald sie es in die Hand nahm. Zum Glück kam niemand auf den Gedanken, dass Magie im Spiel sein könnte – ich hatte ja selbst keine Ahnung –, denn das Mädchen war noch nie besonders sorgsam mit seinen Sachen umgegangen.

Für mich war klar, dass sich meine Wünsche erfüllten. Damals hatte ich begonnen, mir alle möglichen Dinge zu wünschen – allen voran, dass meine Eltern zurückkämen. Nichts davon ist in Erfüllung gegangen.

Erst als ich vor einem Jungen, der mich verprügeln wollte, auf einen Baum flüchtete und er, nachdem ich mir gewünscht hatte, dass er mich nicht erwischen würde, vom Baum fiel, ahnte ich, womit ich es zu tun hatte. Mom hatte mir einmal von den verschiedenen Gesichtern der Magie erzählt und ganz allmählich dämmerte mir, dass es keine Wünsche waren, die wahr wurden. Stattdessen war ich in der Lage, Flüche zu weben.

Heimlich begann ich mit meinen Fähigkeiten zu experimentieren. Im Laufe der Jahre gewann ich ein ziemlich genaues Bild davon, wie meine Magie funktionierte und auf welche Weise sie sich anwenden und sogar verstärken ließ.

Vieles davon geschah intuitiv, anderes hatte ich mir aus Büchern angelesen, die ich auf dem Schwarzmarkt gekauft und nach dem Studium sofort wieder vernichtet hatte. Wann immer ich meine Magie einsetzte, achtete ich darauf, dass die Flüche nicht zu mir zurückverfolgt werden konnten. Meistens jedoch merkten die Menschen nicht einmal, dass ich sie verflucht hatte. Sie gingen schlicht von einer Pechsträhne aus.

Ich warf einen Blick zu Kim. Sie hatte ihren Stammplatz erreicht und sich im Kreis ihrer In-Freunde niedergelassen. Obwohl sie bereits ins Gespräch vertieft war, warf sie mir immer wieder einen Seitenblick zu. Wäre sie eine Zauberin gewesen, hätte ich vermutlich tot umfallen müssen.

Ich aß mein Rührei auf, obwohl es mittlerweile kalt geworden war, warf Besteck und Serviette auf den Teller und stand auf. Ich hatte gerade meine Tasche geschultert, als der Lautsprecher knackend zum Leben erwachte.

»Raine MacDaniels«, erklang die blecherne Stimme der Schulsekretärin, »kommen Sie bitte in Direktor Jenkins' Büro.«

Ich erstarrte.

Ty sah mich an. »Was hast du ausgefressen?«

Abgesehen davon, dass ich eine Zauberin war? Nichts. Zumindest nichts, von dem ich wusste. Wie in Trance und ohne die Kommentare der anderen zu beachten, brachte ich mein Tablett fort und verließ den Speisesaal. Meine Absätze klapperten über den Steinboden, als ich den langen, düsteren Gängen mit ihren Säulen und Spitzbögen in den Verwaltungstrakt folgte. Holbrook Hill bestand aus mehren Gebäuden, wobei das Haupthaus, in dem die Verwaltung, die Bibliothek, der Speisesaal und die Klassenräume untergebracht waren, das älteste war. Ein hufeisenförmiger Bau aus graubraunem Kalkstein im gotischen Stil, mit unzähligen spitzen Dächern und Giebeln, hohen Buntglasfenstern und einer kunstvollen Rosette über dem gewaltigen Eingangsportal. An den Ecken saßen Wasserspeier wie stumme Wächter auf den Dachkanten und spuckten Regenwasser, von dem es hier eine Menge gab, in den Hof. In den beiden neueren Gebäuden, wobei *neuer* in diesem Fall bedeutete, dass sie mittlerweile an die hundert Jahre auf dem Buckel hatten, befanden sich der Wohntrakt der Mädchen und der Jungen. Die weiteren Anbauten beherbergten die Sporthallen, diverse Lagerräume, ein Schwimmbad und natürlich die Unterkünfte der Lehrer. Das ganze Gelände war von einer großen Parkanlage umgeben, die um diese Jahreszeit weit weniger gepflegt war als während der Sommermonate, und schließlich von einer Außenmauer vom Rest der Welt abgeschirmt. Dahinter erstreckten sich Wälder und die ersten Ausläufer des Moors.

Alles in allem erinnerte Holbrook Hill mich oft mehr an ein Spukschloss als an ein Eliteinternat. Besonders im Herbst, wenn die Blätter fielen, die Tage kürzer und die Schatten länger wurden, schienen die Geister aus ihren Löchern zu kriechen. Wobei die Geister in meinem Fall wohl eher unangenehme Erinnerungen waren.

Ich wusste nicht, warum sie mich ausgerufen hatten, war mir aber ziemlich sicher, dass es nichts mit Magie zu tun hatte. Andernfalls wäre längst ein Einsatzkommando der Magiepolizei über mich hergefallen und hätte mich fortgeschleift.

Trotzdem kostete es mich einiges an Überwindung, die massive Holztür aufzudrücken, die ins Vorzimmer zum Büro des Schulleiters führte. Mrs Finch, Direktor Jenkins' Sekretärin, saß hinter dem Empfangstresen an ihrem Schreibtisch. Ich hatte damit gerechnet, dass sie aufspringen und mich sofort zum Direktor schleifen würde. Stattdessen nickte sie mir lediglich kurz zu und richtete ihre Aufmerksamkeit sofort wieder auf die Unterlagen, die vor ihr auf dem Tisch lagen.

»Ah, Raine, da bist du ja.«

Überrascht blickte ich in das Gesicht von Mr Cranston, unserem Vertrauens- und Mathematiklehrer. Wie gewöhnlich trug er ein zerknittertes, hellbraunes Cordsakko mit dunklen Lederflicken an den Ellbogen. Trotz der runden Brille und der abgegriffenen Aktenmappe, die er ständig mit sich herumschleppte, schaffte er es, nicht wie ein Lehrer, sondern wie ein alter englischer Gutsbesitzer auszusehen. »Wir haben schon auf dich gewartet. Ich habe hier einen neuen Mitschüler für deine Jahrgangsstufe.«

Erst jetzt bemerkte ich den Jungen, der neben ihm stand. Wobei Junge wohl nicht mehr ganz treffend war. Ich schätzte, dass er etwa zwei Jahre älter war, was wohl bedeutete, dass er mindestens eine Klasse wiederholt hatte. Er war groß und athletisch und seine Haltung strotzte nur so vor Selbstbewusstsein. Vermutlich war er eine dieser Sportskanonen, die sich wie Könige vorkamen und sich auch dementsprechend benahmen. Seine dunklen Augen wurden durch die gebräunte Haut noch zusätzlich betont, und mit den weichen Gesichtszügen hätte er, trotz einer etwas zu langen Nase, perfekt ausgesehen – wäre da nicht die Narbe gewesen, die sich wie ein feiner Strich quer über seine linke Wange zog.

»Raine, das ist Skyler Matthews, ein neuer Schüler«, stellte Mr Cranston den Jungen vor. »Skyler, das ist Raine MacDaniels. Betrachte sie als eine Art Patin, die dafür sorgen wird, dass du dich hier schnell eingewöhnst und Kontakte knüpfst.«

Ausgerechnet ich sollte dem Neuen dabei helfen, Anschluss zu finden? Das war der Witz des Jahrhunderts! Allerdings wurde mir schnell klar, dass Mr Cranston damit zwei Fliegen mit einer Klappe schlagen wollte. Obwohl ich mich oft in der Gesellschaft von Mercy und den anderen herumtrieb, schien er der Meinung zu sein, dass ich mich zu sehr abkapselte. Als könne er in mein Innerstes blicken und erkennen, dass die drei nur Tarnung waren. Am Ende des letzten Schuljahres hatte er mich sogar einmal zu einem Gespräch gebeten und mir nahegelegt, mich mehr zu engagieren und vor allem ein wenig geselliger zu werden. Da ich nicht wollte, dass er mich weiter in die Mangel nahm oder gar zu ein paar Sitzungen bei der Schulpsychologin verdonnerte, hatte ich danach mehr Zeit mit den dreien verbracht. Entweder war das Mr Cranston noch nicht aufgefallen oder aber es reichte ihm nicht. Mir den Neuen anzuhängen war jedenfalls ein ziemlich schlecht getarnter Versuch, mich besser zu sozialisieren. Trotzdem – oder gerade deshalb – hatte es fast schon etwas Rührendes. Zu dumm nur, dass es nicht klappen würde, denn ich hatte nicht vor, mich darauf einzulassen.

»Dir wird es ebenfalls nicht schaden, wenn du dich um Skyler kümmerst«, sagte Mr Cranston an mich gewandt.

Ich spürte, wie meine Wangen heiß wurden, und wusste, dass ich rot anlief. Mit Mr Cranston über meinen gesellschaftlichen Stand zu debattieren war ich gewohnt – aber ich wollte es verdammt noch mal nicht in der Gegenwart eines fremden Jungen tun. Das war einfach nur peinlich!

Skyler musterte mich eingehend. Schließlich verzog er die Lippen zu einem Grinsen und hielt mir die Hand entgegen. »Freut mich, Raine. Wenn du willst, kannst du mich Sturm nennen.«

Uah! Ein Komiker. Was konnte ich dafür, dass mich meine Eltern Raine – Regen – genannt hatten? Dass sie noch ein *e* drangehängt hatten, hinderte die Leute nicht daran, sich darüber lustig zu machen. »Wenn du glaubst, ich würde noch nicht alle Scherze über meinen Namen kennen, bist du bestenfalls ein laues Lüftchen.«

Aus seinem Grinsen wurde ein Lachen, das seine Augen zum Strahlen brachte. »Touché.«

Mr Cranston, der unseren ersten Wortwechsel so angespannt verfolgt hatte wie ein Dompteur, der zwei Raubtiere zusammenführt, entspannte sich sichtlich. »Skyler ist erst letzte Woche mit seinen Eltern aus dem Ausland zurückgekehrt. Deshalb fängt er das Schuljahr ein wenig später an.«

Er warf noch weitere Informationen in den Raum, die allesamt dazu gedacht waren, uns aufeinander neugierig zu machen. Was mich anging, schaltete ich bereits nach dem ersten Satz auf Durchzug. Ich hatte weder vor, Skyler näher kennenzulernen, noch, etwas über ihn zu erfahren. Sobald ich ihn den anderen vorgestellt hatte, würde ich mich zurückziehen und ihn der In-Clique, oder wem auch immer er sich anschließen wollte, überlassen. Bis spätestens heute Abend hätte ich ihn an neue Freunde vermittelt. Dann musste ich mir auch keine Gedanken mehr darüber machen, wie schön seine Augen waren oder dass er womöglich witzig oder gar nett sein könnte.

»Der Unterricht hat bereits begonnen«, sagte Mr Cranston. »Am besten macht ihr euch auf den Weg. Und falls es Probleme gibt oder ihr über etwas reden wollt, wisst ihr ja, wo ihr mich findet.« Bei seinen letzten Worten sah er mich an, wandte sich aber schnell wieder an uns beide. »Habt einen schönen Tag.«

Oberflächlich betrachtet sah er wie jemand aus, der mit seiner Arbeit ausgesprochen zufrieden war. Doch da war etwas in seinem Blick, etwas, das ich nicht so recht einordnen konnte. Nachdenklichkeit? Besorgnis? Ich tat meinen Eindruck mit einem Schulterzucken ab und verließ mit dem Neuen im Schlepptau das Vorzimmer.

Kaum war die Tür hinter uns zugefallen, lockerte Skyler mit einem erleichterten Seufzer die Krawatte seiner Schuluniform und öffnete den obersten Hemdknopf. »In Ordnung«, meinte er. »Dann zeig mir mal den Laden hier.«

Als ich ihn noch einmal musterte, gelangte ich zu dem Schluss, dass ich mich geirrt hatte. Er war keiner der typischen Schulkönige. Er sah gut aus – trotz der Narbe –, doch sein Auftreten war einfach zu nachlässig. Abgesehen von der Krawatte, die jetzt nur noch auf halbmast hing, und dem geöffneten Knopf war sein dunkles Haar ein wenig zu lang und zu zerzaust, als dass es ihm eine Krone eingebracht hätte. Nur seine schwarzen Lederschuhe waren den Vorschriften entsprechend auf Hochglanz poliert. Dieser Typ war eher einer von der verwegenen Sorte. Einer von denen, die nur Ärger machten.

»Du hast Mr Cranston gehört. Der Unterricht hat bereits angefangen.«

»Und?«

»Und du musst hin. Ich übrigens auch. Zeig mal deinen Stundenplan.«

»Wozu?«

»Damit ich weiß, wo ich dich abliefern muss.« Denn genau das hatte ich vor: ihn in seiner Klasse abzuliefern und dann darauf zu hoffen, dass er entweder schnell anderweitig Anschluss fand oder dass ich im täglichen Durcheinander von unzähligen Schülern, die wie Ameisen durch die Gänge wuselten, untertauchen konnte. Letzteres war wohl eher ein Wunschtraum, denn wenn Mr Cranston Wind davon bekäme, würde ich mir nur Ärger einhandeln.

Skyler hatte inzwischen seinen Stundenplan aus der Hosentasche gezogen und auseinandergefaltet. Der Anblick zerschlug all meine Hoffnungen. Nicht genug, dass wir jetzt beide bei Miss Hinley Englische Literatur hatten, unsere

Stundenpläne glichen sich – von den Sportstunden einmal abgesehen – aufs Haar.

»Großartig.«

Skyler sah mich an. »Was?«

»Wir haben dieselben Fächer«, sagte ich und konnte die aufkommende Gereiztheit nur schwer zurückhalten. »Du kannst mir also wie ein Schoßhündchen hinterherlaufen und wirst immer in der richtigen Klasse landen.«

»Irgendwie klingt das, als würde dich das nicht sonderlich freuen.«

Um ihn nicht weiter zu beleidigen, immerhin konnte er nichts dafür, dass Mr Cranston ausgerechnet mich als seine Patin ausgesucht hatte, zuckte ich nur die Schultern.

Er runzelte die Stirn. »Wir kennen uns gerade mal ein paar Minuten und du kannst mich schon jetzt nicht ausstehen. Das wird unsere Dates ziemlich erschweren.«

Eben noch über seinen Stundenplan gebeugt fuhr ich auf. »Unsere was?!«

»Dates. Du weißt schon, nettes Mädchen – cooler Typ. Treffen sich, werden perfektes Paar.«

Gegen meinen Willen musste ich lachen. »Haben sie dich gezwungen, irgendwelche Medikamente abzusetzen, bevor du hierherdurftest? Oder *bist* du auf Drogen?« Irgendwie war der Typ witzig, aber genau das war auch das Problem. Ich brauchte keinen witzigen Typen in meinem Leben, den ich mögen würde, wenn ich erst mehr Zeit mit ihm verbrachte. Je schneller er sich nach anderen Freunden umsah, desto besser.

Mit schnellen Schritten folgte ich dem Gang. Skyler war im ersten Moment so überrumpelt, dass ich ein wenig Vorsprung gewann. Mit seinen langen Beinen holte er mich jedoch schnell wieder ein. Durch ein verwinkeltes Treppenhaus führte ich ihn in den ersten Stock, wo sich ein Teil der Klassenzimmer befand.

»Du scheinst wirklich in Ordnung zu sein«, sagte ich, »deshalb gebe ich dir einen guten Rat.«

»Schenk mir keine Tulpen, auf die bin ich allergisch?« Im Gegensatz zu mir war er trotz der schnellen Schritte nicht einmal außer Atem.

»Was?«

»Du willst …«

»Nein!«, fiel ich ihm ins Wort, als ich die Bedeutung seines Scherzes begriff. »Ich will dir nicht sagen, was ich mag und was nicht.« Verflixt, warum machte er es mir so schwer? »In den nächsten Stunden wirst du es sowieso herausfinden, aber ich gebe dir einen Wissensvorsprung: Ich gehöre nicht zu den Schülern, mit denen du dich sehen lassen solltest, wenn du hier beliebt werden willst. Also, such dir so schnell wie möglich anderen Anschluss.«

Wir hatten den Klassenraum erreicht, und bevor Skyler Gelegenheit fand, etwas zu erwidern, riss ich die Tür auf. Ich schob ihn in den Raum und ging zu meinem Platz. Zugegeben, das war nicht besonders nett, aber mit Nettigkeit würde ich ihn auch nicht loswerden.

Während er ein paar Worte mit Miss Hinley wechselte, packte ich meine Notizen und das Lehrbuch aus, als sich Lily über den Gang zu mir herüberbeugte.

»Warst du deshalb bei Jenkins? Wegen diesem Zuckerstück?«

Ich nickte.

Lily setzte zu einer weiteren Frage an, wurde aber von Miss Hinley unterbrochen, die sich jetzt an die Klasse wandte. »Wir haben einen neuen Schüler. Skyler, möchtest du dich vorstellen?«

Skyler trat einen Schritt vor und warf einen Blick in die Runde. An seiner Stelle wäre ich vermutlich rot angelaufen und hätte keinen Ton herausgebracht. Ganz sicher wäre mir der Augenkontakt mit so vielen Fremden unangenehm gewesen, weshalb ich ihn vermieden hätte. Skyler hingegen schien nicht die geringsten Berührungsängste zu kennen. Als sein Blick auf mich traf, lächelte er.

Dann eröffnete er seine Antrittsrede mit einem »Hallo an meine Mitinsassen«, was Miss Hinley ein Räuspern entlockte. »Mein Name ist Skyler Matthews«, fuhr er ungerührt fort, »und ich bin ein bisschen spät dran. Nicht nur heute, sondern auch mit dem Beginn des Schuljahres. Schuld daran ist mein Dad. Er ist Diplomat und hat sich gerade erst von den USA nach London versetzen lassen. Wie üblich hat er zu lange gebraucht, um unsere Umzugskisten zu packen, weshalb er mich hier erst mit Verspätung abliefern konnte.«

Ein paar kicherten, vor allem die Mädchen schienen bereits von ihm angetan zu sein.

»Wenn sich jemand fragen sollte, warum ich so alt aussehe – das liegt daran, dass ich alt *bin.* Neunzehn, um genau zu sein.«

Ich hatte mich also nicht geirrt.

»Und nein«, fuhr er fort, »ich habe keine Ehrenrunde hingelegt. Zumindest nicht absichtlich.« Wieder kicherten ein paar. »Dummerweise gab es nicht in jedem Land, in dem mein Dad für den diplomatischen Dienst tätig war, eine Schule, die auch hier anerkannt wird. Deshalb musste ich ein Jahr wiederholen, und nachdem ich mit dem ganzen Schulsystem hier nicht mehr sonderlich vertraut bin, hat mir Mr Cranston Raine als Patin zur Seite gestellt.«

Der Kerl war clever! Indem er mich als seine Patin vorstellte, wussten die anderen gleich, dass er nicht freiwillig mit mir herumhing. Auch wenn er vorhin nicht geklungen hatte, als würde ihm das etwas ausmachen, hatte er es sich wohl anders überlegt, nachdem ich ihm gesagt hatte, dass ich hier nicht gerade zur Crème de la Crème gehörte.

Da sich die Klassenzusammensetzung von Fach zu Fach veränderte, erzählte er mehr oder weniger denselben Text in jeder neuen Stunde. Und obwohl einige seine Ansprache bereits mindestens einmal gehört hatten, schaffte er es, ihnen immer wieder ein Kichern zu entlocken. Nach dem dritten Mal begann ich seine Texte in Gedanken mitzusprechen, um herauszufinden, an welcher Stelle er seine Wortwahl änderte. Bis auf einige Füllwörter blieb seine Ansprache immer gleich. Im Vergleich zu anderen Schülern, die sich stotternd vor ihre neue Klasse stellen und vor Verlegenheit am liebsten im Boden versinken würden, hatte Skyler seinen Text gelernt. Aber er war talentiert, denn auch wenn nichts an seiner kleinen Rede spontan war, wirkte sie trotzdem natürlich und zu keiner Zeit einstudiert.

3

Der Vormittag war anstrengend.

Crème de la Crème hin oder her, Skyler hing wie eine Klette an mir, folgte mir in jeden neuen Klassenraum und löcherte mich mit Fragen. Statt sich aber nach den Lehrern, den Unterrichtsfächern und seinen neuen Mitschülern zu erkundigen, drehte sich jede einzelne seiner Fragen um mich. Wie lange ich schon hier war, was ich in meiner Freizeit machte, was ich nach der Schule mit meinem Leben anfangen wollte und ob ich lieber am Freitag- oder Samstagabend mit ihm ausgehen wollte?

Die letzte Frage warf mich aus der Bahn. Die letzte Stunde vor der Mittagspause war um, ich war dabei, meine Unterlagen wegzupacken, und ließ prompt mein Notizbuch fallen.

»Ob ich was?«

Skyler hob das Buch auf und hielt es mir hin. Statt es gleich zu nehmen, starrte ich ihn an. Er grinste. »Freitag oder Samstag? Was ist dir lieber? Wann kommt man besser von hier weg?«

Ich wollte ihm sagen, dass ich nicht vorhatte, mit ihm auszugehen, suchte aber noch nach einer höflichen Formulierung, als Max bei uns auftauchte.

»Hi, Raine.«

»Hi.«

Max Newman war ein klassischer Mädchenschwarm. Groß, durchtrainiert und mit einem Lächeln, das Stahl zum Schmelzen bringen konnte. Doch Max war niemand, der sein Aussehen ausnutzte. Er war einfach ein netter, hilfsbereiter Kerl, der irgendwie an Kim Randall hängen geblieben war.

Er wandte sich an Skyler. »Ich bin Max. Spielst du Basketball?«

Ich schnappte mir mein Notizbuch aus Skylers Hand, stopfte es in meine Tasche und machte mich aus dem Staub, solange Max Skyler noch in Beschlag nahm. Wenn Skyler klug war, würde er sich an Max hängen und sich der In-Clique anschließen, statt mir weiter hinterherzulaufen.

Auf dem Gang heftete sich Ty an meine Fersen. Ich drückte ihm meine Geschichtsnotizen in die Hand, doch statt sich damit zum Kopierer zu verziehen, lief er weiter neben mir her.

»Und?«, fragte er schließlich, als wir schon auf halbem Weg zum Speisesaal waren. »Wie ist der Neue so?«

Ich zuckte die Schultern. »In Ordnung, denke ich.«

Ty grinste. »Wer hätte gedacht, dass es den alten Cranston dazu braucht, damit du endlich mal einen Freund abbekommst.«

»Hey, ich bin hier nur der Fremdenführer!«

Sein Grinsen wurde noch breiter. »Reden wir in zwei oder drei Wochen noch einmal darüber.« Er bog in den Gang ein, in dem das Sekretariat lag, und wedelte mit meinen Notizen in der Luft. »Ich bring sie dir später vorbei.«

Zehn Minuten später, ich hatte mir gerade einen freien Tisch im Speisesaal gesucht, sah ich, wie Skyler sich mit seinem Tablett einen Weg zwischen den Tischen hindurch bahnte. Er bewegte sich so selbstbewusst, als wäre er seit Jahren hier an der Schule und nicht erst seit einem halben Tag.

Max winkte ihm vom In-Tisch im Zentrum aus zu und bedeutete ihm, sich zu ihm und seinen Freunden zu setzen. Doch Skyler schüttelte nur den Kopf, rief etwas, das nach »Wir sehen uns später« klang, und marschierte zu meinem Tisch.

Offensichtlich hatte ich seine Klugheit überschätzt.

»Hi.« Er stellte sein Tablett ab und sah sich um. »Netter Platz. Von hier aus überblickt man den ganzen Raum.«

Das war der Grund, warum ich diesen Tisch so mochte. Es war einer der wenigen Plätze, an denen ich mit dem Rücken zur Wand sitzen und die Umgebung im Auge behalten konnte. Vielleicht war das paranoid, aber ich mochte es einfach nicht, wenn sich jemand hinter mir herumdrückte.

Skyler setzte sich neben mich und griff nach seinem Besteck. Ich öffnete den Mund, um ihm zu sagen, er solle sich einen anderen Tisch suchen, klappte ihn aber gleich wieder zu, da ich damit ohnehin nichts erreichen würde. Er würde entweder nicht auf mich hören, oder aber geradewegs zu Mr Cranston marschieren und ihm sagen, dass ich mich weigerte, mich um meinen Schützling zu kümmern. So oder so, ich konnte nicht gewinnen. Deshalb tat ich das einzig Mögliche: Ich richtete meine Aufmerksamkeit auf meinen Teller und wandte mich schweigend meinem Essen zu.

»Ich weiß, dass du dich schon den ganzen Tag über fragst, woher ich diese Narbe habe«, sagte er, als ich keine Anstalten machte, ein Gespräch anzufangen. »Ich kann dich beruhigen, es war keine Messerstecherei.«

Ich warf einen kurzen Blick auf das Messer in seiner rechten Hand, mit dem er sein Fleisch schnitt, dann sah ich ihn an. »Beruhigend zu wissen, dass ich mich bei den Mahlzeiten nicht vor dir fürchten muss.«

Skyler grinste. »Du bist echt eine harte Nuss, Raine MacDaniels.«

Ich seufzte. Warum musste er so nett sein? »Also, woher hast du die Narbe dann?«

»Waldlauf ist gefährlicher, als man gemeinhin denkt.«

»Wie bitte?«

»Ich war joggen. Vielleicht war es auch mehr so eine Art

Querfeldein-Lauf.« Er zuckte die Schultern. »Jedenfalls ist es nicht gut, in hohem Tempo zwischen dicht stehenden Bäumen zu laufen.«

»Das war ein Baum?«

»Rotdorn.«

»Autsch.« Die Äste des Rotdorns hatten gemeine dicke Stacheln, mit denen ich auch schon Bekanntschaft gemacht hatte – glücklicherweise nicht im Gesicht.

Ich war mit meinem Essen fertig und warf einen Blick zu Skyler. »Bist du fertig?«

Er nickte.

»Dann lass uns gehen.« Die nächste Stunde fing bald an, und da ich ihn sowieso zum Klassenraum bringen musste, konnte ich ihm ebenso gut die Aufenthaltsräume zeigen, in denen es Kaffee, Snacks und jeweils eine kleine Küchenzeile gab, in der man sich außerhalb der Mahlzeiten etwas zu essen machen konnte.

Wir standen auf und brachten unsere Tabletts fort. »Wenn ich dir alles gezeigt habe«, sagte ich auf dem Weg zum Ausgang, »solltest du dir wirklich einen anderen Anschluss suchen. Andere Leute können deine Fragen genauso gut beantworten wie ich. Vielleicht sogar noch besser.«

Im Gegensatz zu mir waren die meisten bereits das vierte Jahr auf der Schule.

Skyler sah mich an. »Aber ob die anderen in ihrer Ablehnung mir gegenüber auch so charmant sein werden, wie du es bist?«

Ich wollte ihm eine Erwiderung an den Kopf werfen, als Kim plötzlich vor mir auftauchte. Wie üblich brachte Max ihr Tablett weg, während sie am Ausgang des Speisesaals auf ihn wartete. Sobald sie mich sah, gefror ihr Gesicht zu Eis.

Ich hatte es längst aufgegeben, ihr zu versichern, dass ich nichts von Max wollte. Es hatte sowieso keinen Zweck. Kim hatte sich auf mich eingeschossen und versuchte mir das Leben schwer zu machen. Daran würden die freundlichsten Worte und jede Beteuerung der Welt, dass ihr Freund vor mir in Sicherheit war, nichts ändern. In Kims Fall half es nur, ihr aus dem Weg zu gehen. Was schwierig war, denn sie stand unmittelbar neben der Tür, durch die wir gehen mussten.

»Sieh an«, ätzte sie, als wir näher kamen. »Unser Mauerblümchen hat einen Freund gefunden.« Ein boshaftes Grinsen legte sich über ihr perfekt geschminktes Gesicht. »Ach nein, bis auf die Loser, mit denen du immer herumhängst, will ja keiner was von dir wissen. Den da«, sie deutete mit dem Kopf auf Skyler, »hat dir ja Cranston zugeteilt.«

Es war der x-te Zusammenstoß dieser Art und eigentlich hätten mir ihre Beleidigungen längst nichts mehr ausmachen dürfen. Doch statt dass mein Fell dicker wurde, rieben Kims Attacken daran, sodass es von Mal zu Mal fadenscheiniger wurde. Dass Skyler das alles mit anhören musste, machte es nicht besser. Ich spürte, wie meine Wangen in einer Mischung aus Scham und Zorn heiß wurden. Ich nahm all meine Würde zusammen, reckte das Kinn und ging ohne ein Wort an Kim vorbei.

Zumindest war das der Plan gewesen, bis Kim einen Schritt auf mich zumachte und mich mit der Schulter anrempelte.

»Pass doch auf, du Trampel!«, fuhr sie mich an.

Ich schaffte es, so zu tun, als würde ich sie ignorieren. Auf dem Weg aus dem Speisesaal murmelte ich allerdings einen Fluch vor mich hin. Nichts weltbewegendes, nur ein kleiner, juckender Ausschlag – für Kim jedoch würde das erst einmal genügen.

Es war eine Kurzschlussreaktion, und erst als ich mich noch einmal umdrehte und sah, wie Kim begann, sich im

Gesicht zu kratzen, wurde mir bewusst, dass Skyler unmittelbar hinter mir war.

Mein Herzschlag setzte für einen Moment aus und raste dann im Galopp weiter. Was hatte ich getan?! Wie konnte ich in aller Öffentlichkeit so sehr die Fassung verlieren, dass ich auf meine Magie zurückgriff!

Skyler wirkte verwundert, was mein Herzrasen nur weiter anspornte. Noch einmal schaute er zu Kim zurück, ehe er mich wieder ansah. »Was ist der denn für eine Laus über die Leber gelaufen?«

Beinahe hätte ich laut aufgeseufzt, so erleichtert war ich, dass er, von Kims Benehmen einmal abgesehen, nichts bemerkt hatte. Da ich weder Lust hatte, mich bei ihm auszuheulen, noch ihm zu erzählen, warum Kim es auf mich abgesehen hatte, zuckte ich nur die Schultern.

Glücklicherweise verlief der Rest des Tages ohne weitere Zwischenfälle. Ich schleppte Skyler von Klassenzimmer zu Klassenzimmer und ließ es sogar über mich ergehen, als er mir nach dem Volleyballtraining in die Bibliothek folgte, damit wir gemeinsam unsere Hausaufgaben erledigen und uns auf die nächsten Stunden vorbereiten konnten.

Die meiste Zeit starrte ich nur auf meine Lehrbücher und versuchte zu verhindern, dass meine Gedanken abschweiften. Der Vorfall mit Kim hing mir immer noch nach, doch es war weniger ihr Verhalten als mein eigenes, das mir zu schaffen machte. Natürlich war es eine Befriedigung, wann immer wir uns im Laufe des Nachmittags über den Weg liefen, ihr vom Ausschlag und Kratzen gerötetes Gesicht zu sehen, das sie hinter ihrem langen Haar zu verstecken versuchte, doch es war ein schaler Sieg.

Hatte ich wirklich so wenig aus der Vergangenheit gelernt, dass ich immer noch so dumm war, auf meine Kräfte zuzugreifen? Es war nicht nur das Schicksal meiner Eltern, aus dem ich hätte klug werden sollen, sondern auch meine Erlebnisse im Heim.

Nachdem ich damals meine Kräfte entdeckte, hatte ich es ziemlich übertrieben und mehreren Kindern und Heimmitarbeitern, die mir im Laufe der Zeit übel mitgespielt hatten, etwas an den Hals gewünscht. Durch die Häufung der Fälle war die Heimleitung darauf aufmerksam geworden und hatte die Magiepolizei über die Vorgänge informiert. Eine meiner damaligen Zimmergenossinnen hatte den Ermittlern dann auch prompt erzählt, dass ich mit ihr darüber gesprochen hätte, wie wunderbar es wäre, wenn genau diese Menschen einmal richtig Pech hätten. So waren sie auf mich aufmerksam geworden. Eine Untersuchung war eingeleitet worden, in deren Zentrum ich als Hauptverdächtige stand. Zu meinem Glück hatte keiner der Magiesensoren auf mich reagiert. Meine Gabe war anders als die übliche Magie und die wenigsten Geräte waren fein genug justiert. Trotzdem hatte ich begriffen, dass ich in Zukunft vorsichtiger sein musste.

Ich hörte nicht auf, meine Fähigkeiten einzusetzen, zu testen und weiterzuentwickeln. Allein schon, um meine Gabe unter Kontrolle zu haben und zu verhindern, dass sie versehentlich aus mir herausbrach. Aber ich setzte sie nur noch dann ein, wenn ich sicher war, dass es keine Zeugen gab.

Heute hatte ich zum ersten Mal seit sehr langer Zeit mit diesem Grundsatz gebrochen. Und das nur, um Kim Randall eins auszuwischen. Du meine Güte, ich hätte ihr ebenso gut eine scheuern können! Dafür wäre die Höchststrafe eine Verwarnung, vielleicht Strafarbeit. Ich hingegen hatte einen Eingriff an meinem Gehirn riskiert!

Wie wenig ich meiner Mom ähnelte, zeigte sich darin, dass ich mich für den Fluch entschieden hatte. Statt Kim zu verfluchen, hätte ich auch auf ihre Stimmung einwirken und sie besänftigen können. Das war mein zweites Talent: Ich konnte Stimmungen manipulieren. In einfachen Fällen genügte es, wenn ich mich auf die Schwingungen im Raum konzentrierte und sie entweder zu glätten oder aufzupeitschen versuchte, je nachdem was ich bezwecken wollte. Die Gefahr, dabei erwischt zu werden, tendierte gegen null, weshalb ich mich auch hin und wieder dazu hinreißen ließ, einen aufgebrachten Lehrer zu besänftigen, damit er uns keine zusätzlichen Aufgaben auftrug, oder eine der Kantinenangestellten dazu zu bringen, mir einen zusätzlichen Pudding zu geben, einfach weil sie sich gerade so ausgeglichen fühlte. In dem Zustand, in dem Kim sich befunden hatte, wäre ich damit allerdings nicht weitergekommen. Ich hätte sie berühren und mich konzentrieren müssen, um etwas an ihrem Zorn zu ändern. Abgesehen davon, dass sie mich vermutlich aus den Schuhen hauen würde, sobald ich es wagen sollte, sie anzufassen, war das Risiko, dass sie bemerkte, wie ich die Schwingungen ihres Geistes manipulierte und sie ihren Zorn vergessen ließ, einfach zu groß. Viel größer, als bei der Ausführung eines Fluchs erwischt zu werden, für den ich mein Opfer nicht einmal ansehen musste.

Das war es mir nicht wert.

Das kurze Gefühl der Befriedigung hätte mir nicht einmal den Fluch wert sein dürfen.

Ein Schatten legte sich über den Tisch und riss mich aus meinen Gedanken. Als ich aufsah, stand Max vor uns. Er begrüßte mich mit einem netten, fast schüchternen Lächeln.

»Tut mir leid wegen Kims Auftritt heute Mittag«, sagte er.

Ich zuckte die Schultern.

»In Zukunft bist du sie garantiert los. Ich habe nämlich etwas, womit ich ihr ein für alle Mal beweisen werde, dass sie die Einzige für mich ist.«

Es war wirklich erstaunlich. Kim mochte die zweite Wahl für ihn gewesen sein, doch aus irgendeinem Grund schien Max sie wirklich gernzuhaben.

Vielleicht hätte ich etwas sagen sollen, doch mir wollten einfach keine passenden Worte einfallen. Mir stand weder der Sinn danach, Kims Verhalten herunterzuspielen, das hatte ich Skyler gegenüber schon getan, noch wollte ich irgendwelche Racheschwüre ausstoßen, die mir nur Ärger einhandeln würden. Also schwieg ich.

Max wandte sich an Skyler. »Ein paar von uns spielen noch eine Runde Basketball. Inoffiziell, kein richtiges Training. Hast du Lust?«

Skyler bedachte mich mit einem fragenden Blick. Als ich nickte, packte er seine Bücher zusammen und stand auf. »Wir sehen uns morgen.«

»Sicher.« *Oder aber du hast morgen bereits neue Freunde und ich bin dich los.* Komisch nur, dass mir der Gedanke einen Stich versetzte.

4

Am nächsten Morgen erwachte ich gerädert und wieder einmal viel zu früh aus dem üblichen Albtraum. Unausgeschlafen und mit dem Nachhall der Erinnerung im Kopf tappte ich ins Bad. Die kalte Dusche verscheuchte die letzten Echos meines Traums und ließ mich wacher werden, als jeder Kaffee es vermocht hätte.

Als ich wenig später den Speisesaal erreichte, lehnte Skyler neben der Tür an der Wand. Den Rucksack locker geschultert, die Krawatte auf halbmast und das Haar noch vom Schlaf zerzaust, wirkte er unheimlich lässig. Auf jeden Fall sah er reichlich rebellisch aus, was für einen Neuling ziemlich mutig war.

Sobald er mich sah, stieß er sich von der Wand ab und kam mir entgegen. »Guten Morgen.« Sein gut gelauntes Grinsen wich einem Stirnrunzeln, als er mich musterte. »Geht es dir nicht gut?«

»Warum?«

»Du bist blass und siehst irgendwie … zerknittert aus.«

Na, vielen Dank auch. Immerhin erkannte ich meine Chance, ihn auf Abstand zu halten. Wenn ich ihm klarmachen konnte, dass ich ein Morgenmuffel war (auch wenn das nicht ganz der Wahrheit entsprach), den man in den ersten zwei Stunden des Tages am besten in Ruhe ließ, würde ihn das vielleicht verjagen. »Nicht besser oder schlechter als an jedem Morgen.« Was nicht einmal gelogen war. »Falsche Uhrzeit. So früh bin ich noch nicht auf Betriebstemperatur.«

»Dann halte ich wohl besser die Klappe. Komm, trinken wir einen Kaffee.«

Wir betraten den Speisesaal, holten Kaffee, Toast und

Rührei und suchten uns einen freien Tisch. Zu meinem Erstaunen schaffte Skyler es tatsächlich, still zu sein. Die ganze Zeit über sagte er kein Wort, war aber aufmerksam genug, mir den Zuckerstreuer rüberzuschieben und meine Serviette aufzuheben, als sie mir herunterfiel.

Das Schweigen war nicht unangenehm. Es war nicht die Art von Stille, bei der einen der Drang erfasste, sie unbedingt füllen zu müssen, trotzdem gab es etwas, das ich wissen musste.

»Warum bist du nicht bei Max?«

Skyler, der gerade von seinem Kaffee getrunken hatte, stellte die Tasse auf den Tisch zurück. »Warum sollte ich?«

Ich zuckte die Schultern. »Um Männerfreundschaften zu schließen oder was ihr Typen eben so macht.«

»Rauchen, trinken und über Eroberungen sprechen?«

»Zum Beispiel.« Verflucht, ich ließ mich schon wieder in ein Gespräch verwickeln, dabei hatte ich doch nur eine einfache Frage stellen wollen. Mit einer einfachen Antwort, die im Idealfall »Du hast recht. Ich muss sofort zu ihm«, gelautet hätte.

»So einer bin ich nicht.«

»Ein Grund mehr, mit Max herumzuhängen«, versuchte ich es lahm. »Der ist nämlich auch nicht so.«

»Wie ist er denn so?«

Im ersten Moment fand ich die Frage seltsam. Aber vermutlich wollte Skyler ihn nur abchecken, um herauszufinden, ob er als Kumpel etwas taugte. Also erzählte ich ihm ein wenig über Max. Dass er ein guter Schüler war, eine ehrliche Haut, hilfsbereit und obendrein seine Führungsqualitäten als Kapitän des Basketballteams unter Beweis stellte. Es war nicht sonderlich schwierig, etwas Gutes über Max zu erzählen, trotzdem hatte ich das Gefühl, mich wie ein Werbevideo anzuhören.

»Er scheint in Ordnung zu sein«, meinte Skyler nach einer Weile. »Keine dunklen Geheimnisse?«

»Kim würde ich nicht als Geheimnis bezeichnen.«

»Wohl eher als Ärgernis, was?« Er grinste mich an und einmal mehr leuchtete dieses schelmische Funkeln in seinen Augen auf. »Allmählich beginne ich zu begreifen, was man unter Stutenbissigkeit versteht.«

»Das ist nicht auf meinem Mist gewachsen.«

Unwillkürlich warf ich einen Blick zum Stammplatz der In-Clique, wo sich Kim und Max gerade niedergelassen hatten. Die beiden waren heute früher dran als gewöhnlich und Kim war erstaunlich aufgekratzt. Erst dachte ich, ihre Laune würde mit dem Ausschlag zusammenhängen, der mittlerweile bis auf ein paar gerötete Stellen, die sie unter einer extra Schicht Make-up zu verstecken versuchte, abgeklungen war. Dann sah ich, dass sie etwas herumzeigte. Ein kleines silbernes Medaillon, das sie an einer langen, feingliedrigen Kette um ihren Hals trug. Ich hörte Kim lachen und sah die bewundernden Blicke ihrer Freunde. Einige der Jungs klopften Max auf die Schulter und schließlich begriff ich es: Das Medaillon war ein Geschenk von Max. Davon hatte er gestern gesprochen, als er meinte, er würde Kim beweisen, dass sie die Einzige für ihn war. Allerdings bezweifelte ich, dass das Schmuckstück etwas an Kims Gefühlen mir gegenüber ändern würde.

»Wie kam es dazu?«

Skylers Frage lenkte meine Aufmerksamkeit zurück auf ihn. Eigentlich wollte ich nicht darüber sprechen, aber wenn er sich mit Max anfreundete, würde er früher oder später auch Kontakt zu Kim haben. Und wer konnte schon wissen, welche Märchen sie ihm über mich auftischen würde. Obwohl ich versuchte Skyler loszuwerden, wollte ich nicht, dass er schlecht über mich dachte. Deshalb erzählte ich ihm, wie Max letztes Jahr versucht hatte, mich zu einem Date zu bewegen. »Wir waren beide neu an der Schule und er und Kim waren noch nicht zusammen. Und obwohl ich nichts von ihm wollte, scheint sie Angst zu haben, dass ich mich doch für ihn interessieren könnte.«

»Hat sie recht?«

»Du meinst, ob ich mich für ihn interessiere?« Ich schüttelte den Kopf. Wäre mein Leben nicht so, wie es war, lägen die Dinge vielleicht anders. »Er ist nett, aber mehr nicht.«

Skyler schob sich den letzten Bissen Toast in den Mund und sagte kauend: »Jetzt bin ich ja da.«

Ich hatte keine Ahnung, was er damit meinte, und war mir ziemlich sicher, dass ich es auch gar nicht wissen wollte. Was ihn nicht davon abhielt, mir seine Aussage zu erklären.

»Wenn Kim uns beide zusammen sieht, wird ihr schnell klar werden, dass du keine Gefahr für sie bist.«

»Nett gemeint, aber ich brauche keinen Alibifreund, um mir Kim vom Hals zu halten.«

»Wer sagt denn was von Alibi?«

Das war genau das, was ich nicht hören wollte. Trotzdem lösten seine Worte gegen jede Vernunft ein Kribbeln in meinem Innersten aus. Vielleicht war es auch nur der Kaffee, der sich nicht mit den Rühreiern vertrug. Ich glaubte es zwar nicht, aber die Hoffnung stirbt bekanntlich zuletzt. Während sich ein sorgsam verborgener Teil von mir noch wie ein kleines Mädchen über seine Worte freute, gewann mein Verstand zum Glück schnell wieder die Oberhand. »Dein Schutz als Neuling wird nicht ewig halten, und wenn du mit Max herumhängst, solltest du dich von mir fernhalten. Häng dich lieber an die richtigen Leute, sonst wird dieses Jahr für dich kein Spaß.«

Er legte die Gabel auf den Teller, wischte sich mit der Serviette den Mund ab und warf sie aufs Tablett. Dann sah er mich an. »Ist das bei dir so? Ist es für dich kein Spaß hier?«

Für mich war nichts ein Spaß, aber das musste er nicht wissen. »Ich interessiere mich einfach für andere Sachen als Typen wie du.«

»Typen wie ich?«

»Leute, die prädestiniert sind, zu den In-Cliquen zu gehören.« Wenn dieses Gespräch nicht bald ein Ende fand, würde ich noch anfangen, mich auf meinem Stuhl zu winden. »Ich bin hier, um zu lernen, nicht, um Kontakte zu knüpfen.«

5

Wie ich befürchtet hatte, änderte Max' Geschenk nichts an Kims Verhalten mir gegenüber. Wann immer sich unsere Wege kreuzten, rempelte sie mich an oder bedachte mich mit den üblichen spitzen Bemerkungen und Sticheleien. Ich bemühte mich, auf Durchzug zu schalten, allein schon, um nicht noch einmal in aller Öffentlichkeit auf meine Kräfte zurückzugreifen. Die meiste Zeit funktionierte es ganz gut, auch wenn die eine oder andere ihrer Spitzen durchaus saß. Da traf es sich gut, dass ich mit Skyler noch ein anderes Problem hatte, auf das ich mich konzentrieren konnte.

Obwohl ich mir alle Mühe gab, ihn an neue Freunde zu vermitteln, wurde er während der folgenden Tage zu meinem Schatten. Ich konnte nirgendwo hingehen, ohne dass er mir folgte, mich dort bereits erwartete oder kurz darauf auftauchte. Die Freistunden verbrachte er meistens mit Max und dessen Freunden in der Sporthalle, doch sobald er aus der Umkleidekabine heraus war, dauerte es nicht lange, bis er wieder in meiner Nähe auftauchte. Die einzigen Orte, an denen ich noch vor ihm sicher war, waren mein Zimmer und die Waschräume oder die Zeiten, zu denen ich Volleyballtraining hatte, wobei ich mir ziemlich sicher war, ihn während des Trainings auf der Tribüne gesehen zu haben.

Ich versuchte wirklich alles, um ihn loszuwerden. Meine Ansprachen über die richtigen Freunde beeindruckten ihn jedoch ebenso wenig wie die kalte Schulter, die ich ihm zeigte, oder mein Schweigen, mit dem ich ihn einmal für einen ganzen Tag abzuschrecken versuchte.

Schließlich gab ich auf.

Vielleicht hing er gerade deshalb immer noch an mir.

Meine Gegenwehr machte mich interessant. Wenn ich ihn hingegen akzeptierte, würde er womöglich anfangen, sich zu langweilen, und weiterziehen.

Also begann ich, mich mit ihm zu unterhalten.

Auf diese Weise erfuhr ich nicht nur davon, dass sein Dad im diplomatischen Dienst war, sondern auch von seiner Schwester, die seit einem Unfall an den Rollstuhl gefesselt war. Da er von sich aus nicht mehr darüber erzählte und ich merkte, wie nah ihm das Thema ging, stellte ich keine weiteren Fragen. Stattdessen verlegte ich unsere Gespräche auf Allgemeinplätze, die ohnehin weit besser geeignet waren, um ihn zu langweilen, als wenn ich ihm zeigte, dass ich mich für ihn und sein Leben interessierte. Denn, verdammt noch mal, das tat ich! Dieser Junge war mit Abstand der unterhaltsamste, witzigste und tiefsinnigste Typ, dem ich je begegnet war. Hinter seinem lässigen Äußeren verbarg sich jemand, der weitaus vielschichtiger war, als er einen glauben machen wollte. Sobald ich das bemerkte, stellte ich jeden Versuch ein, mehr über ihn zu erfahren. Ich konnte es mir nicht erlauben, mich noch mehr an ihn zu hängen!

Also begann ich die Fragen zu stellen, mit denen ihn auch alle anderen bombardierten, sobald sie mit ihm in Kontakt kamen. Auf welchen Schulen er war, was er beruflich machen will, welche Bücher und Bands er mag, welche Filme ihn vom Hocker hauen und all den anderen langweiligen Kram. Wenn er sich nicht bald umorientierte, würde ich anfangen müssen, ihn nach Dingen wie seiner Lieblingsfarbe oder seiner Lieblingszahl zu fragen.

Nebenbei war ich sein Fremdenführer durch die Wirren des Internatsalltags. Ich zeigte ihm das Gelände mit allen Gebäuden, Nebengebäuden und Außenanlagen und machte ihn mit den Schulregeln vertraut. Natürlich musste er irgendwo eine Liste mit den Zeitplänen bekommen haben.

Andernfalls konnte er unmöglich die Essenszeiten kennen und zu einer Mahlzeit war er noch nie zu spät erschienen. Trotzdem hörte er aufmerksam zu, während ich alles herunterbetete. Als hätte er nicht die Einführungsrede seines Hausvorstehers über sich ergehen lassen müssen und – mit ein wenig Pech – dieselbe Leier noch einmal von der Stockwerksaufsicht zu hören bekommen. Ein Geflecht aus festen Regeln und Zeiten, das einen während der Woche voll im Griff hatte.

»Dürfen wir das Schulgelände unter der Woche wirklich nicht verlassen?« Als ich nickte, seufzte er. »Das ist wirklich Mist.«

Ich zog eine Augenbraue in die Höhe. »Du hast die Zeitpläne gesehen. Wo, bitte schön glaubst du, bleibt da noch eine Lücke, um in ein 30 Minuten entferntes Kaff und wieder zurück zu marschieren?«

»Die Schulen, auf denen ich bisher gewesen bin, waren da weniger streng. Ich meine, Unterricht bis vier, danach Sport und Studierzeit bis zum Abendessen, dann noch mal studieren und schließlich mickrige zwei Stunden Freizeit, bis wir das Licht ausschalten müssen. Um elf! Du meine Güte, ich bin volljährig und die wollen mir vorschreiben, wann ich zu schlafen habe?«

»Ihre Schule – ihre Regeln«, sagte ich achselzuckend. Mich hatten die engen Zeitpläne noch nie gestört. Auf diese Weise war der Tag verplant und durch die wenige Freizeit blieb mir weniger Zeit, meine Einsamkeit zu bemerken.

»Was ist mit den Freitagen?«, wollte er wissen. »Darf man das Schulgelände dann auch nicht verlassen? Mann, das kann doch nicht wahr sein!« Dann zuckte er die Schultern. »Sieht so aus, als müssten wir unser Date auf einen Samstag legen. Es sei denn, wir bleiben auf dem Gelände.«

Ich verdrehte die Augen.

»Was? Hast du etwa gedacht, ich würde so einfach aufgeben?«

Zumindest hatte ich es gehofft.

Nachdem ich ihm alles gezeigt hatte, begann er mich über seine Lehrer und Mitschüler auszufragen. Wann immer jemand uns grüßte oder auch nur an uns vorüberging, wollte er wissen, wer das war. Er erkundigte sich danach, wer in Ordnung war, wen man kennen, mit welchen Leuten man sich besser gut stellen und wem man lieber aus dem Weg gehen sollte. In die letzte Kategorie gehörte eigentlich nur ich. Allerdings sparte ich es mir, ihm das zu sagen, da er ohnehin nicht auf mich hören würde. Schon am zweiten Tag hatten Mercy, Ty und Lily begonnen, sich bei den Mahlzeiten zu uns zu gesellen. Die drei nahmen Skyler sofort in ihrer Mitte auf und zu meiner Überraschung störten sich weder Max noch dessen Freunde an seinen ungewöhnlich breit gefächerten Bekanntschaften.

Da wir samstags keinen Unterricht hatten, trafen wir uns in der Bibliothek, um unsere Hausaufgaben zu machen und uns auf ein paar Tests vorzubereiten, die in der nächsten Woche auf dem Plan standen. Wir saßen uns an einem der klobigen Eichenholztische gegenüber und steckten die Köpfe in die Bücher.

Von Zeit zu Zeit hob Skyler den Kopf, sah jemandem hinterher oder ließ seinen Blick durch den Raum schweifen, vorbei an den Lesetischen und den hohen Regalen, die sich in langen Reihen durch den gewaltigen Raum zogen.

Eine Stunde arbeiteten wir schweigend vor uns hin, als Skyler plötzlich aufstand, den Tisch umrundete und sich neben mir niederließ. Obwohl er mir so nah war, dass sich unsere Arme fast berührten, beugte er sich noch ein Stück zu mir. »Es gibt da etwas, das ich dich schon die ganze Zeit fragen wollte.« Sein Blick wanderte einmal kurz in alle

Richtungen, ehe er leise fortfuhr: »Hier gibt es doch sicher auch Leute, die sich für … weniger legale Dinge interessieren, oder?«

»Ich hab dir doch schon gezeigt, wo sich die Raucher treffen.«

Er schüttelte den Kopf. »Ich meinte eher *wirklich* verbotene Dinge.«

Seine Worte ließen mich erstarren. Ich hatte damit gerechnet, dass er wieder mit dieser Date-Sache anfangen würde. Aber das? Ahnte er etwas? Das war unmöglich. Es war lediglich die Neugier eines neuen Mitschülers.

»Was meinst du?«, gab ich mich ahnungslos.

»In den meisten Schulen, auf denen ich bisher war, gab es ein paar Schüler, die … experimentiert haben. Du weißt schon.«

»Nein, weiß ich nicht.«

»Leute, die sich für Zauberei interessieren.« Er sprach die Worte so leise, dass ich sie mehr von seinen Lippen ablesen musste, als dass mein Ohr sie aufnahm.

Ich schüttelte den Kopf. »So etwas gibt es hier nicht. Falls doch, bin ich sicher die Letzte, die so etwas erfahren würde. Oder ist dir etwa entgangen, dass ich nicht sonderlich gesellig bin?«

6

Am Sonntag regnete es in Strömen, sodass es nur wenig verlockend war, das Haus zu verlassen. Den größten Teil des Nachmittags verbrachte ich mit Skyler in einem der Fernsehräume. Er hatte sich Max' Wii ausgeliehen und nun maßen wir uns schon seit zwei Stunden in den unterschiedlichsten sportlichen Wettkämpfen, ohne auch nur einen Fuß vor die Tür zu setzen. Wir suchten uns Sportarten aus, in denen wir zeitgleich gegeneinander antreten konnten. Was anfangs noch gesittet ablief, artete immer mehr in ein Gefecht aus, bei dem wir gegenseitig versuchten, uns vom Gewinnen abzuhalten, indem wir uns leichte Rempler verpassten, einander aus dem Gleichgewicht brachten oder einfach nur in die Seite stießen, um die Konzentration des jeweils anderen zu brechen. Bald schon saßen wir außer Atem und lachend auf dem Boden, während wir noch immer versuchten, unseren Kampf auf dem Bildschirm auszufechten. Als Skyler merkte, dass er im Boxen keine Chance gegen mich hatte, nahm er mich kurzerhand in den Schwitzkasten und begann mich zu kitzeln, bis ich den Controller fallen ließ.

Lachend japste ich nach Luft, und als ich den Kopf hob, waren sich unsere Gesichter plötzlich ganz nah. Sein Arm lag um meiner Taille, unsere Beine hatten sich ineinander verheddert und unser Atem vermischte sich in der Luft zwischen uns. Der Geruch seines Aftershaves stieg mir in die Nase, und für einen Moment war ich versucht, die Augen zu schließen und mich fallen zu lassen. Dann sah ich, wie sich seine Lippen den meinen näherten.

»Du hast mit unlauteren Mitteln gespielt.« Die Situation

hatte ihre spielerische Leichtigkeit verloren, trotzdem bemühte ich mich, mein Lachen beizubehalten, als ich ihn von mir schob und aufstand.

Ich sah die Enttäuschung in seinen Blick, und für den kurzen Moment, bevor meine Angst vor zu viel Nähe die Überhand gewann, empfand ich dasselbe. Die letzten Tage hatte ich so viel Zeit mit ihm verbracht, dass sich seine Gesellschaft inzwischen vollkommen normal anfühlte. Verflucht, ich hatte sogar meine üblichen Treffen mit Mercy und den anderen abgesagt oder Skyler mitgeschleppt, nur um in seiner Nähe zu sein. Dabei hatte ich doch nur Zeit mit ihm verbringen wollen, um ihm klarzumachen, dass er gar nicht mit mir zusammen sein wollte.

Aus Angst vor einem weiteren innigen Moment hob ich meinen Controller auf und drückte ihn Skyler in die Hand. »Ich muss noch etwas erledigen«, sagte ich und verließ fluchtartig den Raum.

Auf dem Gang stieß ich mit Kim zusammen. Sie hatte einen Becher Kaffee in der Hand und verschüttete einen Teil davon über ihre Bluse.

»Pass doch auf!« Dann erkannte sie mich und ihre ohnehin wütende Miene wurde eisig. »Hast du überhaupt eine Ahnung, was so eine Bluse kostet, du blöde Kuh?«

»Tut mir leid.« Ärger mit Kim hatte mir jetzt gerade noch gefehlt. »Hör mal, ich muss sowieso meine Wäsche machen, warum gibst du sie mir nicht und ich kümmere mich um den Fleck?«

»Spinnst du? Das ist reine Seide! Die vertraue ich doch nicht einem Trampel wie dir an! Alles, was du bekommst, ist die Rechnung der Reinigung.«

»Meinetwegen.«

»Das stört dich wohl nicht«, ätzte sie. »Die reichen Pflegeeltern werden schon bezahlen, was? Du widerliche

Schmarotzerin! Schämst du dich eigentlich nicht, dich ins gemachte Nest zu setzen?«

Bevor ich mich zu einer wütenden Antwort hinreißen lassen konnte, ließ ich sie stehen.

»Ich frage mich, was mit dir nicht stimmt, dass deine Eltern dich nicht haben wollten«, hörte ich sie hinter mir rufen. »Ach nein, die sind ja tot. Die haben dich wohl auch nicht mehr ertragen.«

Nur mit Mühe konnte ich mich dazu zwingen, nicht kehrtzumachen und ihr eine zu verpassen. Den Blick starr geradeaus gerichtet, ging ich weiter. Erst als ich den Gang verließ und durch eine Tür das Treppenhaus betrat, bemerkte ich, dass meine Hände schmerzten. Ich hatte sie so fest zu Fäusten geballt, dass ich Mühe hatte, meine Finger wieder zu öffnen.

Um mich von meinem Zusammenstoß mit Kim und dem etwas andersgearteten Beinahe-Zusammenstoß mit Skyler abzulenken, war Wäschewaschen genau die richtige Beschäftigung. Ich schnappte mir den Wäschekorb und machte mich auf den Weg. Auf dem Gang traf ich Lily.

»Hey, Raine, denkst du an Tys Zimmerparty?«, rief sie mir im Vorbeigehen zu. »Bring Skyler mit. Der ist niedlich.«

Meine Antwort bestand aus einem unverständlichen Laut, der von *Ja* über *Nein*, bis *Fahr zur Hölle* alles bedeuten konnte. Zum Glück hakte Lily nicht weiter nach. Ich packte meinen Wäschekorb fester und ging zum Haupthaus hinüber. Bis zum Abendessen würde ich zumindest eine Maschine schaffen und vielleicht hatten sich meine Nerven bis dahin so weit beruhigt, dass ich mich wieder in der Öffentlichkeit blicken lassen konnte. Zum Beispiel bei Tys Party.

Ich war die Einzige in der Waschküche, einem feuchten Raum mit niedriger Decke im Keller des Haupthauses, der von der nackten Glühbirne, die von der Decke baumelte, nur unzureichend erhellt wurde. Wäschewaschen gehörte nicht zu meinen Lieblingsbeschäftigungen und der düstere, fensterlose Keller drückte schon an guten Tagen auf meine Stimmung. Heute jedoch war die fast schon klaustrophobische Enge kaum auszuhalten. Seit Mom mich damals in den Schrank geschoben hatte, hatte ich ein Problem mit kleinen Räumen.

Und mit Dunkelheit.

Laut schimpfend sortierte ich meine Wäsche und stopfte sie in die Maschine. Ein Geräusch ließ mich innehalten. Waren da Schritte gewesen?

Ich drehte den Kopf in Richtung der Tür. Sie stand offen, aber es war niemand zu sehen. Wahrscheinlich hatte ich in meiner Wut vergessen, sie hinter mir zu schließen, oder ein Luftzug hatte sie wieder aufschwingen lassen.

Mit einem Schulterzucken wandte ich mich wieder der Waschmaschine zu. Ich streckte die Hand nach dem Regal mit dem Waschmittel aus, doch der Behälter war leer. Fluchend schnappte ich ihn mir und ging zur Besenkammer, in der die Waschmittelvorräte aufbewahrt wurden.

Das Licht aus dem Waschkeller reichte kaum aus, um die winzige Kammer zu erfassen. Trotzdem hatte sich nie jemand die Mühe gemacht, die durchgebrannte Glühbirne auszutauschen. Mit zusammengekniffenen Augen hielt ich zwischen Eimern und Putzmitteln nach den Waschmittelpaketen Ausschau, als mich ein heftiger Stoß nach vorne taumeln ließ.

Ich stolperte über einen Besen, der scheppernd umkippte, und fiel gegen ein Regal. Hinter mir krachte die Tür ins Schloss. Dunkelheit umfing mich und ließ mir den Atem stocken. Draußen hörte ich jemanden kichern, gefolgt von der gezischten Aufforderung, still zu sein. Kim!

Ich drehte mich herum und tastete in der Finsternis nach

dem Türknauf. Als meine Finger das kühle Metall fanden, stieß ich erleichtert den Atem aus. Ich drehte daran, doch nichts geschah. Dieses verdammte Biest hatte mich eingeschlossen!

»Das ist wirklich witzig, Kim. Du hattest deinen Spaß. Lass mich raus.«

Die erwartete Antwort blieb aus. Nicht einmal ein Kichern war zu hören. Ich schlug gegen die Tür. »Na los, mach schon!«

Nichts geschah.

Nur ganz allmählich begriff ich, dass Kim und ihre Freundinnen nicht mehr hier waren. Heilige Scheiße, sie hatten mich eingesperrt! Kein Mensch würde Sonntagabend noch in die Waschküche kommen. Vor morgen würde überhaupt niemand hier auftauchen. Wenn Kim nicht zurückkam, um mich herauszulassen …

Die Bedeutung dieser Erkenntnis traf mich wie ein Schwall eiskalten Wassers. Schlagartig war ich mir nicht nur der Dunkelheit, sondern auch der Enge um mich herum bewusst. Die Luft roch nach Putzmittel, doch darunter lag ein schales, abgestandenes Aroma. Der Geruch verbrauchter Atemluft.

Konnte ich hier drin ersticken?

Ich suchte die Tür nach Spalten ab, um herauszufinden, ob sie groß genug waren, um ausreichend Luft in die Kammer zu lassen, doch Kim und ihre Freundinnen hatten das Licht in der Waschküche ausgeschaltet.

Um mich herum war es stockfinster.

Ich rüttelte am Türknauf. »Hallo?! Hört mich jemand?«

Niemand antwortete mir.

Meine Panik wuchs.

Ich hämmerte mit den Fäusten gegen die Tür. »Hilfe!«

Immer und immer wieder schrie und schlug ich, bis meine Hände wehtaten und meine Stimme den Dienst versagte. Die Zeit verlor jegliche Bedeutung für mich. Vermutlich war ich erst seit ein paar Minuten hier drin, mir jedoch erschien es, als seien bereits Stunden vergangen. Der Gedanke, bis zum nächsten Morgen hier gefangen zu sein, ließ mein Herz rasen.

Wieder schlug ich gegen die Tür. Meine Hände schmerzten, die Schläge wurden von Mal zu Mal schwächer und die Geräusche, die meine Fäuste auf dem Holz verursachten, konnten kaum noch weiter als bis in die Waschküche zu hören sein. Ganz bestimmt nicht außerhalb. Erschöpft und mit einem Kratzen im Hals, das mich immer wieder husten ließ, sank ich neben der Tür zu Boden.

Die Dunkelheit lastete wie ein erdrückendes Gewicht auf mir, nahm mir den Atem und ließ die Vergangenheit lebendig werden. Ich versuchte, meine aufsteigende Angst zu unterdrücken und der Finsternis zu entfliehen, indem ich die Augen schloss.

Denk an etwas Schönes!

Blumenwiesen! Mom und Dad waren früher oft mit mir ins Grüne gefahren. Ich hatte die blühenden Wiesen im Frühling geliebt. Die Farben, die Gerüche. All das versuchte ich mir in Erinnerung zu rufen. Es kostete mich Mühe, doch ganz allmählich schälte sich aus der Schwärze hinter meinen geschlossenen Lidern eine blühende Landschaft. Anfangs war sie nur ein grüner Fleck, doch dann kamen immer mehr Details hinzu. Rote und gelbe Blumen, ein wolkenloser blauer Himmel, von dem die Frühlingssonne auf mich herabschien, Vogelgezwitscher. Und irgendwo summte eine Biene. Nein, keine Biene, das Geräusch war zu dumpf – es war eine Hummel. Jetzt sah ich den runden behaarten Körper, der direkt auf mich zuflog. Schwankend, als hätte sie zu viel getrunken, dabei kämpften die kleinen

Flügel nur darum, das Gewicht der Hummel in der Luft zu halten.

Das Brummen wurde lauter.

Und veränderte sich.

Dumpfe Stimmen. Polternde Schritte. Die Wiese verblasste vor meinen Augen und plötzlich war ich wieder fünf Jahre alt und saß in meinem Kleiderschrank. Wo vorher noch ein Brummen war, hörte ich jetzt Geschrei. Dad! Ich kniff die Augen fest zu und presste mir die Hände auf die Ohren, um die Stimmen und Geräusche auszusperren, doch es half nichts. Sie waren in meinem Kopf, so tief verwurzelt, dass nichts und niemand sie zum Schweigen bringen konnte.

Dad brüllte, einer der schwarzen Männer bellte seine Befehle.

Dann der Schuss.

Gefolgt von Moms Schreien.

»Nein. Nein. Nein.« Das war ich in meinem Versuch, mich aus der Erinnerung zu lösen. Ein Teil von mir wusste, dass ich mir das alles nur einbildete, doch meine Panik behielt die Oberhand. Solange ich in der Dunkelheit gefangen saß, würde es mir nicht gelingen, sie abzuschütteln.

Tatsächlich wurde es schlimmer. So schlimm, dass in meinem Kopf bald nur noch eine Mischung aus Schüssen und Moms Schreien zu hören war. Wie ein anhaltender Donnerhall, der in einem nicht enden wollenden Sturm über mich hinwegfegte.

Ein Wimmern saß in meiner Kehle und fand seinen Weg nach draußen. Meine Haut brannte und mein Kopf schien jeden Moment explodieren zu wollen.

Immer wieder versuchte ich mir zu sagen, dass es nicht echt war und dass ich lediglich einen Panikanfall erlitt, doch meine Vernunft hatte sich in eine kleine Ecke meines Geistes verzogen und ließ sich nicht mehr hervorlocken.

Jeden Moment würde jemand die Tür aufreißen und einen Gewehrlauf auf mich richten. Ich würde Dad sehen, wie er auf dem Boden lag, das Gesicht in einer Blutlache, die stetig größer wurde.

Kalter Schweiß bedeckte meine Haut, ich zitterte am ganzen Körper und hatte nicht mehr die Kraft, meine Hände über die Ohren zu halten. Die Geräusche waren überall.

Stimmen.

Schritte.

Der Schuss.

Mein Herz raste und meine Brust hob und senkte sich unter immer hektischer werdenden Atemzügen.

Ich kniff mich, so fest ich konnte, in den Arm. Der aufflammende Schmerz ließ die Stimmen in den Hintergrund treten. Sie verschwanden nicht, doch sie wurden leiser, als hätte jemand die Lautstärke heruntergedreht. Plötzlich konnte ich meine eigenen Gedanken wieder hören.

»Putzkammer.« Meine Stimme kratzte schmerzhaft in meinem Hals. »Du bist in einer Putzkammer.«

Ich war siebzehn und nicht mehr fünf!

Die Erkenntnis brachte die letzten Stimmen aus der Vergangenheit zum Verstummen. An meiner Situation jedoch änderte sie nichts. Ich war noch immer eingesperrt in dieser klaustrophobischen Enge und wurde langsam von der Dunkelheit erstickt.

Wie lange war ich schon hier?

Minuten?

Stunden?

Ich wusste es nicht, glaubte jedoch zu spüren, wie der Sauerstoff mehr und mehr schwand. Es war heiß und stickig, das Atmen fiel mir schwer.

Ich musste noch einmal versuchen, jemanden auf mich aufmerksam zu machen.

An die Wand gestützt kam ich langsam auf die Beine. Meine Knie zitterten so sehr, dass sie nachzugeben drohten. Ich ballte die Hände zu Fäusten, doch noch ehe ich den ersten Schlag gegen das Holz anbringen konnte, knickten meine Beine unter mir ein. Ich taumelte zur Seite, versuchte den Sturz an einem Regal abzufangen, doch meinen Händen fehlte die nötige Kraft, um zuzupacken.

Ich fiel auf den Boden und blieb liegen.

7

Ich weiß nicht, wie lange ich so dalag, zitternd und um Atem ringend, als plötzlich die Tür aufgerissen wurde. Ein kühler Luftschwall fuhr über mich hinweg und mit der Luft kam das Licht. Doch so schnell es gekommen war, so schnell war es auch wieder verschwunden. Ein Schatten legte sich über mich.

»Raine.« Eine Hand berührte mich sanft an der Schulter. »Mein Gott, geht es dir gut?«

Blinzelnd wandte ich den Kopf in Richtung der Stimme und blickte in Skylers Gesicht. Ich wollte ihm sagen, dass ich in Ordnung war, wusste aber nicht, wie ich die Worte über meine Lippen bringen sollte. Als ich es versuchte, machte sich meine trockene Kehle erneut bemerkbar. Ich begann zu husten.

Skyler sparte sich jede weitere Frage. Er hob mich auf seine Arme und trug mich aus der Waschküche. Ich hätte laufen können, zumindest vermutete ich das, doch wann immer ich versuchte etwas zu sagen, meldete sich der Hustenreiz zurück. Deshalb ließ ich zu, dass er mich aus dem Haupthaus hinüber in das Wohnheim der Mädchen trug. Der Weg zog wie im Nebel an mir vorüber, alles, worauf ich mich konzentrieren konnte, war die Luft auf meinem Gesicht und die Wärme von Skylers Händen unter meinem Körper. Nur am Rande nahm ich wahr, dass es bereits dunkel war. Und dass niemand Anstalten machte, Skyler aufzuhalten, als er mich den Gang entlang nach oben zu meinem Zimmer brachte. Die Flure waren verlassen und nur noch von der nächtlichen Notbeleuchtung erhellt. Hinter den Türen war Stille eingekehrt.

»Wie lange …?«, brachte ich hervor.

Wir hatten mein Zimmer erreicht. Skyler stellte mich vorsichtig auf die Beine, öffnete die Tür und führte mich zu meinem Bett. Sobald ich saß, sah er sich um. Auf meinem Nachttisch stand eine Wasserflasche. Er griff danach, schraubte sie auf und gab sie mir in die Hand.

Dankbar trank ich. Und trank. Und trank. Bis sich meine Kehle nicht länger wie ein Reibeisen anfühlte und ich das Gefühl hatte, wieder sprechen zu können. »Wie lange war ich fort?« Meine Stimme klang heiser, aber immerhin schmerzte das Sprechen nicht mehr. »Wie hast du …?«

Skyler war vor mir stehen geblieben und musterte mich besorgt. »Geht es dir gut? Soll ich einen Arzt rufen?«

Ich horchte in mich hinein. Mein Hals schmerzte, ebenso meine Hände, mit denen ich gegen die Tür getrommelt hatte, doch abgesehen davon, dass ich noch immer zitterte und den Nachhall der Panik in mir verspürte, schien mir nichts weiter zu fehlen. Und selbst wenn, würde ich keinen Arzt an mich heranlassen. Seit sie mich damals auf Magie getestet hatten, war ich nicht mehr in die Nähe eines Weißkittels gekommen. Die Angst, dass einer die Magie in meinem Blut entdecken könnte, hielt mich davon ab. Ich schüttelte den Kopf. »Ich will nur wissen …« Wieder musste ich husten und konnte erst aufhören, nachdem ich noch mehr Wasser getrunken hatte. Skyler setzte sich neben mich auf das Bett und legte mir einen Arm um die Schultern. Seltsamerweise half es gegen den Husten. Vielleicht tat seine Nähe auch einfach nur gut.

»Du willst wissen, wie ich dich gefunden habe?«

Ich nickte.

Seine Hand strich über meinen Arm. Ich schloss seufzend die Augen und lehnte meinen Kopf an seine Schulter. »Du warst nicht beim Abendessen. Niemand, den ich gefragt habe, wusste, wo du steckst. Dann bin ich Lily begegnet und sie hat mir gesagt, dass sie dich mit einem Wäschekorb gesehen hat.« Er zuckte die Schultern. »Als ich in die Waschküche kam, war das Licht aus. Ich wollte schon wieder gehen, als ich ein Geräusch hörte. Aus der Putzkammer. Und da fand ich dich.«

Außerdem hatte er mein Zimmer gefunden. So zielsicher, als wäre er schon einmal hier gewesen. Vermutlich hatte er am Nachmittag jemanden danach gefragt, als er mich gesucht hatte. »Danke.«

»Jederzeit wieder. Obwohl es mir lieber wäre, wenn wir einfach so zusammen sein könnten, ohne dass du dich vorher einsperren lassen musst.«

»Die Tür ist hinter mir zugefallen«, sagte ich lahm.

»Ach ja? Und der Schlüssel hat sich von selbst herumgedreht?« Er hob den Kopf und sah mich an. »Das war Kim, oder?«

Ich sagte nichts, doch das war auch nicht nötig. Skyler schien die Wahrheit in meinem Gesicht ablesen zu können.

»Dieses Miststück. Ich werde sie …«

Ich löste mich aus seinen Armen und schüttelte den Kopf. »Du wirst gar nichts. Das ist sie nicht wert.«

»Nicht wert? Sieh dich an! Du bist vollkommen …«

Verängstigt, dachte ich.

»… durch den Wind«, sagte er und griff nach meiner Hand. Seine Finger strichen über meinen Handrücken und einen Herzschlag später trafen sich unsere Augen. Seine Augen waren voller Wärme und sein Blick so fesselnd und intensiv, dass ich mich nicht davon lösen konnte. Er schien gar nicht zu bemerken, dass er meine Hand noch immer streichelte. Langsam näherte er sein Gesicht dem meinen an.

Er würde mich küssen.

Und wenn nicht ein Wunder geschah, würde ich es dieses Mal geschehen lassen.

Das war der Moment, auf den es die ganze Woche hinausgelaufen war. All meine Versuche, ihn loszuwerden, hatten nur dazu geführt, dass er mir näher und näher gekommen war. Ich hatte zugelassen, dass er sich in meine Gedanken schlich und sich einen Platz in meinem Herzen eroberte. Natürlich liebte ich ihn nicht, dafür kannte ich ihn zu wenig, mein Herzklopfen zeigte mir jedoch, dass ich dabei war, mich Hals über Kopf zu verknallen.

Nur zehn Zentimeter trennten unsere Gesichter jetzt noch voneinander. Und unsere Lippen. Ich wollte diesen Kuss, wollte in den Arm genommen werden und zum ersten Mal nach langer Zeit wieder Nähe und Geborgenheit spüren. Ich wollte Skyler. Aber ich konnte das nicht zulassen. Etwas wie damals mit Jake durfte mir nicht noch einmal passieren. Nie wieder!

Ich schluckte.

»Danke, dass du mich da rausgeholt hast.«

Für einen Moment zog ein Schatten über Skylers Augen. Dann setzte er sich aufrecht hin, ohne jedoch meine Hand freizugeben. »Manchmal ist es doch nicht schlecht, eine Klette wie mich zu haben.«

»Du bist keine Klette, du hast nur eine Tendenz, dich für die falschen Leute zu interessieren.«

Einmal mehr sah er mich mit diesem intensiven Blick an, der mich von innen zu wärmen schien und meinen Herzschlag antrieb. »Glaub mir, ich kann sehr gut erkennen, wer für mich gut oder schlecht ist.« Seine Stimme klang rau und zugleich voller Gefühl. Er hob die Hand und ließ sie einen Moment neben meinem Gesicht in der Luft schweben, als sei er sich nicht sicher, was er als Nächstes tun sollte. Er strich mir kurz über die Wange und ließ seine Hand dann so liegen, dass mein Gesicht in seiner Handfläche ruhte. Ich schloss die Augen.

Als ich sie wieder öffnete, musste ich einmal tief durchatmen, um meine Gedanken wieder klarzubekommen und die Sehnsucht zu verdrängen, die mehr und mehr die Oberhand gewann. »Ich glaube, du solltest jetzt gehen. Wenn dich jemand hier erwischt …«

Er lächelte. »Manche Strafen sind es wert, auf sich genommen zu werden.«

»Skyler.«

Die Enttäuschung kehrte in seine Züge zurück. »In Ordnung, ich gehe. Aber nicht meinetwegen, sondern nur, weil ich nicht will, dass du Ärger bekommst.« Er strich mir noch einmal über die Wange, dann zog er seine Hand zurück. »Bist du sicher, dass du allein klarkommst?«

Ich nickte.

»Falls nicht.« Er schnappte sich einen Stift und einen Block von meinem Schreibtisch und kritzelte etwas darauf. »Meine Handynummer. Egal, was – egal, wann. Wenn du mich brauchst, ruf an. Versprichst du mir das?«

»Ja.«

An der Tür blieb er stehen und drehte sich noch einmal zu mir herum. »Wenn es dir schlechter geht …«

»Rufe ich dich an«, vollendete ich seinen Satz.

»Gute Nacht.«

Ein letztes Lächeln, dann war er fort und ließ mich mit einem Gefühl der Verwirrung und Einsamkeit zurück. Solange er bei mir gewesen war, war alle Angst, die ich während der letzten Stunden durchgestanden hatte, in den Hintergrund gerückt. Da war nur er gewesen und dieses Gefühl der Geborgenheit, das seine Nähe in mir weckte. Von dem Strudel aus Gedanken und Gefühlen überfordert, den Skyler in mir auslöste, streckte ich mich auf meinem Bett aus und starrte an die Decke. Wie nah konnte ich Skyler an mich heranlassen? Gab es eine Möglichkeit, mit ihm zusammen zu sein, ohne Gefahr zu laufen, dass er die Wahrheit über mich herausfand? Vielleicht fand ich einen Weg, wenn ich mir nur ein bisschen Mühe gab.

8

Dieses Mal waren die Albträume besonders schlimm. Wie jede Nacht sah ich Dad sterben, doch statt wie gewöhnlich an dieser Stelle aufzuwachen, hielt mich der Traum gefangen. Eingesperrt in die enge Finsternis des Schrankes, der zugleich mein Versteck und mein Gefängnis war, verfolgt vom endlosen Widerhall des Schusses und Moms Schreien. Ich glaubte zu fühlen, wie die Wände im Dunkeln immer näher rückten und die Luft regelrecht aus dem Raum trieben. Nicht mehr lange und sie würden mich zerquetschen. Ächzend wand ich mich, warf mich von einer Seite zur anderen in der Hoffnung, ich könne mich freistrampeln, doch die Wände kamen näher. Ich konnte ihren Druck auf meiner Haut bereits spüren.

Mit einem unterdrückten Schrei fuhr ich hoch und sah mich um. Nacht. Mein Zimmer. Meine Möbel. Die Wände dort, wo sie hingehörten. Schweißgebadet und zitternd saß ich da und zwang mich ruhig zu atmen, bis sich mein Herzschlag beruhigte.

Als ich aufstehen und zum Fenster gehen wollte, wäre ich um ein Haar über die Laken und die Decke gestolpert, in deren Stoffen ich mich verheddert hatte. Kein Wunder, dass ich geglaubt hatte erdrückt zu werden.

Ich befreite mich aus dem Wust, der mich gefangen hielt, ging zum Fenster und schob es auf. Die kalte Luft ließ mich frösteln, trotzdem war ich froh um die Abkühlung.

Als wären meine Träume nicht auch so schon schlimm genug, hatte Kims Aktion ihnen nur noch weiteres Futter gegeben. Allein dafür hätte ich ihr am liebsten den Hals umgedreht. Irgendetwas musste passieren. Etwas, das Kim ein für alle Mal davon abhielt, mir weiter das Leben schwer zu machen. Wer konnte schon ahnen, was sie sich beim nächsten Mal einfallen ließ?

Ich versuchte mir gerade auszumalen, wie ich mich bei ihr revanchieren könnte, als ich aus dem Augenwinkel eine Bewegung im Garten wahrnahm. Ich wandte den Kopf und spähte in die Richtung, in der ich glaubte etwas gesehen zu haben. Es dauerte einen Moment, ehe sich meine Augen an die Dunkelheit gewöhnten, dann jedoch bemerkte ich eine dunkle Silhouette. Da war jemand, halb hinter einem Baum verborgen. Eine hochgewachsene Gestalt, die still im Schatten eines Baumstamms stand und zu den Fenstern hochblickte. Ich machte einen Schritt zur Seite, aus Angst, gesehen zu werden. Die Gestalt bewegte sich. Es sah aus, als würde sie etwas in einer Art Beutel zusammenpacken. Ein schwaches Glimmen, wie ein dünner roter Lichtpunkt, ging vom Boden aus, als die Gestalt sich im Schutz der Bäume in die Dunkelheit zurückzog.

Minutenlang stand ich reglos da, während mein Blick den Garten nach einer verdächtigen Bewegung absuchte. Von dem nächtlichen Besucher war nur das rötliche Glimmen geblieben.

Die Glut einer Zigarette?

Nachdem die Gestalt nicht zurückkehrte, schloss ich das Fenster, schnappte mir meine Sachen und ging ins Bad. Auch die ausgedehnte Dusche konnte nichts daran ändern, dass ich mich fragte, was da draußen gerade passiert war. War einer der Jungs ein Spanner, der heimlich die Fenster der Mädchen beobachtete? Das kam mir seltsam vor, denn abgesehen davon, dass alle schliefen und es, bis auf eine Front dunkler Fenster, nichts zu sehen gab, hatte der Kerl (seiner Größe nach musste es sich um einen der älteren Jungen oder einen Mann gehandelt haben) auch kein Fernglas dabeigehabt. Dafür einen Beutel mit irgendwelchen anderen Sachen.

Bis ich die Dusche wieder verließ, erwachte das Haus allmählich zum Leben. Draußen dämmerte der neue Tag heran und es war Zeit, frühstücken zu gehen. Ich schnappte mir meine Tasche und machte mich auf den Weg.

Kies knirschte unter meinen Sohlen, als ich dem Pfad folgte, der vom Wohnheim zum Haupthaus führte. Unwillkürlich wanderte mein Blick zu dem schmalen Durchgang zwischen den Ausläufern des Haupthauses und meinem Wohnheim. Bevor ich wusste, was ich tat, verließ ich den Weg und tauchte in die Schatten zwischen den Gebäuden ein. Ich schlängelte mich an einem abgedeckten Stapel Dachschindeln vorbei, der von der letzten Reparatur übrig geblieben war, und trat auf der anderen Seite in den Garten. Mit einem kurzen Blick versicherte ich mich, dass mir niemand gefolgt war, dann ging ich zu der Baumgruppe, in deren Schutz ich die Gestalt gesehen hatte.

Hinter dem Baum war das Erdreich von Fußspuren aufgewühlt, doch da war noch mehr. Ein abgebranntes Räucherstäbchen, das vermutlich der Ursprung des Glimmens gewesen war. Daneben lagen ein verkohltes Streichholz und ein Kerzenstummel. Ein gräuliches Pulver umschloss verschlungene Zeichen, die mit einem dünnen Ast im Schatten des Baumstamms in die Erde geritzt worden waren.

Mit offenem Mund starrte ich auf das Szenario vor mir.

Die Überreste eines Rituals.

Heilige Scheiße, offensichtlich war ich hier nicht die Einzige mit Magie im Blut!

Ich kannte mich zu wenig mit anderen Formen der Zauberei aus, um zu erkennen, welchen Zweck dieses Ritual haben sollte. Der Anblick der verschlungenen Zeichen und Symbole jagte mir jedoch einen Schauer über den Rücken.

Vielleicht konnte ich etwas darüber herausfinden. Dazu müsste ich allerdings die Zeichen abmalen und Nachforschungen anstellen. Nachforschungen, die mich den Kopf kosten konnten, wenn ich dabei erwischt wurde. Nein, das war es nicht wert.

»Raine, was machst du denn um diese Zeit hier draußen?« Mr Cranstons Stimme ließ mich herumfahren. »Solltest du nicht beim Frühstück sein?«

Er kam vom Haus auf mich zu. Rasch streckte ich den Fuß aus, verwischte die Zeichen auf dem Boden und schob ein wenig Erde über das Räucherstäbchen und die anderen Überbleibsel. Dann rückte ich meine Tasche auf meiner Schulter zurecht und ging ihm entgegen.

»Ich wollte noch ein wenig Luft schnappen«, behauptete ich.

Mr Cranston warf einen Blick über meine Schulter, ehe er sich ein Stück nach vorne beugte und die Luft vor meinem Gesicht einsog. »Du hast doch nicht etwa geraucht, oder? Du riechst nicht nach Zigaretten, aber falls doch …«

»Nein, ich rauche nicht. Nur frische Luft. Ehrenwort.«

Nach einem weiteren Blick über meine Schulter nickte er. »Wie läuft es mit deinem Schützling?«

»Gut.« Viel zu gut.

Seite an Seite gingen wir zum Haupthaus. Statt den Weg zu nehmen, den ich gekommen war, betraten wir das Gebäude durch eine Seitentür. Mr Cranston hielt mir den Türflügel auf und ließ mich hinein. »Ich weiß, dass du mich dafür verflucht hast, dass ich dir den Jungen zugeteilt habe.«

Bei dem Wort *verflucht* erstarrte ich innerlich. Bis mir bewusst wurde, dass er es in einem völlig anderen Zusammenhang meinte.

»Ich glaube, dass dir ein wenig mehr Gesellschaft guttun wird.« Ich setzte zu einem Widerspruch an, aber Mr

Cranston ließ mich gar nicht erst zu Wort kommen. »Ja, ich weiß, du hast Freunde. Aber mal ehrlich, die drei, mit denen ich dich hin und wieder sehe, sind doch bestenfalls eine Art Alibi, damit ich dich nicht zur Psychologin schicke, oder?«

Konnte dieser Mann meine Gedanken lesen?

»Am Anfang vielleicht«, räumte ich ein, da ich wusste, dass es sinnlos war, etwas anderes zu behaupten. »Aber sie sind okay. Nett. Es macht Spaß, mit ihnen herumzuhängen.«

Er musterte mich so eindringlich, als versuchte er die Lüge hinter meinen Worten zu enttarnen. »Benimm dich einfach ein wenig mehr wie ein Teenager, dann muss ich mir nicht so viele Sorgen um dich machen.« Mit diesen Worten ließ er mich stehen und verschwand in dem Gang, der zu seinem Büro führte.

Eine Weile stand ich da und starrte ihm nach. Das war knapp gewesen. Wenn er die Zeichen gesehen hätte … Was, wenn er noch einmal nach draußen ging, um sich auf der Suche nach Zigarettenkippen genauer umzusehen? Ich spielte mit dem Gedanken, zurückzugehen und die Sachen verschwinden zu lassen, über die ich die Erde geschoben hatte, verwarf die Idee aber gleich wieder. Die Zeichen waren zerstört und ein Räucherstäbchen und eine Kerze waren nichts Verbotenes, sondern etwas, das jeder zweite Teenager in seinem Zimmer hatte. Wenn ich jetzt noch einmal hinausging und er mich erneut erwischte, würde mich das viel verdächtiger machen, als wenn er die Sachen zufällig fand.

Ich redete mir ein, dass nichts passieren würde, und machte mich auf den Weg zum Speisesaal. Wie üblich wartete Skyler vor der Tür auf mich. Schon von Weitem sah ich, dass er mich ausgiebig musterte, und mir entging auch nicht der kurze Schatten, der über seine Augen huschte, als ich vor ihm stehen blieb und mir ein »Guten Morgen« abrang.

Er hob die Hand, als wolle er über meine Wange streichen, so wie er es gestern getan hatte, ließ sie dann aber wieder sinken. »Wie fühlst du dich?«

»Wie sehe ich aus?«

»Höflich oder ehrlich?«

»Ehrlich.«

»Ziemlich mitgenommen.«

Ich zuckte die Schultern. »Ich werde es überleben.« Immerhin war es nicht die erste Nacht, in der ich schlecht geschlafen hatte. Nur die erste Nacht, in der es schlimmer gewesen war als gewöhnlich. Und die erste, nach der ich aufgewacht war und einen Typen im Garten bei einem Ritual erwischt hatte.

»Kann ich irgendetwas für dich tun?«

Seine Besorgnis und der beinahe schon zärtliche Blick, mit dem er mich bedachte, verursachten mir einen Kloß im Hals. Ich schluckte ihn herunter und versuchte die Bilder aus meinem Kopf zu verdrängen, auf denen ich mich in seinen Armen sah. Gestern hatte ich mich so geborgen gefühlt und ich hatte mir wirklich gewünscht, dass es zwischen uns funktionieren könnte. Doch wem wollte ich etwas vormachen? Geheimnisse waren eine schlechte Basis für eine Beziehung und die Wahrheit war in meinem Fall nun wirklich keine Option.

Da ich meiner Stimme im Augenblick nicht traute, schüttelte ich nur den Kopf und würgte etwas heraus, von dem ich hoffte, dass es wie ein »Danke« klang.

Während des Frühstücks und in den ersten Schulstunden spürte ich immer wieder Skylers Blicke. Tatsächlich schien es mir, als würde er mich kaum einen Moment aus den Augen lassen. In der Pause brachte er mir eine Tasse dampfenden Tee und drückte sie mir mit den Worten »Das wird dir guttun« in die Hand. Seine Sorge und die Art, wie er sich um mich kümmerte und versuchte mir zu helfen, machten es mir noch schwerer, den Abstand zwischen uns zu wahren.

Immerhin gab sich Kim alle Mühe, meine Wut auf sie am Brodeln zu halten. Wann immer sie mit ihrem Gefolge meinen Weg kreuzte, steckten sie tuschelnd und kichernd die Köpfe zusammen. Und jedes Mal wurde ich ein Stück zorniger.

Nach der Mittagspause stand Mathe auf dem Stundenplan. Skyler und ich erreichten Mr Cranstons Klassenraum gleichzeitig mit Kim und ihren Freundinnen. Zofen wäre wohl passender, denn sie erfüllten Königin Kim jeden Wunsch, trugen ihr ihren Krempel hinterher und erledigten sogar Botengänge für sie.

»Riecht es hier nach Waschmittel?« Michelles Lachen klang hart und gehässig.

Kim sog schnuppernd die Luft ein. »Nein, das ist nur Raine. Ich glaube, sie hat die Hosen voll.«

Das reichte! Ich fuhr herum, bereit, sie anzuschreien oder ihr eine reinzuhauen, vielleicht auch beides, doch Skyler packte mich am Arm und zog mich ins Klassenzimmer. Ich stemmte mich gegen seinen Griff, aber er ließ nicht locker.

»Sie ist es nicht wert, dass du dir ihretwegen Ärger einhandelst«, sagte er leise.

Die Wärme seiner Hand, die noch immer auf meinem Arm lag, gepaart mit der Ruhe seiner Worte dämpften meine Wut. Zumindest so weit, dass ich Kim nicht mehr ins Gesicht springen wollte.

Mr Cranstons Stunde ging an mir vorbei, ohne dass ich viel davon mitbekam. Immerhin schaffte ich es, mir die Aufgaben zu notieren, die wir bis zur nächsten Stunde erledigen sollten. So nett Cranston auch sein mochte, wenn man seine Hausarbeiten nicht erledigte, konnte er ziemlich unausstehlich werden.

Da ich keine Lust auf einen weiteren Zusammenstoß mit Kim und ihrem Zickengeschwader hatte, ließ ich mir nach der Stunde Zeit, meine Unterlagen zusammenzupacken. Skyler war vorgegangen, um seine Geschichtsunterlagen zu holen, die er in seinem Zimmer vergessen hatte. Ich kramte in meiner Tasche, sortierte Papiere und tat beschäftigt. Erst als die Letzten aus dem Zimmer waren, stand ich auf und schulterte meine Tasche.

Aus dem Augenwinkel sah ich ein Blitzen auf dem Boden und drehte den Kopf in die Richtung. Da lag ein Schmuckstück unter dem Tisch. Als ich näher kam, erkannte ich das Medaillon, das Kim vor ein paar Tagen so stolz überall herumgezeigt hatte. So wie es aussah, hatte sie den Verschluss nicht richtig geschlossen.

Ich wollte mich schon umdrehen und es einfach liegen lassen, als mir eine Idee kam. Das war die Gelegenheit, auf die ich gewartet hatte. Meine Chance, mir Kim in Zukunft vom Hals zu halten.

Mit einem raschen Blick vergewisserte ich mich, dass ich wirklich allein war, dann hob ich das Schmuckstück auf und ließ es in meine Tasche gleiten. Als ich das Zimmer verließ, stieß ich in der Tür mit Skyler zusammen. Hatte er etwas gesehen? Und wenn schon! Ich konnte schließlich immer noch behaupten, dass ich Kim das Schmuckstück bringen wollte.

Skyler jedoch schien nichts gemerkt zu haben. Er hielt einen Hefter in die Luft. »Die Unterlagen waren doch in meiner Tasche. Lass uns was trinken gehen, bevor die Stunde anfängt.«

Zu Beginn der Geschichtsstunde bemerkte Kim, dass ihre Kette verschwunden war. Sie durchsuchte ihre Taschen und fragte jeden, ob er das Medaillon gesehen hatte, bis Mrs Miller sie zur Ordnung rief. Kaum war die Stunde vorbei, sprang sie auf und stürmte aus dem Zimmer.

Den Rest des Tages hatten wir keinen gemeinsamen Unterricht, sodass ich sie erst beim Abendessen wieder sah. Sie wirkte so bedrückt, dass sie mir fast schon wieder leidtat. Aber nur fast. Falls Max verärgert über den Verlust der Kette war, zeigte er es nicht. Stattdessen tröstete er seine Freundin und versicherte ihr, dass die Kette wieder auftauchen würde.

»Die macht vielleicht ein Theater wegen dieser blöden Kette«, meinte Ty. »Als ob es die Kronjuwelen wären.«

Lily nickte. »Im Kunstunterricht hat sie sich jeden geschnappt und gefragt, ob sie das Ding gesehen hätten. Nell konnte gar nicht so schnell antworten, wie Kim sie bei den Schultern gepackt hatte. ›Na los, denk nach!‹, hat sie sie angefahren und geschüttelt. Die hat sie doch nicht mehr alle.«

Mercy schien die Einzige zu sein, die zumindest ein bisschen Verständnis für Kim aufbrachte. Und das, obwohl sie genauso wenig Grund dafür hatte wie wir alle. Auf mich mochte es Kim am meisten abgesehen haben, doch auch Mercy, Lily und Ty wurden regelmäßig Opfer ihres Spotts.

»Ich weiß nicht«, meinte Mercy zögernd. »Die Kette scheint ihr wirklich etwas zu bedeuten. Als ich mir vorhin die Hände waschen wollte, war sie im Waschraum. Ihre Augen waren ganz rot.«

»Du meinst, sie hat geweint?« Ty zog eine Augenbraue in die Höhe. »Miss Eiskalt? Ich hoffe, du hast ein Foto gemacht.«

Lily stieß ihn in die Seite. »Vielleicht geht es ihr wirklich nah. Immerhin war das Ding ja ein Liebesbeweis von Max.« Sie pustete sich eine braune Strähne aus den Augen und sah in die Runde.

Skyler zuckte die Schultern. »Menschen verlieren ständig Dinge. Manche tauchen wieder auf, manche bleiben verschwunden. Nennt es den Lauf der Welt.«

Ty lachte. »Hört, hört, da hat aber jemand einen Löffel Weisheit in seinem Kaffee gehabt.«

Du meine Güte, wenn der Verlust dieser blöden Kette schon unter den Leuten, die Kim nicht einmal ausstehen konnten, so einen Wirbel verursachte, was ging dann erst in Kims Clique ab? Ich sah sie schon vor mir, wie sie den Abend über zusammenhängen, alles absuchen und darüber spekulieren würden, was mit dem Schmuckstück passiert sein könnte. Es war wirklich besser, das Ding so schnell wie möglich zurückzugeben. Aber erst musste ich noch etwas erledigen.

Ich schob meinen Stuhl zurück und stand auf. »Leute, ich bin platt. Nehmt es mir nicht übel, ich hau mich aufs Ohr.«

»Was ist mit Hausaufgaben?«

»Die mache ich morgen früh.« Dank der Albträume würde ich sowieso wieder viel zu früh aus dem Schlaf schrecken, da konnte ich die Zeit auch gleich nutzen. Ich griff nach meinem Tablett, als Skyler seine Hand auf meine legte. Seine Finger fühlten sich unglaublich warm an, so warm, dass ich sie am liebsten ergriffen und nicht mehr losgelassen hätte. Doch es war nicht nur Mercys vielsagender Blick, der mich davon abhielt. Ich hätte seine Hand wegstoßen oder meine fortreißen sollen, doch ich brachte es nicht über mich, ihn derart vor den Kopf zu stoßen. Deshalb war die Bewegung fast schon behutsam, mit der ich mich seinem Griff entzog und das Tablett nahm.

Sofort war er auf den Beinen, packte sein eigenes Tablett, obwohl er noch gar nicht fertig gegessen hatte, und brachte es mit mir zusammen weg.

»Bist du in Ordnung?«, erkundigte er sich, als er erst sein und dann mein Tablett auf einen der Küchenwägen stellte.

Ich nickte. »Ich bin nur müde. Und ich glaube nicht, dass ich heute noch mehr Kim ertrage.«

»Vermutlich wird sie in der Bibliothek denselben Zirkus

machen wie schon den ganzen Nachmittag. Dieses Mädchen liebt es, im Mittelpunkt zu stehen, und wenn sie zu all der Aufmerksamkeit auch noch Mitleid bekommt, nimmt sie das gerne mit.«

»Der Verlust der Kette scheint sie wirklich zu treffen.« Ich wusste nicht, warum ich sie in Schutz nahm. Vielleicht fühlte ich mich schuldig, weil ich wusste, wo das Medaillon war, während sie die halbe Schule auf der Suche danach auf den Kopf stellte und sogar Tränen vergossen hatte.

»Hey, Freak!« Als könne man den Teufel herbeireden, tauchte Kim plötzlich vor mir auf. »Hast du was damit zu tun? Weißt du, wo meine Kette ist? Hast du sie genommen?« Mit jeder Frage kam sie einen Schritt näher, bis sie so dicht vor mir stand, dass sich unsere Nasen fast berührten. Obwohl ich nur zu gerne zurückgewichen wäre oder sie von mir gestoßen hätte, zwang ich mich stehen zu bleiben.

Ich hatte mich schon gefragt, wann sie auf mich losgehen würde, denn so, wie es aussah, war ich die Einzige, die sie bisher verschont hatte. »Wenn du glaubst, du kannst dich auf diese Weise an mir rächen«, zischte sie, »dann hast du dich geschnitten.«

Oh, ich werde mich an dir rächen. Aber anders, als du denkst.

An Kims Ärmel hing ein loses Haar. Genau das, was ich brauchte. »Du hast da was.« Ich zupfte es von ihrem Ärmel. Statt es jedoch fallen zu lassen, behielt ich es verborgen in meiner Hand, als ich sie wieder sinken ließ.

Kim schnaubte und sah aus, als würde sie jeden Moment Feuer spucken. Doch sie machte mir keine Angst mehr. Nicht, nachdem ich wusste, dass ihr Terror ab morgen der Vergangenheit angehören würde.

Skyler schob mich zur Seite und blieb vor Kim stehen. Unwillkürlich wich sie einen Schritt zurück. »Ich denke, du hast bereits genug getan, Kim.«

Ohne eine Antwort abzuwarten, nahm er meine Hand und führte mich aus dem Speisesaal. Erst vor der Tür blieb er stehen. »Du solltest mit Mr Cranston darüber sprechen, was sie getan hat. Oder sie gleich bei Direktor Jenkins melden.«

Ich schüttelte den Kopf. »Dann habe ich überhaupt keine Ruhe mehr.« Kim würde immer einen Weg finden, mir trotz allem zu schaden. Ich brauchte eine dauerhafte Lösung.

»Bist du sicher?«

»Ja.«

Sein Blick suchte meinen und hielt ihn fest. Es war, als würde er darin nach etwas suchen. Schließlich nickte er. »Ich werde Kim für den Rest des Abends im Auge behalten und du schließt besser deine Tür ab.«

9

In meinem Zimmer legte ich das Haar, das ich von Kims Ärmel gezupft hatte, auf meinen Schreibtisch und schob ein Buch darüber, damit es nicht weggeweht wurde.

Ich stellte meine Tasche auf den Stuhl und wollte das Medaillon herausholen, doch ich brachte es nicht einmal fertig, die Tasche zu öffnen. Als ich mich zwang, die Hand danach auszustrecken, zitterten meine Finger.

Was ich vorhatte, war starker Tobak.

Heftiger als jeder Fluch, den ich bisher gewirkt hatte.

Konnte ich das wirklich tun?

Unentschlossen stand ich da, meine Hand immer noch nach meiner Tasche ausgestreckt, und starrte auf die Spitze des blonden Haars, das unter dem Buch hervorlugte. Langsam ließ ich meine Hand sinken. War ich nicht genau die Art von Zauberer, vor der sich die Menschen fürchteten? Vor der sie sich *zu Recht* fürchteten?

Und wie wollte ich es überhaupt anstellen?

Ich ging zum Fenster und sah nach draußen. Das Internatsgelände lag unter einem Schleier dämmrigen Zwielichts, das bald von der Nacht verdrängt werden würde. Obwohl ich vorgehabt hatte, sofort zu beginnen, war es vielleicht besser, zu warten, bis im Haus Ruhe einkehrte. Einen Fluch wie diesen hatte ich noch nie gewoben, weshalb ich auch nicht abschätzen konnte, was passieren würde, wenn ich in meiner Konzentration gestört wurde. Selbst wenn ich meine Tür abschloss, war das keine Garantie. Es brauchte nur jemand anzuklopfen oder draußen auf dem Gang Radau zu veranstalten, während ich mittendrin war, und schon hätte ich den Salat.

Abgesehen davon konnte ich sowieso nicht loslegen, solange ich noch keine genaue Vorstellung davon hatte, was ich mit meinem Fluch bezwecken wollte. Sicher, ich hatte eine Idee, was er bewirken sollte. Allerdings sollte ich ein wenig mehr als das haben, bevor ich begann.

Ich würde es wirklich tun. Ich würde es durchziehen. Als mir das bewusst wurde, begann mein Herz schneller zu schlagen. Es war ein Risiko, andererseits war es gefährlicher, nichts zu unternehmen und zu riskieren, dass Kim mich derart provozierte oder in die Enge trieb, dass ich mich nicht länger unter Kontrolle hatte. Ihr in aller Öffentlichkeit den Ausschlag anzuhängen, war schlimm genug gewesen. Was, wenn es das nächste Mal etwas Schlimmeres war? Etwas, das sich zu mir zurückverfolgen ließ?

Es ging mir nicht um Rache (auch wenn die Vorstellung durchaus verlockend war), sondern darum, mich selbst zu schützen. Wenn Kim dabei ein wenig Demut lernte, wäre das ein netter Nebeneffekt.

Ich schnappte mir einen Block und einen Stift und fing an, meine Gedanken und Vorstellungen aufzuschreiben. Es dauerte nicht lange, bis sich aus bloßem Wunschdenken erste konkrete Ziele herauskristallisierten und ich den Weg fand, den ich weiterverfolgte. Sobald mir klar war, wie mein Fluch aussehen würde, legte ich den Block zur Seite und setzte mich an meine Hausaufgaben. Wenn ich sowieso warten musste, konnte ich die Zeit bis dahin zumindest sinnvoll nutzen.

Als es im Haus endlich ruhig wurde, war ich längst mit meinen Schularbeiten fertig, hatte geduscht und die Zähne geputzt und saß mit einer Zeitschrift im Schoß auf dem Bett. Die Zimmertür war abgeschlossen und mein Handy ausgeschaltet. Für gewöhnlich rief nie jemand an, da aber Momente, die keinesfalls gestört werden durften, für automatische Werbeanrufe oder jemanden, der sich verwählt hatte, geradezu prädestiniert waren, wollte ich lieber kein Risiko eingehen.

Obwohl ich immer ungeduldiger wurde, wartete ich, bis auch das letzte Türenschlagen verstummt und die Stimmen, die aus den Nebenzimmern an mein Ohr drangen, verklungen waren. Es war kurz vor Mitternacht, als endlich Ruhe eingekehrt war.

Ich warf die Zeitschrift auf den Nachttisch. Dabei fiel mein Blick auf das Foto meiner Familie. »Glaub mir, Mom«, flüsterte ich, »es ist der einzige Weg.« Dad würde es verstehen. Er hatte auch immer gewollt, dass Mom sich schützte, während sie … Es war ihr immer wichtiger gewesen, zu helfen. Nicht zum ersten Mal fragte ich mich, ob ihr ihre Hilfsbereitschaft wichtiger gewesen war als die Sicherheit unserer Familie. Tränen traten mir in die Augen. Ich strich mit dem Daumen über ihr Gesicht. »Warum hast du nicht auf Dad gehört?«

Ich schaltete das Licht aus und wartete. Ganz allmählich gewöhnten sich meine Augen an die Dunkelheit und schon bald konnte ich im Schein des einfallenden Mondlichts die kantigen Umrisse meiner Möbel erkennen. Sobald ich mir sicher war, gut genug zu sehen, um nicht gleich beim ersten Schritt über den Wäschekorb oder die Truhe vor meinem Bett zu stolpern, holte ich das Medaillon aus meiner Tasche und zog Kims Haar unter dem Buch hervor. Zum Schluss schnappte ich mir noch ein Feuerzeug und ließ mich mit untergeschlagenen Beinen auf dem Boden nieder.

Das Schmuckstück lag kühl in meiner Hand. Zum ersten Mal nahm ich mir die Zeit, es eingehender zu betrachten. Die ziselierte Oberfläche schimmerte hell im Mondschein. Sie zierte ein Muster aus verschlungenen Ranken und Symbolen, die sich über die gesamte Vorderseite zogen. Die

Rückseite war glatt und frei. Nachdenklich ließ ich die feinen Kettenglieder durch meine Finger gleiten, während ich meine Aufmerksamkeit darauf richtete, was vor mir lag.

Wenn man jemanden mit einem gewöhnlichen Fluch belegte, genügte es, den Namen der betreffenden Person zu kennen. Leichte Flüche wie der Ausschlag, den ich Kim verpasst hatte, legten sich wie eine Schicht über die betroffene Person. Eine Schicht, die sich mit der Zeit wieder verflüchtigte, bis von dem Fluch nichts mehr übrig blieb. Dafür musste ich nichts weiter tun, als mir die Wirkung des Fluchs vorzustellen, den ich jemandem anhängen wollte, und ihn gedanklich in Worte zu fassen.

Dieses Mal jedoch schwebte mir etwas Dauerhaftes vor. Um eine permanente Wirkung zu erzielen, musste ich den Fluch mit Kims Aura verweben. Auf diese Weise wäre er an sie gebunden und könnte sich nicht einfach wieder verflüchtigen. Dafür brauchte ich einen Gegenstand, der meiner Zielperson gehörte. Mein Blick fiel auf das Medaillon, das vor mir auf den Boden lag, und wanderte dann weiter zu dem blonden Haar in meiner Hand. Das Haar war ein Glücksfall, denn dadurch konnte ich die Verbindung zwischen dem Fluch und Kim noch enger knüpfen.

Bisher hatte ich nur darüber gelesen, wie man einen Fluch mit einer Person oder einem Gegenstand verknüpfte. Ausprobiert hatte ich es noch nie. Und nachlesen konnte ich es auch nicht mehr, denn jedes Buch über Magie, das mir im Laufe meines Lebens in die Finger gekommen ist, habe ich studiert und anschließend vernichtet. Ein grauenhaftes Sakrileg und vor allem ein schlimmer Verlust an Wissen, doch das Risiko, dass jemand eine verbotene Schrift bei mir fand, war einfach zu groß. Wenn ich erst volljährig war, auf eigenen Beinen stand und eine Wohnung hatte, die nur mir gehörte, konnte ich mir dort ein sicheres Versteck einrichten. Dann wäre ich nicht länger gezwungen, derart kostbare Schätze zu vernichten.

Heute musste es auch ohne Anleitung gehen. Zum Glück war mein Vorhaben nicht sonderlich kompliziert, und soweit ich es beurteilen konnte, hatte ich noch jeden Schritt im Gedächtnis.

Mein erster Impuls war es gewesen, Kim durch meinen Fluch zu zwingen, sich so zu verhalten, dass sie all ihre Freunde verlor. Abgesehen von ein bisschen persönlicher Befriedigung wäre mir damit jedoch nicht weitergeholfen. Um in Zukunft vor ihren Bosheiten gefeit zu sein, durfte sie mich nicht länger zur Kenntnis nehmen. Mich sozusagen von ihrem Radar verschwinden zu lassen, wäre die perfekte Lösung gewesen. Dann hatte ich jedoch eine bessere Idee gehabt. Kim sollte sich künftig allen Menschen gegenüber nett benehmen. Ihnen allen dieselbe Wertschätzung entgegenbringen und kein böses Wort mehr über diejenigen verlieren, die sie als Loser und Außenseiter betrachtete, oder in irgendeiner Form Hand an sie legen. Das war perfekt! Ihr Gefolge würde ziemlich blöd aus der Wäsche schauen, wenn Königin Kim plötzlich nett zum Fußvolk wäre!

Schade nur, dass ich es nicht so drehen konnte, dass Kim ebenfalls mitbekam, dass ihr Verhalten alles andere als normal war. Kim selbst durfte nichts merken. Andernfalls könnte sie gegen den Fluch ankämpfen oder sich Hilfe holen. Ihr musste ihr Verhalten vollkommen normal erscheinen. Natürlich wäre ihr klar, dass sie sich anders verhielt als gewöhnlich, doch sie würde die Gründe dafür niemals außerhalb suchen. Stattdessen musste es ihr erscheinen, als hätte sie begriffen, dass es falsch war, andere so zu behandeln, wie sie es tat. Zu keiner Zeit durfte ihr bewusst sein, dass ihre Veränderung gegen ihren Willen geschah.

Ich konzentrierte mich auf die Wirkung des Fluchs und

verknüpfte ihr Haar sorgfältig mit der Kette. Mit jedem weiteren Knoten wob ich einen weiteren Aspekt des Fluchs ein. Freundlichkeit. Gesinnungsänderung. Selbsterkenntnis. Akzeptanz des neuen Verhaltens. Ein schlechtes Gewissen angesichts ihres bisherigen Benehmens. Knoten für Knoten erweiterte ich die Auswirkung des Fluchs in Gedanken.

Dann schloss ich die Augen.

Während ich meine Hand fest um das Medaillon und das Haar schloss, spürte ich Kims Aura nach, deren Echo diesen Dingen noch immer anhaftete. Wärme erfüllte meine Fingerspitzen und stieg kribbelnd über meine Hand, in meinen Arm und immer weiter nach oben. Als die Hitze mein Herz erreichte, sah ich Kims Aura vor mir, die sich von dem Medaillon und ihrem Haar auf mein inneres Auge übertrug. Ein Strahlenkranz, der Kims Körper wie lodernde Flammen umschloss und in allen Farben des Spektrums leuchtete. Es hätte mich nicht überraschen dürfen, dass die vorherrschende Farbe in Kims Aura ein trübes Rot war. Eine Farbe, die für eine Neigung zu Spott und Hohn stand. Von Streitsucht und Bosheit ganz zu schweigen. Wie passend.

Die Augen noch immer geschlossen zwang ich mich, die Aura mit meinem Geist festzuhalten. »Kim Randall, du wirst erkennen, dass dein Verhalten anderen gegenüber falsch war.« Vor meinem inneren Auge sah ich, wie meine Worte in Form silberner Fäden auf die Aura stießen und sich mit ihr verbanden. Wie die Fäden eines Teppichs verknüpfte ich meinen Fluch untrennbar mit Kim. »Du wirst bereuen und dich deinen Mitmenschen gegenüber künftig anständig verhalten. Alle Menschen sind gleichwertig und du wirst sie ab sofort alle gut behandeln. Keine Bosheiten, keine Streiche, keine spitzen Bemerkungen oder bösen Blicke mehr. Nur Reue und Freundlichkeit.«

Ich hatte keine Ahnung, ob die Wahl meiner Worte

reichte oder ob ich sie in Reimform, oder zumindest feierlicher, hätte ausdrücken sollen. Da ich mich aber nicht daran erinnern konnte, etwas darüber gelesen zu haben, nahm ich an, dass es auch so funktionieren würde.

Insgesamt wiederholte ich meine Worte dreimal, zumindest sinngemäß, denn ich hatte es versäumt, mir den genauen Wortlaut vorher zu notieren, und beobachtete, wie sich mein Fluch verfestigte und sich immer weiter mit Kims Aura verband.

Nach dem dritten Mal öffnete ich die Augen und griff nach dem Feuerzeug. Ich hielt die Flamme an ein Ende des Haars. Es schmolz rasend schnell, zog sich knisternd zusammen und ging schließlich in einer kleinen Stichflamme auf, die nicht mehr übrig ließ als einen verschmorten Geruch.

Noch einmal schloss ich meine Hände um das Medaillon und sprach die abschließenden Worte, die tatsächlich festgeschrieben standen. »Mit diesen Worten ist der Fluch verwoben und nicht von selbst mehr aufgehoben.«

Ein Blitz schoss aus dem Medaillon in meine Finger und warf mich zurück. Wobei es wohl weniger die kaum spürbare Druckwelle als viel mehr der Schreck gewesen war, der mich aus dem Gleichgewicht gebracht hatte.

Mit rasendem Puls setzte ich mich auf und starrte auf das Medaillon in meinen Händen. Im Zimmer roch es nach verfaulten Eiern. Schwefel! Heilige Scheiße, davon hatte nirgendwo etwas gestanden. Auch nicht von einem Blitz.

Ob ich etwas falsch gemacht hatte?

Ich stand auf, kein ganz einfaches Unterfangen, nachdem mir die Beine eingeschlafen waren, ging zum Fenster und schob es auf. Die kalte Nachtluft vertrieb die Hitze des Rituals und linderte den Schrecken, den mir der Blitz eingejagt hatte. Ich beugte mich vor und atmete tief durch, als ich im Garten einen Schatten sah. Ein dunkler Schemen stand halb hinter einem Baum verborgen und blickte zu meinem Fenster hinauf. Ich lehnte mich noch ein Stück weiter nach draußen in der Hoffnung, mehr zu erkennen, doch die Gestalt war verschwunden. Oder vollends mit den Schatten verschmolzen. Eine Weile wartete ich noch, ob nicht doch noch eine Bewegung zu sehen wäre, doch nichts geschah. Selbst als ich mich vom Fenster zurückzog und mich seitlich wieder anschlich, um nach draußen zu spähen, war da nichts mehr.

Vielleicht hatte ich mich geirrt.

Andererseits hatte ich mich heute Morgen nicht geirrt, als wer auch immer sein kleines Ritual dort unten abgehalten hatte. Nur dass das ein ganzes Stück von meinem Fenster entfernt gewesen war. Jetzt hatte die Gestalt unmittelbar darunter gestanden und zu mir nach oben gesehen.

Okay, vielleicht hatte ich seine Aufmerksamkeit erregt, als ich das Fenster geöffnet hatte. Das war sogar ziemlich wahrscheinlich. Trotzdem war die Vorstellung, dass nachts irgendwelche Gestalten da draußen herumschlichen – oder war es derselbe gewesen? –, alles andere als beruhigend.

Mit fahrigen Bewegungen schob ich das Fenster wieder zu und zog die Vorhänge vor, ehe ich die Nachttischlampe anknipste. Ich hob das Medaillon auf, das ich nach dem Blitz fallen gelassen hatte, und untersuchte es im Lichtschein nach Brandspuren. Es war unversehrt. Als hätte es gar keinen Blitz gegeben.

10

Am nächsten Morgen fühlte ich mich noch mehr gerädert als gewöhnlich. Trotzdem konnte ich es kaum erwarten, zu sehen, ob mein Fluch Wirkung zeigte. Ich war so gespannt, dass ich mich zusammenreißen musste, um nicht schon vor Öffnung des Speisesaals unten aufzutauchen.

Wie üblich erwartete mich Skyler bereits vor der Tür. Als ich näher kam, schwand das Lächeln aus seinen Zügen. »Du siehst nicht wirklich ausgeschlafen aus.«

Ich zuckte die Schultern.

Einen Moment lang sah es so aus, als wollte er nachhaken, dann veränderte sich sein Gesichtsausdruck und das Grinsen kehrte zurück. »Du hast gestern Kims Nervenzusammenbruch verpasst.«

Wie erstarrt sah ich ihn an. »Einen *echten* Zusammenbruch?«

»Ich würde es eher einen Kim-Zusammenbruch nennen.« Er hielt mir die Tür auf und wir stellten uns in die Schlange an der Essensausgabe. »Erst hat sie jeden, der blöd genug war, in die Bibliothek zu gehen, solange sie auch dort war, mindestens ein Dutzend Mal gefragt, ob er oder sie ihre Kette gesehen hat. Nachdem sie mit allen durch war, sie hat sogar Mr Petersen gefragt, warf sie sich heulend in Max' Arme und hat so lange herumgejammert, bis Petersen sie rausgeschmissen hat.«

Ich konnte mir ein Lachen nicht verkneifen. Mr Petersen war der Bibliothekar und er verteidigte die Ruhe in seinen heiligen Hallen mit allen Mitteln.

Wir hatten die Essensausgabe erreicht, ließen uns Toast, Eier und Marmelade geben und sahen uns nach freien Plätzen um. Ty winkte uns zu sich. Wir saßen noch nicht lange, da gesellten sich auch Lily und Mercy zu uns. Die beiden kicherten und gluckSten.

»Du hast gestern wirklich was verpasst«, sagte Mercy an mich gewandt.

»Oh ja! Wer hätte gedacht, dass die Bibliothek ein so spannender Ort sein könnte«, fügte Lily hinzu. »Besser als Kino.«

»Skyler hat es mir schon erzählt.« Er hatte zwar nicht allzu viel gesagt, aber mehr musste ich offen gestanden auch gar nicht wissen. Viel mehr war ich darauf gespannt, Kim zu sehen. Ich konnte es nicht erwarten herauszufinden, ob man ihr etwas anmerken oder ob sich die Wirkung meines Fluchs erst nach und nach offenbaren würde.

Als hätte sie meine Gedanken gelesen, betrat Kim in diesem Augenblick an Max' Seite den Speisesaal. Eine halbe Stunde früher als gewöhnlich. Statt Max ihr Essen holen zu lassen, stellte sie sich zusammen mit ihm in die Schlange und nahm dann ihr Tablett selbst in die Hand. Auf dem Weg zu ihrem Stammplatz kamen sie auch an unserem Tisch vorbei. Dass Max uns einen Guten Morgen wünschte, war nicht weiter ungewöhnlich. Kim stand auf einem anderen Blatt. Statt wie gewöhnlich an uns vorbeizuschweben und uns mit Nichtachtung zu strafen, sah sie uns an und sagte: »Guten Morgen.«

Tys Gabel blieb auf dem Weg zu seinem Mund in der Luft stehen. Mercy und Lily starrten sie einfach nur an und selbst Skyler wirkte überrascht. Um ein Haar hätte ich gelacht. Ich rettete mich gerade noch in ein Husten und nickte ihr dann zur Begrüßung zu. Der Fluch wirkte! Und wie! Unser Tisch war nicht der einzige, an dem den Leuten der Kiefer herunterklappte, denn Kim grüßte jeden, an dem sie vorbeikam, zumindest mit einem Nicken.

»Was haben sie der in den Tee getan?« Ty sah ihr noch immer hinterher, die Gabel hatte er sich allerdings mittlerweile in den Mund geschoben und längst wieder neu beladen.

»Vielleicht hat sie gestern all ihre Bosheit rausgejammert?« Mercy zuckte die Schultern. »Wen interessiert das schon?«

Mich zum Beispiel. Zufrieden angesichts meines gelungenen Fluchs wandte ich mich meinem Frühstück zu.

Am Vormittag fiel Englische Literatur aus, da Miss Hinley mit Grippe im Bett lag und so schnell niemand einspringen konnte. Skyler war auf sein Zimmer gegangen, um etwas zu erledigen, er hatte was von nicht fertig gewordenen Hausaufgaben gemurmelt und war verschwunden. Ich saß mit Mercy und den anderen in einem der Aufenthaltsräume und trank eine Tasse Schwarztee, als mir bewusst wurde, wie gelegen mir diese Freistunde kam.

Kim hatte Englische Literatur nicht belegt und ich wusste, dass um diese Zeit Sport auf ihrem Stundenplan stand. Das war meine Möglichkeit, ihr das Medaillon unbemerkt zurückzugeben.

Ich öffnete meine Tasche und wühlte demonstrativ darin herum, auf der Suche nach etwas, das gar nicht fehlte. Dann sprang ich fluchend auf. »Ich habe meinen Taschenrechner vergessen. Bin gleich zurück.« Ich trank meinen Tee mit zwei Schlucken aus, stellte die Tasse in den Geschirrspüler, schnappte mir meine Tasche und machte mich aus dem Staub.

Statt zu meinem Zimmer zu gehen, lief ich nach draußen. Ich folgte dem breiten Kiesweg zu den Sporthallen und betrat den Trakt durch eine Seitentür. Der Geruch von Bohnerwachs und Zitronenreiniger stieg mir in die Nase, als ich dem langen Gang entlang zur Umkleidekabine der Mädchen folgte. Aus den dahinterliegenden Hallen hörte ich Rufe und Gelächter, die sich mit den schnellen Schritten unzähliger Füße vermischten, immer wieder vom Donnern eines aufschlagenden Balls durchbrochen.

An der Umkleidekabine öffnete ich vorsichtig die Tür und spähte hinein. Niemand zu sehen. Den ganzen Raum konnte ich allerdings nicht überblicken, da er durch lange Reihen von Metallspinden in mehrere Gänge unterteilt war. Ich lauschte, konnte aber bis auf das Rauschen einer Dusche im nebenan gelegenen Waschraum nichts weiter hören. Schnell schlüpfte ich hinein und ging zu Kims Spind. Ich zog das Medaillon aus meiner Tasche und betrachtete es noch einmal, staunend, dass der Blitz nicht die geringste Spur darauf hinterlassen hatte.

Es kostete mich nur einen raschen Blick, um den idealen Ort zu finden, an dem Kim es garantiert entdecken würde: das offene Schuhregal unter dem Spind. Ich platzierte das Schmuckstück so, dass die Kette heraushing und der Anhänger, wenn man genauer hinsah, deutlich zu erkennen war.

Mit einem letzten Blick nach allen Seiten versicherte ich mich, dass mich auch niemand beobachtet hatte, dann verließ ich die Umkleidekabine und kehrte in den Aufenthaltsraum zurück.

Meine Neugierde, ob Kim das Medaillon auch wirklich gefunden hatte, wurde nicht lange auf die Probe gestellt. Der nächste gemeinsame Unterricht war die Mathestunde bei Mr Cranston.

Mittlerweile hatte sich Skyler wieder zu uns gesellt und ich war froh über seine Anwesenheit, denn wir erreichten den Klassenraum beinahe zeitgleich mit Kim und ihrem Gefolge, bestehend aus Michelle, Tanya und Cin. Es ging genauso los wie gestern.

»Wenn das nicht die Weichspülertussi ist«, grinste Michelle und ließ ihre fiese Lache hören.

Doch statt zu schnauben und ebenfalls einen blöden Kommentar abzugeben, schüttelte Kim den Kopf. »Lass sie in Ruhe.«

Michelle und Cin wirkten überrascht, Tanya runzelte pikiert die Stirn. »Hast du die jetzt auch in dein Schutzprogramm aufgenommen?«

»Ich hab euch doch schon gesagt, dass ich nachgedacht habe.«

Offensichtlich war ich bis jetzt nicht die Einzige, die Kim vor ihren Freundinnen in Schutz genommen hatte. Es fühlte sich seltsam an, dass sich ausgerechnet Kim vor mich stellte, fast schon ein wenig gruselig. Die Gesichter der drei Grazien waren das jedoch wert. Cin wirkte geradezu schockiert, sodass ich Angst bekam, ihr würde vor Schreck das Make-up vom Gesicht bröckeln. Michelle sah einfach nur verwirrt aus, sie war noch nie die hellste Leuchte im Lampengeschäft gewesen, und Tanya war wütend.

»Geht schon mal rein, ich komme gleich nach.« Mit einer herrischen Geste verscheuchte Kim ihr Gefolge, und kaum waren die drei verschwunden, wandte sie sich mir zu. Sofort rückte Skyler näher an mich heran.

Kim zog die Kette unter ihrer Bluse hervor und hielt mir ihr Medaillon unter die Nase. »Sieh dir das an! Ich habe es wieder! Sorry, dass ich so gemein zu dir war und dich obendrein auch noch verdächtigt habe. Dabei war ich selbst schuld. Es muss mir gestern beim Sport runtergefallen sein.«

Das war die längste Rede, die Kim je ohne eine einzige Beleidigung an mich gerichtet hatte. Und sie war noch nicht fertig. Plötzlich legte sie mir die Hand auf den Arm. »Jedenfalls wollte ich dir unbedingt sagen, dass ich das alles nicht so gemeint habe und dass es unüberlegt von mir gewesen ist, derart auf dich loszugehen.«

So, wie sie klang, meinte sie damit nicht nur die Verdächtigungen, die sie wegen ihres verschwundenen Medaillons gegen mich ausgesprochen hatte.

Sie schenkte mir ein Lächeln, das so viel echter aussah als jedes Lächeln, das ich je an ihr gesehen hatte, dann nickte sie mir noch einmal zu und folgte ihren Freundinnen nach drinnen.

»Du meine Güte, was ist denn mit der los? Die benimmt sich ja, als hätte sie jemand verhext.«

Skylers Worte ließen mir den Atem stocken. Ahnte er etwas? Unmöglich! Ich zuckte die Schultern. »Falls ja, sollte man vielleicht darüber nachdenken, zumindest gewisse Formen von Magie zuzulassen.«

Skyler lachte. »Schon traurig, wenn jemand so ein Miststück ist, dass man gleich denkt, es ginge nicht mit rechten Dingen zu, sobald sich derjenige mal normal benimmt.«

Als wir in der nächsten Pause in den Aufenthaltsraum gingen, um uns wie gewohnt mit Lily und den anderen zu treffen, war Kim bereits dort. Sie stand neben Ty, hatte eine Hand vertraulich auf seinen Arm gelegt und lachte über eine Bemerkung von ihm. Und nicht nur das, sie *unterhielt* sich mit ihm und den Mädchen. Alle drei schauten ähnlich verdutzt aus der Wäsche wie Kims Freundinnen vorhin, als sie mich vor ihnen in Schutz genommen hatte.

Ich folgte Skyler zur Küchenzeile, und während er uns Tee holte, warf ich ein paar Münzen in den Automaten und zog uns zwei Schokoriegel. Dabei konnte ich kaum den Blick von der neuen Kim nehmen. Ich war zu weit entfernt, um zu hören, worüber sie sprachen, doch es konnte nichts Schlimmes sein, denn Kim sah nicht boshaft aus und die anderen drei machten nicht den Eindruck, als würden ihre Worte sie verletzen. Das war eine ganz normale Unterhaltung.

Skyler hielt mir eine Tasse hin. »Die wird mir allmählich unheimlich.«

»Seltsam ist es schon«, räumte ich ein. »Aber auch eine angenehme Abwechslung.«

»Meinst du, dass die Aktion mit der Putzkammer sie zum Nachdenken gebracht hat?«

Da ich nicht wusste, was ich darauf sagen sollte, nippte ich an meinem Tee und verbrannte mir prompt die Zunge. »Vielleicht hat Max ihr ja den Kopf gewaschen, nachdem sie sich gestern wegen der Kette so aufgeführt hat.«

»Ich werde ihn mal fragen.«

»Wozu? Ist es nicht egal, warum sie sich verändert hat? Hauptsache, es ist so, oder?«

»Auch wieder wahr.« Er sah mich an. »Das bedeutet dann wohl, dass ich mir ihretwegen nicht länger Sorgen machen muss und meine Aufmerksamkeit wieder mehr auf dich richten kann.«

Ich runzelte die Stirn. »Tust du das nicht schon die ganze Zeit?«

»Ja, aber nur, weil ich auf dich aufpassen wollte. Jetzt geht es darum, wie ich dich am besten weichklopfe, damit du endlich mit mir ausgehst. Letztes Wochenende ist das ja schiefgegangen.«

»Ich habe so das Gefühl, dass es auch dieses Wochenende nicht besser laufen wird.«

»Du unterschätzt meinen Charme.«

»Und du *über*schätzt ihn.«

Skyler grinste. »Warten wir's ab.«

Ob er in diesem Moment auch daran dachte, wie nah wir uns gekommen waren, nachdem er mich aus der Putzkammer befreit hatte? Aber das war eine Ausnahmesituation gewesen. Ein Moment, in dem ich sie nicht alle beisammengehabt hatte. Jetzt jedoch war ich wieder bei klarem Verstand und bereute es, ihn so nah an mich herangelassen zu haben. Nah genug, um ihm Hoffnungen zu machen. Als hätte ich nicht schon genug Probleme! Ich hatte Kim verflucht, auf dem Gelände trieb sich jemand herum, der magische Spielchen trieb, und jemand, der mich zu beobachten schien. Plötzlich kam mir ein Gedanke. Was, wenn es Skyler war?

Bevor er an die Schule gekommen war, hatte ich nie auch nur das geringste Anzeichen entdeckt, dass hier jemand mit Magie experimentierte, und plötzlich sollte jemand Rituale im Garten abhalten? War er etwa so sehr von mir besessen, dass er versucht hatte, einen Liebeszauber zu wirken?

Nein, das konnte ich mir nicht vorstellen, zumindest keinen Liebeszauber. Skyler schien so von sich selbst überzeugt zu sein, er würde nicht versuchen, mich mit unlauteren Mitteln rumzukriegen. Aber was hatte er dann dort unten getan? Wenn er überhaupt etwas getan hatte? Die bloße Vorstellung, er könnte wie ich sein, ließ mein Herz schneller schlagen.

Jemand, vor dem ich mich nicht nur nicht zu verstecken brauchte, sondern der mich auch noch verstand! Trotz aller Euphorie zwang ich mich zur Ruhe. Es war überhaupt nicht gesagt, dass Skyler derjenige war, der das Ritual abgehalten hatte. Auch wenn ich mir nicht vorstellen konnte, wer es sonst gewesen sein sollte.

Irgendwie musste ich mehr darüber herausfinden.

Jetzt wurde meine Aufmerksamkeit erst einmal von Michelle, Cin und Tanya auf sich gezogen, die in diesem Augenblick hereinkamen. Als sie Kim sahen, gingen sie zu ihr. Wieder konnte ich nicht verstehen, was sie sagten, ihre Gesichter jedoch sprachen Bände. Kim wirkte verletzt, während Tanya und die anderen hämisch grinsten. Das konnte nichts Nettes gewesen sein.

Plötzlich fühlte ich mich getroffen. Als hätten Tanyas Worte nicht Kim, sondern mir selbst gegolten. Es tat weh, so behandelt zu werden, und ich musste den Kloß herunterschlucken, der sich zusammen mit der Enttäuschung in meinem Hals bildete.

So schnell, wie es gekommen war, war das Gefühl auch wieder verflogen.

Verwirrt blinzelnd blickte ich auf die Szene vor mir. Was war das denn? Warum hatte ich mich plötzlich so getroffen gefühlt, obwohl mir niemand etwas getan hatte? Die drei hatten ja nicht einmal in meine Richtung geschaut. Trotzdem fühlte ich mich so, wie Kim aussah. Als hätte mir jemand eine Ohrfeige verpasst.

In der nächsten Stunde saß ich über mein Geografiebuch gebeugt, als plötzlich die Zeilen vor meinen Augen verschwammen. Hinter meiner Stirn pochte ein dumpfer Schmerz. Merkwürdig, denn eigentlich neigte ich überhaupt nicht zu Kopfschmerzen. Vor mir lag ein gefalteter Zettel. Meine Finger zitterten, als ich das Papier öffnete.

Erst Samariterin, dann Einzelgänger stand darauf.

Ich wusste weder, von wem der Zettel kam, noch, was die Worte zu bedeuten hatten. Aber sie versetzten mir einen Stich. Es fühlte sich an, als hätte mir meine beste Freundin – nicht dass ich eine gehabt hätte – ein Messer ins Herz gestoßen. Hinter mir erklang ein Glucksen, und als ich mich danach umdrehte, sah ich Cin und Michelle kichernd die Köpfe zusammenstecken.

Aber irgendetwas war falsch.

Mein Tisch stand in der ersten Reihe und die beiden saßen ganz hinten. Für mich jedoch sah es aus, als müsste ich nur die Hand ausstrecken, um sie zu berühren. Aber das war … das war nur von Kims Platz aus möglich.

Obwohl ich mich nicht bewegen wollte, wandte ich den Kopf wieder ab und blickte erneut auf das Buch vor meiner Nase. Daneben lag ein Kosmetikmäppchen. Definitiv nicht meines!

Tränen brannten in meinen Augen und ich schluckte sie herunter, doch es waren ebenso wenig meine Tränen, wie es mein Zettel war. Nicht einmal die Kopfschmerzen gehörten mir. Alles, was ich sah, sah ich durch Kims Augen, und was ich empfand, waren in Wirklichkeit ihre Gefühle.

Der Fluch wirkte, doch irgendwie war es mir gelungen, eine Verbindung zwischen Kim und mir zu schaffen. Und das war nun wirklich nichts, was ich haben wollte. Allein bei dem Gedanken daran, derart eng mit ihr verbunden zu sein, wurde mir schon schlecht. Vielleicht war es aber auch Kims Übelkeit, die sie angesichts des Verhaltens ihrer *Freundinnen* verspürte.

Ich musste den Fluch unbedingt abändern, doch dazu brauchte ich erst einmal die Kontrolle über meinen Körper zurück.

Wieder richtete sich mein – Kims – Blick auf das Papier. Sie fuhr sich über die Augen und ich *spürte* die Berührung ihrer Finger! *Oh Gott,* fing ich ihre Gedanken auf? *Ich dachte, das wäre vorbei. Aber es ist wie früher.*

Ich hatte nicht die leiseste Ahnung, was sie meinte, doch ihre Verzweiflung weckte mein Mitgefühl. Dabei hatte sie das überhaupt nicht verdient! Dass sie mir trotzdem leidtat, ärgerte mich.

Mein Ärger brach den Bann. Plötzlich sah ich meine Umgebung wieder mit meinen eigenen Augen. Ich war wieder ich. Blinzelnd drehte ich mich um. Kim zog ein Röhrchen Aspirin aus ihrer Tasche und schluckte zwei Tabletten. Dann knüllte sie den Zettel zusammen und stand auf. Hoch erhobenen Hauptes ging sie zum Mülleimer und versenkte ihn darin. Trotz der harten Miene, die sie an den Tag legte, sah ich die Verletzung dahinter. Du meine Güte, ich hatte sie *gespürt.* Ebenso wie die Kopfschmerzen, deren Nachhall mich immer noch verfolgte.

Am Ende der Stunde schnappte ich mir meine Tasche und sprang auf. »Wir sehen uns in der Bibliothek«, rief ich Skyler zu und stürmte aus dem Klassenzimmer.

Mein Abgang war nicht unbedingt unauffällig, doch ich hatte das Gefühl, keine Sekunde länger warten zu können. Die bloße Vorstellung, noch einmal als blinder Passagier in Kims Kopf gesogen zu werden, ohne etwas tun oder beeinflussen zu können, trieb mich an.

Ich verschwand im ersten Waschraum, der meinen Weg kreuzte. Mit einem schnellen Blick vergewisserte ich mich, dass ich allein war, und schlüpfte in eine der Kabinen. Kaum hatte ich hinter mir abgesperrt, lehnte ich mich mit dem Rücken gegen die Tür. Was, wenn diese Verbindung nicht nur in eine Richtung funktionierte und Kim sich auch in mich hineinversetzen konnte? Gedanken las, die niemanden außer mich etwas angingen.

Über Magie.

Ich musste diese Verbindung lösen – und zwar sofort!

Ich schloss die Augen und stellte mir Kims Aura vor und wie sich die Fäden des Fluchs mehr und mehr damit verbunden hatten, bis sie vor meinem inneren Auge erschien. Das boshafte Rot war einem Braunton gewichen. Das war seltsam, denn Braun war ein Anzeichen niederer Charaktereigenschaften, die sollte Kim nach meinem Fluch aber eigentlich abgelegt haben. Statt mir weiter Gedanken darüber zu machen, rief ich meine eigene Aura dazu. Ein merkwürdiger Anblick, denn im Gegensatz zu fremden Auren war es mir nicht möglich, bei mir selbst eine Farbe zu erkennen. Meine Aura war ein unruhiger, farbloser Wirbel. Ich wusste nicht, ob das normal war und ob ein Mensch schlicht nicht in der Lage war, sich selbst zu erkennen, oder ob ich es als schlechtes Zeichen werten sollte. Vermutlich war das, was ich mit meiner Magie anstellte, nicht besonders gut fürs Karma.

Unsere beiden Auren nebeneinander zu sehen, war ein eigenartiger Anblick. Ungeachtet der fehlenden Farbe glich meine Aura eher einem Lichtkranz, der mich wie eine Schutzschicht umgab, während Kims wie Flammen loderte. Bräunliche Flammen, die sich bis zu mir erstreckten und sich in meine Aura gruben, wie Wurzeln, die durch Mauerwerk drangen.

Da ich keine Worte kannte, mit denen ich unsere Verbindung trennen konnte, verließ ich mich auf die Kraft meiner Gedanken. Ich stellte mir vor, wie ich nach den Tentakeln von Kims Aura griff und sie fortzog. Eines nach dem anderen entfernte ich sie von mir, bis die Verbindung vollständig gekappt war. Eine Weile hielt ich meine Konzentration noch aufrecht, um zu sehen, ob sie ihre Fühler erneut nach mir ausstrecken würde, doch das geschah nicht. Ihre Aura loderte jetzt heller und umgab sie in zuckenden Lohen, doch sie reckten sich nicht länger in meine Richtung. Langsam zog ich mich zurück, trat aus dem Bild, bis nur noch Kims Licht zu sehen war.

Dann öffnete ich die Augen.

Meine Knie zitterten vor Erschöpfung und mein Atem kam in schnellen, harten Stößen. Ich fühlte mich vollkommen ausgelaugt, als hätte mir die Trennung unserer Auren alle Kraft aus den Gliedern gesogen. Vielleicht war ich auch einfach nur erleichtert.

Ich blieb noch ein paar Minuten stehen, bis ich sicher sein konnte, dass mich meine Beine nicht im Stich lassen würden, dann verließ ich die Kabine. Am Waschtisch ließ ich mir kaltes Wasser über die Handgelenke laufen, bis meine Haut zu prickeln begann und das Leben in meine Glieder zurückkehrte. Nachdem ich mir auch noch das Gesicht gewaschen hatte, verließ ich den Waschraum und machte mich auf die Suche nach Skyler.

Wie erwartet fand ich ihn in der Bibliothek. Als er mich kommen sah, hellte sich seine Miene auf. Er nahm seinen Rucksack vom Stuhl, damit ich mich setzen konnte.

»Wo hast du gesteckt, Sonnenschein?«

Sonnenschein? Das war definitiv die netteste Anspielung auf meinen Namen, die ich bisher gehört hatte. Tatsächlich freute ich mich, Skyler zu sehen. Keine Ahnung, ob es an ihm lag oder einfach daran, dass sich meine Laune in den letzten Minuten deutlich gebessert hatte. Die Verbindung war durchtrennt, der Fluch funktionierte – alles war bestens. Lediglich die Erinnerung an Kims Qual legte sich wie ein Schatten über meine Laune. Obwohl ich mir immer wieder sagte, dass es nichts schaden konnte, wenn sie einmal erfuhr, wie sich die Leute fühlten, die sie und ihre Freundinnen so oft wie Dreck behandelten, war es doch etwas anderes, selbst zu spüren, wie es ihr dabei erging, wenn ihre Freundinnen sie schnitten und sich über sie lustig machten.

»Du bist wirklich ein Weichei, Raine.«

»Was?«

Skylers Frage riss mich aus meinen Gedanken. Hatte ich das etwa laut ausgesprochen? Schnell schüttelte ich den Kopf. »Nichts, nichts.«

»Willst du mir verraten, warum du nach dem Unterricht so schnell verschwunden bist?« Er lächelte, doch in seinen Augen sah ich noch etwas anderes, etwas, das ich nur schwer zu fassen bekam und das sich am ehesten als eine Mischung aus Sorge und Misstrauen beschreiben ließ. Aber Misstrauen? Warum um alles in der Welt sollte er misstrauisch sein? Im Gegensatz zu gerade eben, als mir meine Gedanken herausgerutscht waren, hatte ich mich im Unterricht nicht verdächtig benommen. Nicht einmal, als ich in Kims Kopf gesteckt hatte. Oder in ihrem Geist. Oder wo auch immer das gewesen sein mag.

»Zu viel Tee«, sagte ich mit einem Lächeln, von dem ich hoffte, dass es zugleich entschuldigend und peinlich berührt wirkte.

Sein Grinsen wurde breiter. »Ab morgen wird rationiert, damit du mir nicht noch einmal davonläufst.«

Ihr Mund verzog sich zu einem bitteren Lächeln. »Ruhm ist ziemlich vergänglich, wie mir scheint. Und er verzeiht keine Fehler.«

»Du hältst es also für einen Fehler, andere wie Menschen zu behandeln?«

»Ja. Nein!« Sie schüttelte den Kopf, dann zuckte sie die Schultern. »Ich weiß es nicht. Ich weiß nur, dass man offensichtlich nicht beides haben kann. Beliebt zu sein und freundlich zu allen zu sein, scheint sich nicht sonderlich gut zu vertragen.«

»Vielleicht sind die Leute, mit denen du herumhängst, auch einfach nicht das, was man gemeinhin unter echten Freunden versteht.«

»Sie sind ganz schön oberflächlich, was?«

Ich sagte nichts.

»Ich bin ganz schön oberflächlich«, fügte sie hinzu.

Jetzt kamen wir der Sache schon näher. Oh Mann, ich liebte diesen Fluch! Zu sehen, wie Kim sich wand und wie sie sich gleichzeitig wirklich Gedanken zu machen schien. Etwas davon musste doch echt sein, oder?

»Wie hast du die Wandlung vom Aschenputtel zur Schulkönigin geschafft?« Ich wollte keine verflixte Unterhaltung mit Kim Randall führen. Verflucht, so normal mit ihr zu sprechen war einfach nur seltsam! Trotzdem wollte ich es wirklich wissen.

»In dem Sommer bevor ich hierherkam, wurde ich meine Zahnspange los und nötigte meine Mom, mich für drei Monate auf eine Fitnessfarm zu schicken. Ich habe mir den Arsch aufgerissen, um hinterher so auszusehen wie jetzt. Ich habe geschwitzt und geheult und mir geschworen, dass ich mich nie wieder von jemandem runtermachen lassen würde.«

Sichtlich hatte sie beschlossen, allen anderen zuvorzukommen und lieber selbst diejenige zu sein, die sich über andere lustig machte. Schlag zu, bevor ein anderer es tut. Nettes Motto.

»Darüber habe ich wohl vergessen, wie man sich in der Rolle des Opfers fühlt. Eigentlich war es mir auch egal«, fügte sie nach einer kurzen Pause hinzu. »Solange es nur mir nicht noch einmal passierte.«

Sie nahm ein Glas aus dem Schrank, hielt es unter den Hahn und füllte es mit Wasser. Aus einem Tablettenröhrchen schüttete sie zwei Aspirin in ihre Handfläche, warf sie sich in den Mund und spülte sie herunter.

»Warum hast du deine Meinung geändert?« Das war meine Chance, zu erfahren, wie der Fluch auf Kim wirkte und wie er ihr Denken und ihre Gefühle beeinflusste. Etwas, das ich unter normalen Umständen nie herausfinden würde.

Einen Moment lang sah sie mich so ratlos an, als hätte ich sie gebeten, mir die Relativitätstheorie zu erklären. Dann zuckte sie die Schultern. »Ich weiß auch nicht so genau. Vielleicht ist mir einfach klar geworden, dass es falsch ist. Die Sache mit der Putzkammer, als ich am nächsten Tag dein Gesicht gesehen habe … Ich glaube, das hat mich zum Nachdenken gebracht. Plötzlich habe ich mich daran erinnert, wie es früher für mich gewesen ist. Wie es sich angefühlt hat. Und ganz ehrlich, Raine, ich schäme mich wirklich dafür, was ich getan habe.«

Es war das erste Mal, dass ich Kim und ihr Verhalten tatsächlich verstand. Das bedeutete nicht, dass ich es deswegen guthieß, aber immerhin begriff ich, warum sie so war. Dass mein Fluch sich so natürlich in ihre Gedankenwelt einfügte und sie nicht einmal ein bisschen stutzen ließ, war unheimlich und genial zugleich.

So unglaublich ich es aus Forschungsgesichtspunkten fand, auf diesem indirekten Weg mehr über die Wirkung meines Fluchs zu erfahren, so gruselig war es, mich mit Kim über persönliche Dinge zu unterhalten. Es fühlte sich einfach falsch an. Abgesehen davon war es längst nicht mehr so befriedigend, zu sehen, wie ihre Freundinnen sie schnitten, nachdem ich so viel über sie wusste.

In den kommenden Tagen saß Kim zu den Mahlzeiten zwar wie gewohnt am Tisch ihrer Freunde, doch die Stimmung war angespannt. Tanya, Cin und Michelle schnitten sie auch weiterhin und sparten nicht mit bissigen Bemerkungen. Lediglich Max' eisige Blicke brachten die drei zum Schweigen. Die anderen schienen nicht so recht zu wissen, wie sie sich verhalten sollten. Ein Teil hielt sich ganz raus, andere – in erster Linie ein paar der Mädchen – sympathisierten mit Tanya, während die Jungs, die mit Max im Basketballteam spielten, für Kim Partei ergriffen. Insgesamt eine mehr als explosive Mischung.

Immer wieder kam es zu bissigen Wortwechseln oder bösen Blicken. Fast schon war es, als würden einige von ihnen endlich ihr wahres Gesicht zeigen und begreifen, dass sich da Leute zusammengefunden hatten, die eigentlich keine Freunde sein konnten, da sie schon immer miteinander in Konkurrenz gestanden hatten. Ganz besonders, wenn es um Beliebtheit ging.

Kim war die Einzige, die sich aus allen Streitigkeiten heraushielt. Sie reagierte nicht auf böse Bemerkungen und wurde immer stiller. Sie schminkte sich nicht mehr so stark, ihre Haare waren nicht mehr mit der üblichen Sorgfalt drapiert, und statt die Pausen mit ihren einstigen Freundinnen zu verbringen, hing sie plötzlich mit den Leuten herum, die sie bis vor Kurzem noch als Verlierer bezeichnet hatte.

Sie wurde von Tag zu Tag blasser. Bei den Mahlzeiten stocherte sie nur noch in ihrem Essen herum, ließ das meiste aber auf dem Teller zurück. Ihr Verbrauch an Aspirin schnellte so sprunghaft in die Höhe, dass ich mich zu fragen begann, ob ihre Verfassung meinem Fluch geschuldet war oder lediglich der Tatsache, dass ihre Freundinnen nicht die waren, für die sie sie die ganze Zeit über gehalten hatte. Ich nahm mir vor, die Sache weiter im Auge zu behalten und notfalls noch einmal einzugreifen. Vielleicht konnte ich ja auf Tanya und die anderen einwirken.

Aber wem machte ich etwas vor? Ich konnte nicht die ganze Schule mit Flüchen belegen, bis sich jeder so benahm, wie es mir gefiel. Die einzige Wahl, die ich hatte, war, Kims Fluch aufzuheben oder ihn bestehen zu lassen.

Am Sonntagnachmittag saß ich mit Skyler in einem der Aufenthaltsräume. Er hatte Chips, Cola und eine DVD mit einem Zombieschocker organisiert, und zum ersten Mal seit Tagen gelang es mir, Kim, den verdammten Fluch und seine unheimlichen Ergebnisse wenigstens für kurze Zeit zu vergessen.

Wir saßen nebeneinander auf der Couch, Skyler hatte die Vorhänge vorgezogen und ich merkte, wie er unauffällig immer näher zu mir heranrückte. Irgendwann legte er den Arm hinter mir auf die Lehne. Ich wartete mit klopfendem Herzen darauf, dass er weitergehen würde, doch das tat er nicht. Nach einer Weile entspannte ich mich, lehnte mich zurück und richtete meine Aufmerksamkeit auf den Film. Der Streifen war nicht gerade ein Highlight cineastischer Kunst, aber ideal, um das Gehirn abzuschalten und sich einfach von den flimmernden Bildern berieseln zu lassen. Zufrieden verfolgte ich das Geschehen auf dem Bildschirm und unterdrückte ein Stöhnen, als ich plötzlich einen heftigen Druck hinter meinen Augen verspürte.

Was zum …?

Gerade eben hatte mir nicht das Geringste gefehlt und von einem Moment auf den anderen hatte ich das Gefühl, jemand versuchte mir die Schädeldecke abzusprengen. Das konnte doch unmöglich sein. Ich hatte doch gar keine Neigung zu … Verflucht! Nein!

Mein Puls begann zu rasen und das Letzte, was ich spürte, bevor ich in Kims Geist gerissen wurde, war, wie mein eigener Körper erstarrte. Das Nächste, was ich sah, war Max, der mir tief in die Augen schaute. Nicht mir – Kim. Die beiden saßen auf einem Bett, angesichts der Unordnung und der im Regal stehenden Trophäen musste es sich dabei um Max' Zimmer handeln, und hielten Händchen. Die Berührung seiner Finger auf Kims Hand fühlte sich an, als wäre es meine eigene. Oh Mann, ich musste schnellstens wieder aus ihrem Kopf verschwinden, wer konnte schon wissen, was die beiden als Nächstes tun würden. Was auch immer es war, ich konnte mir nicht vorstellen, dass ich dabei sein wollte.

Mit der freien Hand wickelte Max spielerisch eine von Kims blonden Strähnen um den Finger. »Willst du mir jetzt endlich verraten, was in den letzten Tagen mit dir los war?«

Kims Gedanken stürzten in einem wilden Durcheinander auf mich ein, das es mir schwer machte, mehr herauszuhören, als dass sie nicht darüber sprechen und die vergangenen Tage am liebsten aus ihrer Erinnerung streichen würde. »Was soll los sein?«

Sie klang nicht sonderlich überzeugend. Das war auch Max nicht entgangen. »Nimm es mir nicht übel, aber du … Führst du etwas im Schilde?«

Ruckartig setzte Kim sich auf. Ich konnte spüren, wie sich ihre Muskeln anspannten und ihre Beine zuckten, als wolle sie aufspringen. Sie war ehrlich entsetzt, dass Max ihr Hintergedanken unterstellte. »Das ist doch nicht dein Ernst!«

»Was ist es dann?« Er hörte auf, mit ihrem Haar zu spielen, und sah ihr fest in die Augen. »Du bist plötzlich nett zu Leuten, die du sonst nicht einmal angesehen hast.«

Mein Gott, schoss es Kim durch den Kopf. *Er glaubt wirklich, dass ich mich aus Berechnung so verhalte.* Vor ein paar Tagen wäre das auch durchaus noch denkbar gewesen. Kim ahnte jedoch nichts davon, dass ihre Wandlung nicht aus ihr selbst kam. Max' Worte hatten sie verletzt. Zugleich spürte ich, dass sie ihm nicht wirklich böse sein konnte. So wie sie sich bisher verhalten hatte, lag seine Vermutung durchaus nahe.

Es war wirklich unglaublich, Kims Gedanken und Gefühlen zu folgen und zu sehen, wie fantastisch mein Fluch wirkte. Sie schöpfte immer noch nicht den geringsten Verdacht. Weniger unglaublich war es, dass es mir nicht gelungen war, die Verbindung zwischen uns zu trennen, und ich mich einmal mehr in ihrem Kopf befand.

»War ich wirklich so schlimm?«, riss Kim mich aus meinen eigenen Gedanken.

»Nett warst du jedenfalls nicht.« Ein Lächeln nahm Max' Worten die Schärfe. Einmal mehr fragte ich mich, was er in Kim sah. Er wusste, wie sie andere behandelte und was für ein Miststück sie sein konnte, und trotzdem hatte er sich in sie verliebt.

Kim seufzte. »Ich habe einfach eingesehen, dass es … dass sie nichts getan haben, das mein Verhalten rechtfertigt. Nicht einmal Raine.« Sie sah ihm fest in die Augen. »Immerhin bist du mit mir zusammen und nicht mit ihr.«

Max sah aus, als würde er vor Stolz auf seine Freundin jeden Moment platzen. Das versetzte mir einen Stich, denn es war ja nicht Kims wahres Ich, das aus ihr sprach. Wenn er die Wahrheit kennen würde, wäre er furchtbar enttäuscht.

Kim brachte ein Lächeln zustande, von dem selbst ich merkte, dass es gezwungen war. Ihre Gedanken waren bei Tanya und den anderen, und ich konnte spüren, wie sehr sie unter der Zurückweisung ihrer Freundinnen litt. Sie fragte sich, wie sie das Leichtathletiktraining überstehen sollte, das

Coach Jamesson nach dem Abendessen angesetzt hatte. Er behauptete, dass es Teil des Trainings war, Kim hingegen vermutete, dass es sich um reine Schikane handelte. Er wollte das Team für das schlechte Abschneiden bei den letzten Wettkämpfen bestrafen, indem er es um das Abendessen brachte. Er wusste ganz genau, dass die gesamte Mannschaft das Essen entweder ganz ausfallen lassen oder lediglich in ein paar Salatblättern herumpicken würde.

Ob Michelle zum Essen geht? Wenn ich sie allein erwische, könnte ich vielleicht in Ruhe mit ihr reden. Kim hoffte tatsächlich, dass sie zumindest Michelle davon abbringen konnte, sie wie ein feindliches Wesen zu behandeln. Ich verstand immer noch nicht, wie man diese Zicken als Freundinnen bezeichnen konnte – Menschen, die einen bei der ersten Gelegenheit fallen ließen und wie Dreck unter den Nägeln behandelten. Andererseits: Was wusste ich schon von Freundschaft?

Ich wusste allerdings sofort, dass es mir hier zu heiß wurde, als Max Kim an sich zog und ihr einen langen leidenschaftlichen Kuss auf die Lippen drückte. Heilige Scheiße, wollte er, dass ich einen Herzschlag bekam?!

Ich musste hier raus! Sofort!

Warme Lippen. Zungen. Oh Gott! Ich konnte mit niemandem knutschen, in den ich gar nicht verliebt war. Sicher, ich war es nicht, die mit Max herummachte, aber es fühlte sich so an. Ich spürte alles, seine Berührungen auf meiner – Kims – Haut, als er seine Hände unter ihre Bluse schob, seinen warmen Atem auf meinem Gesicht und die weichen Lippen …

Der Gedanke wirkte wie eine kalte Dusche. Schlagartig riss es mich in meinen eigenen Körper zurück. Mit einem Schrei fuhr ich auf, als wäre ich gerade aus einem Albtraum erwacht, und machte einen Satz zurück. Dabei stieß ich gegen die Couch und geriet ins Stolpern. Ein fester Griff an meinen Armen verhinderte meinen Sturz. Ich wurde mit Schwung nach oben gezogen und taumelte in dem Versuch, mein Gleichgewicht zurückzuerlangen, vorwärts. Geradewegs in Skylers Arme. Er hielt mich fest an sich gedrückt, sein Gesicht dem meinen ganz nah. Ich wartete darauf, dass er Fragen stellen oder einen Scherz machen würde. Irgendetwas. Doch er sah mich nur an. Und während er das tat, veränderte sich etwas in seinen Augen. Sein anfangs erschrockener Blick wandelte sich erst in Besorgnis, dann in pure Wärme. Fast fühlte es sich an, als würde er mich mit seinem Blick streicheln. Max' Lippen mochten sich toll angefühlt haben, aber diese Augen …

Ich sollte etwas sagen, mich von ihm lösen oder ihn zumindest von mir schieben. Etwas tun, das den Bann brach. Doch ich wollte nicht, dass dieser Moment jemals endete. Ich wollte die Wärme nicht verlieren, mit der mich sein Blick erfüllte, wollte nicht auf das Gefühl der Sicherheit verzichten, das mir seine Nähe gab. Und ganz sicher wollte ich nicht in die kalte Einsamkeit zurückgestoßen werden, die mein Leben sonst war. Hier, in diesem Moment, in Skylers Armen und mit seinem Blick auf mir, hatte ich zum ersten Mal das Gefühl, vollständig zu sein. Ganz. Geheilt. So sollte das Leben sein. Warm und prickelnd.

Dann küsste er mich.

Im ersten Moment fühlte es sich an, als hätte mich ein Blitz getroffen. Ich wusste, dass es falsch war, doch ich konnte mich nicht länger gegen meine Gefühle wehren. Skyler war mir während der letzten Tage näher gekommen als jeder andere Mensch während der letzten Jahre. Sogar noch näher als Jake damals. Er war in meinem Herzen und ich wollte zumindest für einen Moment so tun, als könne er dort auch bleiben.

Seine Lippen waren warm und weich und längst nicht so forsch, wie er sich oft gab. Tatsächlich schien er mich mit einer ersten sanften Berührung um Erlaubnis zu bitten – und ich gewährte sie ihm, indem ich seinen Kuss erwiderte. Er schmeckte nach Gummibärchen und Geborgenheit. Als ich meine Arme um seinen Hals schlang, zog er mich enger an sich. Sein Atem war so warm wie seine Berührung. Wir waren einander jetzt so nah, dass ich seinen Herzschlag spüren konnte.

Schließlich beendete er den Kuss, ohne mich aus seiner Umarmung zu lassen. »Und du bist sicher, dass du nicht vielleicht doch mit mir ausgehen willst?«

12

Für eine Weile hatte mich Skyler das Band zu Kim vergessen lassen. Nach seinem Kuss war es mir schwergefallen, wieder auf Abstand zu gehen, weshalb ich es auch zugelassen hatte, dass er mich in seine Arme zog, als wir uns den Rest des Films ansahen. Nicht dass ich mich noch ansatzweise darauf hätte konzentrieren können. Skyler schien es ganz ähnlich zu gehen, wenn auch aus anderen Gründen. Während ich mir den Kopf über die Verbindung zu Kim zerbrach und darüber, wie es zwischen ihm und mir nun weitergehen sollte, machte er auf mich den Eindruck, als sei zumindest Letzteres für ihn vollkommen klar. Er hatte mich in seine Arme gezogen und seine Finger streichelten unablässig über meinen Arm. Mehr als nur einmal ertappte ich ihn dabei, dass er mich ansah, statt in den Fernseher zu sehen, und wann immer ich ihn erwischte, lächelte er und lehnte seine Stirn gegen meine, bis sich unsere Nasen berührten. Es waren die wohl innigsten Momente, die ich seit Dads Tod und Moms Verschwinden erlebt hatte, und obwohl ein Teil von mir seine Nähe und Zuneigung genoss, jagten sie mir eine Höllenangst ein.

Konnte ich es wirklich riskieren, ihn an mich heranzulassen? Wenn ich den Mund hielt und mein Geheimnis für mich behielt, könnte ich mit Skyler zusammen sein. Aber wie lange konnte ich mein wahres Ich vor ihm verbergen?

Vielleicht musste ich das ja gar nicht. Immerhin bestand die Chance, dass er derjenige war, der das Ritual hinter dem Haus ausgeführt hatte. Und war er es nicht auch gewesen, der sich bei mir nach *verbotenen Dingen* erkundigt hatte? Wenn es mir gelänge, herauszufinden, ob er tatsächlich etwas mit Zauberei zu tun hatte, könnte ich mein Versteckspiel womöglich aufgeben. Zumindest, wenn es die Antwort war, die ich mir erhoffte. Mein Gott, ich wünschte mir so sehr, dass er ein Zauberer war. Jemand wie ich.

Womöglich fühlte ich mich deshalb so zu ihm hingezogen, weil ein Teil von mir seine Magie spürte und bereits wusste, dass wir füreinander bestimmt waren?

Nach dem Film war es Zeit für das Abendessen. Wir waren früh dran und von Ty, Mercy und Lily war noch nichts zu sehen. Glücklicherweise konnte ich auch Kim nirgendwo entdecken. Vermutlich ließ sie das Essen wegen des Sondertrainings ausfallen. Wir schnappten uns jeder ein Tablett und gingen zur Essensausgabe. Obwohl ich eigentlich gar keinen Hunger hatte und mich dringend um die Verbindung zu Kim kümmern sollte, hatte ich entschieden, Skyler noch zum Essen zu begleiten.

Vielleicht fand ich ja etwas heraus.

Wir ließen uns an einem Tisch am Fenster nieder, den wir ganz für uns allein hatten. Immer wieder spürte ich, dass Skyler mich ansah, und wann immer sich unsere Blicke trafen, wurden meine Wangen ganz heiß. Mein Gesicht begann zu glühen und seinem Grinsen nach zu urteilen, hatte es die Farbe überreifer Tomaten angenommen.

Ich fühlte mich unbehaglich, denn bisher hatte keiner von uns ein Wort über den Kuss verloren. Oder darüber, ob sich dadurch etwas zwischen uns verändert hatte. So, wie ich ihn kennengelernt hatte, war dieses Schweigen eher untypisch.

»Skyler«, setzte ich an, ohne zu wissen, was ich eigentlich sagen wollte.

Er ließ seinen Suppenlöffel sinken und sah mich an. »Du wirst es tun, oder?«

»Was tun?«

»Mir sagen, dass sich zwischen uns nicht das Geringste verändert hat.«

Hatte er deshalb noch nichts gesagt? Weil er Angst hatte, dass ich ihn abblitzen lassen würde? »Hat sich denn etwas verändert?«, fragte ich vorsichtig.

Seine linke Augenbraue schoss zwei Zentimeter in die Höhe. »Etwa nicht?«

Ja. »Ich weiß es nicht.«

Seufzend schob er seine Suppentasse zur Seite und zog den Teller mit dem Hackbraten zu sich heran. »Jemandem wie dir hier zu begegnen, war so ziemlich das Letzte, mit dem ich gerechnet hatte, als ich hierherkam.«

»Ach ja? Wenn du geplant hattest, dein Abschlussjahr als Einsiedler zu verbringen, hättest du mir vielleicht nicht vom ersten Tag an mit dieser Date-Sache in den Ohren liegen sollen.«

»Da war es auch nur Spaß gewesen.« Als ich sein schiefes Lächeln sah, wurde mir klar, dass er tatsächlich keine Eroberung geplant hatte. »Du warst ja nicht einmal nett zu mir. Ja, es ist mir nicht entgangen, dass du mich so schnell wie möglich loswerden wolltest. Aber Skyler Matthews ist noch nie einer Herausforderung aus dem Weg gegangen.«

»Das bin ich für dich? Eine Herausforderung? Eine Nuss, die du knacken willst, bevor du dich anderen Dingen zuwendest?«

Seine Hand schoss über den Tisch und legte sich auf meine. Er sah mir fest in die Augen. »Du weißt genau, dass es nicht so ist.«

Ja, das wusste ich. Trotzdem fiel es mir schwer, seinem Blick standzuhalten oder etwas zu erwidern, mit dem ich ihm und mir selbst meine Gefühle eingestanden hätte. Ich zog meine Hand zurück. Eine winzige Bewegung, die sofort Distanz zwischen uns schaffte. »Ich brauche Zeit.«

Einen Moment lang musterte er mich so eindringlich, als versuche er meine Gedanken zu ergründen. Schließlich nickte er. »Wenn es etwas gibt, worüber du sprechen möchtest …«

Auf keinen Fall! Zumindest noch nicht. Erst musste ich mir ganz sicher sein, was ihn anging. Allerdings wusste ich, dass Skyler nicht meine Magie gemeint hatte. »Danke.«

Eine Weile aßen wir schweigend, wobei ich mehr in meinem Kartoffelbrei herumstocherte, als wirklich davon zu essen. Der Speisesaal begann sich zu füllen und es dauerte nicht lange, bis Lily und Ty an der Essensausgabe auftauchten. Bevor sie zu uns stießen, musste ich zumindest versuchen, ein wenig mehr herauszufinden.

»Sag mal«, begann ich und gab mir alle Mühe, möglichst beiläufig zu klingen, »du hast mich doch neulich nach Leuten gefragt, die hier mit *verbotenen Dingen* experimentieren.«

»Zauberer.«

Obwohl er das Wort leise aussprach, jagte es mir einen kalten Schauer über den Rücken. Ich sah mich unauffällig um, ob jemand etwas von unserem Gespräch mitbekommen hatte. Glücklicherweise saßen wir zu weit abseits, sodass wir nahezu ungestört waren.

Ich nickte. »Interessierst du dich wirklich dafür oder wolltest du nur abchecken, was hier los ist?«

Er sah mich lange an und ich wusste genau, was gerade in ihm vorging. Wie ich auch, versuchte er zu ergründen, wie weit er mir vertrauen konnte. Schließlich beugte er sich ein Stück vor, um noch leiser sprechen zu können. »Ich bin kein Zauberer, falls du das meinst. Ich bin nur neugierig.«

Allein diese Neugier einzugestehen war ein gewagter Schritt, der ihn in ernsthafte Schwierigkeiten bringen konnte. Selbst wenn er kein Zauberer, sondern nur ein Sympathisant war, konnte ihn das für sehr lange Zeit hinter Gitter bringen.

Dass er mir das anvertraute, ließ mein Herz schneller schlagen. Er war es. Er *musste* einfach derjenige gewesen sein, der das Ritual ausgeübt hatte. Vielleicht war er nicht wie ich, womöglich war er auch einfach noch nicht zu diesem letzten Eingeständnis bereit, aber immerhin interessierte er sich für meine Gabe. Auch wenn er noch nicht ahnte, dass ich sie besaß.

»Ist dir doch jemand eingefallen?«, riss er mich aus meinen Gedanken.

»Was?«

»Jemand, der … du weißt schon …«

Ich schüttelte den Kopf. Es war noch zu früh für die Wahrheit. »Nein, mich hat nur interessiert, warum du das wissen wolltest.«

»Du wirst das doch niemandem erzählen?«

»Natürlich nicht.«

Er nickte. »Schwieriges Thema, was?«

»Kann man wohl sagen.« Wenn er es schon schwierig fand, darüber zu reden, sollte er einmal versuchen, damit zu leben. Obwohl ich mich davor fürchtete, das Thema zu vertiefen, wollte ich die Gelegenheit auch nicht ungenutzt verstreichen lassen. Sorgfältig legte ich meine nächsten Worte zurecht. »Irgendjemanden muss es hier allerdings geben, der damit herumspielt.«

»Hat jemand darüber gesprochen?«

»Nicht direkt.« Ich erzählte ihm davon, wie ich eines Morgens früh wach gewesen war und aus dem Fenster gesehen hatte. »Da war jemand hinter dem Haus«, sagte ich. »Allerdings verschwand er, als er mich bemerkte.«

»Hast du mehr gesehen?«

»Von ihm? Nein. Aber ich wollte wissen, was der Kerl da unten gemacht hat, also habe ich mir die Stelle auf dem Weg zum Frühstück einmal angesehen.« Ich beschrieb ihm, was ich im Schatten des Baums gefunden hatte, ohne durchblicken zu lassen, dass ich wusste, dass es sich dabei um die Hinterlassenschaften eines Rituals gehandelt hatte. Skyler hing wie gebannt an meinen Lippen, und als ich eine kurze Pause machte, um einen Schluck Cola zu trinken, forderte er mich mit einer Handbewegung auf, weiterzuerzählen, kaum dass ich das Glas abgestellt hatte. »Ich glaube, das hatte etwas mit Magie zu tun«, beendete ich meinen Bericht bewusst arglos.

Skyler nickte. »Ein Ritual.« Ein wenig zu schnell fügte er hinzu: »Zumindest vermute ich das. Ich kenne mich damit ja auch nicht wirklich aus.«

Er klang zu überrascht, als dass es tatsächlich sein Ritual gewesen sein konnte. Es sei denn, er war ein wirklich guter Schauspieler.

»Wie hat es ausgesehen?«, hakte er nach. »Kannst du dich an die Zeichen erinnern? An eine bestimmte Anordnung?«

Das konnte ich, aber ich machte mir Sorgen, dass er versuchen könnte, das Ritual nachzustellen, und das wollte ich verhindern. Wenn ich eines gelernt hatte, dann, dass man mit Magie nicht spielt. Schon gar nicht mit Magie, von deren Zweck man nicht das Geringste wusste. Ich schüttelte den Kopf. »Für mich war das nur Gekritzel. Die Hälfte davon bereits verwischt. Ich glaube, er ist reingetreten, als er sich aus dem Staub gemacht hat.«

Eine Weile starrte er auf seinen Teller. Als er den Kopf wieder hob, blitzten seine Augen voller Leben. »Was glaubst du, wer das war?«

Ich hatte gehofft, du. »Keine Ahnung.« Mich interessierte viel mehr, was derjenige mit diesem Ritual bezwecken wollte. Die Vorstellung, dass vielleicht jemand mit Magie herumexperimentierte, ohne zu wissen, um welche Art von Magie es sich dabei handelte und welchen Zweck sie verfolgte, war mir nicht geheuer. Was, wenn es an der Schule jemanden gab, der mit Kräften spielte, die er nicht beherrschte? Jemanden wie Skyler, der sich für Zauberei interessierte, ohne selbst ein Zauberer zu sein. Magie war kein Spielzeug, das man beliebig benutzen konnte. Sie war eine lebendige Kraft, die sehr schnell außer Kontrolle geriet, wenn man sie nicht einzusetzen wusste.

Ganz zu schweigen davon, dass dieser sorglose Einsatz von Magie auch mich in Gefahr brachte. Was, wenn nächstes Mal ein anderer die Überreste des Zaubers fand? Jemand, der Meldung erstattete? Die Magiepolizei würde anrücken und alles und jeden unter die Lupe nehmen. Auch mich.

Ich musste herausfinden, wer der Zauberer war, und ihn davon abbringen, weiterzumachen. Bevor er uns noch alle ins Unglück stürzte.

Neben mir landete ein Tablett auf dem Tisch. Das Klirren von Besteck, Tellern und Gläsern riss mich aus meinen Gedanken. Ty zog den Stuhl zurück und ließ sich fallen. »Na, ihr Hübschen, was habt ihr den ganzen Tag getrieben?«

»So dies und das.« Ich hätte ihm von dem Film erzählen können, den wir uns angesehen hatten, doch sobald ich daran dachte, hatte ich nicht nur die Erinnerung an meinen Ausflug in Kims Geist wieder vor Augen, sondern auch die an Skylers Lippen auf meinen. Sofort wurden meine Wangen wieder heiß.

»Muss wichtig gewesen sein«, meinte Lily, als sie sich neben Skyler setzte. »Sonst hättest du das Training sicher nicht verpasst.«

»Oh Mist!« Wir Volleyballer waren nach den Ferien alle ein wenig eingerostet, weshalb wir uns letzte Woche darauf geeinigt hatten, ein Extratraining einzuschieben. Bis gerade eben war der Termin völlig aus meinem Gedächtnis verschwunden gewesen. »Tut mir leid, Lily, ich habe es total vergessen.«

Lily warf einen kurzen Seitenblick zu Skyler, dann grinste sie. »Ich verstehe.«

Du hast keine Ahnung! Na ja, fast keine.

Ich nutzte die Tatsache, dass Skyler und ich nicht allein waren, um mich gleich nach dem Essen zu verabschieden. Ich musste noch etwas erledigen. Den anderen gegenüber behauptete ich, dass es sich dabei um Hausaufgaben handelte, die ich genauso vergessen hatte wie das Training.

Sobald ich allein in meinem Zimmer war, holte mich die Erinnerung an meinen letzten Ausflug in Kims Geist wieder ein. Während der letzten Stunden war ich, nicht zuletzt durch Skyler, so abgelenkt gewesen, dass ich keine Gelegenheit gehabt hatte, genauer darüber nachzudenken. Eines jedoch war mir die ganze Zeit über klar gewesen: Ich musste etwas tun!

Mitzuerleben, wie Max und Kim sich küssten, war schon unangenehm gewesen. Die bloße Vorstellung, ich könnte das nächste Mal in einem noch unpassenderen Augenblick in Kims Geist gesogen oder nicht rechtzeitig wieder hinauskatapultiert werden, war wenig erbaulich. Sex aus zweiter Hand war nicht unbedingt das, wie ich mir mein erstes Mal vorstellte. Und Kim hatte dabei in meiner Fantasie ebenso wenig einen Platz wie Max.

Mein erster Versuch, die Verbindung zwischen uns zu lösen, war gescheitert. Wie ich es auch drehte und wendete, mir wollte kein anderer Weg einfallen, das Band zu durchtrennen, als der, den ich bereits erfolglos beschritten hatte. So, wie es aussah, gab es nur eine Lösung: Ich musste den Fluch von Kim nehmen.

Sie würde wieder dasselbe zickige Miststück werden, das sie immer gewesen war. Alles wäre wieder beim Alten – außer dass Kim vermutlich ein wenig Mühe haben würde, ihr Verhalten zu erklären und ihre Freundinnen wieder auf ihre

Seite zu bringen. Und dass ich mich beherrschen musste, mich in der Öffentlichkeit nicht zu kindischen und gefährlichen Racheaktionen hinreißen zu lassen. Vielleicht sollte ich ihr einfach jedes Mal eine scheuern, wenn ich den Wunsch verspürte, ihr einen Fluch an den Hals zu hängen. Allerdings hatte ich keine Lust, ihretwegen von der Schule zu fliegen.

Ich seufzte. Es war jammerschade. Der Fluch hatte so wunderbar funktioniert – bis auf diese blöde Nebenwirkung, von der ich immer noch nicht wusste, wie sie zustande gekommen war.

Die Vorstellung, dass bald wieder alles wie immer sein würde, war alles andere als erbaulich. Trotzdem blieb mir keine andere Wahl.

Nachdem es mir nicht gelungen war, die Verbindung zu Kim abzuschneiden, machte ich mir Sorgen, dass ich es womöglich auch nicht so einfach schaffen würde, den Fluch aufzuheben. Immerhin war das kein einfacher Fluch, sondern einer von der anhänglichen Sorte, gebunden an das Medaillon und Kims Haar.

Dass ich die Kette unmöglich noch einmal unbemerkt in meinen Besitz bringen konnte, machte es nicht unbedingt leichter. Aber es würde gehen. Ich warf einen Blick aus dem Fenster nach draußen, wo der Wind vereinzelte Wolkenfetzen über den Nachthimmel trieb. Der Mond stand über den Wäldern, eine große bleiche Scheibe, deren fahler Schein die Dunkelheit aufweichte. Vollmond. Das war perfekt. Mondlicht verstärkte jede Form von Magie. Wenn ich es mir zunutze machte, erhöhte ich meine Erfolgschancen deutlich. Jetzt fehlte nur noch eine Kleinigkeit, dann konnte eigentlich nichts mehr schiefgehen: Ich brauchte eine Locke von Kim.

Ein paar weniger poetische einzelne Haare würden ihren Zweck allerdings auch erfüllen. Ich musste sie nach dem Training abpassen, wenn sie duschen ging, und zwar unauffällig.

Mit einem Seufzer stand ich auf und ging zur Tür. Vorsichtig zog ich sie einen Spalt auf und spähte auf den Gang. Niemand zu sehen. Die meisten waren entweder noch beim Abendessen oder schon mit ihren Freizeitaktivitäten beschäftigt. Ich schlüpfte aus meinem Zimmer, sperrte hinter mir ab und lief zur Treppe. Ich wusste nicht, wie lange das Training dauern würde, und ein Teil von mir fürchtete, bereits zu spät zu kommen. Alles in mir drängte zur Eile, trotzdem zwang ich mich, nicht zu rennen. Mit strammen, aber nicht überhasteten Schritten verließ ich das Haus und ging hinüber zu den Sporthallen. Der Gang vor den Umkleidekabinen war verlassen und in der Umkleide selbst war alles still. So, wie es aussah, war Coach Jamessons Training noch in vollem Gange. Ich trat ein und ging auf direktem Weg weiter zu den Waschräumen.

Ein Mädchen aus dem Leichtathletikteam stand am Waschbecken und wusch sich die Hände. Sie sah nicht einmal auf, als ich hereinkam und an ihr vorbei in eine der Toilettenkabinen schlüpfte. Ich sperrte hinter mir ab, klappte den Toilettendeckel herunter und setzte mich darauf. Hoffentlich musste ich nicht zu lange warten. Ich mochte die Enge hier drinnen nicht. Wenigstens gab die Deckenlampe genügend Licht.

Um die Zeit totzuschlagen und dabei nicht in endlosen Grübeleien über Skyler und das Ritual hinter dem Haus zu versinken, bei denen ich mich sowieso nur im Kreis drehen würde, zählte ich die Bodenfliesen. Blaue und grüne Mosaikfliesen, die ihre besten Zeiten längst hinter sich hatten und klein genug waren, um mich eine Weile zu beschäftigen.

Ich weiß nicht, wie oft ich sie durchgezählt hatte, bis

mich schließlich Stimmen, Gelächter und Türenschlagen in die Wirklichkeit zurückrissen. Erschrocken fuhr ich hoch. Angestrengt versuchte ich aus dem Stimmengewirr die eine Stimme herauszuhören, nach der ich suchte. Doch Kim war nicht dabei.

Wasser rauschte, als die Mädchen die Duschen stürmten. Ihre Stimmen wurden in meinem Kopf zu einer gleichmäßigen Geräuschkulisse, während ich weiter wartete. Wie gut standen meine Chancen überhaupt, dass ich Kim nicht nur abpassen, sondern auch noch unbemerkt ihre Haare in die Finger bekommen konnte?

Ich baute darauf, dass sie ihren Freundinnen aus dem Weg gehen und erst in den Waschraum kommen würde, wenn die anderen ihn bereits verlassen hatten. Also wartete ich weiter. Und versuchte, nicht ständig an Skyler und seinen Kuss zu denken. Oder daran, dass er mich womöglich akzeptieren würde, wenn er die Wahrheit über mich erfuhr.

Dass sich ein paar Mädchen über ihn unterhielten, machte es nicht einfacher, nicht an ihn zu denken. Sie klangen jung, vermutlich gehörten sie der Unterstufe an, aber es war nicht zu überhören, dass sie Skyler heiß fanden. »Die Narbe gibt ihm das gewisse Etwas«, seufzte eine.

Und eine andere meinte: »Vergiss ihn, der hat nur Augen für Raine MacDaniels.«

Es gelang mir nicht, das Grinsen zu unterdrücken, das sich bei ihren Worten in mein Gesicht schlich. War das wirklich so offensichtlich, dass er mich mochte?

»Aber er hat mich angesprochen«, protestierte die Erste.

Die andere lachte. »Er hat dich nach einem Stift gefragt, weil er sich für das Training eintragen musste.«

»Eben«, rief sie triumphierend. »Einen *Stift*. Hallo?! Wir sind in einer Schule. Warum sollte er keinen in der Tasche haben.«

Weil Skyler seine Stifte ebenso gerne in seinem Zimmer vergaß wie seine übrigen Schulunterlagen.

Das Auftauchen von Cin, Tanya und Michelle schlug die beiden Jüngeren in die Flucht. Ich wusste, dass es die drei waren, noch bevor das erste Wort fiel. Michelles gehässiges Gelächter reichte vollkommen.

»Ich weiß nicht, warum Max sich noch mit Kim abgibt«, ätzte Cin.

»Wundert dich das wirklich?«, gab Tanya zurück. »Immerhin hat er auch versucht, Raine zu daten.«

Michelle lachte wieder, ein Laut, der große Ähnlichkeit mit einer quietschenden Tür hatte. Die drei lästerten munter weiter, und obwohl sie nicht wussten, dass ich da war, fühlte ich mich in ihrer Nähe zunehmend unwohl. Glücklicherweise verzogen sie sich schnell unter die Duschen und waren kurz darauf verschwunden. Noch immer kamen und gingen Mädchen. Manche lachend und in Gruppen, andere allein, sodass ich sie nicht bemerkt hätte, wenn nicht plötzlich das Rauschen einer Dusche zu hören gewesen wäre.

Was, wenn Kim eine von ihnen gewesen war? Wenn sie längst geduscht in ihrem Zimmer saß und ich sie nicht bemerkt hatte? Ich sah mich schon, wie ich nachts in ihr Zimmer schlich und ihr im Schlaf eine Locke abschnitt.

Bitte, bitte nicht!

Obwohl ich am liebsten rausgestürmt wäre und mich davon überzeugt hätte, dass sie nicht längst fort war, zwang ich mich zu warten. Zum Glück wurde meine Geduld nicht weiter auf die Probe gestellt.

Tatsächlich gehörte Kim zu denen, die allein hereinkamen. Hätte ihr nicht ein Mädchen, das gerade aus der Dusche kam, einen Gruß zugerufen, wäre sie unbemerkt herein- und wohl auch wieder nach draußen geschlüpft, ohne dass ich es mitbekommen hätte.

Mit klopfendem Herzen verharrte ich in meinem Versteck und wartete darauf, dass Kim unter der Dusche verschwand. Sobald ich das Rauschen des Wassers vernahm, entriegelte ich meine Tür und zog sie einen Spaltbreit auf. Das Mädchen, das Kim gegrüßt hatte, stand vor dem Spiegel und kämmte sein Haar. Ich wartete, bis sie ihre Sachen nahm und den Waschraum verließ. Sobald die Tür hinter ihr zugefallen war, zählte ich bis zwanzig, dann wagte ich mich hinaus.

Kims Kulturbeutel lag auf der Ablage über dem Waschbecken. Ich schnappte ihn mir und zog den Reißverschluss auf. Was, wenn Kim zu denen gehörte, die nach dem Kämmen jedes einzelne Haar aus der Bürste zupften? Das durfte einfach nicht sein! Als ich in die Tasche griff, spürte ich, wie mich etwas am Handrücken kitzelte. Ich zog die Bürste heraus und blickte erleichtert auf die langen blonden Haare, die sich darin verfangen hatten.

Das Rauschen des Wassers verstummte.

Schnell zupfte ich die Haare heraus, verstaute die Bürste wieder und stellte die Tasche auf die Ablage zurück. Das Tappen nackter Füße auf Fliesen. Kim kam! Ich fuhr herum, riss die Tür auf und stürmte aus dem Waschraum. Die Umkleidekabine war mittlerweile verlassen, die meisten hatten sich bereits ins Haus verzogen, sodass ich unbemerkt hinausschlüpfen und ins Wohnheim zurückkehren konnte.

13

Während im Haus noch überall Stimmen und Gelächter zu hören waren, traf ich im schwachen Schein der Nachttischlampe meine Vorbereitungen. Ich steckte Kims Haare in ein kleines Tütchen und packte sie zusammen mit einem Feuerzeug, Räucherstäbchen, einem kupfernen Aschenbecher (ein Aschenbecher war wesentlich unauffälliger als eine Kräuterschale) und einer Mischung getrockneter Kräuter, die ich für Notfälle wie diesen in einem Beutel an die Unterseite meiner Schreibtischschublade geklebt hatte, in einen Leinenbeutel.

Jetzt kam der schwierigste Teil – ich musste warten, bis es im Haus still geworden war und ich auch nicht Gefahr lief, einem der Lehrer in die Arme zu laufen, wenn ich mich nach draußen schlich.

Ich hätte Hausaufgaben machen, für den Geometrietest nächste Woche lernen oder irgendetwas anderes Sinnvolles erledigen können, während ich wartete. Aber ich schaffte es nicht, mehr zu tun, als auf dem Bett zu sitzen und alle drei Minuten auf die Uhr zu sehen. Auf diese Weise können sich zwei Stunden endlos in die Länge ziehen.

Ich starrte auf das gerahmte Foto auf meinem Nachttisch und wünschte mir die Zeit zurück, bevor ich meine Eltern verloren hatte und mein Leben den Bach runtergegangen war. Damals war alles in Ordnung gewesen. Normal. Und heute? Sicher, ich hatte gelernt, mich zu schützen. Allein zu sein, bedeutete zu überleben. Die Frage war nur, was war so ein Leben wert? Trotzdem hatte ich mich damit abgefunden. Bis Skyler aufgetaucht war und alles auf den Kopf gestellt hatte.

Sobald meine Gedanken zu Skyler wanderten, spürte ich ein Kribbeln in meinem Innersten. Dieser Kuss war unglaublich gewesen. So ganz anders, als ich erwartet hatte. Gefühlvoll und voller Zärtlichkeit.

Ich ließ mich nach hinten aufs Bett fallen und starrte an die Decke. Bei der nächsten Gelegenheit musste ich mehr über seinen Hang zur Magie erfahren. Dieses Mal würde ich auf Nummer sicher gehen und mir alle Zeit der Welt nehmen, um herauszufinden, ob er wirklich nichts gegen Magie hatte. Am Ende fand er Magie zwar spannend, würde es aber mit der Angst zu tun bekommen, wenn er auf einen echten Zauberer stieß. Ich musste zuerst alle Möglichkeiten ausschließen, die mich gefährden konnten, bevor ich mich ihm anvertraute. Und ich wusste auch schon wie.

Während ich noch Pläne schmiedete, schritt die Zeit voran. Zwei Stunden waren seit Beginn der Nachtruhe verstrichen, genug Zeit, um mich hinauszuwagen.

Ich tauschte meine Bluse gegen einen dunkelblauen Kapuzenpullover und meine Lederschuhe gegen Sneakers. Mit dem Leinenbeutel in der Hand ging ich zur Tür und horchte. Alles ruhig. Vorsichtig zog ich die Tür auf und spähte auf den Gang. Im spärlichen Schein der Notbeleuchtung war niemand zu sehen.

Ich huschte über den Flur zu den Treppen und nach unten in die Eingangshalle. Immer wieder ließ ich meinen Blick nach allen Seiten wandern. Die Unterkünfte der Lehrer lagen in einem anderen Gebäude, trotzdem trieben sie sich manchmal in der Nacht in den Wohnhäusern der Schüler herum, um nachzusehen, ob alles still war. Als ob Miss Weldon nicht reichte. Die Hausvorsteherin hatte die Angewohnheit, sich zu den unmöglichsten Zeiten auf den Gängen herumzudrücken. Oder die übereifrigen Stockwerksaufseher der Oberstufe.

Heute war niemand zu sehen.

Ich verließ das Haus durch eine Seitentür und schlich auf der Seite in den Garten, auf der ich auch den Kerl mit dem Ritual beobachtet hatte. Obwohl es hier keine Laternen gab wie auf der anderen Seite des Hauses, war es hell genug. Der Vollmond legte einen Teppich fahlen Lichts über den Rasen, lediglich durchbrochen von den langen Schatten der Bäume und Sträucher. Mein Blick wanderte über die Hauswand nach oben, an den Fenstern entlang. Nirgendwo brannte noch Licht. Trotzdem war es gefährlich, hierzubleiben. Wenn jemand aufwachte und einen Blick aus dem Fenster warf, würde mich der Schein des Mondes verraten. Natürlich gab es auch abgeschirmte Orte auf dem Gelände, an denen man mich von den Gebäuden aus nicht sehen konnte, doch dort breiteten sich die Schatten aus. Ich brauchte das Mondlicht.

Meine Augen blieben an der Mauer hängen. Ich musste nach draußen. In den Wald. Noch einmal vergewisserte ich mich, dass mich niemand bemerkt hatte, dann lief ich los. Mein Ziel war die Mauer im rückwärtigen Teil des Anwesens, weit genug von der Zufahrt entfernt und so abgelegen, dass sie von keinem der Häuser aus eingesehen werden konnte. Zum Glück lag Holbrook Hill so abgelegen, dass sich niemand über Einbrecher Gedanken machte – und auch nicht über Sicherheitsvorkehrungen. Kein Stacheldraht, keine Alarmanlagen und keine Videoüberwachung. Nur eine zweieinhalb Meter hohe Mauer aus gemauertem Sandstein. Obwohl ich Mitglied des Volleyballteams war, zeichnete ich mich nicht gerade durch große Sportlichkeit aus. Zu meiner Erleichterung waren die Fugen zwischen den einzelnen Mauersteinen aber so groß, dass ich sie bequem als Tritte benutzen konnte.

Es war ein Kinderspiel, über die Mauer zu kommen. Auf

der anderen Seite landete ich weich mit den Füßen im Gras. Hier fühlte sich die Luft anders an. Kälter, freier. Als hätte die Mauer den feuchten Geruch des Waldes abgehalten. Es war lächerlich, denn Holbrook Hill war schließlich kein Knast, trotzdem überraschte mich das Gefühl von Weite, das mich jenseits der Grenzen des Anwesens überkam. Mich fröstelte.

Ein breiter Streifen Wiese trennte mich von den ersten Ausläufern des Waldes. Ich war noch nie hier gewesen. Wenn ich mir die Mühe gemacht hätte, mich bei einem Waldspaziergang ein wenig umzusehen, hätte ich zumindest gewusst, wohin ich gehen konnte. Jetzt musste ich mir meinen Weg im Mondschein suchen und konnte nur hoffen, dass mein Orientierungssinn gut genug funktionierte, damit ich auch wieder zurückfand. Erst einmal musste ich allerdings hinein.

Ich überquerte die Wiese im Dauerlauf und wurde erst langsamer, als sich mir die Schatten der ersten Baumreihen entgegenreckten. Die Luft war erfüllt vom Geruch von Fichtennadeln und Harz. Schon bald wünschte ich mir, ich hätte meine Jacke angezogen. Es war deutlich kälter als tagsüber; was es aber wirklich unangenehm machte, war die Feuchtigkeit, die beinahe greifbar in der Luft hing. Jetzt jedoch war es zu spät, um umzukehren. Ganz sicher würde ich nicht das Risiko eingehen, nur weil ich nicht mit ein wenig Zähneklappern fertigwurde.

Ich machte einen Schritt vorwärts, als mich ein Prickeln in meinem Nacken innehalten ließ. Als würden fremde Augen über meine Haut streichen. Das war albern! Seit wann konnte man Blicke spüren? Sicher, manchmal merkte ich, wenn mich jemand beobachtete, aber das war nichts weiter als ein diffuses Gefühl. Keine Berührung auf meiner Haut.

Bevor ich zwischen den Bäumen verschwand, warf ich einen Blick zurück. Nirgendwo war etwas zu sehen. Was hatte ich auch erwartet? Dass mir Direktor Jenkins eine Horde Lehrer auf den Hals gehetzt hatte, die mir über die Mauer folgen und mich zurückzerren würden? Dass Kim mich verfolgte? Oder Skyler?

Kopfschüttelnd wandte ich mich wieder Richtung Wald und trat zwischen die Bäume. Finsternis umfing mich, so undurchdringlich, dass ich erschrocken nach Luft schnappte. Ich blieb stehen und wartete darauf, dass sich meine Augen an die veränderten Lichtverhältnisse gewöhnten. Im Stillen verwünschte ich mich dafür, dass ich keine Taschenlampe mitgenommen hatte. Was hatte ich mir dabei gedacht, im Dunkeln in einen Wald zu marschieren, in dem ich mich nicht die Bohne auskannte? Ganz langsam schälten sich die ersten Umrisse aus dem Schwarz. Bleiches Licht sickerte von oben zwischen den Baumkronen hindurch und entriss Äste und Stämme der Finsternis. Das war vollkommen verrückt! Wenn ich mir nicht auf dem unebenen Boden ein Bein brach, würde ich bis zum Tagesanbruch oder länger zwischen den Bäumen herumirren, ehe ich wieder aus dem Dickicht herausfand.

Einen Weg durch das Dunkel und wieder zurück zu finden, war illusorisch.

Ich hatte eine bessere Idee.

Auf meine Schritte achtend, kehrte ich zum Waldrand zurück. Hier hinten gab es keine Straße und, von Holbrook Hill und ein paar einsam gelegenen Jagd- und Ferienhäusern einmal abgesehen, auch keine anderen Anwesen. Wenn nicht gerade jemand über die Mauer blickte – was ich für ziemlich unwahrscheinlich hielt –, lief ich keine Gefahr, entdeckt zu werden. Ich hätte mich hier am Waldrand hinsetzen und mein Ritual durchziehen können, ohne mir Sorgen machen zu müssen. Das Einzige, das mich davon abhielt, war das Gefühl, immer noch beobachtet zu werden. Vermutlich war das nichts weiter als die neurotische Angst eines Mädchens, das sich heimlich davongeschlichen hatte, um etwas Verbotenes zu tun. Trotzdem hörte ich auf meine innere Stimme. Statt mich an Ort und Stelle niederzulassen, ging ich am Waldrand entlang, halb in den Schatten verborgen, sodass mich ein heimlicher Beobachter schnell aus den Augen verlieren würde.

Noch immer glaubte ich Blicke in meinem Rücken zu spüren. Als hinter mir ein Ast knackte, blieb ich erstarrt stehen. Ganz langsam, um nur ja keinen Laut zu verursachen, drehte ich mich herum. Die Wiese war verlassen, lediglich von vereinzelten Nebelschwaden durchzogen, die sich wie ein heller Flaum über den Boden ausbreiteten. Wenn mich jemand verfolgte, verbarg er sich in denselben Schatten, in denen auch ich Schutz gesuchte hatte. Reglos verharrte ich an Ort und Stelle, lauschte in die Stille und kniff die Augen zusammen in der Hoffnung, die Dunkelheit mit meinem Blick zu durchdringen. Erfolglos. Wenn mein Verfolger – so er denn existierte – sich nicht durch ein Geräusch verriet, würde ich ihn vermutlich nicht einmal bemerken, falls er in diesem Augenblick unmittelbar neben mir stünde.

Ich wartete noch eine Weile ab, aber ich fühlte mich nicht länger beobachtet. Die Geräusche jedoch blieben präsent. Allerdings schienen sie tiefer aus dem Wald zu kommen. Das Rascheln von Laub, das Knacken von Ästen – Geräusche, wie sie Tiere verursachten. Ich gestattete mir aufzuatmen. Vermutlich war es nur ein Kaninchen, das sich über die Wiese ins Unterholz geflüchtet hatte.

Ein Kaninchen, das mich angestarrt hatte?

Was auch immer ich gehört oder gespürt hatte, es war verschwunden. Ich harrte noch einmal etwa drei Minuten aus, die sich wie Stunden anfühlten, dann setzte ich mich wieder in Bewegung. Behutsam setzte ich einen Fuß vor den anderen, um so wenige Geräusche wie möglich zu verursachen. Immer wieder hielt ich mitten im Schritt inne und lauschte, doch da war nichts mehr. Schließlich nahm ich all meinen Mut zusammen und ging zügig weiter.

Nach etwa zweihundert Metern kam eine kleine Einbuchtung, die auf eine zur Wiese hin halb offene Lichtung führte. Der perfekte Ort. Ich ließ das offene Gelände hinter mir und suchte mir einen Platz am Rande der Lichtung, an dem ich einerseits von den Bäumen zur Wiese hin abgeschirmt wurde, andererseits aber mitten im Mondlicht sitzen konnte. Dort ließ ich mich im Schneidersitz nieder und öffnete den Leinenbeutel.

Der Boden war feucht vom Tau und schon bald kroch die klamme Kälte durch die Kleidung unter meine Haut. Ich gab mir alle Mühe, sie zu ignorieren, konnte aber ein leichtes Zittern nicht unterdrücken.

Ich stellte den Aschenbecher vor mir auf die Erde, schnappte mir einen dünnen Ast und begann jene Zeichen ins Erdreich zu ritzen, die ich schon früher bei meiner Mom beobachtet und später auch in alten Schriften gesehen hatte – Zeichen des Schutzes und der Verstärkung. Das Mondlicht war hell genug, um mich mein Werk deutlich erkennen zu lassen, trotzdem vergewisserte ich mich mehrfach, dass ich keinen Fehler gemacht hatte. Es war bereits genug schiefgegangen, einen weiteren Fehler konnte ich mir nicht erlauben.

Während ich meine Vorbereitungen traf, die Kräutermischung in den Aschenbecher füllte und die Räucherstäbchen außerhalb des Kreises, den ich mit meinen Zeichen gezogen hatte, in den Boden steckte, zog der Nebel über die Lichtung herein. Wabernde Schwaden, die sich wie weiße Finger auf die Bäume zu und zwischen ihnen hindurch tasteten.

Ich gab mir alle Mühe, den Schauder zu ignorieren, den mir der Anblick des Nebels über den Rücken jagte, und fuhr mit meinen Vorbereitungen fort. Der Ruf eines Käuzchens durchschnitt die Stille und traf mich so unerwartet, dass ich das Feuerzeug fallen ließ. Schnell hob ich es wieder auf und wischte es an meiner Hose sauber.

Ein Stück hinter mir knackte ein Ast. Ich fuhr herum und hätte um ein Haar meine ganzen Aufbauten umgerissen. Es gelang mir gerade noch, meine Beine zurückzuziehen und zu verhindern, dass ich die Zeichen in der Erde verwischte.

Mit zusammengekniffenen Augen starrte ich in die Dunkelheit hinter mir und wartete. Auf ein Geräusch oder dass jemand zwischen den Bäumen herausstürmen und sich auf mich stürzen würde.

Nichts geschah.

»Okay«, sagte ich zu mir selbst und zuckte zusammen. Meine Stimme klang viel zu laut in der nebligen Stille. »Bring es einfach hinter dich und dann verschwinde von hier.«

Ich legte das Tütchen mit den Haaren auf meinen Schoß, holte sie aber noch nicht heraus aus Angst, sie an den Wind zu verlieren. Dann entzündete ich nacheinander die Kräutermischung in der Schale und die Räucherstäbchen. Der würzige Geruch der Kräuter mischte sich mit dem schweren Aroma der Räucherstäbchen.

Eigentlich war es ganz einfach, einen Fluch aufzuheben. Wenn man nicht warten wollte, bis er von selbst verblasste und schließlich verschwand, brauchte man lediglich die einmal gesprochenen Worte zurückzunehmen. In diesem Fall jedoch war es etwas anderes, denn es war kein so simpel gestrickter Fluch, mit dem ich Kim belegt hatte. Ich hatte ihn durch einen Gegenstand und ihre Haare an Kim gebunden. Auf diese Weise würde er nicht von selbst verschwinden.

Dazu brauchte es ein wenig mehr als ein paar neutralisierende Worte.

Nachdem es mir schon nicht gelungen war, die Verbindung zwischen uns und unseren Auren zu trennen, wollte ich dieses Mal kein Risiko eingehen. Ich würde das volle Programm durchziehen, um diesen Fluch aufzulösen – samt Worten, Mondlicht und Ritual.

Ich schloss die Augen und konzentrierte mich auf Kims Aura. Sie war noch immer braun, doch der Farbton hatte sich weiter verändert, war weniger lebendig als beim letzten Mal. Fast schien es, als sei er von einem dunklen Schleier überlagert. Da fiel es mir wie Schuppen von den Augen – Braun war nicht nur das Zeichen eines schlechten Charakters, sondern stand auch für Krankheit. Warum war ich nicht schon viel früher darauf gekommen? Immerhin hatte ich tagelang beobachtet, wie Kim Aspirin in sich reinstopfte. Da hatte ich ja ganze Arbeit geleistet. Ich hatte es nicht nur geschafft, den Fluch komplett zu versauen und mich damit selbst in die Bredouille zu bringen, sondern mein Opfer auch noch krank zu machen.

Es war wirklich höchste Zeit, dem ein Ende zu setzen.

Ein dünner weißer Rauchfaden stieg aus dem Aschenbecher in die Luft. Die Kräuter brannten schnell, mir blieb nicht mehr viel Zeit. Ich reckte die Arme seitlich von mir, Handflächen nach oben, die Finger gespreizt. Eine Geste des Loslassens.

Dieses Mal stellte ich mir nicht nur Kims Aura vor und wie ich sie von meiner trennte, sondern rief mir die Fäden ins Gedächtnis, die ich mit meinem Fluch darin eingewoben hatte. Je stärker ich mich konzentrierte, desto deutlicher waren die silbernen Gespinste erkennbar. Ich hatte das Muster meines Fluchs vor mir, jetzt brauchte ich es nur noch zu lösen.

Ich atmete in langen, regelmäßigen Zügen ein und aus, bis sich mein Herzschlag beruhigte und ich vollkommen auf das Netz aus silbernen Fäden fokussiert war. Dann begann ich sie zu durchtrennen. Mit der Kraft meiner Gedanken löste ich einen nach dem anderen, trennte sie auf wie eine misslungene Stickerei, bis das Silber nach unten fiel und verglomm. Nun blieb nur noch Kims Aura übrig, frei von meinem Fluch.

»Ich gebe deinen Geist und deinen Willen frei«, sagte ich und griff nach der Tüte. Ich schüttete Kims Haare auf meine Hand und schloss meine Finger darum, damit der Wind sie nicht fortwehte. »Dein Wille ist frei, dein Geist gehört dir allein. Du hast die Kontrolle über dein Denken und Handeln.« Ich hielt die Haare über die Kräuterschale, so dicht, dass sie Feuer fingen. Sobald sich die Flammen daran entlangfraßen und sie verzehrten, ließ ich sie zu den Kräutern in die Schale fallen. »Ich gebe deinen Geist und deinen Willen frei.«

Dreimal noch wiederholte ich die Worte.

Dann erloschen die Räucherstäbchen und die brennende Kräutermischung. Der Wind nahm ihren Geruch auf und trieb ihn davon, bis nur noch das feuchte Aroma des Waldes und der Wiese in meine Nase stieg.

Es war vollbracht. Der Fluch war gelöst.

14

Obwohl die Nacht dank meines Ausflugs noch kürzer als gewöhnlich gewesen war, fühlte ich mich am nächsten Morgen großartig. Mit einer ausgedehnten heißen Dusche verdrängte ich die letzten Erinnerungen an die Kälte, die mir seit meiner Rückkehr in den Knochen steckte, und machte mich guter Dinge auf den Weg zum Speisesaal. Für die Zukunft nahm ich mir vor, Rituale nur noch durchzuführen, wenn ich eine Niederschrift mit genauen Anweisungen hatte, die ich Schritt für Schritt befolgen konnte. Keine Experimente mehr. Nie wieder. Ab sofort würde ich Kim ignorieren, ganz egal was sie sagte oder tat. Stattdessen wollte ich mich mehr auf Skyler konzentrieren – und darauf, herauszufinden, wie er wirklich zur Magie stand. Deshalb würde ich die Idee verfolgen, die ich gestern gehabt hatte, bevor ich in den Wald aufgebrochen war.

Beim Frühstück saßen wir mit Mercy, Ty und Lily zusammen, sodass sich keine Gelegenheit bot. Trotzdem war ich nicht ungeduldig. Fast war es, als hätte der aufgehobene Fluch nicht nur Kim befreit, sondern auch eine Last von mir genommen. Ich genoss es, mit den anderen zusammenzusitzen, mich zu unterhalten und Scherze zu machen. Für gewöhnlich saß ich nur dabei und lachte an den Stellen, an denen es von mir erwartet wurde. Heute jedoch hatte ich wirklich Spaß. Ich begann sogar selbst herumzuwitzeln. Allerdings wurde mir schnell klar, warum ich mich so benahm. Ich war nicht nur gut gelaunt, sondern regelrecht überdreht. Tatsächlich wartete ich ungeduldig darauf, dass Kim endlich auftauchte.

Im Gegensatz zu den letzten Tagen kam sie wieder zu

ihrer gewohnten Zeit, kurz vor Unterrichtsbeginn. Ein gutes Zeichen. Allerdings sah sie grauenvoll aus. Sie wirkte verschlafen, war bleich und sah trotz der dicken Make-up-Schicht irgendwie zerknittert aus. Als Michelle eine dumme Bemerkung machte, wies Kim sie zurecht, ganz so wie früher. Ein paar scharfe Worte, die Michelle sofort ihren Platz in der Hackordnung zeigten – unter Kim.

Wir hatten unser Frühstück beendet und brachten unsere Tabletts weg. Absichtlich suchte ich mir dabei einen Weg, der mich an Kims Tisch vorbeiführte. Als ich auf ihrer Höhe war, wünschte ich ihr einen guten Morgen.

»Verzieh dich, du Loser«, schnauzte sie mich an und wandte sich sofort von mir ab.

Zufrieden ging ich weiter. Es hatte funktioniert. Der Fluch war Geschichte, Kim wieder die Alte und ich künftig raus aus ihrem Kopf.

Ich hatte keine Ahnung, was sie über die letzten Tage denken mochte und in welcher Form sie sich überhaupt daran erinnerte, doch das war mir offen gestanden auch egal.

Skyler hatte sein Tablett bereits weggestellt und nahm mir meines ab. Er deutete in Kims Richtung. »Was ist mit der schon wieder los?«

»Ich würde sagen, alles wieder beim Alten.«

Er seufzte und schob mein Tablett in den Wagen. »Wäre auch zu schön gewesen.« Als er sich wieder zu mir herumdrehte, lag ein besorgter Ausdruck auf seinem Gesicht. »Versprich mir, dass du mir Bescheid sagst, wenn sie wieder etwas anstellt.«

»Gedankenübertragung, mit der ich dich zur Rettung rufe, falls ich mal wieder in einer Putzkammer lande?«

»Dein Handy griffbereit mit meiner Nummer auf Kurzwahl, die du im Notfall sofort drückst?«

Das klang vernünftig und irgendwie auch ein wenig beruhigend. Skyler würde auf mich aufpassen, und solange er in meiner Nähe war, würde Kim mich vielleicht in Ruhe lassen.

Anscheinend war mir anzusehen, dass der Zettel mit seiner Nummer noch auf meinem Schreibtisch lag, ich sie aber nicht eingespeichert hatte, denn Skyler streckte die Hand aus. »Gib mir dein Handy.«

Ich gab es ihm, im Gegenzug drückte er mir seines in die Hand. Ich speicherte meine Telefonnummer in seinem Adressverzeichnis.

»Kurzwahltaste eins«, sagte er.

Als er mir mein Mobiltelefon zurückgab, berührten sich unsere Hände. Ganz langsam ließ er seine Finger über meine gleiten und hinterließ eine prickelnde Spur von Wärme auf meiner Haut.

»Willst du immer noch ein Date?«, fragte ich.

Skyler blieb so abrupt stehen, als hätte ich ihm einen Fausthieb verpasst. »Fragst du mich gerade, ob ich mit dir ausgehen will?«

Ich biss mir auf die Lippe, um ein Lachen zu unterdrücken. »Nein«, erwiderte ich todernst. »Ich wollte nur wissen, ob *du* noch an dieser Date-Sache interessiert bist.«

»Sehe ich aus, als würde ich so schnell aufgeben?«

»Ich glaube, du bist eher von der anhänglichen Sorte«, zog ich ihn auf.

Er trat einen Schritt näher, dann noch einen. Immer weiter schob er sich auf mich zu und zwang mich zugleich zurückzuweichen, bis ich mit dem Rücken gegen die Wand stieß. Dann stützte er die Hände rechts und links von meinen Schultern gegen das Mauerwerk und beugte sich zu mir, so dicht, dass sich unsere Nasen beinahe berührten.

»Ich finde eher, ich bin einer von der gut aussehenden und extrem liebenswerten Sorte.«

»Und wahnsinnig bescheiden.«

»Das auch«, stimmte er zu. Bei jedem Wort strich sein warmer Atem über mein Gesicht. Ich wünschte mir so sehr, er würde mich küssen, dass es mir schwerfiel, mein eigentliches Vorhaben nicht zu vergessen. Skylers Lächeln wurde breiter. »Mit meiner Bescheidenheit gehe ich allerdings nicht gerne hausieren, das kann schnell arrogant wirken. Aber ich bin froh, dass du es bemerkt hast.«

Ich musste lachen, dabei berührten sich unsere Nasen und im nächsten Moment unsere Münder. Es war nur ein kurzes zärtliches Streifen unserer Lippen, nicht ansatzweise genug. Doch Skyler schien sich in den Kopf gesetzt zu haben, mich zu quälen.

»Fürs Protokoll: Ja, ich will immer noch mit dir ausgehen. Übrigens mehr denn je.« Er sah mir in die Augen. »Was willst du jetzt mit dieser Information anstellen?«

»Ich werde dich nächsten Sonntag in Mr Invisibles Zaubershow schleppen.«

Magiershows wurden von der Regierung zwar akzeptiert, aber nicht gerne gesehen, weshalb sie meistens in irgendwelchen alten Schuppen stattfanden und in der Öffentlichkeit wenig Beachtung fanden. Dass es überhaupt Menschen gab, die sich diese Shows ansahen, war vermutlich ihrer Faszination am Verbotenen und der Gefahr geschuldet. Natürlich wurde während dieser Shows keine echte Magie gezeigt, sondern lediglich mal mehr, mal weniger gut gelungene Taschenspielertricks, trotzdem war es für viele Menschen die engste Berührung, die sie je mit Magie haben würden. Es war ein aufregender und zugleich gefahrloser Zeitvertreib. Wenn es um diese Shows ging, gab es nur zwei Reaktionen: totale Ablehnung oder Begeisterung.

Skyler darum zu bitten, mit mir hinzugehen, war vollkommen ungefährlich, konnte mir aber vielleicht einen Hinweis auf seine wirkliche Haltung der Magie gegenüber geben. Seine Augen verengten sich, nur für einen kurzen Moment, dann jedoch trat der genießerische Ausdruck einer Katze, die eine Schüssel Sahne entdeckt hatte, in seine Züge. »Eine Zaubershow mit der zauberhaften Raine? Ich könnte mir nichts Besseres vorstellen.«

»Dann hast du dein Date.«

Er stieß sich von der Wand ab, machte einen Schritt von mir weg und griff nach meiner Hand. »Lass uns zusehen, dass wir in die Klasse kommen, sonst fällt unser Date noch ins Wasser, weil wir wegen Zuspätkommens nachsitzen, Sklavenarbeiten ausführen oder uns in den Keller sperren lassen müssen.«

Der Vormittag zog an mir vorüber, ohne dass ich viel davon mitbekam. Immerhin schaffte ich es, die richtigen Seiten im jeweiligen Buch aufzuschlagen, an den passenden Stellen zu antworten, wenn mich jemand ansprach, und nicht gegen Wände oder geschlossene Türen zu laufen, während meine Gedanken mit Skyler beschäftigt waren. Ich freute mich mehr auf dieses Date, als ich zugeben wollte. Natürlich verfolgte ich damit meinen Plan, mehr über ihn und seine Einstellung zur Magie herauszufinden, gleichzeitig aber fühlte ich mich wie ein normaler Teenager, dem bei dem bloßen Gedanken an das bevorstehende Date das Herz höherschlug. Ich war in Skyler verliebt. Auch wenn ich es nicht gewollt hatte, konnte ich es nicht länger leugnen. Allerdings war ich nicht verrückt genug, um mich noch einmal blind in eine Liebelei zu stürzen. Ich würde ihm erst die Wahrheit über mich sagen, wenn ich zu hundert Prozent sicher war, dass ich ihm vertrauen konnte. Nein, besser: zu tausend Prozent.

Am späteren Vormittag gelang es mir, mich aus meinen Grübeleien zu befreien. Um nicht sofort wieder darin zu versinken, richtete ich meine Aufmerksamkeit auf Kim. Wenn mir vor einer Woche jemand gesagt hätte, dass ich mich einmal darüber freuen würde, zu sehen, wie sie andere anblaffte und sich eben benahm, wie Kim sich für gewöhnlich benahm, hätte ich demjenigen einen Vogel gezeigt. Heute war ich einfach nur erleichtert. Kim war ganz die Alte.

Michelle und Cin hatten sich ihrem Gefolge wieder angeschlossen, nachdem sie die beiden einige Male zurechtgewiesen hatte. Nur Tanya schien sich noch dagegen zu sträuben, ihre neue Rolle als Schulkönigin wieder abzugeben. Nachdem ihre beiden Zofen jedoch wieder zu Königin Kim übergelaufen waren, würde auch sie bald aufgeben.

Der Einzige, der mir bei der ganzen Sache leidtat, war Max. Für ihn musste es ziemlich verwirrend sein, dass seine Kurzzeitsamariterin jetzt wieder die Allzeitzicke war. Mehr als einmal erwischte ich ihn dabei, wie er Kim nachdenklich musterte. Als versuche er aus ihrem Verhalten schlau zu werden. Einmal ertappte er mich dabei, wie ich ihn beobachtete, und als sich unsere Blicke trafen, lächelte er. Es war ein merkwürdiges Lächeln, fast schon unheimlich. Als sei ihm etwas klar geworden.

Als wir später beim Mittagessen saßen, schluckte Kim zwei Aspirin. Ich hatte erwartet, dass ihre Kopfschmerzen ein Ende gefunden hatten, sobald ich den Fluch von ihr nahm, doch so wie es aussah, hatten sie nichts mit meiner Magie zu tun. Wahrscheinlich hatte sie sich eine Erkältung eingefangen, oder die tagelang unterdrückte Bosheit hatte sich ein anderes Ventil gesucht und sich mit hämmernden Schmerzen in ihrem Schädel eingenistet. Ich zuckte die Schultern. Was auch immer es sein mochte, es hatte nichts mit mir zu tun.

»Oder, Raine?«

Lilys Frage riss mich aus meinen Gedanken. Ich wandte den Kopf. »Was?«

Ty und Mercy lachten, auch Skyler musste grinsen.

»Ich sagte gerade, dass wir es vermutlich nie schaffen werden, dich dazu zu bringen, uns deine volle Aufmerksamkeit zu schenken.« Lily schüttelte den Kopf. »Irgendwie bist du mit deinen Gedanken immer woanders.«

Skyler bedachte mich mit einem zufriedenen Blick, der deutlich sagte, dass er sehr genau wusste, wo meine Gedanken waren. Allerdings irrte er sich dieses Mal. Nicht alles drehte sich um ihn. Trotzdem spürte ich, wie mein Gesicht warm wurde.

Ich seufzte. »Ich hänge mit dem Unterrichtsstoff hinterher«, behauptete ich, »und sortiere in Gedanken meine Zeitpläne, um herauszufinden, wann ich was lernen soll.«

»Kein Wunder, dass du so müde aussiehst.«

»Danke, Ty«, bemerkte ich trocken. »Du weißt wirklich, wie man das Herz eines Mädchens höherschlagen lässt.«

Er zerknüllte seine Serviette und warf sie nach mir. Skyler fischte sie aus der Luft, ehe sie in meine Reichweite gelangte, und beförderte sie zu Ty zurück, der sie lachend auffing. »Sieh an, da hat sich jemand einen Ritter geangelt.«

Mercy zog eine Augenbraue in die Höhe. »Ritter? Wirfst du wieder mit Fremdwörtern um dich, die du nicht verstehst, Ty?«

Zwei Sätze später waren die beiden in ein Wortgefecht verstrickt, dessen Inhalt wohl nur noch sie selbst verstanden. Wenn ihr Schlagabtausch einem Zuhörer etwas sagte, dann, dass hier zwei zugange waren, die das Stadium bloßer Freundschaft längst hinter sich gelassen hatten.

Lily verdrehte theatralisch die Augen und wandte sich ihrem Essen zu. Skyler murmelte etwas, das wie »hübsches Pärchen« klang, sah dabei aber nicht die beiden, sondern mich an.

Zum ersten Mal seit langer Zeit fühlte ich mich vollkommen entspannt. Tatsächlich wagte ich es sogar, zuversichtlich in die Zukunft zu blicken. Skyler war toll und – ja, verflucht! – auch die Gesellschaft von Mercy und Co. kam mir nicht mehr wie eine bloße Zweckgemeinschaft vor, hinter der ich mich lediglich zu verstecken versuchte. Ich mochte die drei tatsächlich. Trotzdem nahm ich mir vor, nicht übermütig zu werden. Ganz bestimmt würde ich meine Vorsicht nicht über Bord werfen.

Ich hatte meinen Nachtisch aufgegessen und lehnte mich, meine Cola in der Hand, zurück. Wieder wurde mein Blick wie von selbst von Kim angezogen. Wenn ich ihr aus dem Weg gehen wollte, sollte ich mir das für die Zukunft tunlichst abgewöhnen. Nichts erregte Kims Aufmerksamkeit und ihre Angriffslust so sehr wie ein offener Blick.

Ich wandte meine Augen ab und sah geradewegs in Michelles geschminktes Gesicht. Überrascht, dass ich sie nicht an unseren Tisch hatte kommen sehen, zog ich eine Augenbraue in die Höhe. Das heißt, ich *wollte* eine Augenbraue in die Höhe ziehen, doch meine Gesichtszüge gehorchten mir nicht. Als mir bewusst wurde, dass ich nicht länger ein Glas in der Hand hielt und weder Skyler noch die anderen bei mir am Tisch saßen, klammerte sich eine eisige Faust um meinen Magen.

Einmal mehr war ich in Kims Geist gesogen worden und betrachtete die Welt durch ihre Augen. Jetzt nahm ich auch den dumpfen Schmerz hinter meiner – Kims – Stirn wahr. Kein Wunder, dass sie Tabletten schluckte, dieses Hämmern brachte einen ja um den Verstand!

Was mich im Augenblick allerdings mehr aus der Fassung brachte, war der Umstand, dass ich mich schon wieder in ihrem Kopf befand. Der Fluch existierte nicht mehr! Warum bestand dann die Verbindung zwischen uns noch?

»Es gefällt mir, wie du dein Haar heute trägst«, flötete Michelle gerade. Oh Mann, sie legte es wirklich darauf an, Kims Gunst zurückzuerobern. »Es sieht so viel weicher aus.«

So weich wie dein Hirn. Es war Kims Gedanke, den ich auffing. Entweder hatte sie auch in ihren typischen Kim-Zeiten keine sonderlich gute Meinung von ihren Freundinnen oder aber ihre Gedanken waren noch eine Nachwirkung meines Fluchs. Ich tippte auf Ersteres. Während Michelle weiterplapperte, wurde mir schwindlig, so schlimm, dass mir regelrecht übel wurde. Ich fühlte mich dermaßen schlecht, dass ich nicht mehr sagen konnte, ob das Kims Zustand war, der sich auf mich übertrug, oder ob es tatsächlich mein eigenes körperliches Befinden war. Obwohl ich noch immer in Kims Kopf gefangen war, tastete ich mit meinem Geist nach ihrer Aura. Es wollte mir nicht gelingen. Die Übelkeit überlagerte alles und machte es mir unmöglich, einen klaren Gedanken zu fassen.

Michelle redete und redete und nach einer Weile mischte sich auch Cin ein. Sie sprachen von Klamotten und Styling und von einer bevorstehenden Party. Was mich erstaunte war, dass Kim den beiden ebenso wenig zuhörte, wie ich es tat. Ich konnte spüren, wie schlecht es ihr ging – Kunststück, fühlte ich mich doch genauso wie sie.

Sie presste die Hände gegen die Schläfen, wobei sie sich alle Mühe gab, nicht leidend, sondern gelangweilt zu wirken. *Warum fühle ich mich plötzlich so merkwürdig?*, fing ich einen weiteren ihrer Gedanken auf.

Ob ich mich ihr bemerkbar machen konnte, solange ich mich in ihrem Geist befand? In diesem Zustand hatte ich keine Sprache und auch keine Kontrolle über irgendwelche Bewegungen – ich war nichts weiter als ein hilfloser Beifahrer. Ein blinder Passagier. Aber wenn ich mich konzentrierte, könnte ich vielleicht …

Wenn es mir möglich gewesen wäre, hätte ich die Augen geschlossen. Da das nicht ging, blieb mir nichts anderes, als die Umgebung ebenso auszublenden, wie Kim es getan hatte, und mich voll auf sie zu konzentrieren. *Kim?*, formte ich in Gedanken.

Ich erhielt keine Reaktion.

Auch die nächsten Versuche blieben erfolglos.

Als Kims Blick von ihren Freundinnen hinüber zu meinem Tisch wanderte, jubilierte ich innerlich. Ich hatte sie erreicht!

Die letzten Tage waren wirklich merkwürdig.

Waren die Gedanken an mich gerichtet?

Unwillkürlich schüttelte sie den Kopf. *Ich verstehe noch immer nicht, wie ich mich mit diesen Losern einlassen konnte. Als wäre ich eine verdammte Samariterin. Keine Ahnung, welcher Teufel mich da geritten hat, aber es wird ganz sicher nicht noch einmal vorkommen.* Ihr Blick richtete sich auf mich. Es war ein Schock, mich so zu sehen, während ich in Kims Geist festsaß. Ich saß zurückgelehnt da, die Cola noch immer in der Hand, den Blick ins Nichts gerichtet, als sei ich tief in Gedanken versunken. Was ich ja auch war, nur dass es nicht nur meine eigenen Gedanken waren.

Der wenige Schlaf der letzten Nacht und die Aufregung der vergangenen Tage hatten Spuren in meinem Gesicht hinterlassen. Meine Güte, ich sah aus wie ein Zombie! Es grenzte an ein Wunder, dass noch keinem der Anwesenden mein leerer Blick aufgefallen war.

Mit so etwas habe ich gesprochen, haderte Kim mit sich selbst. Sie hatte meine Stimme nicht gehört. Dann hätte sie anders reagiert. *Du meine Güte, was ich ihr alles erzählt habe!*

Deine halbe Lebensgeschichte! Vielleicht war das Wissen um ihre Vergangenheit meine Möglichkeit, sie mir vom Hals zu halten. Ich könnte ihr androhen, ihren Freunden davon zu erzählen, wenn sie mich nicht in Ruhe ließ. Wenn es hart auf hart kam, könnte ich sogar behaupten, ein paar Fotos im Internet gefunden zu haben. In den sozialen Netzwerken würden sich bestimmt Bilder von ihr auftreiben lassen, die sie lieber für sich behalten wollte. Damit wäre ich aus dem Schneider, ganz ohne Fluch!

Blieb noch diese verflixte Verbindung. Wäre ich in diesem Moment in meinem eigenen Körper gewesen, hätte ich vermutlich frustriert mit dem Kopf gegen die Tischplatte geschlagen. Ich wusste wirklich nicht, was ich noch anstellen sollte, um sie endlich loszuwerden.

Kims Blick kehrte zu ihrem eigenen Tisch zurück und streifte über Michelle, Tanya und Cin hinweg. *Das sind meine Freunde*, sagte sie sich. *Hier gehöre ich hin.* Die Entschlossenheit, die ihre Gedanken begleitete, konnte die Resignation nicht verbergen, die sich dabei in ihr ausbreitete. Als wären die drei Zicken eine Einbahnstraße, die sie nicht mehr verlassen konnte. Vielleicht waren sie das tatsächlich, denn welche Auswirkungen es hatte, wenn jemand sich von einem Tag auf den anderen plötzlich vollkommen anders verhielt und sich anderen Menschen zuwandte, hatte ich ja während der letzten Tage beobachten können. Das erforderte eine Menge Mut – und auch wenn Kim nicht wirklich zufrieden wirkte, so fehlte es ihr an eben diesem Mut, um etwas daran zu ändern. Sie würde nie mit Leuten herumhängen, die sie als Loser betrachtete, aber es gab noch andere Mädchen auf der Schule, Mädchen, die eher eine neutrale Position innehatten, denen sie sich anschließen konnte. Dazu müsste sie allerdings erst einmal selbst erkennen, was sie wirklich wollte, und bereit sein, ihre Stellung als Queen von Holbrook Hill aufzugeben.

Als ich ihre nächsten Gedanken auffing, wurde mir klar, dass sie es nicht begriff. Für sie war es lediglich ein latentes Gefühl der Unzufriedenheit, das sie als eine Nachwirkung der Ereignisse der letzten Tage zu betrachten schien. Tatsächlich tat sie das Geschehene als eine Art Verirrung ab, nach der sie jetzt wieder wusste, wo ihr Platz war. Sie schien gut darin zu sein, sich etwas einzureden, denn plötzlich spürte ich eine innere Zufriedenheit, die vor ein paar Sekunden noch nicht da gewesen war und die noch weiter verstärkt wurde, als sie Max ansah. Wie konnte sie so zufrieden sein? Wenn ich Max betrachtete, sah ich etwas in seinen Blicken und Gesten, das gestern noch nicht da gewesen war. Etwas, das wie ein Schatten über ihm lag und verhinderte, dass sein Lächeln seine Augen erreichte.

Kim war allerdings der Ansicht, dass er keine Probleme damit haben würde, sich mit der alten Kim anzufreunden.

Die alte Kim wird nicht mehr lange existieren.

Die Worte ließen mich zusammenfahren. Das waren nicht meine Gedanken und es war auch nicht Kims Stimme, die ich da vernahm. Der Ton war ein vollkommen anderer; aggressiv und feindselig.

Kims Blick verschwamm für einen Moment, ehe sie ihn wieder fokussierte und erneut auf Michelle richtete, die noch immer über Kleider plapperte.

Dieses Weibsvolk will ich nie wieder sehen, wenn ich endlich am Ziel bin. Es klang verächtlich und beinahe schon hasserfüllt, die Wortwahl altertümlich und angestaubt. Das konnte unmöglich von Kim kommen. Aber wenn sie es nicht war und ich auch nicht …

Während ich noch versuchte, die Stimme einzuordnen, spürte ich, wie ein Teil von Kim innehielt. Ihr Blick war noch immer auf Michelle und die anderen gerichtet, doch da war noch etwas, das sich voll auf mich konzentrierte. Etwas, dem meine Anwesenheit nicht entgangen war. Kim hatte mich nicht bemerkt.

Sieh an, wir sind hier nicht allein, vernahm ich die Stimme erneut. *Wer bist du, kleine Zauberin?*

Kleine Zauberin? Ich erstarrte. Wie konnte sie von meiner Magie wissen und davon, dass ich in ihrem Geist gefangen war? Das war unmöglich. Sie konnte nicht *mich* meinen. Verflucht, sie dürfte mich nicht einmal spüren! Vorhin war es mir doch auch nicht gelungen, Kontakt zu Kim aufzunehmen.

Während ich mich noch fragte, was vor sich ging, stand Kim auf. Statt jedoch ihr Tablett zu nehmen und es fortzubringen, blieb sie vor ihrem Stuhl stehen und ließ ihren Blick langsam durch den Saal wandern. Als sich ihre Augen auf mich richteten, hielt sie inne.

Da bist du ja.

Mich selbst zu sehen und gleichzeitig angesprochen zu werden, war ein eigenartiges Gefühl. Es war, als würde sich die Welt um mich herum schlagartig schneller drehen. Eine Welle der Panik und Hilflosigkeit erfasste mich. Ich hätte schreien wollen. Oder davonlaufen. Doch ich war weiter in Kims Geist gefangen und konnte nichts anderes tun, als mich selbst beobachten. Fast glaubte ich zu spüren, wie Kims Blick meinen wehrlosen Körper durchbohrte. Auf einmal verspürte ich einen heftigen Druck im Kopf, der wie eine Migräneattacke hinter meinen Augen explodierte. Meine Sicht verschwamm. Es fühlte sich an, als würde mir jemand einen Stoß verpassen. Und plötzlich war ich aus Kims Geist zurück in meinem eigenen Körper. Entgeistert starrte ich Kim an, die noch immer an ihrem Tisch stand und mich mit ihren Blicken durchbohrte.

Cin sagte etwas zu ihr, und als sie nicht sofort reagierte, zupfte Cin sie am Ärmel. Ein Ruck durchfuhr Kim, sie blinzelte. Dann wirbelte sie herum und stürzte aus dem Speisesaal.

Ich sprang auf und lief hinterher. Als ich den Saal verließ, sah ich sie gerade noch um die Ecke verschwinden. Meine Schritte hallten von den Steinwänden wider, als ich ihr im Trab folgte. Schlitternd lief ich um die Biegung und blickte auf einen leeren Gang. Lediglich eine leise zuklappende Tür wies mir den Weg.

Der Waschraum.

Ohne nachzudenken, riss ich die Tür auf und stürmte hinein. Kim stand am Waschbecken und stützte die Hände auf das Porzellan. Ihre Arme zitterten, ihr Atem ging in kurzen, heftigen Stößen, und der Schweiß in ihrem Gesicht hatte das Make-up verschmiert und zerstörte ihre sorgfältig zurechtgemachte Fassade.

Mit einem raschen Blick vergewisserte ich mich, dass wir allein waren. Ich packte sie am Arm und zwang sie, sich zu mir herumzudrehen. *Kleine Zauberin.* Irgendwie hatte Kim herausgefunden, was ich war. Wenn sie mich verriet, war ich geliefert.

»Du darfst niemandem davon erzählen!«, verlangte ich.

Sie kniff die Augen zusammen. »Nimm deine Pfoten weg.«

»Kim, das ist kein Spaß!«

Langsam schüttelte sie den Kopf. »Nein, das ist es nicht. Mach das nie wieder.« Sie wischte meine Hand von ihrem Arm und wollte an mir vorbei.

Ich hatte keine Ahnung, was ich tun sollte. Aber ich durfte sie keinesfalls einfach gehen lassen. Ich musste sie dazu bringen, den Mund zu halten. Mit einem entschlossenen Schritt vertrat ich ihr den Weg. »Ich weiß, dass du mich nicht leiden kannst, aber du darfst das niemandem erzählen. Das wäre mein Tod.«

Kim blinzelte. »Wovon redest du überhaupt, du Loser?«

»Das weißt du sehr genau.«

Ein Ruck ging durch ihren Körper. Schlagartig wurde ihre Miene starr. »Sie weiß es nicht.« Es war Kims Stimme, doch die Betonung war eine andere. Frei von Kims gewohnter Arroganz. Als spräche jemand anderes aus ihr. Es war die Stimme, die ich zuvor schon in ihrem Kopf vernommen hatte. »Sie ist ahnungslos.«

Mir wurde eiskalt. »Was?«

»Keine Angst, kleine Zauberin«, flötete Kims Stimme. »Dein Geheimnis ist bei mir sicher, solange du uns aus dem Weg gehst.«

Kim – das Wesen, das in ihrem Körper steckte – trat näher. Ihre Augen waren auf mich geheftet. Langsam, als hätte sie Angst, mich zu verschrecken, hob sie die Hand und legte sie mir auf den Arm. Ihre Finger fühlten sich kühl an durch den Stoff meiner Bluse. Eine Gänsehaut kroch meinen Arm nach oben und breitete sich über meinen Rücken aus. Nur mühsam konnte ich ein Schaudern unterdrücken.

»Du!« Sie riss ihre Hand zurück, als hätte sie sich an meinem Arm verbrannt. Zorn verwandelte ihre hübschen Züge in eine Grimasse. »Du warst das! Du bist für all das Ungemach verantwortlich, das mir widerfahren ist.« Ihre Augen verengten sich zu schmalen Schlitzen. »Dafür wirst du bezahlen.«

Sie holte aus. Ich hob den Arm, um ihren Angriff abzufangen, als ihre Hand mitten im Schlag in der Luft innehielt. Etwas in ihren Augen veränderte sich, der Zorn wich Verwirrung. Dann ließ sie den Arm sinken. »Komm mir nie wieder in die Quere, du Freak.«

Kim. Eindeutig. Wer auch immer durch sie agiert hatte, war fort. Sie stieß mich zur Seite und rauschte an mir vorbei aus dem Waschraum. Meine Knie zitterten so sehr, dass ich mich abstützen musste. Was zum Teufel war das? *Wer* zum Teufel war das?

15

Für den Rest des Tages machte ich einen großen Bogen um Kim. Wann immer ich sie nur von Weitem sah, schlug ich sofort eine andere Richtung ein, und wenn wir gemeinsame Stunden hatten, schlüpfte ich erst kurz vor Unterrichtsbeginn in den Klassenraum. Ich mied ihren Blick ebenso wie jede andere Form der Konfrontation. Skyler gegenüber behauptete ich, dass mir mein Mittagessen nicht bekommen sei. Damit ließ sich nicht nur meine abrupte Flucht aus dem Speisesaal erklären, sondern auch die Tatsache, dass ich mich zwischen den Stunden immer wieder in einen Waschraum flüchtete und mich in einer Kabine einsperrte.

Natürlich war mir klar, dass ich das nicht ewig durchziehen konnte. Abgesehen davon, dass mein Verhalten früher oder später Aufsehen erregen würde, war es keine Lösung für mein Problem. Dummerweise hatte ich nicht die leiseste Ahnung, *wie* ich mein Problem lösen sollte.

Es konnte doch unmöglich sein, dass – nach allem, was bereits schiefgelaufen war – jetzt auch noch die Aufhebung des Fluchs danebengegangen sein sollte. Und selbst wenn der Fluch noch auf ihr läge, erklärte das noch lange nicht, was passiert war. Das war nicht Kim gewesen, die da zu mir gesprochen hatte. Ganz sicher hatte ich ihr kein zweites Ich eingepflanzt.

Vielleicht konnte ich mehr darüber in Erfahrung bringen, wenn ich mir noch einmal ihre Aura ansah.

Statt Mr Cranstons Ausführungen über Mathematik zu lauschen, beugte ich mich über meine Bücher, bis mir die Haare wie ein Vorhang ins Gesicht fielen, und schloss die Augen.

Im ersten Moment wollte es mir nicht gelingen, Kims Aura vor meinem inneren Auge erscheinen zu lassen. Halb befürchtete ich, dass mir diese Möglichkeit mit der Aufhebung des Fluchs abhandengekommen war. Die Betrachtung einer Aura hatte jedoch nicht die geringste Verbindung zu einem Fluch. Ich musste mich einfach stärker konzentrieren.

Ich versuchte mich daran zu erinnern, wie Kims Aura letzte Nacht ausgesehen hatte. Braun, erinnerte ich mich. Sie war braun gewesen. Was ich jetzt sah, ließ mich beinahe zusammenzucken. Der Braunton war noch immer da, hatte eine noch kränklichere Farbe angenommen. Die Silberfäden meines Fluchs, die ihre Aura vergangene Nacht noch wie ein Geflecht durchsetzt hatten, waren fort. Stattdessen entdeckte ich einen grauen Schleier, der sich von außen über ihre Aura legte und sie wie ein Leichentuch bedeckte. So etwas hatte ich noch nie in meinem Leben gesehen. Während das Braun ein Zeichen von Krankheit war, stand Grau für Angst oder einen schlechten Charakter. Was immer es war, das diese Veränderung bewirkte, es hatte nichts mit meinem Fluch zu tun. Diese Erkenntnis beruhigte mich allerdings nur zum Teil, denn sie bedeutete auch, dass, was auch immer mich mit Kim verband, nicht von mir ausging. Obwohl die Oberfläche ihrer Aura glatt wie die ruhige See war und sich keine Fäden daraus erhoben oder sich gar erneut mit meiner eigenen Aura verbunden hatten, wusste ich, dass die Verbindung immer noch existierte. Nicht nur, weil ich ihr heute Mittag einmal mehr zum Opfer gefallen war, sondern, weil ich sie spüren konnte. Es war wie ein unsichtbares Band. Solange ich nicht wusste, auf welchem Weg es geschaffen worden war, war es mir unmöglich, etwas dagegen zu unternehmen.

Ich wusste ja nicht einmal, ob Kim nun besessen war oder ob diese andere Präsenz, die durch sie gesprochen hatte, in einer ähnlichen Verbindung zu ihr gefangen war wie ich selbst.

Kim schien tatsächlich keine Ahnung von meiner Magie zu haben, zumindest zeigte sie es mit keiner Regung. Dieses andere Wesen hingegen … Ob ich einen Fluch weben konnte, der es die Wahrheit über mich vergessen lassen konnte? Andererseits war der letzte Fluch bereits nach hinten losgegangen. Jeder weitere magische Eingriff würde alles womöglich nur noch schlimmer machen. Ich wusste ja nicht einmal, was da in Kims Geist saß – oder ob ich es dorthin gebracht hatte.

Ich wurde mit einem Ruck aus der Aurensicht gerissen, als Skyler mich in die Seite stieß. »Alles in Ordnung mit dir?«

»Mir ist schlecht.« Es war der Versuch, meine Ausrede mit dem schlechten Mittagessen aufrechtzuerhalten, doch kaum hatte ich die Worte ausgesprochen, wurde mir klar, dass mir tatsächlich übel war. Diese Hilflosigkeit machte mich verrückt.

Nach der letzten Unterrichtsstunde sagte ich Skyler, dass ich nicht wie gewohnt mit ihm in die Bibliothek gehen und stattdessen einen Spaziergang machen würde. Er bot mir an, mich zu begleiten, doch ich lehnte ab. Ich musste versuchen, wieder einen klaren Kopf zu bekommen. Das konnte ich nur, wenn ich allein war.

Es war ein wolkiger Tag. Die Luft war feucht und kalt, was vermutlich einer der Gründe war, warum ich den weitläufigen Garten fast für mich allein hatte. Ich folgte einem Kiesweg, der mich immer weiter vom Haupthaus und den Nebengebäuden wegführte, marschierte an den dichten Reihen von Haselsträuchern vorüber, die den Weg wie eine Mauer säumten. Sobald sich eine Lücke fand, zwängte ich mich hindurch. Mein Faltenrock blieb an einem Ast hängen. Ich zerrte so heftig daran, dass die Nähte protestierend ächzten. Der Stoff hielt jedoch und eine Sekunde später trat ich zwischen den Sträuchern hervor, auf die dahinterliegende Wiese. Im Sommer saßen hier oft Schüler auf dem Rasen, besonders Pärchen, die ein wenig ungestörte Zweisamkeit suchten, und sonnten sich. Heute war es zu kalt, sodass ich die Einzige auf der Wiese war. Meine Schuhe gaben bei jedem Schritt leise Schmatzlaute von sich, als ich das feuchte Gras überquerte. Ich wollte spazieren gehen, aber jetzt ertappte ich mich dabei, wie ich auf den alten Schuppen nahe der Außenmauer zuhielt, der als Lager für Gartengeräte und Feuerholz diente. Ein Ort, an den sich nur wenige Schüler verirrten. Der ideale Platz, um allein zu sein.

Ich umrundete den Schuppen und tauchte in die Schatten, die sich zwischen der Mauer und der hölzernen Wand auftaten, vor der mannshoch Holzscheite aufgestapelt waren. Es war kühl und ich war froh, dass ich mich heute Morgen für meinen Pullover statt für eine Bluse entschieden hatte. Trotzdem konnte auch der Wollblazer nicht verhindern, dass es mich fröstelte.

Auf einmal hatte ich das Gefühl, nicht länger stehen zu können. Ich setzte mich auf den Hackstock und streckte die Beine aus. Obwohl ich mich kraftlos fühlte, schaffte ich es nicht, stillzusitzen. Ich wackelte mit den Beinen, halb aus unterdrückter Nervosität, halb, um mich warmzuhalten.

Ich musste herausfinden, was mit Kim passiert war. Zu dumm nur, dass ich hier draußen im Nirgendwo keine Möglichkeit hatte, Nachforschungen anzustellen. Im Internet waren alle Seiten über Magie gesperrt und ich war ziemlich sicher, dass im Büro des Direktors sofort ein Dutzend Alarmsirenen schrillen würden, wenn man auch nur einen annähernd mit Magie in Zusammenhang stehenden Begriff in die Suchmaschine tippte.

In London hätte ich wenigstens eine Anlaufstelle gehabt.

Ich hätte mich auf dem Schwarzmarkt umhören und nach entsprechenden Büchern suchen können. Wenn man vorsichtig genug war, konnte man dort und in ein paar einschlägigen Antiquariaten eine Menge Wissenswertes in Erfahrung bringen. Vor Samstag würde ich das Schulgelände jedoch nicht verlassen können, es sei denn, mir fiel eine wirklich gute Ausrede ein, warum ich während der Schulwoche nach London fahren musste. Da aus meiner Akte hervorging, dass ich keine Verwandten mehr hatte, würde mir die Behauptung nicht weiterhelfen, ans Sterbebett meiner kranken Großmutter, Tante oder von wem auch immer eilen zu müssen. So, wie es aussah, hatte ich nur zwei Möglichkeiten – entweder ich schlich mich heimlich davon oder ich musste die Woche durchhalten, bis ich das Schulgelände offiziell verlassen durfte. Wenn ich mich davonschlich und man mich erwischte, wofür die Chancen ziemlich gut standen, drohte mir der Rauswurf. Abgesehen davon, dass ich dann meinen Abschluss nicht machen, nicht mein eigenes Leben führen und jede Menge Ärger mit meiner Pflegefamilie und dem Jugendamt bekommen würde, wären damit meine Probleme noch lange nicht beendet. Was, wenn die Verbindung zu Kim auch über große Entfernung Bestand hatte und ich immer wieder in ihren Geist gesogen wurde, selbst wenn ich mich ganz woanders befand? Dann wäre ich zu weit entfernt, um noch etwas dagegen unternehmen zu können. Das konnte ich nicht riskieren.

Mir blieb also keine andere Wahl, als bis zum Samstag durchzuhalten. Vielleicht konnte ich mich ja krankmelden und mich bis dahin in meinem Zimmer verkriechen, um Kim und ihrer unheimlichen Untermieterin nicht über den Weg zu laufen. Wenn ich gleich zur Schulschwester ging, konnte ich die Woche vielleicht unbehelligt hinter mich bringen.

Entschlossen, die Sache sofort in Angriff zu nehmen,

sprang ich auf und prallte mit Kim zusammen, die wie ein wild gewordener Racheengel um die Ecke geschossen kam. Der Aufprall warf mich zurück. Ich ruderte mit den Armen und versuchte mein Gleichgewicht wiederzugewinnen. Vergebens. Noch ein stolpernder Schritt zurück, dann landete ich auf dem Hintern im Gras.

Sofort sprang ich wieder auf die Beine.

Zu spät sah ich die Faust, die mir entgegenraste. Kims Schwinger traf mich im Gesicht und schickte mich erneut zu Boden. Ich setzte mich auf und schüttelte den Kopf, um die Benommenheit loszuwerden. Gegen den Schmerz, der sich explosionsartig in meinem Schädel ausbreitete, half es nichts.

Kim ragte wie ein drohender Schatten über mir auf. »Ich will sofort wissen, was du gemacht hast, du verdammtes Miststück!« Ihre Miene war so verzerrt, dass sie kaum noch Ähnlichkeit mit der Kim hatte, die ich kannte. »Deinetwegen sterbe ich! Du musst das zurücknehmen.«

Blinzelnd starrte ich sie an, von ihren Worten und dem Schmerz, den ihr Schlag in meinem Gesicht hinterlassen hatte, gleichermaßen überfordert. Ich wusste nur eines: Es war nicht Kim, die da zu mir sprach, sondern das fremde Wesen in ihr. Ich brauchte Informationen und ich musste Zeit gewinnen. Zeit, um einen Weg zu finden, ihr zu entkommen. »Wovon sprichst du?«

»Du hast alles ruiniert! *Alles!*«

Sie packte ein Holzscheit und holte aus. Ich rollte mich gerade noch rechtzeitig zur Seite, um zu verhindern, dass mich der Prügel am Kopf traf. Stattdessen erwischte mich das Holz am Schlüsselbein. Rote und schwarze Flecken glommen vor meinen Augen und nahmen mir die Sicht. Keuchend versuchte ich auf die Beine zu kommen. Meine Knie waren weich wie Pudding, trotzdem zwang ich mich hoch.

Den nächsten Schlag blockte ich mit meinem Unterarm ab. Taubheit breitete sich von der Stelle, an der mich der Prügel getroffen hatte, über meinen Arm aus. Ich machte einen schnellen Schritt zur Seite, um mein Gleichgewicht nicht erneut zu verlieren, und streckte den unversehrten Arm nach dem Holz aus. Meine Finger glitten über die raue Oberfläche und griffen zu. Mit einem Ruck entriss ich Kim ihren Prügel, wohl wissend, dass dort, wo er hergekommen war, noch jede Menge Nachschub wartete.

Bereit, mich zu verteidigen, hob ich das Holzscheit.

Und hätte es beinahe fallen gelassen, als ich Kims Gesicht sah. Ihre Züge waren zu einer Maske des Zorns und der Verzweiflung erstarrt, Grund genug, es mit der Angst zu tun zu bekommen. Doch es waren ihre Augen, die mich an den Rand der Panik trieben. Sie waren nicht länger blau, sondern von einem so dunklen Braun, dass sie eher an ein Paar Kohlen erinnerten.

Ich stand da wie gelähmt. Ich war nicht in der Lage, meinen Blick von ihren Augen zu wenden, und rechnete halb damit, dass sie jeden Moment zu glühen begannen.

Kim sprang vor. Obwohl sie kleiner war als ich, riss sie mich mühelos zu Boden. Ich fiel auf den Rücken und einen Wimpernschlag später war sie über mir. Ihre Hände schlossen sich um meinen Hals.

»Deinetwegen werde ich sterben«, schnappte sie und drückte zu. »Aber dich nehme ich mit.«

Ich griff nach ihren Handgelenken und versuchte ihre Hände von meinem Hals zu ziehen, doch sie war stark. Viel stärker, als ein Mädchen ihrer Statur sein sollte. Wie ein Schraubstock schlossen sich die Finger um meine Kehle und schnürten mir die Luft mit einer Kraft ab, die unmöglich von Kim stammen konnte.

Ich strampelte und versuchte sie abzuwerfen, doch sie saß

rittlings auf meinem Brustkorb, den Oberkörper nach vorne gelehnt, sodass es mir nicht gelingen wollte, sie aus dem Gleichgewicht zu bringen. Meine Kehle schmerzte und meine Lungen begannen zu brennen. Ich hatte keine Ahnung, wie lange es dauerte, einen Menschen zu erwürgen, und wenn es nach mir ging, wollte ich es auch nicht herausfinden. Als sie ihr Gewicht verlagerte, witterte ich meine Chance. Doch sie bot mir keine Gelegenheit. Stattdessen beugte sie sich noch weiter nach vorne und drückte fester zu. Ich rang um Atem, aber durch meine Kehle wollte sich kein Quäntchen Luft pressen lassen.

Ein Fluch!

Ich musste sie mit einem Fluch belegen.

Etwas, das sie ausknockte.

Fieberhaft suchte ich nach einem Weg, wie ich sie mit meiner Magie abschütteln konnte, doch sobald sich eine Idee abzuzeichnen begann, war sie sofort wieder verschwunden. Ich konnte mich nicht konzentrieren.

Verzweifelt trat ich mit den Beinen um mich, versuchte Kim abzuschütteln.

Ohne Erfolg.

Ich klammerte meine Finger fester um ihre Handgelenke. Wenn es mir gelänge, auf ihre Stimmung einzuwirken, könnte ich sie womöglich davon abbringen, mich umzubringen. Meine Fingerspitzen prickelten, als ich die Kraft meinen Arm entlangfließen ließ. *Friedlich*, dachte ich. *Du wirst friedlich sein! Ausgeglichen und ruhig.*

Ein krächzendes Lachen kroch über Kims Lippen und traf mein Gesicht zusammen mit einem Speichelfaden. »Spar dir deine Kunststückchen. Das funktioniert nur, wenn der andere nicht merkt, was du treibst.«

Meine Lungen schmerzten, meine Kehle brannte von der atemlosen Leere darin und mein Hals schmerzte dort, wo ihre Finger unerbittlich zudrückten. Ich versuchte ihre Arme zu fassen zu bekommen, doch meine Hände rutschten immer wieder ab.

Das Blut rauschte in meinen Ohren und löschte nach und nach jedes andere Geräusch. Schwärze breitete sich vor meinen Augen aus. Meine Hände fielen kraftlos zur Seite. Ich krallte die Finger in die Erde in der Hoffnung, noch einmal Kraft zu sammeln.

Dann verschwand der Klammergriff plötzlich von meinem Hals. Durch den Schleier, der sich über meine Augen ausgebreitet hatte, sah ich, wie Kim von mir fortgerissen wurde. Ich rollte mich auf die Seite und schnappte japsend nach Luft, ohne Kim dabei aus den Augen zu lassen. Skyler hielt sie am Genick gepackt. Einen Moment lang starrte er ihr ins Gesicht. Blinzelnd beobachtete ich, wie sich ihre Haltung unter seinem Griff veränderte. Sie wirkte verwirrt, regelrecht verstört. Ihr Blick zuckte zu mir. Blau. Ihre Augen waren blau. Wer auch immer die Kontrolle über Kim übernommen hatte, war fort.

Hinter den beiden kam Max um die Ecke gerannt. »Was ist los?«

Skyler stieß Kim in seine Arme. »Bring sie hier weg.«

»Was …?«

»Schaff sie fort!«, herrschte Skyler ihn an. »Ich erkläre es dir später.«

Max zog eine Augenbraue in die Höhe, dann legte er seinen Arm um Kims Schultern und führte sie weg. Ich bekam nicht mehr mit, wie die beiden verschwanden. Ich sah nur Skyler, der neben mir niederkniete und mir half mich aufzusetzen. Gierig sog ich die Luft in meine Lungen und versuchte das Zittern zu unterdrücken, das meinen Schrecken begleitete. Skylers Wärme umfing mich, als er den Arm um mich legte. Ein Teil von mir wollte sich aus seinem Griff befreien, aus Angst, darin zu wenig Luft zu bekommen, während sich ein anderer Teil meines Ichs dem Trost seiner Nähe hingab. Ich schmiegte mich in seine Arme, schloss die Augen und zwang mich zu regelmäßigen, tiefen Atemzügen.

»Bist du in Ordnung?« Hatte er Max vorhin noch ungehalten angeblafft, glich seine Stimme jetzt nur noch einem rauen Flüstern. »Soll ich einen Arzt rufen?«

Ich schüttelte den Kopf, nicht wissend, welche seiner Fragen ich damit beantworten wollte. Vielleicht beide. »Hast du ihre Augen gesehen?«

Sein Haar kitzelte mich an der Wange, als er nickte. »Das war der blanke Irrsinn in ihrem Blick. Sie muss wahnsinnig geworden sein.«

Das war kein Wahnsinn, davon war ich überzeugt. Es war eine andere Person gewesen, die durch Kims Körper gehandelt hatte. Und diese Person wollte mich umbringen. *Deinetwegen werde ich sterben.* Ich wusste noch immer nicht, was ich dieser Fremden angetan haben sollte. Allerdings zeigte mir Skylers Reaktion, dass er die Veränderung in Kims Augen nicht bemerkt hatte. Entweder war es bereits vorbei gewesen, als er einen Blick auf sie erhascht hatte, oder aber er hatte es in seiner Aufregung nicht bemerkt.

»Raine?« Skylers warme Berührung an meiner Wange brachte mich dazu, die Augen zu öffnen. Sein Gesicht war keine zehn Zentimeter von meinem entfernt. Behutsam lehnte er seine Stirn an meine. »Wenigstens die Schulschwester?«

Ich erinnerte mich daran, dass es ohnehin mein Plan gewesen war, die Schulschwester aufzusuchen. Vor ein paar Minuten, die mir jetzt wie eine Ewigkeit erschienen, als ich noch geglaubt hatte, es würde genügen, Kim aus dem Weg zu gehen, bis ich nach London fahren und Antworten suchen konnte. Abgesehen davon, dass mir nichts zu fehlen schien, das sich nicht mit ein paar Schmerztabletten beheben ließ, glaubte ich nicht mehr, dass es eine gute Idee war, mich tagelang allein in meinem Zimmer zu verkriechen, wo die Fremde, die von Kim Besitz ergriffen hatte, mich jederzeit in die Finger bekommen konnte. Am sichersten wäre ich, solange andere in meiner Nähe waren. Sie würde nicht wagen, mich anzugreifen, solange es dafür Zeugen gab.

Ich hatte meinen Entschluss gefasst. Langsam, als wäre ich selbst noch nicht vollends davon überzeugt, dass es eine vernünftige Entscheidung war, schüttelte ich den Kopf. »Nein, keine Schulschwester. Nur eine Schmerztablette.«

16

Skyler brachte mich auf mein Zimmer und half mir, mich aufs Bett zu setzen. Es war wirklich erstaunlich, mit welcher Selbstverständlichkeit er sich in unserem Wohnheim bewegte, als könnte kein Hausvorsteher und keine Stockwerksaufsicht der Welt ihn davon abhalten, hier zu sein oder mein Zimmer zu betreten. Was ohnehin nicht das erste Mal war.

»Wo sind deine Schmerztabletten?«, wollte er wissen, sobald ich saß.

Ich dirigierte ihn zu meinem Schreibtisch und sagte ihm, in welcher Schublade er fündig wurde. Was für ein Glück, dass ich meine Tabletten nicht bei meiner Unterwäsche aufbewahrte. Noch mehr Glück war es allerdings, dass ich jegliches Zaubermaterial gut versteckt hatte, weit weg von irgendwelchen Medikamenten und anderen Dingen.

Skyler holte mir ein Glas Wasser, gab mir zwei Tabletten in die Hand und beobachtete, wie ich sie schluckte. Als hätte er Angst, ich würde sie hinter dem Bett verschwinden lassen, wenn er nicht hinsah. Das hatte ich ganz bestimmt nicht vor. Dafür sehnte ich mich viel zu sehr danach, das Pochen in meiner Wange und das Brennen in meinem Hals zu dämpfen.

Die Tabletten waren groß und schmerzten in meiner wunden Kehle, trotzdem schluckte ich sie hinunter und spülte mit einem großen Schluck Wasser nach. Als ich das Glas auf den Nachttisch stellte und mich Skyler wieder zuwandte, betrachtete er mich nachdenklich.

»Du solltest dich hinlegen«, sagte er, sobald er meinen Blick bemerkte. Bevor ich etwas erwidern konnte, half er mir aus dem Blazer, streifte mir meine Schuhe von den Füßen und schlug die Decke zurück. Mit einem erleichterten Seufzer ließ ich mich in die Kissen sinken.

Skyler setzte sich neben mich auf die Bettkante. Noch immer lag diese eigenartige Mischung aus Sorge und Nachdenklichkeit in seinen Zügen. Ein Ausdruck, der ihn erschreckend düster wirken ließ.

»Du hast vorhin etwas von Kims Augen gesagt«, erinnerte er sich. »Etwas, das fast schon geklungen hat, als wäre da mehr gewesen als nur Irrsinn.«

Ich wollte ihm so gerne erzählen, was passiert war, wie sich Kims Augen verändert hatten und dass noch eine andere Person in ihr zu stecken schien. Aber dann wäre ich nicht umhingekommen, ihm meine Beteiligung an der ganzen Geschichte zu beichten, und so weit war ich noch nicht. Also rettete ich mich in ein Schulterzucken und murmelte etwas davon, dass Kim so wütend gewesen war, dass sie überhaupt nicht mehr sie selbst gewesen zu sein schien.

Skyler kaufte es mir ab.

»Was ist denn jetzt eigentlich genau passiert?«

Ich erzählte ihm von meinem Vorhaben, Luft zu schnappen, und davon, wie Kim aus dem Nichts über mich hergefallen war. Im Prinzip hielt ich mich genau daran, was wirklich geschehen war. Lediglich ihre Worte behielt ich für mich. Obwohl ich meine Schilderung mit wenigen Sätzen hinter mich gebracht hatte, brannte mein Hals danach, als hätte mir jemand brennendes Benzin hineingeschüttet. Ich musste immer wieder husten und selbst nach zwei Gläsern Wasser ebbte der Schmerz kaum ab.

Skyler stand auf. »Ich hole dir eine heiße Milch mit Honig. Das hilft gegen das Brennen.«

Sobald er die Tür hinter sich geschlossen hatte, setzte ich mich auf. Ich wollte abschließen aus Furcht, Kim könne seine Abwesenheit nutzen, doch ich brachte nicht die Kraft auf, mich zu erheben. Schon gar nicht, nachdem ich wusste, dass ich noch einmal aufstehen musste, um ihn wieder hereinzulassen. Also beschränkte ich mich darauf, auf die Tür zu starren und zu hoffen, dass ich laut genug Alarm schlagen konnte, falls die falsche Person mein Zimmer betrat.

Nach zehn Minuten, die mir wie eine Ewigkeit erschienen, kehrte Skyler zurück und gab mir behutsam eine Tasse mit dampfender Milch in die Hand. Ich pustete darauf, bis sie so weit abgekühlt war, dass ich mir meine Kehle nicht noch zusätzlich verbrennen würde, dann trank ich sie mit langsamen Schlucken. Skyler hatte recht gehabt, der Honig und die Wärme der Milch taten wirklich gut. Ich glaubte beinahe zu spüren, wie sich beides als schützender Film in meinem Hals ausbreitete.

Das Adrenalin, das mein Körper während des Kampfes ausgeschüttet hatte, war längst gewichen und mit der Wärme der Milch kam auch die Müdigkeit. Es war noch früh am Abend, doch plötzlich fiel es mir schwer, meine Augen länger offen zu halten.

Skyler griff nach meiner Hand. »Okay, steh auf.«

Blinzelnd sah ich ihn an. »Was? Warum?«

»Du bist müde und ich werde jetzt gehen.«

Warum sollte ich dann aufstehen?

Als hätte er meine Gedanken gelesen, sagte er: »Wenn du jetzt liegen bleibst, kommst du nicht mehr hoch, du solltest aber dringend hinter mir absperren.«

Das klang nicht nur einleuchtend, sondern auch ausgesprochen vernünftig. Ich ließ mich von ihm auf die Beine ziehen und begleitete ihn zur Tür. Er legte die Hand auf den Knauf, dann drehte er sich noch einmal zu mir um. Einen Moment lang sah ich nur seine Augen, dann spürte ich seine Lippen auf meinen. Sanft und zärtlich, als hätte er Angst, mir zusätzliche Schmerzen zu verursachen. Wie ein Lufthauch strichen seine Finger über meine unversehrte Wange. »Hast du Hunger? Soll ich dir etwas zu essen bringen?«

Ich schüttelte den Kopf. Zwar hatte ich mir nicht den Magen verdorben, wie ich behauptete, trotzdem war mir nach den letzten Ereignissen der Appetit mehrmals gründlich vergangen.

»Leg dein Handy auf den Nachttisch«, sagte er leise und küsste mich noch einmal. »Wenn etwas ist, ruf mich an. Dann bin ich da. Egal wann.« Dann ging er.

Ich schloss hinter ihm ab, platzierte mein Handy in Reichweite und kroch wieder ins Bett. Keine Minute nachdem ich das Licht gelöscht hatte, war ich eingeschlafen und erwachte erst wieder, als ein Hämmern meinen traumlosen Schlaf durchbrach. Ich schlug die Augen auf und blinzelte in die Dunkelheit, die sich im Zimmer ausgebreitet hatte. Ein Blick auf meinen Wecker verriet mir, dass es kurz nach neun war. Ich hatte mehr als drei Stunden geschlafen, fühlte mich allerdings, als wäre es noch lange nicht genug.

Wieder ertönte das Hämmern, das ich dieses Mal jedoch als Klopfen an meiner Tür identifizierte. Ruckartig setzte ich mich auf, den Blick wie hypnotisiert auf den kantigen Umriss der Tür gerichtet. Mein Puls beschleunigte sich. Was, wenn sie es war? Unsinn! Kim würde kaum höflich anklopfen, bevor sie hereinkam, um mich umzubringen.

Wieder ein Klopfen. »Raine?« Zu leise, als dass ich die Stimme hätte einordnen können. Ich konnte lediglich sagen, dass es sich nicht um Kim, sondern um einen Jungen handelte.

Ich stand auf, knipste das Licht an und ging zur Tür. Zum Glück war ich, von meinen Schuhen einmal abgesehen, immer noch komplett angezogen. »Wer ist da?«

»Ich bin es. Max«, kam die gedämpfte Antwort. »Lässt du mich rein, bevor mich jemand hier erwischt?«

Einen Herzschlag lang zögerte ich noch, bevor ich die Tür öffnete. Max sah sich schnell nach allen Seiten um, dann schlüpfte er an mir vorbei ins Zimmer und schob die Tür wieder zu. Eine Weile stand er einfach nur da und musterte mich, wobei sein Blick an meinem Gesicht hängen blieb, wo Kims Faust mich getroffen hatte. Dank der Tabletten war der Schmerz zu einem dumpfen Pochen abgeklungen, was aber nichts daran änderte, dass ich spürte, wie meine Haut unter der Schwellung spannte.

»Bist du in Ordnung?«, fragte er.

Ich nickte nur. Das Sprechen fiel mir immer noch schwer und irgendwie wollte ich auch nicht wirklich reden. Ganz bestimmt hatte ich nicht vor, ihm zu erzählen, was passiert war. Vermutlich hatte Skyler das ohnehin schon erledigt. Oder Kim. Ich erstarrte. Was, wenn sie ihn geschickt hatte, um ihr Werk zu vollenden? Es klang unsinnig und weit hergeholt, andererseits klang es auch unsinnig, dass Kim von einer Fremden besessen sein sollte. Vielleicht war es dieser Fremden ja gelungen, auch von Max Besitz zu ergreifen. Vorsichtig wich ich einen Schritt in Richtung Tür zurück.

Max hob eine Augenbraue, rührte sich aber nicht vom Fleck. »Skyler hat mir erzählt, was passiert ist.« Er schüttelte den Kopf. »Eigentlich bin ich hergekommen, um mich für Kims Verhalten zu entschuldigen, aber jetzt wird mir klar, dass es dafür keine Entschuldigung gibt. Dieses Mal ist sie zu weit gegangen.«

Dass Max in meinem Zimmer war, fühlte sich vollkommen anders an als Skylers Anwesenheit zuvor. Irgendwie falsch – auch wenn er nicht besessen war. Allerdings gab es etwas, das ich vergessen hatte, Skyler zu fragen. »Wie habt ihr mich überhaupt gefunden?«

»Wir saßen in der Bibliothek über unseren Hausaufgaben, als Kim hereinkam. Sie hat sich überall umgesehen und ist wieder rausgestürmt. In dem Augenblick, in dem sie ging, stand Skyler auf und ist ebenfalls gegangen. Das hat mich … misstrauisch gemacht.«

Du meine Güte, hatte er etwa geglaubt, Skyler würde ihr folgen, um sie anzugraben? Daran, dass Kim – oder wohl eher ihre Untermieterin – nach mir gesucht hatte, zweifelte ich hingegen nicht.

»Ich bin Skyler gefolgt«, fuhr Max fort. »Einen Moment dachte ich wirklich, dass er was von Kim will. Ich fand ihn vor dem Haus. Von Kim keine Spur. Skyler hatte Angst, dass sie etwas im Schilde führte. Du meine Güte, Raine, ich hatte keine Ahnung, was sie dir schon alles angetan hat. Skyler hat mir von ihrer Aktion mit der Putzkammer erzählt.«

Manchmal war Skyler wirklich ein bisschen zu mitteilsam für meinen Geschmack.

»Er wusste, dass du rauswolltest, deshalb machten wir uns auf die Suche nach dir. Es hat allerdings ein paar Minuten gedauert, bis wir dich gefunden haben.«

Ich für meinen Teil war froh, dass sie mich überhaupt gefunden hatten. Und das gerade noch rechtzeitig. Obwohl ich versucht hatte, Skyler davon zu überzeugen, dass ich Kim aus dem Weg gehen und damit alles in Ordnung sein würde, war ich ihm für sein Misstrauen und seine Wachsamkeit dankbar. Ohne ihn wäre die Sache heute anders ausgegangen.

Max griff nach meiner Hand und drückte sie. »Es tut mir wirklich leid«, sagte er und sah mir dabei lange in die Augen. Schließlich gab er meine Hand wieder frei und ging. Ich schloss hinter ihm ab und vergewisserte mich drei Mal, dass die Tür wirklich fest verschlossen war.

17

Dieses Mal dauerte es länger, bis ich wieder einschlafen konnte. Als mich der Schlaf dann endlich einholte, träumte ich von meinen Eltern und von jenem Tag vor zwölf Jahren. Unruhig wälzte ich mich von einer Seite auf die andere, ohne die Bilder abschütteln zu können, die mich so beharrlich verfolgten. Einem Teil von mir war durchaus bewusst, dass es sich dabei um einen Traum handelte, und womöglich hätte allein dieses Wissen ausgereicht, um jede andere Art von Albtraum erträglich werden zu lassen. Diesen Bildern jedoch, die nicht dem Traum, sondern meiner Erinnerung geschuldet waren, konnte nichts ihren Schrecken nehmen.

Verfolgt von den Stimmen und Rufen, den stampfenden Schritten und dem nicht enden wollenden Widerhall des Schusses, trieb ich dahin. Bis ich eine Berührung an meinem Arm spürte. Sanft, beinahe zärtlich.

Die albtraumhaften Bilder zersplitterten und fielen wie Scherben zu Boden, als mich die Hand auf meinem Arm langsam ins Hier und Jetzt zurückgeleitete. Träge öffnete ich die Augen und sah eine schemenhafte Gestalt, die sich im Dunkel meines Zimmers über mich beugte. Ich hätte vor Schreck aus dem Bett springen und um Hilfe schreien müssen, doch ich war weder erschrocken noch fühlte ich mich bedroht. Eher dämmrig, als wäre ein Teil von mir noch nicht vollends aus Morpheus Armen zurückgekehrt.

»Skyler?«, flüsterte ich und wusste schon einen Herzschlag später nicht mehr, ob ich seinen Namen wirklich ausgesprochen hatte.

Die Gestalt, die neben mir auf der Bettkante saß und deren Präsenz ich mit einem Mal so überdeutlich spürte, als sei sie mir geradewegs unter die Haut gekrochen, schüttelte langsam den Kopf.

Nicht Skyler.

Jetzt verspürte ich doch einen Anflug von Unruhe. Ich sollte aufstehen und …

»Das ist nur ein Traum, Liebes.«

Die Worte beruhigten mich wieder. Träume konnten einen verfolgen und quälen, aber sie konnten einem nichts anhaben. Ich war in Sicherheit und schon bald würde der Anblick des Mannes über mir verschwimmen und den gewohnten Bildern meiner Eltern weichen.

Statt sich jedoch in Luft aufzulösen, begann der Fremde Gesten zu vollführen. Seine Hände schwebten durch die Luft, als folgten sie einer komplizierten Choreografie. Leise Worte begleiteten jede Bewegung. Plötzlich begannen seine Fingerspitzen zu leuchten und hinterließen ein Echo aus Licht dort, wo er seine Zeichen in die Luft malte.

Jetzt bekam ich es mit der Angst zu tun. Ich wollte aufspringen, doch ich konnte mich nicht bewegen. Wollte um Hilfe schreien, aber auch meine Stimmbänder gehorchten mir nicht.

Eine glimmende Fingerspitze näherte sich meinem Gesicht, sie fühlte sich warm auf meiner Haut an, als sie langsam über meine Wange strich. »Ganz ruhig.« Er sagte noch mehr. Worte, deren Bedeutung mein Verstand nicht zu erfassen vermochte. Ich spürte nur noch die Ruhe, die sich wie eine warme Decke über mich legte und mein Herz beruhigte.

Meine Angst war fort.

Ich wusste nicht einmal mehr, wovor ich mich überhaupt gefürchtet hatte. Der Mann tat mir nichts und er würde mir nichts tun. Er *liebte* mich, das spürte ich so deutlich, als würde er mir die Worte immer und immer wieder ins Ohr flüstern. Jede Geste, jeder Blick – ein Ausdruck seiner Liebe. Was er tat, tat er nur für mich. Auch wenn ein Teil von mir sich tatsächlich fragte, *was* er da tat. Er murmelte noch immer Worte vor sich hin, doch sosehr ich mich auch bemühte, ich vergaß jedes einzelne, noch bevor es verklungen war.

Ein Ritual, schoss es mir durch den Kopf, doch der Gedanke war fort, ehe ich ihn richtig zu fassen bekam. Alles, was mir blieb, war, still zu liegen und mich mit meinen Blicken an den schemenhaften Umrissen meines Besuchers festzuklammern, dessen Anblick mir ebenso schnell zu entgleiten drohte wie seine Worte.

Schließlich endete es. Der Klang seiner Stimme wurde von einer langen, undurchdringlichen Stille abgelöst, die sich wie Nebel über den Raum zu legen schien und mein Bewusstsein mehr und mehr zurückdrängte. Das Letzte, woran ich mich erinnerte, war, dass er mir eine Kette um den Hals legte, sich über mich beugte und mich auf die Stirn küsste. »Bald sind wir wieder vereint.«

Dann fielen mir die Augen zu und schon bald war ich wieder in den gewohnten Albträumen gefangen, die mich schon so lange begleiteten.

18

Am nächsten Morgen fühlte ich mich vollkommen zerschlagen. Meine Wange war zwar nicht mehr geschwollen, das änderte jedoch nichts daran, dass sie bei jeder Berührung, selbst beim Sprechen, ein ständiges Pochen aussandte. Da halfen auch die zwei Schmerztabletten nur wenig, die ich mir gleich nach dem Aufwachen einwarf.

Verschwommen erinnerte ich mich an die wirren Träume der letzten Nacht. Als die Bilder der schemenhaften Gestalt in meinem Geist aufblitzten, erstarrte ich. Das war kein Traum gewesen. Zumindest nicht alles. Der Mann musste echt gewesen sein, dessen war ich mir mit einem Mal vollkommen sicher. Er hatte … Es dauerte einen Moment, ehe ich mich daran erinnern konnte, was er getan hatte … Ein Ritual. Worte. Die Kette! Der Typ hatte mir eine Kette umgelegt. Plötzlich glaubte ich, das Gewicht des Schmuckstücks um meinen Hals zu spüren. Ich tastete danach, aber da war nichts. Ungläubig zog ich meinen Pyjama zur Seite und fuhr mit der Hand meinen Hals entlang. Nichts. Keine Kette und auch kein Anzeichen, dass vor Kurzem noch eine dort gewesen sein sollte.

»Also doch nur ein Traum«, flüsterte ich in die Stille meines Zimmers.

Es hätte mich beruhigen sollen, doch das Gefühl, die Last der Kette zu spüren, wollte mich einfach nicht loslassen. Daran änderte sich auch im Laufe des Tages nichts. Immer wieder griff ich während der kommenden Stunden nach meinem Hals. Jedes Mal fasste ich ins Leere, obwohl ich mir sicher war, dass meine Finger etwas erfassen müssten. Das machte mich so verrückt, dass ich einmal sogar während der

Stunde das Klassenzimmer verließ und in den Waschraum ging, um mich im Spiegel davon zu überzeugen, dass da wirklich nichts war.

Natürlich war da nichts.

Ein wenig erinnerte es mich an eine Nervenreizung, die ich einmal in der Hand gehabt hatte. Damals hatte es sich so angefühlt, als würde mich ein loses Haar an der Hand kitzeln, doch egal wie genau ich auch hinsah und wie gründlich ich suchte – da war nichts. Im Internet hatte ich schließlich die Sache mit der Nervenreizung herausgefunden und am nächsten Tag war es zum Glück auch wieder vorbei gewesen.

Vielleicht hatte ich mir im Schlaf immer wieder an den Hals gefasst, ohne es zu bemerken, und dabei die feinen Nervenenden unter der Haut gereizt. Egal wie ich das geschafft hatte, bis morgen wäre es sicher vorbei.

Dieser ganze verflixte Tag war der reinste Horror. Am Morgen war ich im Eiltempo von meinem Zimmer zum Frühstückraum gelaufen, wo Skyler mich wie gewohnt erwartete. Natürlich wollte er wissen, wie es mir ging, doch er schien auch zu spüren, dass es mir zu viel wurde, wenn er mich mit seiner Fürsorge überschüttete, und nahm sich entsprechend zurück. Trotzdem war er da. Er wich den ganzen Tag über nicht von meiner Seite und hätte mich vermutlich sogar in den Waschraum begleitet, wenn ich ihn nicht davon abgehalten hätte. Statt mit mir hineinzugehen, schickte er Lily vor, damit sie abcheckte, ob die Luft rein war. Sie, Ty und Mercy wussten mittlerweile, was passiert war, doch außer Max schienen sie die Einzigen zu sein. Ein Thema, das sich während des Tages zwischen Skyler und mir zu einem Streitpunkt entwickelte.

»Ich bin der Meinung, dass du sie melden solltest«, sagte Skyler am Nachmittag zum gefühlt hundertsten Mal. »Ich kann dir nicht auf Schritt und Tritt folgen. Auch wenn ich das gerne möchte, setzen mir die Internatsregeln doch gewisse Grenzen. Abgesehen davon muss Kim dafür, was sie getan hat, bestraft werden.«

Wie sollte ich ihm erklären, dass es nichts an meinen Problemen ändern würde, wenn ich Kims Übergriff meldete? *Skyler, sie ist besessen und wird wieder versuchen mich umzubringen, egal wie viele Strafarbeiten man ihr aufbrummt.* Dafür gab es keine vernünftige Erklärung. Zumindest keine, die mich nicht ebenfalls in Schwierigkeiten brachte. Ich musste Zeit gewinnen. Genug Zeit, um herauszufinden, was mit Kim passiert war, und die ganze Sache wieder geradezubiegen. Wenn ich Glück hatte, wäre der Vorfall von gestern bis dahin in Vergessenheit geraten.

»Ich werde darüber nachdenken, okay?«

Einen Moment lang sah es so aus, als wollte er widersprechen, dann aber nickte er. »Okay, aber lass dir nicht zu lange Zeit, sonst werde ich sie melden.«

Es war nicht das, was ich wollte, aber es war besser als nichts.

Während des Tages erwischte ich mich immer wieder dabei, dass ich mich nach allen Seiten umsah oder verstohlene Blicke über meine Schulter warf. Jedes Mal rechnete ich damit, Kim mit den merkwürdig dunklen Augen zu erblicken, die im Begriff war, mich aus dem Hinterhalt anzuspringen.

Was nicht der Fall war und sie vor all diesen Zeugen wohl auch nicht machen würde.

Tatsächlich schien auch Kim mir aus dem Weg zu gehen. Wir hatten heute keinen gemeinsamen Unterricht und zum Essen tauchte sie erst kurz vor Ende der Essenszeiten auf, als ich gerade den Speisesaal verließ. Nur ein einziges Mal begegneten wir uns auf dem Flur. Als sie mit ihrem Gefolge an mir vorüberging, trafen sich unsere Blicke, und für einen

Moment hatte ich das Gefühl, dass sie unter den gestrigen Ereignissen mindestens genauso litt wie ich. In ihren Augen glaubte ich eine Mischung aus Verwirrung und Schuldgefühlen zu erkennen, gepaart mit hilfloser Wut. Einer Wut, die sich vermutlich auf mich konzentrierte, da sie in mir den Auslöser für ihre Schwierigkeiten sah.

Die bloße Vorstellung, dass die echte Kim ebenfalls wütend auf mich sein könnte, veranlasste mich dazu, noch paranoider zu werden und mich noch häufiger nach allen Seiten umzudrehen.

Bis zum Nachmittag hatte meine Angst vor dem Alleinsein nicht nachgelassen, sodass ich Skyler sogar zu seinem Basketballtraining in die Sporthalle begleitete. Sonst hätte er sein Training sausen lassen, um bei mir zu sein. Da ich ihn nicht um seinen Sport bringen wollte, suchte ich mir einen Platz ganz oben auf der Tribüne und beobachtete von dort aus das Training.

Unten am Spielfeldrand saß Kim. Zu meinem Erstaunen war sie allein, und statt Max anzufeuern, bedachte sie ihn lediglich mit sehnsüchtigen Blicken. Bisher hatte sie mich nicht bemerkt, und sobald ich sie sah, sorgte ich dafür, dass das auch so blieb, indem ich mich noch weiter nach oben, in den Schatten einer Säule, verzog, die hier in regelmäßigen Abständen das Dach stützten.

Eigentlich hatte ich vorgehabt, etwas zu lesen oder Hausaufgaben zu machen. Kims Anwesenheit brachte mich jedoch dazu, meine Aufmerksamkeit auf meine Umgebung zu richten, was in erster Linie bedeutete, sie im Auge zu behalten und hin und wieder einen Blick auf das Spielfeld zu werfen. An sich hatte ich mich nie sonderlich für Basketball interessiert, allerdings musste ich zugeben, dass es durchaus Spaß machte, Skyler auf dem Feld zu beobachten. Im Gegensatz zu seinen Teamkameraden spielte er nicht im Mannschaftsdress, sondern in einem Shirt mit langen Ärmeln. Offensichtlich hatte der Sparzwang auch das Basketballteam getroffen, sodass es nicht genügend Trikots gab. Hätte ich nicht so große Angst gehabt, Kim könne jeden Moment wieder auf mich losgehen oder ich würde einmal mehr in ihren Geist gerissen, wäre es mir deutlich schwergefallen, meinen Blick von seiner athletischen Gestalt loszureißen.

Während ich abwechselnd Kim und Skyler beobachtete, kehrten die Kopfschmerzen zurück. Unglücklicherweise hatte ich keine Tabletten mehr in meiner Tasche. Ich würde später welche aus meinem Zimmer holen, sobald Skyler mit dem Training fertig war und mich begleiten konnte. Bis dahin musste ich das Pochen aushalten – auch wenn es sich immer mehr zu einem Hämmern steigerte.

Kurz vor Ende des Trainings, als die Jungs sich abklatschten und vom Spielfeld in die Kabine liefen, nahm ich meine Tasche und verzog mich hinter die Säule. Skyler holte seine Wasserflasche vom Spielfeldrand, schraubte sie auf und nahm einen langen Zug. Während er trank, sah er unauffällig in meine Richtung. Fast glaubte ich die Frage in seinem Blick zu erkennen. *Kommst du zurecht?* Als ich nickte, setzte er die Flasche ab, sagte etwas zu Max und joggte aus der Halle.

Vorsichtig spähte ich um die Ecke und hielt nach Kim Ausschau. Sie hatte mich noch immer nicht bemerkt. Sie war aufgestanden und ging zu Max, der als Einziger noch auf dem Feld war und die Bälle einsammelte.

Er wollte mit dem Ballnetz an ihr vorbei, doch sie stellte sich ihm in den Weg.

»Was willst du noch?« Niemals zuvor hatte ich einen derart kalten Ton von ihm gehört. Seine gesamte Haltung, seine Mimik und Gestik drückten Verachtung aus.

»Wir müssen reden.« Kims Stimme klang höher als gewöhnlich, fast schon verzweifelt. »Du kannst doch nicht …«

»Es ist alles gesagt, Kim. Du bist zu weit gegangen, ich will nichts mehr mit dir zu tun haben. Geh jetzt.« Er hob die Hand und deutete auf die Tür.

Kim zögerte kurz, dann straffte sie die Schultern und schob das Kinn vor. »Mein Training fängt gleich an, ich muss los.« Sie machte kehrt und stürmte aus der Halle. Als die Tür hinter ihr zuknallte, atmete ich auf, blieb aber sicherheitshalber hinter der Säule verborgen.

»Raine?«, hörte ich Max rufen. »Bist du noch da?«

Ich kam aus meinem Versteck hervor und ging zu ihm nach unten. »Tut mir leid, ich wollte euch nicht belauschen.«

»Ich hab schon gesehen, dass du dich vor ihr versteckt hast.«

»Hast du sie deshalb so abgebügelt?«

Er schüttelte den Kopf. »Nein.« Dann nickte er. »Doch, ja. Aber nicht nur. Kim und ich, wir sind fertig miteinander.«

»Meinetwegen?«

Max ließ das Ballnetz fallen und griff nach meiner Hand, die Augen auf meine Finger gerichtet. »Ja, letztlich deinetwegen«, flüsterte er. »Ihr gestriger Angriff war der letzte Tropfen. Ich hätte längst erkennen müssen, dass Kim nichts für mich ist.«

Ich war so überrascht, dass ich ihm nicht einmal meine Hand entzog. Stattdessen starrte ich ihn nur an, während sein Blick noch immer auf unsere Hände gerichtet war. Als er schließlich aufsah und unsere Blicke sich trafen, lächelte er ein wenig verlegen. »Hast du schon Pläne für den Herbstball?«

»Das ist noch ziemlich lange hin«, sagte ich. »So weit möchte ich noch gar nicht denken.«

»Okay, wie wäre es, wenn du bis zum nächsten Wochenende denkst?«

Meine Verwirrung musste mir anzusehen gewesen sein. Bevor ich etwas erwidern konnte, sagte er: »Lass uns am Samstagabend ausgehen.«

Fast hätte ich ihn gefragt, was mit dem Max passiert war, den ich kannte. Ich wollte einfach nicht glauben, dass er soeben mit seiner Freundin Schluss gemacht hatte und sich eine Minute später an mich heranmachte. Das passte so gar nicht zu ihm.

»Du meine Güte, Raine, sieh mich nicht so erschrocken an!« Er lachte, doch es klang gezwungen. »Für dich mag das ein wenig plötzlich kommen, für mich nicht. Ja, ich habe mich gerade erst von Kim getrennt, aber zwischen ihr und mir hat es schon länger nicht mehr gestimmt. Vielleicht noch nie. Verflucht, sie wollte mir nicht einmal eine Erklärung für ihr Verhalten geben. Sie behauptet doch glatt, sie wisse nicht, warum sie es getan hat. Kannst du dir das vorstellen?« Er schüttelte den Kopf und fuhr sich mit der Hand über die Augen. »Aber das ist nicht alles. Ich habe dich von Anfang an nicht mehr aus dem Kopf bekommen, Raine.«

Oh Mann. Abgesehen davon, dass mich eine Beziehung mit ihm viel zu sehr in den Fokus meiner Mitschüler rücken würde, war Max nicht der, den ich wollte. Bis vor ein paar Wochen noch hatte ein Teil von mir immer bedauert, dass ich ihm damals einen Korb gegeben hatte, jetzt jedoch …

»Max, ich …«, setzte ich an, ohne die Spur einer Idee, wie ich ihm eine schonende Abfuhr erteilen konnte. Vermutlich gab es in dieser Hinsicht kein schonend. Egal wie ich es ihm sagte, meine Antwort würde ihm nicht gefallen. Ich schüttelte den Kopf. »Ich kann das nicht. Es hat nichts mit dir zu tun, aber das mit uns würde einfach nicht funktionieren.«

Er gab meine Hand frei. »Es ist seinetwegen, oder? Du stehst auf Skyler.«

Der letzte Satz war keine Frage.

Ich sah keinen Sinn darin, etwas anderes zu behaupten. Meine Gefühle für Skyler mochten kompliziert sein, aber sie waren auch die perfekte Erklärung, warum ich nichts von Max wollte. Deshalb nickte ich nur.

Bevor Max noch etwas sagen konnte, kehrte Skyler in die Halle zurück. Sein Haar war noch feucht von der Dusche. »Danke, dass du auf sie aufgepasst hast«, sagte er an Max gewandt, dann sah er mich an. »Gab es Schwierigkeiten?«

Ich schüttelte den Kopf. »Sie hat mich nicht gesehen.«

»Gut. Für die nächsten zwei Stunden bleiben wir verschont. Ich habe sie gerade in der anderen Halle beim Leichtathletikteam gesehen.«

»Ich geh wohl besser duschen.« Als Max das Ballnetz wieder aufnahm und an Skyler vorbeiging, hörte ich ihn nur »Glückspilz« murmeln, dann war er aus der Halle.

Skyler sah ihm hinterher. »Was war das denn?«

»Er hat mit Kim Schluss gemacht.«

»Dann geht es ihm wohl nicht sonderlich gut.«

»Wie man es nimmt.« Ich zuckte die Schultern. Mir stand nicht der Sinn danach, ihm von Max' neu erwachtem Interesse an mir zu erzählen. Überhaupt wollte ich im Moment nicht sonderlich viel reden. Meine Kopfschmerzen waren schlimmer geworden und im Augenblick wünschte ich mich einfach nur in die Stille meines Zimmers.

Er drehte sich zu mir herum. »Bereit für die Hausaufgaben?«

Ich schüttelte den Kopf. »Eigentlich würde ich mich lieber hinlegen.«

»Ist alles in Ordnung?«

Nein, nichts ist in Ordnung. In einem Anflug von Selbstmitleid hätte ich mich ihm am liebsten in die Arme geworfen und alles erzählt; von dem Fluch, von Kims Verhalten, ihrer Besessenheit und von meinem merkwürdigen Traum letzte Nacht. Ich wünschte mir, ich könnte mich ihm anvertrauen, wünschte, er würde mich in den Arm nehmen und mir versichern, dass alles gut werden würde. Zum Glück war mein Verstand noch nicht völlig von Selbstmitleid und Verliebtheit zerfressen, sodass nichts davon den Weg über meine Lippen fand. »Mir dröhnt nur der Schädel«, sagte ich stattdessen. »Ich schätze, das ist als Ausrede gut genug, um die Hausaufgaben sausen zu lassen und mich auf mein Zimmer zu verkrümeln.«

»Kann man vermutlich gelten lassen. Bist du sicher, dass du nicht vielleicht doch zur Schulschwester gehen solltest? Mit einer Gehirnerschütterung ist nicht zu spaßen.«

»Ich glaube nicht, dass es eine Gehirnerschütterung ist.« Skyler schien sich damit jedoch nicht zufriedengeben zu wollen. Er setzte bereits zu einem Widerspruch an. Schnell fügte ich hinzu: »Wenn ich morgen immer noch Kopfschmerzen habe, gehe ich zu ihr.«

Er dachte einen Moment nach, dann nickte er. »Einverstanden. Aber du legst dich gleich hin, versprochen?«

»Versprochen.«

»Gut, du musst nämlich fit sein«, sagte er. »Ich habe nämlich bereits Karten für Mr Invisibles Zaubershow reservieren lassen.«

Wir hatten ein Date! Nach allem, was passiert war, hatte ich gar nicht mehr daran gedacht. Auch wenn ich noch nicht wusste, was mein Ausflug nach London mir für Erkenntnisse bringen oder ob Kim mich nicht vorher in die Finger bekommen würde, freute mich die Aussicht auf ein bisschen Normalität. Und darauf, mehr über Skyler und sein Interesse für Magie in Erfahrung zu bringen.

Er brachte mich bis zu meiner Zimmertür, vermutlich wäre er mit reingekommen, wenn Miss Weldon, die Hausvorsteherin, nicht gerade auf dem Gang gewesen wäre. Von dem Moment an, in dem sie Skyler sah, vergaß sie, was auch immer sie hier oben tun wollte, und ließ ihn nicht mehr aus den Augen, bis er sich artig von mir verabschiedete und ich die Tür vor seiner Nase schloss. Vermutlich folgte sie ihm nach unten, um sich zu vergewissern, dass er das Haus auch wirklich verließ. Die Vorstellung, wie sie hinter ihm herschlich, brachte mich zum Lächeln.

Ich verriegelte die Tür und holte die Schmerztabletten aus der Schublade. Zwei spülte ich mit einem Schluck Wasser herunter, den Rest steckte ich für morgen in meine Tasche.

19

Sobald meine Kopfschmerzen nachließen, schnappte ich mir frische Klamotten und ging duschen. Ich genoss das heiße Wasser, das mir über die Schultern lief, meine angespannten Muskeln lockerte und die kalte Angst aus meinen Gliedern trieb, die seit gestern mein ständiger Begleiter war.

Als ich mich danach in mein Duschtuch wickelte, war die Luft im Bad feucht und schwer vor Hitze. Wohlige Wärme durchströmte mich und zum ersten Mal seit Längerem fühlte ich mich wieder ruhig und entspannt. Ich rubbelte mir die Haare trocken und wischte den angelaufenen mannshohen Spiegel ab, der an der Innenseite der Tür angebracht war. Die Feuchtigkeit hinterließ Schlieren auf dem Glas, die mein Spiegelbild verschwimmen ließen. Ich griff nach meiner Bodylotion und rieb meine Arme und Schultern ein. Als ich mich nach vorne beugte, um mir auch die Beine einzucremen, sah ich aus dem Augenwinkel einen Schatten im Spiegel.

Irritiert wandte ich den Kopf.

Da war nichts.

Vermutlich hatte mir meine Wahrnehmung einen Streich gespielt. Ich wandte mich wieder meinen Beinen zu, als ich es erneut sah. Nicht groß, unmittelbar vor meiner Brust in der Luft.

Wieder wandte ich mich dem Spiegel zu, dieses Mal langsam, während ich versuchte, den Schatten nicht aus den Augen zu verlieren. Sobald sich mein Blick jedoch direkt auf den Spiegel richtete, war es erneut verschwunden. Jetzt jedoch war ich mir sicher, dass ich etwas gesehen hatte. Als hätte etwas um meinen Hals gehangen. Sofort erinnerte ich mich an die Kette aus meinem Traum und an das Gefühl, ein Gewicht um meinen Hals zu tragen, das mich den ganzen Tag über verfolgt hatte.

Ich trat so dicht an den Spiegel heran, dass mein Atem das Glas erneut beschlagen ließ. Schnell wischte ich es mit den Fingern sauber, dann hielt ich die Luft an und nahm meinen Hals und meine Schultern in Augenschein.

Wieder nichts.

Ich wechselte auf Aurensicht, doch abgesehen von meiner eigenen Aura, die sich wie gewohnt in einem farblosen Wirbel um meinen Körper schloss, konnte ich nichts erkennen. Einmal mehr fragte ich mich, wie sie wohl in Wirklichkeit aussehen mochte und warum ich nicht in der Lage war, meine eigene Aura zu erkennen.

Mit zusammengekniffenen Augen schob ich meinen Kopf noch näher an den Spiegel heran, so nah, dass meine Nase das Glas berührte und ich mein eigenes Abbild nur noch verschwommen erkennen konnte. Als das nichts brachte, machte ich einen Schritt zurück und vergrößerte nach und nach meinen Blickwinkel auf mich selbst.

Meine Aura umgab mich wie ein schützender Kokon. Unwillkürlich streckte ich die Finger aus und tastete nach den Lohen meiner Aura, die wie Hitzeflimmern von meiner Haut aufstiegen. Wie jedes Mal, wenn ich sie berührte, spürte ich auch jetzt ein leises Prickeln an meinen Fingerspitzen, das sich langsam über meinen Arm ausbreitete. Dann tat es einen Schlag. Erschrocken riss ich die Hand zurück. Es hatte sich angefühlt, als hätte ich in einen elektrischen Zaun gefasst.

Vorsichtig schob ich meine Finger wieder näher an meine Aura heran, wobei ich darauf achtete, sie dieses Mal nicht zu berühren. Zentimeter für Zentimeter kam ich ihr näher. Die feinen Härchen auf meinem Handrücken richteten sich auf und einen Herzschlag später spürte ich erneut ein leises Prickeln. Ich hielt inne, ließ meine Hand neben meinem Kopf in der Luft schweben und wartete, ob es mir erneut einen Schlag verpassen würde. Meine eigene Aura! Verräterisches Ding! Aber dieses Mal geschah nichts. Nicht einmal, als die farblosen Lohen meine Hand streiften und darüberstrichen.

Ein oder zwei Minuten verharrte ich, ohne dass sich etwas veränderte. Es war meine Aura und sie fühlte sich an wie immer.

Ich ließ den Arm sinken und sah mich im Bad um. Die Fliesen unter meinen nackten Füßen waren feucht, doch es gab nirgendwo eine Quelle, die mich hätte unter Strom setzen können. Der Föhn lag draußen im Zimmer und sonst gab es hier keine elektrischen Geräte.

Ein dunkler Schatten, dunkler als der Rest meiner Aura, traf mich im Augenwinkel und ich wandte meinen Blick zum Spiegel zurück, nur um zu sehen, wie er umso weiter schwand, je direkter ich mein eigenes Abbild ansah. Aber da war etwas gewesen. An meinem Hals.

Ich drehte mich vom Spiegel weg und ließ meine Augen zur Seite wandern, bis ich den ersten Ausläufer meines Spiegelbilds sehen konnte. Dann hielt ich inne. Meine Augen begannen zu brennen, aber endlich konnte ich etwas erkennen.

Es sah aus wie ein Gegenstand, der unter einem Glamour, einem Tarnzauber, verborgen war. Und ich hätte schwören können, dass es sich dabei um die Kette aus meinem Traum handelte.

Ich schloss meine Lider und tastete mit meinem Geist danach. Ich verstärkte meine Konzentration, rief mir die dunklen Umrisse ins Gedächtnis und spürte ihnen nach. Ein Vibrieren erfasste meinen Körper. Ich richtete meinen

Geist auf die Umrisse, die ich gesehen hatte, ließ sie vor meinem inneren Auge entstehen, als wären sie wirklich. Langsam hob ich den Arm, ließ die magische Energie meine Hand führen, die die Luft um mich herum erfüllte. Fast schon bedächtig bewegte ich meine Finger – und hielt erschrocken inne, als sie gegen etwas stießen. Vorsichtig streckte ich meine Hand danach aus. Ich dachte schon, ich hätte es mir nur eingebildet, dann jedoch spürte ich es erneut. Kaum mehr als ein Gespinst, das sich um meinen Hals gelegt hatte. Behutsam tastete ich daran entlang. Sobald ich sicher war, es zu erwischen, packte ich zu und zerrte daran.

Ein zorniger Schrei erfüllte die Luft, und noch ehe das letzte Echo verklungen war, schoss ein Blitz in meine Hand und schleuderte mich zurück. Ich prallte mit dem Rücken gegen die Fliesen und ging keuchend zu Boden. Benommen starrte ich auf mein Spiegelbild, ohne etwas anderes als meine eigenen erschrockenen Züge darin wahrzunehmen. Ich drehte den Kopf zur Seite, bis ich im Spiegel einmal mehr den Schatten um meinen Hals wahrnehmen konnte, dann streckte ich meine Finger danach aus. Sosehr ich mich auch bemühte, das Etwas zu fassen zu bekommen, es wollte mir nicht gelingen. Der Aufprall hatte meine Konzentration gebrochen und mich in die normale Sicht zurückkehren lassen. Ich musste wieder auf die Aurensicht wechseln. Aber es funktionierte nicht. Mein Rücken schmerzte und ich war so benebelt, dass es mir nicht einmal gelingen wollte, meine eigene Aura zu erfassen. Ich zwang mich, tief durchzuatmen und mich zu beruhigen, doch auch das half nichts.

Ich kämpfte mich auf die Beine und griff nach meinen Sachen. Vorsichtig und ein wenig umständlich zog ich mich an. Wenn ich es noch einmal versuchte, wollte ich wenigstens nicht nackt sein. Ich fühlte mich auch so schon ausgeliefert genug.

Die warme Trainingshose und der Kapuzensweater waren zwar keine Rüstung, trotzdem fühlte ich mich ein wenig sicherer, sobald ich den Stoff auf meiner Haut spürte. Lediglich an meinem Rücken schmerzte selbst diese leise Berührung.

Mir war schwindlig und meine Knie zitterten so sehr, dass ich mich setzen musste. Aber nicht hier! Die Vorstellung einer weiteren Konfrontation schmeckte mir nicht, noch weniger aber gefiel mir der Gedanke, einmal mehr gegen die Fliesen geschleudert zu werden. Mit unsicheren Schritten verließ ich das Bad und ließ mich draußen auf meinem Bett nieder.

Eine Zeit lang saß ich vornübergebeugt da, den Kopf halb zwischen den Knien, und konzentrierte mich auf nichts anderes als meinen Atem. Nur langsam flaute der Schmerz auf ein erträgliches Maß ab, meine Angst jedoch blieb.

Es kostete mich unendliche Kraft, mich wieder aufzurichten, und all meinen Mut, aufzustehen und zum Schrank zu gehen. Minutenlang stand ich davor und starrte die Tür an, ehe ich endlich meine Hand nach dem Griff ausstreckte und sie aufzog.

Aus dem Spiegel an der Türinnenseite starrte mir mein eigenes bleiches Gesicht entgegen. Ich straffte die Schultern und holte einmal tief Luft, dann wechselte ich in Aurensicht, was nun wieder ohne Probleme funktionierte.

Über der gewohnten Farblosigkeit meiner Aura lag ein grauer Schleier, ähnlich dem, den ich zuletzt bei Kim gesehen hatte. Vorsichtig streckte ich die Hand danach aus, darauf gefasst, dass es mir wie vorhin auch einen Schlag verpassen würde. Ein Prickeln erfasste meine Haut und die Härchen an meinen Armen richteten sich auf, als seien sie elektrisch aufgeladen.

Der erwartete Schlag blieb aus.

Näher und näher schob ich meine Hand heran. Als meine Fingerspitzen nur noch einen halben Zentimeter entfernt waren, spürte ich immer noch nichts. Mutiger geworden überbrückte ich auch noch das letzte bisschen Distanz. Den dunklen Schleier zu berühren, war, als würde ich meine Finger auf eine heiße Herdplatte legen. Zischend riss ich die Hand zurück und pustete auf meine Fingerspitzen. Da sah ich es.

Der graue Schleier löste sich aus meiner Aura und schoss über meinen Kopf hinweg an die Zimmerdecke. Ich fuhr herum und sah, wie er sich unter der Decke zu einem vagen menschlichen Umriss formte, der – kaum dass er Gestalt angenommen hatte – auf mich herabfuhr.

Der Angriff warf mich zurück. Ich stürzte in den Schrank und ging in einem Regen aus Röcken, Blusen und Hosen zu Boden. Mit rudernden Armen versuchte ich mich aus den Stoffen zu befreien, als der Schemen nachsetzte.

Kreischend legte er sich über mich, hüllte mich ein und schnürte mir die Luft ab. Ich glaubte Worte zu hören, die jedoch ebenso gut meine eigenen panischen Hilferufe gewesen sein konnten.

Wild um mich schlagend und tretend, versuchte ich mich zu befreien, doch der dunkle Nebel hatte mich fest im Griff. Nachdenken. Ich musste nachdenken! Aber solange ich derart in Panik war, war das nicht möglich.

Durchatmen, Raine!, befahl ich mir selbst. *Fokussieren!*

Die Panik niederzukämpfen, während der Schemen mich einhüllte und zu ersticken drohte, war das Schwerste, was ich je getan hatte. In dem Augenblick jedoch, in dem ich begriff, dass es mein Ende wäre, wenn ich weiter in heilloser Angst versank, statt einen Ausweg aus meiner Lage zu suchen, klärte sich mein Verstand. Ich hörte auf, mich zu wehren, und versuchte mir einen Überblick zu verschaffen.

Sofort zog sich der Nebel von meiner Haut zurück, als

hätte er meine Kapitulation anerkannt. Die Schlieren erhoben sich über meinem Bauch, wo sie sich erneut zu einer menschlichen Gestalt verdichteten. Ich konnte kein Gesicht sehen, lediglich wabernde schemenhafte Umrisse, deren deutlich spürbares Gewicht auf mir lastete.

Geisterhafte Schlieren reckten sich mir entgegen und schlossen sich um meinen Hals. Ihre Berührung fühlte sich fest an, wie die einer Hand, die sich um meine Kehle legte und zudrückte.

Ich versuchte die Kreatur von mir zu stoßen, doch so fest sich der Griff um meinen Hals auch anfühlen mochte, meine Finger glitten durch ihren Leib wie durch Nebel. Mehr und mehr schnürte es mir den Atem ab. Meine Lungen brannten und mein Mund und meine Kehle fühlten sich staubtrocken an. Auf der Suche nach etwas, mit dem ich mich verteidigen konnte, schielte ich zur Seite. Ich ließ meinen Blick durch das Zimmer schweifen, auch wenn ich nicht die geringste Ahnung hatte, wie ich mich gegen etwas zur Wehr setzen sollte, das nicht einmal materiell zu sein schien.

Der Angriff sowie die ganze Präsenz dieses Wesens waren pure magische Kraft. So stark, dass die Luft um mich herum knisterte, als wäre sie elektrisch aufgeladen.

Mein Blick schoss nach links, doch auch hier fand ich nichts, womit ich mich hätte verteidigen können. Alles, worauf ich stieß, war mein eigenes Spiegelbild, das mir von der Innenseite der Schranktür entgegenstarrte.

Aber das war … heilige Scheiße, es war nicht mein Spiegelbild! Tatsächlich sah es so aus, als würde ein Geisterbild meine eigenen Züge überlagern. Verschwommen und undeutlich legte sich ein fremdes Antlitz über meines, als hätte jemand ein Foto über mein Gesicht projiziert. Die Augen jedoch erkannte ich sofort. Es waren dieselben braunen Augen, die mir gestern aus Kims Gesicht entgegengeblickt hatten.

Gelähmt vor Entsetzen stellte ich für einen Moment meine Gegenwehr ein. Ein Moment, der mir eine weitere Erkenntnis bescherte, die mir unter anderen Umständen verborgen geblieben wäre. Mein Blick war noch immer auf mein Spiegelbild gerichtet, als mir bewusst wurde, dass sich der Schemen auf meiner Brust nicht im Glas reflektierte. Meine eigenen Hände schlossen sich um meinen Hals und drückten zu.

Ganz gleich, wie sehr ich auch gegen den Schemen angekämpft haben mochte, er war nichts weiter als Einbildung. Ich selbst war mein Gegner! Meine Versuche, die Kreatur von mir zu stoßen, waren ebenso eine Illusion gewesen wie die Kreatur selbst.

Nachdem ich das nun wusste, konnte ich zumindest etwas tun. Ich versuchte meine Hände von meinem Hals zu nehmen, doch sie gehorchten mir nicht. Was auch immer meine Hände lenkte, es war nicht mein eigener Wille.

Zornig starrte ich in die braunen Augen, die mir angriffslustig aus dem Spiegel ins Gesicht sahen, und spürte sofort, wie der Druck an meinem Hals zunahm. Hastig wandte ich den Kopf ab. Die Kreatur saß nicht länger über mir, zumindest diesen Bann hatte ich gebrochen.

Statt auf das Wesen in mir, konzentrierte ich mich auf mich selbst. Kein leichtes Unterfangen angesichts des Umstandes, dass die Luft in meinen Lungen immer weniger wurde und die Hände um meinen Hals ein wahres Feuerwerk von roten und schwarzen Flecken vor meinen Augen explodieren ließen.

Ich richtete meine volle Aufmerksamkeit auf meine Hände, spürte den Muskeln und Sehnen nach, wie sie sich unter der Haut bewegten, und versuchte sie zu entspannen. Es wollte mir jedoch nicht gelingen, sie zu kontrollieren.

Verzweifelt schloss ich die Augen … und fühlte, wie sich

der Griff um meinen Hals lockerte. Meine Finger zuckten. Jede Faser meines Körpers schien sie dazu zu drängen, sich erneut fest um meinen Hals zu schließen, und ich glaubte bereits zu spüren, wie sich der Druck wieder verstärkte.

Es waren meine eigenen Hände, die mich würgten – vielleicht waren es auch meine eigenen Gefühle, die mich dazu brachten. Oder zumindest die Beeinflussung dieser Gefühle. Wenn es mir gelang, darauf Einfluss zu nehmen und sie zu glätten …

Ich konzentrierte mich auf die Schwingungen im Raum. Angst und Wut hingen deutlich greifbar in der Luft. Und beides hatte seinen Ursprung in mir. Mit geschlossenen Augen streckte ich meinen Geist aus und griff mit meiner Gabe nach den aufgepeitschten Gefühlen. Nach und nach versuchte ich sie zu besänftigen, wie ich es schon Hunderte Male getan hatte. Nur dass ich dieses Mal weder meine Atmung noch meinen Herzschlag der gewünschten Stimmung anpassen konnte.

»Du gehörst mir, kleine Zauberin!« Ein zorniges Kreischen erfüllte die Luft, dann fiel die Wut in sich zusammen, entwich aus dem Raum wie eine Rauchwolke. Und plötzlich war ich frei. Meine Hände glitten von meinem Hals und meine Arme fielen mit einem vernehmlichen Laut neben mir auf den Teppich. Keuchend und um Atem ringend lag ich da.

Als ich den Kopf zur Seite wandte, blickte mir mein eigenes Abbild aus dem Spiegel entgegen. Keine braunen Augen und auch kein fremdes Gesicht über meinem. Was auch immer mich attackiert hatte, war fort.

Zumindest für den Moment.

20

Zitternd setzte ich mich auf.

Mein Herz hämmerte wie verrückt und mein Atem rasselte in meiner trockenen Kehle, dass ich bei den ersten Atemzügen jedes Mal erschrocken zusammenzuckte. Mein Rücken schmerzte vom Zusammenstoß mit der Wand, meine Angst jedoch überwog den Schmerz bei Weitem.

Jemand hatte mir einen magisch getarnten Gegenstand angehängt, den ich trotz aller Anstrengung nicht abstreifen konnte. Das wurde nur noch davon übertroffen, dass durch diesen Gegenstand etwas in meinen Körper gedrungen und ihn zu übernehmen versucht hatte.

Du gehörst mir, kleine Zauberin.

Trotz des dicken Pullovers fror ich plötzlich. In dem Versuch, die Wärme in meinen Körper zurückzubringen und die Angst zu verdrängen, schlang ich die Arme um mich. Es kostete mich einiges an Mühe, gegen den Drang anzukämpfen, mich zu einem Ball zusammenzurollen und vollends in meiner Hilflosigkeit zu erstarren.

Ich wusste nicht, was schlimmer war: dass mich dieses Wesen überhaupt angegriffen hatte oder dass ich ihm so gar nichts entgegensetzen konnte.

Selbst mit einem Fluch hätte ich nichts ausrichten können. Ich wusste ja nicht einmal, worauf ich ihn hätte richten sollen. Auf den Schemen, den ich gesehen hatte, der aber gar nicht wirklich da gewesen war, oder auf mich selbst?

Trotzdem war es meine Magie gewesen, die mich gerettet hatte.

Noch immer glaubte ich die Last um meinen Hals zu spüren. Ich musste mir Gewissheit verschaffen. Das konnte ich nur, indem ich in Aurensicht wechselte. Das machte mir Angst, denn damit hatte der letzte Angriff begonnen.

Ich rief mir ins Gedächtnis, dass mir die Dinge erst aus der Hand geglitten waren, als ich versucht hatte, nach den fremden Spuren in meiner Aura und der verborgenen Magie zu greifen. Hätte ich nicht versucht, den Fremdkörper zu entfernen, hätte es vermutlich keinen Angriff gegeben. Solange ich nichts weiter tat, als einen Blick auf meine Aura zu werfen, würde nichts geschehen. Es mochte schlüssig klingen, die Furcht jedoch stand wie eine Barriere zwischen mir und meiner Aura. Minutenlang saß ich da, immer noch zitternd, bevor ich endlich den nötigen Mut fasste und mich dem Spiegel zuwandte.

Farblos. Meine Aura war farblos! Ein erleichterter Seufzer schlüpfte mir über die Lippen, als ich die wirbelnden und zuckenden Lohen sah, die mich umgaben. Der Schleier war fort! Tränen brannten in meinen Augen und ich war bereits im Begriff, wieder auf die normale Sicht zu wechseln, als ich aus dem Augenwinkel den Schatten an meinem Hals sah.

Nichts war fort.

Vielleicht geschwächt, aber wer konnte schon wissen für wie lange?

Während ich noch auf mein Spiegelbild starrte, veränderte sich meine Aura. Dunkles Grau mischte sich darunter, erst nur vereinzelte Schlieren, dann immer mehr, als hätte allein der Wechsel in die Aurensicht die fremde Präsenz hervorgelockt.

Mit heftigem Herzklopfen kehrte ich zu meiner normalen Sicht zurück. Wie gelähmt saß ich da, den Blick auf mein Gesicht im Spiegel gerichtet, und wartete darauf, dass fremde Züge die meinen überlagern würden.

Sekunden verstrichen.

Dann Minuten.

Die Minuten dehnten sich zu einer Stunde und mehr.

Mein Spiegelbild veränderte sich nicht.

Meine Augen brannten und mein Nacken war vollkommen verspannt, als ich es endlich wagte, den Blick abzuwenden. Es hatte mich nicht angegriffen, vermutlich, weil ich nicht versucht hatte, den Zauber loszuwerden.

Ich bewegte mich noch immer nicht vom Fleck. Mein Hintern war längst eingeschlafen und auch der Rest meines Körpers sehnte sich nach ein wenig Ruhe. Ich wusste jedoch nur zu gut, dass ich sie nicht finden würde. Nicht in dieser Nacht und nicht hier.

Ich stand auf, schlüpfte in meine Turnschuhe und schlich mich aus dem Zimmer. Mittlerweile war es nach Mitternacht, die Sperrstunde war längst angebrochen und bis auf das geisterhafte Notlicht lagen die Gänge dunkel und verlassen da. Kein Laut drang aus den umliegenden Zimmern. Wie eine Schlafwandlerin bewegte ich mich den Gang entlang, die Treppen hinunter und aus dem Haus. Nicht wissend, was ich tat oder eigentlich vorhatte, ließ ich mich von meinen Schritten lenken. Ich folgte Stufen und Gängen, ohne jemandem zu begegnen. Immer noch wusste ich nicht, wohin mich mein Weg führte. Erst als ich vor einer Tür innehielt, begriff ich es. Mein Unterbewusstsein hatte mich zu der einzigen Person geführt, in deren Nähe ich mich sicher fühlte.

Am liebsten wäre ich hineingestürmt und hätte Skyler alles erzählt, doch das durfte ich nicht. Mir war klar, dass ich mich ihm unmöglich anvertrauen konnte. Aber ebenso wenig konnte ich jetzt in mein Zimmer zurückkehren. Die bloße Vorstellung, die Nacht dort allein mit diesem Wesen und seiner Magie zu verbringen, war kaum zu ertragen. Alles, was ich mir wünschte, war jemand, der bei mir war.

Jemand, der mir Kraft gab, auch wenn er nicht ahnte, was passiert war.

Natürlich würde Skyler Fragen stellen. Ich würde ihm eine Geschichte über scheußliche Albträume erzählen, die mir solche Angst eingejagt hätten, dass ich nicht allein sein wollte. Gänzlich gelogen wäre die Sache mit den Träumen ja nicht, nur dass ich heute noch keine Gelegenheit dazu bekommen hatte, meine Nachtmahre überhaupt von der Leine zu lassen.

Ich hob die Hand, um anzuklopfen, ließ sie jedoch wieder sinken. Konnte ich wirklich einfach in das Zimmer eines schlafenden Jungen platzen? *Was willst du sonst? Hier herumstehen, bis Mr Smulders dich erwischt?* Der Hausvorsteher der Jungs war für seine Schlaflosigkeit bekannt. Und dafür, dass er nachts den einen oder anderen Rundgang durchs Haus machte, wenn er mal wieder keine Ruhe fand. Während ich noch mit mir rang, bemerkte ich den schmalen Streifen Licht, der unter der Tür nach draußen fiel. Skyler war noch wach.

Ich klopfte leise an. Mein Blick schoss nach allen Seiten den Gang entlang, aus Angst, jeden Moment Mr Smulders zu entdecken. Vielleicht hörte ich wirklich Schritte, womöglich bildete ich sie mir auch nur ein. In dem Augenblick jedoch, in dem ich glaubte, etwas auf dem Gang zu hören, dachte ich nicht länger nach. Ich öffnete die Tür.

Und erstarrte.

Skyler schien mein Klopfen nicht gehört zu haben. Er hatte sein T-Shirt ausgezogen und wandte mir den Rücken zu. Unter normalen Umständen hätte ich die Muskeln bewundert, die sich bei jeder Bewegung geschmeidig unter der Haut bewegten, doch in diesem Augenblick sah ich nur die Tätowierungen, die seinen Oberkörper von oben bis unten überzogen. Spiralförmige Muster, die es dem Auge unmöglich machten, ihnen zu folgen und die darin verwobenen Buchstaben zu entziffern. Und plötzlich begriff ich, warum er heute Nachmittag beim Basketball kein Trikot angehabt hatte.

Ich kannte diese Art von Tattoos.

Magische Schutzrunen.

So etwas trugen nur Sucher.

Ich musste nach Luft geschnappt oder ein anderes Geräusch von mir gegeben haben, denn plötzlich fuhr er herum.

»Raine. Was machst du hier?«

Er kam auf mich zu und ich wich zurück.

»Sag, dass das nicht wahr ist«, flüsterte ich.

Zum ersten Mal, seit ich ihn kannte, wirkte sein Lächeln nicht echt. »Dass ich ein Tattoofreak bin?«

»Ich weiß, was diese Zeichen bedeuten.«

Ich wollte kehrtmachen und davonlaufen, fort von dem Jungen, der soeben von meinem Freund zum Feind geworden war, doch Skyler war schneller. Er bekam mich am Arm zu fassen. Mit einem Ruck zog er mich ins Zimmer zurück, schlug die Tür zu und drängte mich dagegen. Erst jetzt bemerkte ich die Platzwunde an seiner Stirn. Die Wunde war gereinigt und mit Klammerpflastern versorgt. Seine Miene war vollkommen ausdruckslos. Nur in seinen Augen schienen die unterschiedlichsten Empfindungen miteinander im Wettstreit zu liegen.

Es fiel mir schwer, einen klaren Gedanken zu fassen. Um ein Haar hätte ich mich dem Falschen anvertraut! Um Himmels willen, ich hatte darüber nachgedacht, ihm von meiner Magie zu erzählen. Ohne die Erfahrung mit Jake hätte ich ihm längst alles erzählt.

Er stand so dicht vor mir, dass ich seinen Atem auf meinem Gesicht spürte. Vor ein paar Minuten noch hätte mir das durchaus gefallen. Jetzt jedoch machte mir diese Nähe einfach nur noch Angst.

»Lass mich gehen«, brachte ich hervor.

Er schüttelte den Kopf.

»Wenn du mich nicht augenblicklich loslässt …«

»Dann?«

Ja, was dann? Ich wusste es nicht. Schreien? Um mich schlagen? Zweifelsohne verfügte er über Mittel, mich ruhigzustellen. Vermutlich war das Zimmer ohnehin mit einem Zauber geschützt, der keinen Laut nach draußen dringen ließ. Ausgerechnet die Magiepolizei, die Magie verfolgte und bekämpfte, schützte sich auch damit.

»Dann werde ich an der ganzen Schule verbreiten, was du wirklich bist.« Was. Nicht wer. In dem Moment, in dem ich seine Tattoos gesehen hatte, war er für mich zu einem Ding geworden. Eine Kreatur, ebenso bedrohlich wie die, die mich angegriffen hatte.

Er fuhr zurück, als hätte ich ihn geschlagen. Ich nutzte den Moment, riss die Tür auf und flüchtete nach draußen. Gänge und Treppen flogen nur so an mir vorüber, als ich aus dem Wohnheim der Jungen rannte.

Skyler würde mir nicht folgen. Er konnte nicht riskieren, dass ich das ganze Haus zusammenschrie. Die Lehrer, zumindest einige von ihnen, mochten wissen, was er war – wenn die Schüler jedoch davon erfuhren, konnte er den Auftrag, der ihn hierhergeführt hatte, vergessen.

Sofern nicht ohnehin ich dieser Auftrag war.

Doch sosehr mich sein Anblick auch entsetzt hatte, so wenig glaubte ich, dass er meinetwegen hier war. Es musste der andere Zauberer sein. Der, dessen Ritualüberreste ich gefunden hatte.

Trotzdem war alles gelogen. Er hatte mir vorgemacht, mich zu mögen, in mich verliebt zu sein. Dabei hatte er nichts weiter bezweckt, als sich in mein Vertrauen zu schleichen. Natürlich kannte er meine Akte und vermutlich hatte er von Anfang an darauf gebaut, dass ich allein wegen meiner Herkunft Kontakt zu anderen Zaubernden hatte. Er mochte anfangs nichts von meiner Magie gewusst haben, spätestens jedoch als ich Kim in seinem Beisein den Ausschlag angehängt hatte, hatte sich das geändert. Ich war zur Zielscheibe geworden.

Ich hatte ihm mein Herz geöffnet! Und er hatte es gepackt und unter seinen Füßen zertreten.

Immer zwei Stufen auf einmal nehmend rannte ich die Treppen zu meinem Stockwerk hinauf. In meinem Zimmer verriegelte ich die Tür hinter mir und lehnte mich mit dem Rücken dagegen. Während ich darum kämpfte, wieder zu Atem zu kommen, und darauf wartete, dass das Brennen in meinen Lungen nachließ, versuchte ich meine Gedanken zu ordnen.

Skyler war ein Sucher. Ich konnte es noch immer nicht glauben. *Wollte* es nicht glauben. Warum ausgerechnet er? Von allen Menschen musste sich ausgerechnet der, den ich am meisten mochte, als mein größter Feind herausstellen!

Bevor das Einsatzteam der Magiepolizei kam, um mich fortzubringen, könnte ich durch die Gänge laufen, alle Türen aufreißen und den Leuten erzählen, wer Skyler wirklich war. Doch was hätte ich davon? Meine Mitschüler kannten mich als Einzelgängerin, die meisten hielten mich für sonderbar. Diejenigen, die nicht sowieso viel zu verschlafen wären, um meine Worte überhaupt zu begreifen, würden mir nicht glauben.

Und die Magiepolizei würde mich trotzdem holen.

Für mich gab es nur eine Möglichkeit. Ich musste von hier weg. Sofort!

Ich lief zum Schrank, riss meinen Rucksack von der Ablage, stopfte ein paar Klamotten, mein Handy, Geld und Ausweispapiere hinein. Zum Schluss packte ich noch das Foto meiner Familie obendrauf.

21

Den Rucksack in der Hand verließ ich mein Zimmer. Ich rechnete damit, dass Skyler mir auf dem Gang oder im Treppenhaus auflauern würde, doch ich erreichte die Seitentür in den Garten, ohne auch nur eine Spur von ihm zu entdecken. Vermutlich klemmte er noch am Telefon und erzählte dem Leiter des Eingreiftrupps, der mich verhaften würde, alles Wissenswerte über mich. Oder er erwartete mich am Haupttor – das ich ganz sicher nicht benutzen würde. Ich würde über die Mauer klettern, wie vorgestern auch.

Hatte ich mich vorgestern wie ein Dieb in der Nacht gefühlt, so fühlte ich mich jetzt nur noch verfolgt. Ich schlüpfte von Schatten zu Schatten, hielt immer wieder an, um in die Dunkelheit zu lauschen oder nach verräterischen Schatten Ausschau zu halten, die mir folgten.

Im Schutz einer Buche hielt ich inne. Ich war auf dem Weg zum rückwärtigen Teil des Anwesens gewesen, zu der Stelle, an der ich auch vorgestern schon die Mauer erklommen hatte. Von dort mochte man mich von den Gebäuden aus nicht sehen können, wenn Skyler jedoch im Park nach mir suchte, bestand durchaus die Gefahr, entdeckt zu werden, sobald ich die paar Meter offener Wiese zur Mauer hin überwand. Ich musste an einer Stelle nach draußen, die weniger leicht einsehbar war. Und ich wusste auch schon wo.

Ich schlug einen Haken, änderte so meine Richtung und hielt auf den alten Schuppen zu, hinter dem Kim mich angegriffen hatte. Als ich in die Schatten zwischen Rückwand und Mauer tauchte, wurde die Dunkelheit so undurchdringlich, dass ich fast glaubte, sie greifen zu können. Was, wenn ich nicht allein war? Es war so finster, dass ich es erst merken würde, wenn dieser Jemand mich berührte.

Mach dich nicht lächerlich!

Niemand war hier! Weder hinter dem Schuppen noch sonst wo auf dem Gelände. Wenn Skyler wirklich ein Einsatzkommando zur Unterstützung gerufen hatte, waren sie noch nicht da. Ganz sicher wäre mir die Ankunft einer zehn oder mehr Mann starken Truppe nicht entgangen. Sie würden mit Autos kommen, vielleicht sogar mit einem Hubschrauber. Nichts davon geschah unbemerkt, und wenn Skyler nicht ein Team auf Abruf im Wald stehen hatte, würde es einige Zeit dauern, bis sie Holbrook Hill überhaupt erreichten.

Ich warf noch einmal einen Blick nach allen Seiten, was sich in der Finsternis als ausgesprochen sinnlos erwies, dann tastete ich mich bis zur Mauer vor und daran entlang, bis ich dem Schatten des Schuppens gerade weit genug entkam, um zu sehen, wo meine Hände und Beine Halt fänden. Problemlos überwand ich die Mauer. Sobald ich auf der anderen Seite den Rasen unter meinen Sohlen spürte, drängte ich mich mit dem Rücken an die Mauer, verschmolz mit ihrem Schatten und lauschte.

Etwas raschelte im Gras und der Wind strich rauschend durch Büsche und Bäume. Weder Stimmen noch Schritte störten die nächtliche Ruhe. Plötzlich jedoch stand ich vor dem Problem, wohin ich sollte. Bis zum Tagesanbruch musste ich Holbrook Hill so weit wie möglich hinter mir gelassen haben, doch ich konnte weder nach Tavistock, dem nächstgelegenen Ort, gehen, wo sie sicher zuerst nach mir suchen würden, noch in den Wald, in dem ich mir im Dunkeln vermutlich das Genick brechen würde. Über die offenen Felder und Wiesen zu laufen erschien mir auch keine gute Option. Wenn sie wirklich mit einem Hubschrauber … Selbst, wenn sie mir zu Fuß folgten, wäre ich im Mondschein bereits von Weitem zu erkennen.

Ich musste mir meinen Weg am Waldrand entlang suchen, bis ich entweder weit genug weg war, um mich hervorzuwagen, oder bis es hell wurde und ich tiefer in den Wald vordringen konnte. Wenn es mir gelänge, eine Bahnstation zu erreichen, konnte ich einen Zug nach London nehmen. Dort dürfte es selbst der Magiepolizei schwerfallen, mich aufzuspüren, solange ich keine Flüche webte oder mich anderweitig auffällig benahm.

Nachdem ich nun so etwas wie einen Plan hatte, lief ich los. Die Wiese war uneben, sodass ich nicht so schnell vorankam, wie ich gehofft hatte. Mühsam bahnte ich mir meinen Weg über das holprige Gelände, nie wissend, wann ich es mit einer Unebenheit oder lediglich mit einem Schatten zu tun hatte, den das Mondlicht auf den Boden zeichnete. Die zahlreichen Maulwurfshügel auf der Wiese erleichterten mir mein Vorhaben nicht gerade.

Stolpernd und viel zu langsam bewegte ich mich vorwärts, als ich einen dumpfen Laut hinter mir vernahm. Mir war sofort klar, was ich gehört hatte, trotzdem drehte ich mich um in der Hoffnung, dass sich alles als Irrtum herausstellen würde. Doch ich hatte mich nicht getäuscht. Es war der Aufprall zweier Füße auf dem Boden gewesen. Jemand war über die Mauer gesprungen. Ich glaubte eine schemenhafte Gestalt auszumachen, war mir jedoch erst sicher, als sich der Schemen bewegte. Nach zwei Schritten hatte er die Schatten hinter sich gelassen und trat ins Mondlicht.

Skyler.

Ich machte kehrt und lief weiter. Mit jedem Schritt wurde ich schneller, wobei ich versuchte, meine Beine nur auf die hellen Stellen im Boden zu setzen und die Schatten zu meiden. Manchmal allerdings waren die Schatten auf so ein großes Gebiet verteilt, dass ich sie unmöglich mit einem großen Satz überwinden konnte. Dann blieb mir nichts anderes, als weiterzulaufen und auf mein Glück zu hoffen.

Hinter mir rief Skyler immer wieder meinen Namen. Ich blieb nicht stehen und sah mich auch nicht um. Seine Stimme zeigte mir deutlich genug, dass er näher kam. Vermutlich hatte er in seinen magischen Schutztätowierungen auch irgendein verfluchtes Gimmick eingebaut, das ihn im Dunkeln besser sehen ließ. Der unebene Untergrund schien ihn jedenfalls wesentlich weniger zu behindern als mich.

Noch zwanzig Meter bis zum Waldrand.

Wenn es mir gelang, zwischen den Bäumen zu verschwinden und ein Versteck zu finden, ehe er den Waldrand erreichte, hatte ich vielleicht eine Chance. Wenn er mich jedoch vorher einholte …

Halb springend, halb laufend näherte ich mich dem Waldrand. Wieder hörte ich Skyler meinen Namen rufen, dann hatte ich die Bäume erreicht und tauchte in die Schatten. Mit einem Mal war es so dunkel um mich herum, dass ich vor Schreck stehen blieb. Wie sollte ich ihn jemals abhängen, wenn ich es kaum wagte, tiefer zwischen die Bäume zu dringen?

Meine einzige Hoffnung bestand darin, ihn an mir vorbeilaufen zu lassen und mir dann meinen Weg außerhalb der ersten Baumreihen zu suchen. Ich tauchte in die Dunkelheit ein, drängte mich an den harzigen Stamm einer Buche und wartete.

Es dauerte nicht lange, bis Skyler den Waldrand erreichte. Im ersten Moment sah ich noch seine Silhouette, die jedoch mit der Dunkelheit verschmolz, sobald er den ersten Schritt zwischen die Bäume machte. Nur noch das Rascheln des Laubs unter seinen Schritten und das gelegentliche Knacken kleiner Äste waren zu hören. Dann verstummte auch das.

Er war stehen geblieben.

Ich widerstand dem Drang, mich noch enger an den Baum zu drücken, aus Furcht, ein verräterisches Geräusch zu machen.

Ein paar Sekunden verstrichen, dann vernahm ich erneut seine Schritte. Erst als sie sich langsam entfernten, wagte ich wieder zu atmen. Die Hände zu Fäusten geballt verharrte ich in meinem Versteck und versuchte auszuloten, wann der Abstand zwischen uns groß genug war, um den Rückzug aus dem Wald zu wagen.

Zum ersten Mal, seit ich das Haus verlassen hatte, wurde mir bewusst, wie kalt es war. Die Luft war feucht, und wenn ich genau hinsah, zeichnete sich mein Atem in kleinen Wölkchen vor mir in der Luft ab. Verräterische Wölkchen, die mich dazu brachten, den Mund zu schließen und durch die Nase zu atmen.

Solange ich gelaufen war, hatte ich die Kälte nicht wahrgenommen. Je länger ich jedoch in meinem Versteck stand, desto mehr drängte sie sich in mein Bewusstsein. Zitternd verfluchte ich mich dafür, meine Jacke in den Rucksack gestopft zu haben, statt sie anzuziehen. Was hatte ich mir dabei gedacht? Dass ich vor dem Anwesen in ein geheiztes Taxi steigen und mich in ein sicheres Versteck kutschieren lassen konnte? Das Einzige, was ich zu meiner Entschuldigung vorbringen konnte, war wohl, dass ich in Fluchtversuchen ausgesprochen ungeübt war.

Ich schob meine klammen Finger unter die Achseln, um sie zu wärmen, und widerstand dem Drang, meine Jacke aus dem Rucksack zu holen. Die Gefahr, dass Skyler mich hörte, war einfach zu groß.

Ich verlor jedes Zeitgefühl. Es mochten Sekunden oder auch Stunden vergangen sein, seit ich mich zwischen den Bäumen versteckt hatte. Am wahrscheinlichsten waren wohl Minuten. Um nicht vollends den Überblick zu verlieren, begann ich im Stillen zu zählen. Immer wieder hielt ich inne, von einem Knacken oder Rascheln aufgeschreckt, und fuhr erst fort, wenn ich sicher war, dass ich nicht mehr als die üblichen Geräusche des Waldes gehört hatte.

Manchmal schummelten sich Gedankenfetzen zwischen die Zahlen, die sich in erster Linie um Skyler drehten. Und darum, dass ich nicht länger auf eine Zukunft mit ihm hoffen konnte. Ich versuchte diese Gedanken ebenso zu ignorieren wie das Brennen in meinen Augen. Was auch immer ich für ihn zu empfinden glaubte, war auf den Lügen aufgebaut, die er mir erzählt hatte. Lügen, mit denen er mich dazu gebracht hatte, ihn zu mögen und mich entgegen aller Vernunft in ihn zu verlieben. Damit er seinen Auftrag leichter ausführen konnte!

Auf diese Weise verraten zu werden schmerzte. Es tat so viel mehr weh als damals bei Jake. Womöglich hatte ich Jake auch nie so gemocht wie Skyler.

Ich hatte keine Ahnung mehr, ob ich inzwischen bei dreihundert oder bei vierhundert angekommen war. Allerdings war ich mir mittlerweile sicher, dass mindestens sieben oder acht Minuten vergangen sein mussten, seit ich in die Schatten getaucht war.

Von Skyler hatte ich nichts mehr gehört, seit er zwischen die Bäume getreten und seine Schritte in der Ferne verklungen waren. Keine Rufe, kein Rascheln. Nichts. Ich konnte hier noch ewig verharren und darauf hoffen, dass er nicht zurückkehrte, oder aber ich wagte den Schritt aus dem Wald hinaus und sah zu, dass ich so schnell wie möglich so viel Abstand wie möglich zwischen Skyler und mich brachte. Der Gedanke, einfach hier auszuharren, erschien mir jedoch nicht verkehrt. Solange ich mich ruhig verhielt, standen meine Chancen gut, weiterhin unentdeckt zu bleiben. Wenn

Skyler seine Suche abbrach, würde er den Wald kaum an derselben Stelle verlassen, an der er ihn betreten hatte. Die Wahrscheinlichkeit, dass ich mich hier in Sicherheit befand, war groß. Dagegen sprach die Kälte. Wenn ich mich nicht bald bewegte, würde ich mir eine Lungenentzündung holen. Ganz zu schweigen davon, dass meine Zähne mittlerweile so sehr klapperten, dass ich fürchtete, mein Versteck allein dadurch zu verraten.

Noch einmal hielt ich den Atem an und konzentrierte all meine Sinne auf meine Umgebung. Ich nahm jeden Laut, jedes noch so kleine Geräusch auf, analysierte es und versuchte es einzuordnen. Nichts von dem, was ich hörte, klang bedrohlich. Zumindest nicht bedrohlicher, als die Geräusche des Waldes für ein Stadtkind wie mich waren. Kein einziger Laut deutete darauf hin, dass Skyler noch immer in der Nähe war.

Vorsichtig rückte ich meinen Rucksack zurecht, dann schob ich mich um den Baumstamm herum und war mit drei Schritten aus dem Wald. Erleichtert sog ich die Luft ein, als hätten die Bäume meinen Atem gelähmt. Dann machte ich mich auf den Weg, wobei ich sorgfältig darauf achtete, wohin ich meinen Fuß setzte.

Ich war noch nicht weit gekommen, als ich neben mir ein Knacken im Unterholz hörte – zu laut für ein kleines Tier wie einen Hasen oder gar eine Maus. Ich warf einen Blick über die Schulter. Ein Schatten brach zwischen den Bäumen hervor, keine zehn Meter hinter mir.

Skyler.

Ich lief schneller, achtete nicht mehr auf den unebenen Untergrund, dachte nur noch daran, dass ich ihn abhängen musste.

»Raine, warte!«

Ich wartete nicht.

Ein paar Sekunden lang sah es so aus, als würde es mir tatsächlich gelingen, den Abstand zwischen uns zu vergrößern. Dann jedoch stellte er seine Versuche ein, mich mit Worten zum Stehenbleiben zu bringen, und setzte zum Sprint an. Eine Geschwindigkeit, die er nicht über weite Strecken durchhalten würde, doch das musste er auch nicht, so rasend schnell, wie er aufholte.

Ich trieb mich an, schneller zu laufen, aber ich war müde, mein Rücken schmerzte und jeder Atemzug brannte in meinen Lungen. Mir war längst bewusst, dass es kein Entkommen mehr gab, trotzdem dachte ich nicht daran, einfach aufzugeben, solange noch ein Wunder geschehen konnte.

Das Wunder blieb jedoch aus.

Weder tat sich der Erdboden auf, um Skyler zu verschlingen, noch stolperte er oder verlor mich aus den Augen. Als sich der Abstand zwischen uns auf fünf Meter verkürzt hatte, sah ich mich nicht mehr um. Den Blick starr geradeaus gerichtet rannte ich weiter, während ich spürte, wie er unaufhaltsam näher kam.

Seine Finger schlossen sich um meinen Arm. Ich versuchte mich loszureißen. Dabei rutschte mir der Rucksack von den Schultern und brachte mich aus dem Gleichgewicht. Ich geriet ins Stolpern und fiel. Dass ich Skyler dabei mit mir riss, änderte nichts an meiner Situation. Tatsächlich verschärfte es die Lage sogar noch, denn er stürzte auf mich und nahm mir die letzte Hoffnung auf ein Entkommen.

Keuchend wälzte ich mich auf den Rücken, versuchte mich unter ihm zu befreien, doch er war meiner Bewegung gefolgt und über mir zum Liegen gekommen.

Während ich mich noch freizukämpfen versuchte, sprang er bereits wieder auf die Beine, packte mich am Arm und zog mich mit sich hoch. Der Rucksack glitt über meinen Arm und fiel ins Gras. Ein scharfer Schmerz fuhr durch meinen geschundenen Rücken, als Skyler mich gegen einen Baumstamm drängte. Er schob sich so dicht vor mich wie vorhin in seinem Zimmer. Ich konnte mich kaum noch bewegen und war mir ziemlich sicher, dass es dieses Mal nichts geben würde, mit dem ich ihn so sehr überraschen konnte, dass er von mir abließ.

Ich wartete darauf, dass er mir Handschellen anlegte oder sein Handy zückte, um die Kavallerie zu rufen, damit die mich für immer aus der Welt verschwinden ließen. Vielleicht hätte ich wenigstens versuchen sollen, mich zu wehren, doch mir fehlte einfach die Kraft dazu. Ich fühlte mich zerschlagen und gebrochen, spürte jede einzelne schmerzende Stelle in meinem Körper, bei meinem Rücken angefangen bis hin zu meiner brennenden Kehle und den Lungen. Schlimmer jedoch als der Schmerz war Skylers Anblick zu ertragen. Da ich wusste, dass ich es nicht konnte, senkte ich den Blick.

Ich zitterte und hatte Mühe, mich auf den Beinen zu halten, einzig Skylers Griff an meinen Schultern hielt mich noch aufrecht. »Bitte …«, flüsterte ich und wusste nicht, worum ich ihn eigentlich bitten wollte. Darum, dass ich mich setzen durfte, oder darum, dass er dem Ganzen ein schnelles Ende bereitete. Vermutlich konnte ich auf nichts davon hoffen.

»Raine.« Seine Stimme klang heiser und so sanft, dass ich unwillkürlich aufsah. Was ich in seinen Zügen fand, war nicht das, was ich erwartet hatte. Keine Abscheu und kein Hass. Nicht einmal Ablehnung oder Wut. Stattdessen lag dieselbe Wärme in seinen Augen, mit der er mich seit seiner Ankunft in Holbrook Hill angesehen hatte. Doch da war noch mehr. Bedauern? Sorge? Es fiel mir schwer, seinen Blick einzuordnen, ich war schon einmal auf ihn hereingefallen und jetzt traute ich meiner Menschenkenntnis nicht mehr.

Wie konnte er ein Sucher sein? Ausgerechnet er!

Das war so unfair! Als wäre mein Leben nicht auch so schon beschissen genug, würde mich ausgerechnet der Junge, in den ich mich verliebt hatte, ans Messer liefern.

»Du hast mich die ganze Zeit über benutzt und belogen«, brachte ich hervor, nicht länger fähig, meinen Blick von ihm abzuwenden.

Skyler schüttelte den Kopf. »Nicht die ganze Zeit, nein.«

»Ach ja? Was war echt? Dein Name? Viel mehr dürfte es wohl nicht sein.«

»Du bringst mich wirklich in eine ernsthafte Zwickmühle, Raine.« Er sprach noch immer leise, als versuche er, seine belegte Stimme vor mir zu verbergen.

Ich sagte nichts.

»Du kennst jetzt meine wahre Identität und du hast versucht mich zu erpressen. Verflucht, warum hast du das getan?«

Ich schwieg weiter. Was hätte ich darauf auch erwidern sollen? Dass ich Angst um mein Leben hatte? Das konnte er sich vermutlich auch so denken.

»Denkst du wirklich, dass ich dir etwas antun würde, nur weil du mich verraten könntest?«

Du weißt genau, dass das nicht meine einzige Angst ist. Um ein Haar hätte ich es ausgesprochen, dann jedoch begriff ich es. Was ich vorhin nur gehofft hatte, war wahr: Er wusste es tatsächlich nicht! Er hatte keine Ahnung von meiner Magie! Andernfalls hätte er mich längst gefesselt und verschnürt, damit mich seine Leute abholen konnten. Ganz sicher aber würde er mich nicht so sanft, fast schon liebevoll behandeln.

Einen Moment lang schloss ich erleichtert die Augen, bis mir bewusst wurde, dass die Gefahr noch immer nicht vorüber war. Heilige Scheiße, wenn ich doch nur den Mund gehalten hätte! Stattdessen hatte ich ihm gedroht, seine Tarnung auffliegen zu lassen. Er würde mich melden. Vermutlich hatte er das längst getan. In ein paar Minuten würde ein Einsatzteam der Magiepolizei hier eintreffen und mich festnehmen. Sie würden mich abführen und im Verhör herausfinden, dass ich Magie in mir trug. Dann würde ich wie all die anderen Zauberer auch verschwinden. So wie Mom. Und das nur, weil ich meine Klappe nicht halten konnte.

Während ich kurz davorstand, vor Angst ohnmächtig zu werden, stahl sich ein Lächeln in Skylers Züge. »Weißt du, eigentlich bin ich ganz froh, dass ich mich dir gegenüber nicht länger verstellen muss. Es ist mir schon die ganze Zeit über schwergefallen, dir etwas vorzuspielen.«

»Wie wunderbar«, brummte ich. Mein Blick wanderte zu der Platzwunde an seiner Stirn, und in diesem Augenblick wünschte ich mir, ich wäre es gewesen, die ihm eins übergezogen hätte. »Dann kannst du jetzt endlich aufhören, mir all die Nettigkeiten zu sagen, mich zu küssen oder auf mich aufzupassen, und unbehelligt von mir deine Arbeit erledigen.«

Er stemmte die Hände neben meinen Schultern gegen den Stamm und brachte sein Gesicht dicht an meines heran, so dicht, dass es vor meinen Augen verschwamm. »Es war nicht alles gelogen«, sagte er. »Es stimmt, ich bin kein Schüler und ich habe mich an dich herangemacht in der Hoffnung, durch dich mehr über deine Mitschüler zu erfahren. Aber was meine Gefühle für dich angeht … ich mag dich wirklich, Raine. Mehr, als ich je gedacht hätte.« Plötzlich lächelte er. »Wie wäre es mit einem Deal?«

»Ein Deal?«, echote ich.

Skyler nickte. »Wenn du mir bei meinen Nachforschungen hilfst, werde ich vergessen, dass du damit gedroht hast, mich auffliegen zu lassen. Und ich würde es sehr gerne vergessen.«

Ich war vom Haken. Endlich gestattete ich mir aufzuatmen. Gleichzeitig war ich noch immer so angespannt, dass ich am liebsten geschrien hätte. Oder geweint. Oder gelacht. Vielleicht auch alles auf einmal. Ich biss mir auf die Zunge, um jeden verräterischen Laut zu unterdrücken. Skyler mochte die Wahrheit über mich nicht kennen, er hatte mich sogar gern – ein Gedanke, der mein Herz schneller schlagen ließ. Trotzdem hatte die Tatsache, dass er ein Sucher war, alles verändert. Schon vorher war es ein Risiko gewesen, ihn an mich heranzulassen. Jetzt wusste ich, dass seine Nähe mich in Lebensgefahr brachte. Ein einziger unbedachter Satz oder eine fahrlässige Handlung konnten mich alles kosten. Wenn ich jedoch auf der Hut war und mir keinen Ausrutscher erlaubte, bestand die Chance, meine Begegnung mit Skyler unbeschadet zu überstehen. Das war mehr, als ich vor ein paar Minuten zu hoffen gewagt hatte.

Für einen Moment spielte ich mit dem Gedanken, mich von ihm ins Haus zurückbegleiten zu lassen und zu verschwinden, sobald er mich aus den Augen ließ. Es wäre der einfachste Weg – aber auch der sicherste, um ihm klarzumachen, dass ich etwas zu verbergen hatte.

Nein! Wenn ich das Auftauchen des Suchers unbeschadet überstehen wollte, durfte ich nichts tun, was mich in irgendeiner Form verdächtig erscheinen ließ. Flucht stünde mit Sicherheit ganz oben auf der Liste verdächtiger Handlungen. Auch wenn es mir schwerfiel, mir blieb keine andere Wahl, als Skylers Gegenwart auszuhalten, bis er seinen Auftrag beendet hatte und der Schule (und meinem Leben) den Rücken kehren würde.

Bis dahin konnte ich seine Anwesenheit womöglich sogar zu meinem Vorteil nutzen. Sucher kannten sich mit Magie aus, ganz besonders wenn es um ihre Austreibung und Aufhebung ging. Jemand hatte mir einen Zauber angehängt. Wenn ich Skyler davon überzeugen könnte, dass ich ein unschuldiges Opfer war, würde er mir womöglich helfen die Kreatur loszuwerden, die meiner habhaft zu werden versuchte.

Bevor ich jedoch ernsthaft in Erwägung zog, ihn um Hilfe zu bitten, musste ich mir sicher sein, dass er tatsächlich keinen Verdacht schöpfte, was meine Magie anging.

Während ich noch überlegte, ob und wie ich ihm von meinem Problem erzählen konnte, griff Skyler in seine Tasche und zog etwas daraus hervor, das von der Form her an ein metallenes Tablettenröhrchen erinnerte. Bevor ich reagieren konnte, setzte er es mir an den Hals. Ein Zischen erklang, dann spürte ich einen scharfen Stich, gefolgt von einem Brennen. Eine Injektionspistole!

Unwillkürlich rieb ich mit der Hand über die Einstichstelle.

»Keine Angst«, versuchte Skyler mich zu beruhigen. »Das vergeht gleich.«

Halb rechnete ich damit, dass er mich betäubt hatte und ich jeden Moment das Bewusstsein verlieren musste, doch warum sollte er das tun, wenn ich mit ihm zusammenarbeiten sollte?

Mir wurde nicht schwindlig und ich fiel auch nicht in Ohnmacht. Als das Brennen nachließ, glaubte ich etwas unter meiner Haut zu spüren, sobald ich mit dem Finger darüberfuhr. Ein Fremdkörper, wie ein Splitter. »Was ist das?«

»Ein Sender.« Skyler verstaute die Injektionspistole wieder in seiner Tasche. »Damit kann ich dich jederzeit finden.«

Ich starrte ihn an. Sein beruhigendes Lächeln verschwamm hinter den Tränen, die mir das Entsetzen in die Augen trieb. »Was? Aber ich dachte …« *Ich dachte, du vertraust mir. Ich dachte, wir arbeiten zusammen. Und ich könnte dir entkommen.*

»Es ist zu deiner eigenen Sicherheit.« Er strich mir sanft über den Arm. »Stell dir vor, dir passiert etwas und ich kann dich nicht finden, um dir zu helfen.«

Als Kim mich in die Putzkammer gesperrt hatte, hätte ich mir durchaus gewünscht, er hätte mich eher gefunden. Jetzt jedoch, wo ich meine Geheimnisse vor ihm bewahren musste, konnte ich es mir nicht erlauben, überall und jederzeit auffindbar zu sein. »Was soll denn schon passieren?«

»Das weiß man nie, wenn es um Magie geht.«

Er hob meinen Rucksack auf, schwang ihn sich über eine Schulter und hielt mir die Hand hin. Ich ergriff sie nicht. Zum einen, um die Distanz zwischen uns zu schaffen, die ich brauchte, um meine Gefühle für ihn niederzukämpfen, zum anderen, weil ich nicht wollte, dass er bemerkte, wie sehr ich immer noch zitterte.

Er ließ den Arm sinken, wartete aber, bis ich neben ihn trat. Seite an Seite gingen wir über die Wiese, zurück zum Internatsgelände. Skyler half mir auf die Mauer, wofür ich ihm dankbar war, denn mittlerweile war ich so fertig, dass ich es aus eigener Kraft kaum noch geschafft hätte. Als er mir auf der anderen Seite wieder herunterhalf, ließ er auch danach meine Hand nicht mehr los. Ich wollte ihm meine Finger entziehen, doch mir fehlte die nötige Energie.

Wir hatten die Mauer noch nicht weit hinter uns gelassen, als mir bewusst wurde, dass ich die Last an meinem Hals wieder spürte. Zuerst hatte ich es für die Nachwirkungen der Injektion gehalten, jetzt jedoch wurde mir mehr und mehr bewusst, dass es dasselbe Gefühl war, das mich schon den ganzen Tag über begleitet hatte. Nur dass es dieses Mal noch deutlicher war. Schwerer als je zuvor. Unwillkürlich fuhr ich mir über den Hals – und spürte kühle Kettenglieder unter meinen Fingerspitzen. Nur dass ich gar keinen Schmuck trug.

Um ein Haar hätte ich laut nach Luft geschnappt. Es gelang mir gerade noch, den überraschten Laut herunterzuschlucken, der mir über die Lippen schlüpfen wollte. Trotzdem entging es Skyler nicht.

»Was ist los?«

»Nichts.« Meine Hand lag noch immer auf meinem Hals. Selten hatte ich mich derart zerrissen gefühlt wie in diesem Augenblick. Womöglich war Skyler der Einzige, der mir helfen konnte. Gleichzeitig fürchtete ich mich davor, ihm von meinem Problem zu erzählen. Ich brauchte Zeit, um in Ruhe über alles nachzudenken.

Zu meiner Erleichterung deutete er die Hand an meinem Hals falsch. »Das Brennen hört bald auf«, versprach er. »Es tut mir wirklich leid, aber mit dem Sender bist du einfach sicherer.«

Er sagte noch mehr, doch ich hörte gar nicht mehr hin. Meine Aufmerksamkeit gehörte der Kette, die ich an meinem Hals ertastete. Das Gewicht, das mich den ganzen Tag unsichtbar begleitet hatte und das sich jetzt zum ersten Mal manifestierte. Obwohl ich neugierig war, wagte ich nicht, sie unter meinem Kragen herauszuziehen, solange Skyler bei mir war. Wenn er erkannte, dass sie mit einem Zauber belegt war … Nein, das war zu riskant. Ich konnte nur hoffen, dass ihm keines seiner Tattoos etwas von der Magie verriet.

Vor der Tür des Mädchenwohnheims blieben wir stehen. Skylers Blick fing den meinen ein und hielt ihn fest. Ein Lächeln stahl sich in seine Züge, das jungenhaft charmante Lächeln des Skyler, in den ich mich verliebt hatte und das es mir schwer machte, meine Gefühle für ihn einfach so abzustreifen. Wie eine alte Haut. Als er sich zu mir beugte, um mich zu küssen, wich ich zurück.

Einen Moment lang musterte er mich, als suche er in meinen Zügen nach dem Grund meiner Ablehnung, dann nickte er. »Es war alles ein bisschen viel.« Er drückte sanft meine Hand, dann gab er sie frei und hielt mir meinen Rucksack hin. »Schlaf ein paar Stunden. Ich werde dir morgen alles erklären.«

Ich schlüpfte ins Haus und rannte nach oben in mein Zimmer. Sobald die Tür hinter mir ins Schloss gefallen war, sperrte ich ab und schaltete das Licht an. Dann tastete ich nach der Kette um meinen Hals – und griff ins Leere.

22

In dieser Nacht träumte ich zum ersten Mal nicht von meinen Eltern. Stattdessen verfolgte mich Skyler in den Schlaf. Anfangs war er noch der Junge, den ich kennengelernt und in den ich mich verliebt hatte. Wir standen in einem sonnigen Park und küssten uns immer wieder. Seine Hände lagen warm und weich auf meinem Gesicht, sein Blick war so zärtlich, dass es in meinem Bauch kribbelte. Dann jedoch veränderte sich etwas. Als Erstes fiel mir auf, dass es plötzlich dunkel wurde. Doch es waren nicht etwa Wolken, die die Sonne verdeckten, sondern Skyler, der sich vor meinen Augen in einen drei Meter großen, tätowierten Sucher verwandelte. Ein Monster, das sich mit offenem Rachen über mich beugte, um mich zu verschlingen.

Schreiend fuhr ich hoch. Das Herz schlug mir bis zum Hals und mein Puls raste derart, dass ich fürchtete, mir würde jeden Moment schwarz vor Augen werden. Mit klopfendem Herzen und nach Luft schnappend lag ich im Dunkeln und starrte an die Decke. Während ich noch darauf wartete, dass mein Körper wieder auf Normalbetrieb herunterfuhr, zog sich neben mir ein Schemen zusammen. Es war, als würden sich die unterschiedlichen Grautöne der Nacht mehr und mehr verdichten, bis sie eine Gestalt formten. Dieselbe verschwommene Erscheinung, die mir schon letzte Nacht in meinen Träumen erschienen war. Jene Erscheinung, von der ich mir längst nicht mehr sicher war, ob sie wirklich nur meiner Einbildung entsprungen sein konnte.

Er saß jetzt neben mir auf der Bettkante. Seine schattenhaften Finger strichen mir über die Stirn, fühlten sich warm und kalt zugleich auf meiner Haut an. »Es ist nur ein

Traum«, wiederholte er die Worte von letzter Nacht. »Nur ein Traum. Schon bald wird alles gut sein. Dann ist dein Schmerz vergessen.«

Seine Worte hätten mich beruhigen sollen, bei einem Teil von mir zeigten sie tatsächlich Wirkung, doch ein anderer Teil meines Bewusstseins wollte sich nicht einlullen lassen. *Du hast mich verzaubert!*, schoss es mir durch den Kopf, doch die Worte wollten mir nicht über die Lippen kommen. Kein Laut entfuhr meinem Mund, keine Bewegung ließen meine Muskeln zu. Ich lag da wie gelähmt und konnte nichts anderes tun, als auf die verschwommene Gestalt zu starren und ihrer Stimme zu lauschen, deren Worte mich so gar nicht zu beruhigen vermochten.

Als sich die Gestalt vor meinen Augen in Nebel auflöste, verblassten mit ihr auch meine Träume. Ich glitt in einen tiefen, traumlosen Schlaf, der erst mit dem Piepen des Weckers sein Ende fand.

Minutenlang starrte ich auf den kleinen rechteckigen Kasten, dessen Weckton ich schon so lange nicht mehr gehört hatte. Ich konnte mich nicht einmal daran erinnern, wann ich das letzte Mal von meinem Wecker statt von meinen Träumen aus dem Schlaf gerissen worden war.

Obwohl ich nur wenige Stunden Ruhe gehabt hatte, fühlte ich mich erstaunlich erholt. Zumindest bis zu dem Moment, in dem ich aus dem Bett stieg. Die schemenhafte Gestalt mochte ein Traum gewesen sein, die Schmerzen, die bei jeder Bewegung durch meinen Körper schossen, waren hingegen sehr real. Mein Kopf hämmerte, als hätte jemand einen durchgedrehten Trommler in meinem Schädel ausgesetzt, und mein Rücken schmerzte. Als ich ihn mir im Spiegel besah, wunderte mich das nicht. Von den Schulterblättern abwärts war meine Haut über und über von schillernden Blutergüssen überzogen, die sich bei jeder Bewegung bemerkbar machten. Eine heiße Dusche könnte zumindest meine angespannten Muskeln ein wenig lockern, den Rest würden hoffentlich die Schmerztabletten in den Griff bekommen.

Während ich im Bad war, vermied ich es, meinen Hals im Spiegel zu betrachten oder gar in Aurensicht zu wechseln. Meine Angst, erneut angegriffen zu werden, war einfach zu groß. Seit ich mich gestern von Skyler getrennt hatte, war es mir nicht mehr gelungen, die Kette zu ertasten. Ihr Gewicht jedoch spürte ich noch immer.

Obwohl ich fror, entschied ich mich für eine Bluse. Ich hatte es mit einem Pullover versucht, doch der Stoff lastete beinahe unerträglich schwer auf meinem geschundenen Rücken. Wenn ich die Wahl zwischen Schmerzen und Kälte hatte, zog ich Letzteres vor.

Als ich mir die Haare kämmte, erhaschte ich aus dem Augenwinkel einen Blick auf mein Spiegelbild. Für einen Moment sah es so aus, als hätte ich zwei Gesichter – und aus jenem zweiten Gesicht sah mir ein Paar brauner Augen entgegen. Ich ließ die Bürste fallen und starrte in den Spiegel. Da war nur ich. Grüne Augen, helle Haut und die Züge so vertraut wie eh und je. Lange Zeit stand ich einfach nur da und musterte mein Spiegelbild. Wartete darauf, dass sich etwas veränderte, dass ich plötzlich wieder ein Paar brauner Augen sah, das nicht mir gehörte. Doch da war nur mein eigenes gewohntes Gesicht.

Ich machte mich fertig, schnappte mir meine Tasche und machte mich auf den Weg zum Frühstück. Mit jedem Schritt wuchs meine Angst mehr. Wie würde Skyler reagieren? Hatte er es sich womöglich anders überlegt und mich doch gemeldet? Verflucht, ich wusste ja nicht einmal, wie ich mich ihm gegenüber verhalten sollte. Das Beste wäre, ich würde so tun, als hätte sich nichts verändert. Zweifelsohne wüsste er es zu schätzen, wenn ich seine Tarnung auf diese Weise aufrechterhielt. Allerdings war ich mir nicht sicher, ob ich als Schauspielerin genug taugte, um das durchzuziehen. Tatsache war, dass sich ein Teil von mir nach ihm sehnte, nach der Nähe und der Sicherheit, die er mir die ganze Zeit gegeben hatte. Ein anderer Teil allerdings, der, in dem meine Vernunft angesiedelt war, warnte mich davor, allzu blauäugig zu sein. Ich konnte ihm nicht mehr vertrauen.

Als ich schließlich den Speisesaal erreichte, erwartete mich die zweite Überraschung nach dem Klingeln meines Weckers: Skyler stand nicht wie gewohnt vor der Tür. Auch drinnen war er nirgendwo zu sehen. Obwohl ich keinen Appetit hatte, zwang ich mich, etwas zu essen, beschränkte meine Gespräche allerdings auf ein Minimum. Natürlich entging weder Mercy noch den anderen, dass ich noch wortkarger war als sonst. Ich schob es auf die Kopfschmerzen, was immerhin nicht komplett gelogen war, auch wenn das Aspirin den Schmerz in den Hintergrund treten ließ.

Der Tag zog undeutlich und verschwommen an mir vorbei, als läge alles hinter einem dichten Nebelschleier verborgen. Kim sah ich nur beim Essen. Sie hatte ihre arroganteste Maske aufgesetzt und sie mit einer Menge Make-up festgespachtelt. Ihr Lachen war lauter als gewöhnlich und sie vermied es, in Max' Richtung zu sehen. Soweit ich es beurteilen konnte, schluckte sie keine Tabletten mehr. Es schien ihr tatsächlich besser zu gehen, zumindest so gut es einem gehen konnte, wenn der Freund gerade Schluss gemacht hatte. Neben Kim bereitete mir auch der Zauber keine Schwierigkeiten, abgesehen davon, dass ich nach wie vor die Last um meinen Hals spürte, und Skyler erschien am Vormittag nicht zum Unterricht. Die ganze Zeit über fragte ich mich, ob sein Fernbleiben ein gutes oder ein schlechtes Zeichen war. War er mit wichtigen Dingen beschäftigt oder wollte er nur nicht mit ansehen, wie seine Kollegen in den Klassenraum stürmten und mich festnahmen?

Seine Abwesenheit machte mich noch nervöser, als wenn er hier gewesen wäre. Die Ungewissheit nagte an mir. Nicht zu wissen, wo er war und was er gerade tat, war schlimmer als eine direkte Konfrontation. Entsprechend erleichtert war ich auch, als er nach dem Mittagessen zum Geschichtsunterricht erschien. Nach der Stunde holte er mir wie gewohnt eine Tasse Tee. Als er sie mir in die Hand gab, achtete ich darauf, dass sich unsere Finger nicht berührten. Es fiel mir auch so schon schwer genug, zu akzeptieren, dass sich unser Verhältnis grundlegend verändert hatte. Auch wenn Skyler das nicht so zu sehen schien. Er wirkte noch immer genauso erleichtert wie letzte Nacht, als er mir eröffnet hatte, froh zu sein, mir nicht länger etwas vormachen zu müssen.

Immerhin war einer von uns zufrieden.

Ich schloss meine Hände um die heiße Tasse und beobachtete, wie der Dampf daraus in die Luft stieg. Schließlich hielt ich es nicht länger aus. Ich hob den Kopf und suchte Skylers Blick. »Willst du mir jetzt erzählen, warum du hier bist?«

Er sah sich in der Teeküche um, in der es geschäftig brummte. »Zu viele Leute«, sagte er leise und schob mich vor sich her in eine etwas ruhigere Ecke des benachbarten Aufenthaltsraums. »Wir treffen uns nach dem Unterricht, wenn alle anderen in der Bibliothek oder beim Sport sind.«

»Sollten wir nicht auch …« In den letzten Tagen war ich viel zu oft nicht in der Bibliothek gewesen, sodass es eigentlich nur eine Frage der Zeit war, bis es einem Lehrer auffiel und ich Ärger bekam, weil ich mit meinem Lernpensum hinterherhing. Von den Hausaufgaben, die ich in den letzten Tagen immer mehr hatte schleifen lassen, ganz zu schweigen.

»Keine Bange, ich sorge schon dafür, dass du keine Probleme bekommst.« Er streckte die Hand nach mir aus, ließ sie jedoch wieder sinken, als er sah, wie ich zurückwich. »Es tut mir wirklich leid, dass ich dir solche Angst eingejagt habe. Das war das Letzte, was ich wollte, doch wenn man deine Geschichte bedenkt, ließ es sich wohl nicht vermeiden.«

Meine Geschichte. Mein Leben. Oder das, was nach dem Einsatz seiner Leute davon übrig geblieben war. Trotzdem zwang ich mich zu einem Nicken. »Schon in Ordnung, ich habe es überwunden.« Glatt gelogen, aber lieber wollte ich ihn in dem Glauben lassen, dass alles bestens war, als in ihm den Verdacht wecken, ich könne ihm womöglich Schwierigkeiten machen.

In einer um Verzeihung heischenden Geste berührte er mich am Arm. Seine Nähe verfehlte ihre Wirkung nicht. Die Wärme seiner Hand drang durch den Stoff meiner Bluse und weckte nicht nur den Wunsch in mir, mich in seinen Armen zu verkriechen, sondern auch, ihm alles zu erzählen. Angefangen bei meinem missglückten Fluch bis hin zu dem Zauber, der auf mir lag und von dem ich fürchtete, dass er mich umbringen würde. Ich biss mir auf die Lippen und würgte jedes verräterische Wort herunter, das sich auch nur in die Nähe meiner Stimmbänder wagen wollte.

Skyler war meine Reaktion auf seine Berührung nicht entgangen. Er zog seine Hand zurück. Die Kälte kehrte in meinen Arm zurück und mit ihr ein Gefühl der Leere, das mich um ein Haar dazu gebracht hätte, nach seiner Hand zu greifen.

»Raine, ich …« Er sah sich nach allen Seiten um, dann schüttelte er noch einmal den Kopf. Es war nicht der passende Rahmen für ein Gespräch wie dieses. Zu viele Ohren, die etwas hören könnten, das nicht für sie bestimmt war.

Den Rest des Nachmittags verbrachten wir beinahe in

gewohnter Routine. Skyler wich wie üblich nicht von meiner Seite, trotzdem wirkte auch er ein wenig befangen und angespannt. Erst als wir uns nach dem Unterricht allein im Aufenthaltsraum trafen – er hatte extra einen im Haupthaus ausgewählt, weil er wusste, dass sich dort um diese Zeit niemand aufhalten würde –, schien die Anspannung von ihm abzufallen.

Er warf seinen Rucksack auf einen Stuhl und drehte sich zu mir herum. Einen Moment lang musterte er mich eingehend, dann zog er mich an sich, und noch bevor ich etwas sagen oder tun konnte, fand ich mich in seiner Umarmung wieder. Ich schloss die Augen und lehnte meinen Kopf an seine Schulter.

»Es tut mir so leid«, flüsterte er, das Gesicht in meinem Haar vergraben. »Ich wollte dir niemals Angst machen, das musst du mir glauben.«

Wenn er die Wahrheit über mich erfuhr, würde ich rasch an Bedeutung verlieren. Natürlich sagte ich ihm das nicht. Ich schmiegte mich einfach in seine Arme und versuchte wenigstens für einen Moment so zu tun, als hätte es die letzte Nacht nicht gegeben.

Als er mich schließlich freigab, schmerzte mein Rücken mehr als zuvor, doch das Gefühl der Geborgenheit für ein paar Augenblicke noch einmal zu spüren, war es wert.

Skyler schloss die Tür und blieb unentschlossen stehen. Ihn, der sonst nie um Worte verlegen zu sein schien, so zu sehen, war ungewohnt. Zugleich gab es mir das Gefühl, dass er zwar ein Sucher, aber noch immer ein Mensch war. Wenn auch nicht länger der Mensch, mit dem ich meine Zeit verbringen sollte.

»Um ehrlich zu sein, weiß ich gar nicht, wo ich anfangen soll«, durchbrach er nach einer gefühlten Ewigkeit endlich das Schweigen, das schwer zwischen uns hing.

Ich deutete auf seine Stirn. »Wie wäre es damit? Warum erzählst du mir nicht, wo du dir diese Platzwunde geholt hast?« Ich war so sehr mit meinen eigenen Problemen beschäftigt gewesen, dass ich noch nicht einmal auf den Gedanken gekommen war, ihn danach zu fragen.

Er verzog den Mund zu einem schiefen Grinsen. »Kein rühmliches Kapitel meiner Heldenlaufbahn.«

»Ich höre mir auch die Geschichten an, in denen der Held eine Schlappe erleidet.«

»Nur dass der Held nicht so gerne darüber sprechen möchte.«

»Wenn er mein Vertrauen haben möchte, sollte er das aber lieber tun.«

Meine Worte beendeten unser Geplänkel mit einem Schlag. Ein Schatten zog über sein Gesicht und einen Wimpernschlag später war jeder Anflug von Schalk aus seinem Blick verschwunden. Als würde ihm erst jetzt die Tragweite dessen, was letzte Nacht geschehen war, wirklich bewusst. »Vielleicht sollte ich lieber damit anfangen, dir zu versichern, dass ich dich in keiner Weise verurteile«, sagte er ernst. »Ich verabscheue Magie und ich weiß, dass deine Mutter eine Zauberin war. Aber das bedeutet nicht … Dir gebe ich daran keine Schuld.«

»Vielen Dank auch.«

»Nein, das klang falsch«, korrigierte er sich. »Eigentlich wollte ich sagen, dass … Ganz egal was deine Mutter war, du bist anders. Du bist keine Zauberin und ich werde dich nicht für das Werk deiner Mutter verantwortlich machen.«

Ich sagte nichts.

Skyler fuhr sich mit der Hand durchs Haar, bis es ihm wirr vom Kopf abstand, was ihn unglaublich verwegen aussehen ließ – und verdammt süß. Als mir bewusst wurde, welche Richtung meine Gedanken einschlugen, biss ich mir auf die Zunge. Die Zeiten, in denen ich ihn für süß befunden hatte, waren vorbei. Sie *mussten* vorbei sein. Ich konnte es mir nicht länger erlauben, Gefühle für ihn zu hegen. Dafür hing ich zu sehr an meinem Leben. Zu dumm, dass es keinen Schalter gab, mit dem ich meine Empfindungen einfach abschalten konnte.

»Als ich hierherkam, wollte ich nur meinen Job machen.« Ganz langsam, als hätte er Angst, mich zu verschrecken, kam er auf mich zu. »Ich hatte das nicht geplant, ich wollte dir nicht so nahe kommen. Dir nicht und auch sonst niemandem.« Er machte einen weiteren Schritt nach vorn, bis er so dicht vor mir stand, dass er nur die Hand auszustrecken brauchte, um mich zu berühren. »Ganz bestimmt wollte ich mich nicht in dich verlieben. Aber es ist nun einmal passiert.«

Er verzog die Lippen zu einem fast schüchternen Lächeln. Seine Finger spielten mit meinem Haar, würden sich jeden Moment darin vergraben. Ich wollte zurückweichen, doch ich konnte mich nicht bewegen. Auch nicht, als er seine Hand in meinen Nacken legte und mich mit sanftem Druck näher heranzog. Unsere Gesichter waren nicht einmal mehr eine Handbreit voneinander entfernt. Gleich würden sich unsere Lippen berühren. Ich würde es zulassen, denn ich sehnte mich danach, ihn zu küssen, sehnte mich danach, seine Wärme zu spüren und noch einmal die Geborgenheit zu fühlen, die seine Nähe bis gestern Nacht noch auf mich ausgestrahlt hatte.

Er ist ein Sucher, schrie alles in mir. *Lass ihn nicht näher kommen!*

Sucher. Das Wort reichte aus, mich zur Vernunft zu bringen. Obwohl Skylers Hand noch immer in meinem Nacken lag, zog ich meinen Kopf ein Stück zurück und richtete meinen Blick auf die Platzwunde an seiner Stirn. »Und wie ist das nun passiert?«, fragte ich noch einmal.

Mit einem frustrierten Seufzer gab Skyler mich frei. Er dirigierte mich zur Couch und ließ sich neben mir in die Polster fallen. Ich zog meinen Rock zurecht und einen Herzschlag später lag Skylers Hand oberhalb meines Knies, als wolle er sichergehen, dass ich ihm nicht davonlief. Ich war versucht sie abzustreifen, wollte aber das letzte bisschen Nähe nicht verlieren, das mich noch mit ihm verband. Eine Hand auf meinem Bein war immerhin deutlich weniger gefährlich als seine Lippen auf meinen.

»Wie in jeder Nacht seit meiner Ankunft auf Holbrook Hill bin ich nach Anbruch der Nachtruhe noch einmal nach draußen gegangen«, sagte er. »Ich wollte sehen, ob ich weitere Hinweise auf Rituale finde.«

»Und?«

Er schüttelte den Kopf. »Um das Wohnheim herum war nichts und auch im Park fand ich keinerlei Anzeichen für Magie.«

Wie auch? Es war dunkel gewesen und die Überreste waren nicht gerade mit Leuchtpfeilen versehen gewesen, die auf sie aufmerksam machten. Dann jedoch wurde mir bewusst, dass ein Sucher vermutlich über Mittel und Wege verfügte, eine magische Spur aufzunehmen. Wer konnte schon wissen, welche Kunststückchen er beherrschte.

»Du hast also nichts gefunden?«

»Nein, aber etwas hat mich gefunden. Oder wohl eher jemand. Ein Blitz hat mich von hinten niedergestreckt. Glücklicherweise bin ich gegen derartige Angriffe geschützt, trotzdem konnte ich nicht verhindern, dass mich die Wucht von den Beinen riss. Ich stürzte und fiel mit dem Kopf auf einen Stein. Dabei verlor ich das Bewusstsein. Mein Angreifer muss mich für tot gehalten haben, was ich ohne meine Schutzrunen nach einer derart hinterhältigen magischen Attacke sicher auch gewesen wäre.«

Die Vorstellung, dass er dort draußen beinahe gestorben wäre, ließ mich schaudern. Ich wollte ihn fragen, ob er Schmerzen hatte, ob alles in Ordnung war, doch ich schluckte meine Sorge herunter. Überhaupt sollte ich mir künftig besser alles verkneifen, was mich ihm wieder näher bringen würde. Deshalb zwang ich mich zur Sachlichkeit. Glaubst du, er weiß, dass du hinter ihm her bist?«

»Vermutlich nicht. Hätte er gewusst, dass ich ein Sucher bin, hätte er sich davon überzeugt, dass ich auch wirklich tot bin, und im Zweifelsfall noch einmal nachgesetzt.«

»Dieser Zauberer, bist du seinetwegen hier?«

Bitte lass nicht mich der Grund sein!

»Ich weiß es nicht. Irgendetwas ist hier im Gange. Etwas weit Größeres, als ich bisher angenommen hatte.«

»Was ist dein Auftrag?«

Ein paar Herzschläge lang fürchtete ich schon, er würde sich weigern, mir davon zu erzählen. Sein Blick war nach innen gekehrt und ich wusste, dass er darüber nachdachte, wie viel er mir sagen konnte. »Ich bin hier, um einen magischen Gegenstand aufzuspüren«, begann er schließlich. »Zwei Tage bevor ich hierherkam, schlugen die Magiesensoren beim Scannen der eingegangenen Post an. Die Sekretärin ging sofort zu Direktor Jenkins, um den Vorfall zu melden und ihn dazuzuholen, damit sie die betreffende Sendung ausfindig machen und weitere Maßnahmen einleiten konnten. Als sie jedoch an ihren Schreibtisch kamen und die Post erneut scannten, schlugen die Sensoren nicht mehr an. Mrs Finch dachte, es könnte womöglich ein Fehler im Gerät gewesen sein, manchmal sind die Scanner ein wenig zu fein eingestellt, sodass ein Fehlalarm keine Seltenheit ist. Jenkins jedoch war der Ansicht, dass jemand im Sekretariat gewesen sein und die Post geholt haben musste, während Mrs Finch in seinem Büro war. Da der Stapel vorher nur im

Ganzen gescannt wurde, konnte Mrs Finch nicht sagen, ob ein Umschlag fehlte, oder gar, an wen er adressiert gewesen war. Dass es im Sekretariat keine Videoüberwachung gibt, war auch nicht gerade hilfreich.«

»Deshalb haben sie dich gerufen.«

Skyler nickte. »Nachdem es in der letzten Zeit ähnliche Vorfälle an anderen Schulen gegeben hat und man im Ministerium eine Tendenz erkennt, dass gerade Jugendliche ein überdurchschnittliches Interesse an Magie zu entwickeln scheinen, entschied sich Jenkins, uns den Vorfall zu melden. Mein Auftrag ist es, zu überprüfen, ob an dieser Schule mit Magie experimentiert wird. Außerdem soll ich den Gegenstand sicherstellen und den Empfänger und, wenn möglich, auch den Absender ermitteln und deren Identität an meine Vorgesetzten melden, damit diese die nötigen Maßnahmen einleiten können.«

Du meinst wohl, damit sie ihre Eingreiftruppe hinschicken und diese Menschen verschwinden lassen können. Ich schluckte einen bitteren Kommentar herunter und wartete schweigend darauf, dass er fortfuhr.

»Jenkins weiß natürlich über meine Identität Bescheid, ebenso wie seine Sekretärin. Nachdem ich die Schülerliste durch unser System geschickt hatte, stand dein Name ganz oben.«

»Auf der Liste der Verdächtigen«, vollendete ich seinen Satz.

»Nein, als jemand, der schon einmal mit Magie in Berührung gekommen war. Ich habe deine Akte studiert und ich kann nur sagen … Es tut mir leid, was dir passiert ist, aber glaube mir, du bist ohne Kontakt zu jeglicher Form von Magie besser dran.«

Das war nicht sein Ernst! Er sagte mir nicht gerade, dass es ein Glück war, dass ich meine Eltern verloren hatte! Ich ballte meine Hände zu Fäusten und kämpfte gegen den Drang an, ihn ins Gesicht zu schlagen und wegzulaufen. Irgendwohin, wo ich ihn nie mehr wieder sehen musste. Allein der Sender, den er mir verpasst hatte, verhinderte, dass ich mich vor ihm verstecken konnte. Mir blieb nichts anderes übrig, als mitzuspielen. Sosehr ich mich auch anstrengte, mir wollte kein Lächeln gelingen.

»Ich war fünf Jahre alt«, sagte ich heiser. »Ich wusste nichts über Zauberei und … all das.« Es war eine Lüge. Meine Eltern hatten mir von klein auf beigebracht, was Magie war und warum ich niemals jemandem davon erzählen durfte.

»Natürlich wusstest du das nicht.« Die Wärme von Skylers Hand, die sich vorhin noch so angenehm warm auf meinem Oberschenkel angefühlt hatte, schien sich mit einem Mal in mein Fleisch zu brennen. »Ich habe dich ausgesucht in der Hoffnung, dass jemand mit deiner Vergangenheit einfach mehr über Zauberei weiß als jemand, der noch nie damit in Berührung gekommen ist. Ich habe darauf gebaut, dass du mir Informationen geben könntest, die anderen womöglich verborgen geblieben sind.«

»Und du bist nie auf den Gedanken gekommen, dass sich jemand mit *meiner Vergangenheit* um jeden Preis von allem, was auch nur den Anschein von Magie erweckt, fernhalten könnte?«

»Die Gefahr bestand natürlich.« Er bedachte mich mit einem schiefen Lächeln. »Bis zu dem Tag, an dem du mir von dem Ritual hinter dem Wohnheim erzählt hast, war ich mir sogar fast sicher, dass genau das der Fall war. Aber allein, dass du etwas beobachtet hast, hat mir schon geholfen. Immerhin hast du mir damit eine Spur geliefert, eine sehr dürftige, aber mehr, als ich selbst zustande gebracht habe.«

Großartig! Dabei hatte ich lediglich herauszufinden versucht, ob ich ihm vertrauen konnte. Immerhin hatte ich die Antwort auf diese Frage gefunden.

»Wie alt bist du wirklich? Die Magiepolizei wird sicher keine Schüler beschäftigen, oder?« Die Frage war dazu gedacht, ihn von meiner Vergangenheit abzulenken und zu verhindern, dass er zu genau über mein Verhalten der letzten Tage nachdachte. Gleichzeitig interessierte es mich wirklich.

»Nein, keine Teenager«, räumte er ein. »Ich bin einundzwanzig.«

Immer noch sehr jung für einen Sucher. Aber vermutlich brauchten sie Leute wie ihn, die sie in Schulen einschleusten, konnten, damit sie das Vertrauen der Schüler gewinnen und ihre finstersten Geheimnisse aufdecken konnten. Einem Mitschüler fiel das bestimmt leichter als jemandem aus dem Lehrkörper.

»Gestern habe ich dich darum gebeten, mir bei meinen Nachforschungen zu helfen«, begann er.

»Gebeten?«, entfuhr es mir. »Das war Erpressung! Du hast …«

Er hob die Hände. »Ich weiß, was ich gesagt habe. Aber es war gestern etwas schwierig, dich zu beruhigen, da ist mir nichts anderes eingefallen, als dich ein wenig … zu drängen. Ich weiß, dass du erschrocken warst, und ich weiß, dass du niemandem erzählen wirst, wer ich wirklich bin. Ganz sicher würde ich dich deswegen nicht melden.«

Ich blinzelte überrascht. »Du würdest lieber deinen Auftrag in den Sand setzen, als mich dafür zu bestrafen, dass ich dir die Tour vermasselt habe?«

»Wenn ich dich dadurch vor Ärger bewahren kann – ja.«

Das war mehr, als ich erwartet hatte. War es am Ende die Wahrheit? Empfand er wirklich etwas für mich? Mein Herz setzte für zwei aufgeregte Schläge aus, doch ich kämpfte gegen die Schmetterlinge an, die sich in meinem Innern auszubreiten drohten. Es war nicht von Bedeutung, ob er sich in mich verliebt hatte. Tatsache war, dass ich nichts für ihn empfinden durfte. Nicht mehr.

Mir war bewusst, dass meine Chancen größer waren, seine Anwesenheit auf Holbrook Hill unbeschadet zu überstehen, wenn ich mich kooperativ zeigte und jedes Verhalten vermied, das mich in irgendeiner Form verdächtig erscheinen ließ. »Was erwartest du von mir?«

»Ich möchte, dass du dich in den nächsten Tagen bei den Mädchen umhörst«, sagte er. »Finde heraus, ob eine von ihnen mit Magie zu tun hat oder von jemandem weiß, der sich damit abgibt.«

»Du erinnerst dich aber schon daran, dass ich hier nicht unbedingt zu den beliebtesten Schülerinnen gehöre, oder?«

»Und?«

»Das macht mich kaum zu der Person, der sie ihre Geheimnisse anvertrauen werden.«

Statt auf meinen Einwand einzugehen, legte er mir seine Hand auf den Arm und lächelte. »Du schaffst das schon.«

Er ließ seine Hand über den Ärmel meiner Bluse gleiten, bis seine Finger meinen Handrücken erreichten. In dem Augenblick, in dem er meine Haut berührte, spürte ich es wieder: die Kette um meinen Hals.

Ich musste sie sehen, musste herausfinden, ob es sich dabei um das Schmuckstück handelte, das ich befürchtete. Während ich noch überlegte, wie ich unauffällig einen Blick unter den Kragen meiner Bluse werfen konnte, ging die Tür auf.

»Hier steckst du!« Einer der Jungs aus dem Basketballteam, sein Name war Micky oder Mikey, stand auf der Schwelle. »Wir warten schon auf dich. Hast du etwa vergessen, dass wir heute die Strategie für Freitagabend besprechen wollten?«

Am Freitag fand das erste Spiel der Saison statt, gegen eine Schulmannschaft, die eigens aus Plymouth anreisen würde. Skylers Reaktion zeigte mir, dass er es entweder tatsächlich vergessen hatte oder sich einfach nicht darum scherte. Für die Dauer eines Atemzugs starrte er Micky-Mikey mit zusammengekniffenen Augen an, ehe sich seine Züge glätteten. »Verflucht, ist es schon so spät?«

Er schien vergessen zu haben, dass er noch immer meine Hand hielt, vermutlich spürte ich deshalb die Last um meinen Hals noch so deutlich. Während die beiden sprachen, tastete ich unauffällig nach meinem Kragen und zog ihn ein Stück nach vorn. Darunter glitzerte ein Anhänger an einer Kette.

Bei ihrem Anblick, der all meine Befürchtungen bestätigte, entzog ich Skyler erschrocken meine Hand. Sofort verblassten Anhänger und Kette vor meinen Augen. Lediglich ihr Gewicht spürte ich auch weiterhin.

Ich hatte genug gesehen.

Es war das Medaillon, das Max Kim geschenkt hatte. Plötzlich konnte ich die einzelnen Stücke wie Puzzleteile zusammensetzen. Kim hatte die Kette kurz nach Skylers Ankunft bekommen. Womöglich war sie in der Post gewesen, auf die der Magiescanner reagiert hatte. Wegen dieser elenden Kette war Skyler hier. Und jetzt hatte ich sie im wahrsten Sinne des Wortes am Hals.

Im ersten Moment wunderte ich mich darüber, dass Kim dieses Mal keinen solchen Aufstand gemacht hatte, als ihr aufgefallen war, dass das Medaillon fort war. Aber vermutlich hatte sie es nicht verloren. Wahrscheinlicher war, dass sie es im nächsten Mülleimer versenkt hatte, nachdem Max sie abgesägt hatte.

»Komm schon, Skyler, lass uns nicht hängen«, sagte Micky-Mikey gerade.

»Er hat recht«, mischte ich mich ein. »Ich habe gesehen, wie du spielst. Das Team braucht dich. Wir unterhalten uns einfach später weiter.«

Ihm war anzusehen, wie wenig ihm die Entwicklung behagte, trotzdem hielt er mich nicht auf, als ich mir meine Tasche schnappte und an Micky-Mikey vorbei aus dem Aufenthaltsraum schlüpfte.

In meinem Zimmer ließ ich meine Tasche fallen und öffnete die Schranktür. Ich knöpfte die obersten Knöpfe meiner Bluse auf und zog den Kragen auseinander, bis ich meinen Hals deutlich im Spiegel erkennen konnte. Ein Hals vollkommen ohne Schmuck. Wann hatte ich das Amulett sehen oder anfassen können? Ich konzentrierte mich; es war gestern auf dem Rückweg zum Wohnheim und vorhin im Aufenthaltsraum. Beide Male hatte Skyler mich berührt. Nein, nicht einfach berührt. Als er meinen Arm oder mein Bein angefasst hatte, war nichts geschehen, erst als er gestern meine Hand genommen und vorhin meinen Handrücken gestreichelt hatte, war die Kette zum Vorschein gekommen. Es musste mit seinen Sucherkräften zu tun haben, die bei direktem Hautkontakt auf die Magie einwirkten, die das Amulett verbarg. Vielleicht waren es die Runen, die auf seinen Körper tätowiert waren, Runen, in die angeblich Zauber eingewoben waren, die ihren Träger schützen und in die Lage versetzen sollten, Zauberei aufzuspüren. Einmal mehr wurde mir die Doppelmoral der Magiepolizei bewusst, die sich ausgerechnet mit derselben Magie schützte, die sie auch auszulöschen trachtete.

Ich hatte wirklich unglaubliches Glück, dass meine eigene Magie so schwach war, dass Skyler nicht sofort darauf aufmerksam geworden war. Nicht einmal dann, als wir uns nähergekommen waren. Dass es mir bisher gelungen war, die Wahrheit vor ihm zu verbergen, nährte die Hoffnung, dass ich es auch weiterhin schaffen konnte. Jetzt musste ich erst einmal mehr über das Amulett in Erfahrung bringen. Da ich weder Max noch Kim danach fragen konnte, gab es nur einen Ort für den Beginn meiner Nachforschungen: Max' Zimmer.

Der Moment war günstig. Das Teammeeting würde sicher länger dauern, und wenn ich mich beeilte, war ich lange vor Max' Rückkehr wieder aus seinem Zimmer verschwunden. Ich zog mich rasch um, tauschte den Faltenrock gegen ein paar bequeme Jeans und die Pumps gegen Turnschuhe, bevor ich mich mit klopfendem Herzen auf den Weg ins Wohnheim der Jungen machte. Ich hatte keinen Grund, so nervös zu sein, die meisten waren entweder in der Sporthalle oder in der Bibliothek. Diejenigen, die sich vor beidem drückten, hatten sich vermutlich in ihre Zimmer verkrochen und würden mir nicht in die Quere kommen.

Unbehelligt erreichte ich den ersten Stock und folgte dem Gang zu Max' Zimmer. Tatsächlich war es ungewöhnlich still. Kein Gelächter drang aus den Aufenthaltsräumen, keine laute Musik aus den Zimmern, nirgendwo wurde eine Unterhaltung geführt. Je näher ich meinem Ziel kam, desto mehr wurde mir bewusst, dass ich eigentlich nicht die geringste Ahnung hatte, was ich dort wollte. Wonach suchte ich überhaupt? Nach einem Beipackzettel, der mit dem Amulett gekommen war? Was, wenn Max tatsächlich ein Zauberer war, der erst Kim und dann mich verhext hatte?

Krampfhaft versuchte ich mich daran zu erinnern, wie die Gestalt aus meinem Traum ausgesehen hatte, die mir die Kette umgelegt hatte, doch sosehr ich mich auch konzentrierte, es wollte mir nicht gelingen, eine Ähnlichkeit zu Max zu finden. Dazu war der Eindringling zu verschwommen gewesen. Um ehrlich zu sein, glaubte ich auch nicht, dass Max etwas mit der Sache zu tun hatte. Ich traute ihm weder zu, dass er Kim und mich in irgendeiner Form verhext, noch, dass er Skyler angegriffen hatte. Wenn der Zauber bei ihm seinen Ursprung hatte, dann wusste er nichts davon. Darauf hätte ich, ohne zu zögern, meinen Hintern verwettet.

Auch wenn Max nicht oder nur unwissentlich in die Sache verwickelt war, so kam das Amulett von ihm. Vielleicht würde es mir weiterhelfen, wenn ich einen Hinweis auf den Absender finden könnte. Irgendetwas, das mir mehr über den Ursprung des Schmuckstücks und seine Verwendung verriet.

Unbehelligt erreichte ich Max' Zimmer. Ich streckte die Hand nach dem Türgriff aus. Eine Hand auf meinem Mund unterdrückte meinen erschrockenen Aufschrei, als ich gepackt und unsanft in eine Besenkammer auf der gegenüberliegenden Seite des Ganges gezerrt wurde. Die Tür blieb einen kleinen Spaltbreit offen, nicht weit genug, um die Dunkelheit von mir fernzuhalten, die sich in der engen Kammer über mich legte und meine Panik anwachsen ließ. Ich strampelte und versuchte mich zu befreien, als ich mir plötzlich der Kette um meinen Hals bewusst wurde. Skyler. Ich versuchte noch immer, mich seinem Griff zu entwinden, doch ich kämpfte nicht mehr mit allen Mitteln.

»Sei leise«, zischte er mir ins Ohr und klang dabei so eindringlich, dass ich schlagartig meine Gegenwehr einstellte.

Er veränderte seine Position, schob sich näher an den Türspalt heran und spähte auf den Gang hinaus. Gegenüber ging die Zimmertür auf und Max trat auf den Gang. Er hielt einen Ordner mit dem Teamlogo unter den Arm geklemmt, den er wohl vergessen hatte, und lief zum Treppenhaus. Kurz darauf waren seine Schritte verklungen und er war fort.

Scheiße! Er hätte beim Teammeeting sein sollen! Um ein Haar wäre ich einfach in sein Zimmer spaziert und … Oh Mann, wie hätte ich ihm das erklären sollen?!

Doch ich hatte noch einen weiteren Erklärungsnotstand. Was sollte ich Skyler erzählen? Plötzlich war ich mir seiner Nähe überdeutlich bewusst, ebenso wie der Tatsache, dass ich mich zu wohl dabei fühlte. Sofort versteifte ich mich in seinem Griff.

Er wartete noch ein paar Sekunden ab, dann ließ er mich los und schaltete das Licht an. »Was sollte das werden?«

»Nichts.«

»Interessante Auffassung, die du da von nichts hast.«

»Du meine Güte«, entfuhr es mir ein wenig zu laut. Sofort senkte ich meine Stimme. »Ich habe Max ein Buch geliehen und brauche es zurück.«

»Und deshalb willst du dich heimlich in sein Zimmer schleichen, statt ihn darum zu bitten, es dir zu geben.«

Es hatte keinen Zweck, zu leugnen, dass ich mich bei ihm einschleichen wollte. Dafür hatte ich mich zu auffällig benommen. Ich verstand jedoch nicht, warum Skyler sich so aufführte. Wie ein eifersüchtiger … nein, nicht eifersüchtig. Es war wohl eher Misstrauen, das seinen Blick so hart und kalt werden ließ, dass es mir einen Schauder über den Rücken jagte.

»Solltest du nicht beim Teammeeting sein?«

»Und zulassen, dass du dich inzwischen in Schwierigkeiten bringst?« Skyler schüttelte den Kopf. »Ich schlage vor, wir gehen jetzt erst einmal an einen Ort, wo wir ungestört sind, und dann erzählst du mir, was du wirklich hier wolltest.« Er öffnete die Tür und bedeutete mir, die Kammer zu verlassen. Als ich mich nicht sofort bewegte, schob er mich auf den Gang. Glühender Schmerz durchfuhr mich an der Stelle, an der Skylers Hand meinen geschundenen Rücken berührte. Ich unterdrückte einen Aufschrei, konnte aber nicht mehr verhindern, dass mir ein Stöhnen entfuhr. Sofort hielt Skyler inne. Einen Moment lang musterte er mich eingehend, dann schob er die Bluse in meinem Rücken ein Stück nach oben und sog zischend die Luft ein.

»Oh mein Gott, Raine!«, entfuhr es ihm. »Was ist passiert? Wer hat dir das angetan?«

Ich wagte nicht, ihn anzusehen. Zu sehr fürchtete ich, meine Selbstbeherrschung zu verlieren, wenn ich die Sorge in seinen Zügen sah, die seiner Stimme so deutlich anzuhören war. Wenn ich jetzt zusammenbrach, würde er nicht nur Antworten von mir verlangen – ich würde sie ihm geben. Weil ich zu schwach war, mich länger zusammenzureißen. Ich biss mir auf die Lippe und schwieg, den Blick weiterhin starr auf den Boden gerichtet.

»Komm«, sagte er noch einmal. Dieses Mal griff er nach meiner Hand, statt mich vor sich herzuschieben.

23

Skyler führte mich aus dem Haus und durch den Park. Hinter dem Schuppen, an der Stelle, an der Kim mich angegriffen hatte, jene Stelle, die einmal mein Rückzugsort gewesen war, hielt er an und deutete auf den Hackstock.

»Setz dich, ich will mir deinen Rücken ansehen.«

»Da gibt es nichts zu sehen.«

»Raine, bitte.«

Ein wenig widerwillig ließ ich mich auf dem Hackstock nieder und wandte ihm den Rücken zu. Behutsam schob er meine Bluse nach oben. Seine Hand zitterte und sein Atem kam in schnellen, zornigen Stößen, die mir verrieten, dass er denjenigen am liebsten in der Luft zerrissen hätte, der mir das angetan hatte. Vorsichtig ließ er den Stoff wieder nach unten gleiten und drehte mich zu sich herum. Er stand so dicht vor mir, dass ich den Kopf heben musste, um ihm in die Augen sehen zu können.

»Brauchst du etwas gegen die Schmerzen?«

Ich war versucht zu nicken. Vermutlich ging sein Repertoire an Medikamenten weit über mein popliges Aspirin hinaus, und wenn ich mir etwas wünschte, dann, dass die Schmerzen aufhörten. Trotzdem zögerte ich. In den letzten Tagen hatte ich mir schon zu viele Tabletten eingeworfen. Was, wenn die Chemikalien mein Reaktionsvermögen derart beeinträchtigten, dass sie es diesem Wesen erleichterten, die Kontrolle über mich zu übernehmen?

»Ich bin okay«, sagte ich.

Einen Moment noch sah er mich an, als hätte er meine Lüge durchschaut, dann nickte er. »Wenn du es dir anders überlegst …«

»Danke.«

Er streckte die Arme nach mir aus, hielt dann aber mitten in der Bewegung inne. Ob aus Angst, mir mit seiner Berührung wehzutun, oder weil er sich daran erinnerte, dass unser Verhältnis im Augenblick ein wenig angespannt war, vermochte ich nicht zu sagen. Mit einem leisen Seufzer ließ er die Arme sinken, nicht ohne dabei fast schon schüchtern über die meinen zu streichen. Je länger ich ihn beobachtete und je mehr ich über sein Verhalten nachdachte, desto mehr kam ich zu dem Schluss, dass er mir nichts vorspielte. Anfangs mochte ich nur ein Teil seines Auftrags gewesen sein, jemand, der ihm seine Arbeit erleichtern sollte. Mittlerweile glaubte ich jedoch, dass ihm tatsächlich seine Gefühle in die Quere gekommen waren. Allein die Art, wie er mich jetzt ansah, in dieser Mischung aus Sorge und Frustration. Dieselbe Frustration, die auch ich empfand, seit ich begriffen hatte, dass ich ihn nicht mehr an mich heranlassen durfte.

Was, wenn wir doch noch eine Chance hatten? Vielleicht waren seine Gefühle für mich stark genug, um ihn darüber hinwegsehen zu lassen, was ich war. Womöglich würde er die Wahrheit akzeptieren und wir konnten zusammen sein.

Unwillkürlich schüttelte ich den Kopf. Ganz gleich, wie sehr ich ihn mochte, dieses Risiko würde ich niemals eingehen. Und darauf, dass wir zusammen sein und ich gleichzeitig mein Geheimnis für mich behalten konnte, machte ich mir keine Hoffnung.

Ich konnte nichts weiter tun, als die verbleibende Zeit mit ihm genießen, ohne ihn dabei merken zu lassen, wie viel er mir bedeutete. Wenn sein Auftrag beendet war, musste er Holbrook Hill in der Überzeugung verlassen, dass es zwischen uns keine Gefühle gab. Nichts, das stark genug war, ihn in meiner Nähe zu halten. Auch wenn ich mich noch immer nach ihm sehnte.

Ich weiß nicht, ob es das Wissen war, den Richtigen gefunden und wieder verloren zu haben, oder ob es lediglich an den Temperaturen lag, dass ich zu zittern begann. Skyler zog seinen Schulblazer aus und hielt ihn mir hin. »Hier, zieh den an.«

Vorsichtig schlüpfte ich hinein. Der Geruch seines Aftershaves hing darin und stieg mir in die Nase. Ich schloss die Augen und atmete tief ein.

»Wie ist das passiert, Raine? Wer hat dir das angetan?«, stellte er schließlich die Fragen, vor deren Beantwortung ich mich fürchtete. »War das Kim?«

Das Einfachste wäre es gewesen, ihn in dem Glauben zu lassen, ich sei einmal mehr mit ihr zusammengestoßen, doch das konnte ich nicht tun. Er würde auf der Stelle loslaufen und sie zur Rede stellen, sie womöglich sogar bei der Schulleitung melden. Das wollte ich nicht, denn in dieser Sache war Kim ebenso ein Opfer, wie ich es war. So, wie es aussah, blieb mir keine andere Wahl, als mit der Wahrheit rauszurücken. Immerhin konnte ich jetzt beweisen, dass Magie im Spiel war, ich musste ihn nur noch davon überzeugen, dass sie nicht von mir ausging.

»Dass Kim versucht hat mich umzubringen, war nicht ihre Schuld«, begann ich vorsichtig. »Sie war in dem Moment nicht sie selbst.«

»Ihre Augen.«

Ich sah auf. »Du hast sie gesehen?«

Skyler nickte. »Ich konnte es nicht zugeben, um meine Tarnung nicht zu riskieren. Hast du eine Ahnung, was mit ihr passiert ist?«

»Bestenfalls eine Art Theorie.«

Ich begann meinen Bericht mit meinem ersten Zusammenstoß mit Kim, bei dem nicht sie gesprochen hatte, sondern diese andere, fremde Stimme. Stück für Stück erzählte ich Skyler, was ich gehört und gesehen hatte, ohne dabei etwas über den Fluch oder meine Verbindung zu Kim zu offenbaren, die mich in ihren Verstand gezogen und mich die Welt durch ihre Augen hatte wahrnehmen lassen.

»In der Nacht nach ihrem Angriff hatte ich einen Traum. Zumindest dachte ich anfangs, es wäre ein Traum gewesen. Inzwischen bin ich mir da nicht mehr so sicher.« Ich beschrieb Skyler die schemenhafte Gestalt und wie sie sich über mein Bett gebeugt hatte.

Skylers Miene war zu einer Maske erzwungener Ruhe erstarrt. »Was hat er getan?«

Verschwommene Bilder blitzten vor meinen Augen auf, die Erinnerung an Worte, die ich sofort wieder vergaß, kaum dass sie ausgesprochen waren. Meine Bewegungsunfähigkeit und die damit einhergehende Angst, die sich unter ein paar Worten und Gesten in Nichts aufgelöst hatte. »Ich bin mir nicht sicher. Er hat meine Erinnerung irgendwie … manipuliert. Ich glaube, es war eine Art Ritual.«

»Kannst du dich an etwas erinnern? Irgendwas? Jede Kleinigkeit kann uns weiterhelfen.«

Ich versuchte es wirklich, doch es wollte mir nicht gelingen. Schließlich schüttelte ich den Kopf. »Nur an dieses Amulett.«

Skylers linke Augenbraue schoss fast senkrecht in die Höhe. »Ein Amulett?«

»Oder Medaillon. Nenne es, wie du willst. Am Ende dieses … Rituals legte er mir eine Kette um den Hals.« Dann hatte er mich auf die Stirn geküsst. »Er sagte noch etwas, bevor er verschwand.« Fieberhaft suchte ich in meiner Erinnerung nach seinen letzten Worten und hätte um ein Haar triumphierend aufgeschrien, als sie mir wieder einfielen. »*Bald sind wir wieder vereint*. Das war es! Das hat er gesagt. Als ich am Morgen wieder aufwachte, hielt ich zunächst alles für einen Traum. Je mehr Zeit jedoch verstrich, desto sicherer war ich mir, dass ich nicht geträumt hatte. Ich trug keine Kette um meinen Hals, doch ich glaubte ihr Gewicht zu spüren.«

Ich beschrieb ihm, wie ich mich den ganzen Tag über davon zu überzeugen versucht hatte, dass da nichts um meinen Hals war. Keine Kette und auch sonst nichts. Als ich ihm davon erzählte, wie ich nach dem Duschen den Schatten aus dem Augenwinkel gesehen hatte, wurde ich vorsichtig, wählte jedes Wort sorgfältig aus, um nicht versehentlich von meiner Aurensicht zu erzählen oder ihm in anderer Form einen Hinweis auf meine eigenen Kräfte zu geben. Ich erzählte ihm lediglich, dass es mir irgendwie gelungen war, die Kette zu fassen zu bekommen und wie ich sofort zurückgeschleudert worden war. Als ich an der Stelle ankam, an der ich sah, dass es meine eigenen Hände waren, die sich um meinen Hals geschlossen hatten, hielt ich kurz inne. »Als ich im Spiegel sah, dass niemand über mir saß, sondern dass ich es selbst war, da …« *… nutzte ich meine Gabe, auf Gefühle und Stimmungen Einfluss zu nehmen, um mich zu befreien.* »Da schloss ich die Augen und … und plötzlich löste sich mein Griff um meinen Hals.« Hoffentlich klang die Lüge in seinen Ohren glaubhafter als in meinen.

Während ich gesprochen hatte, war Skyler die meiste Zeit über nicht anzusehen gewesen, was er von meiner Geschichte hielt. Jetzt jedoch betrachtete er mich mit gerunzelter Stirn.

Eine Weile wartete ich darauf, dass er endlich etwas sagte. Am liebsten etwas wie »Kein Problem, dich von diesem Ding zu befreien.« Stattdessen schwieg er. Je länger die Stille andauerte, desto mehr wuchs meine Unruhe. Schließlich hielt ich es nicht mehr aus. »Kannst du bitte etwas sagen?«

Er fuhr sich mit der Hand über die Schläfe und zog sie

rasch zurück, als er dabei versehentlich die Wunde berührte. »Ich bin mir nicht sicher, was ich davon halten soll.«

Oh Gott, er glaubte mir nicht! »Du hast meinen Rücken gesehen. Glaubst du, ich würde mir das selbst antun?«

»Nein. Aber ich habe das Gefühl, dass du mir nicht alles erzählt hast.«

»Vielleicht habe ich irgendwo ein paar Details vergessen«, räumte ich ein. »Das ändert aber nichts daran, was passiert ist.« Ich spürte förmlich, wie die Stimmung kippte – und das nicht zu meinen Gunsten. Verbissen suchte ich nach einem Weg, Skyler davon zu überzeugen, dass ich ihm nichts Essenzielles verschwiegen hatte, und ihn davon abzuhalten, auch nur darüber nachzudenken, ob ich womöglich selbst mit Magie in Verbindung stand. Was, wenn nur jemand mit Magie im Blut in der Lage war, den Schatten und das Gewicht der Kette überhaupt wahrzunehmen?

Nein, nein, nein. Das konnte unmöglich sein!

Es gab nur noch einen Weg, ihn davon zu überzeugen, dass ich die Wahrheit sagte. Ich öffnete die obersten Knöpfe meiner Bluse, zog den Stoff auseinander und offenbarte ihm meinen Hals. »Sieh hin«, verlangte ich.

»Da ist nichts.«

Ich streckte meinen Arm aus. »Gib mir deine Hand.«

Seine Finger schlossen sich warm um meine. Ich musste nicht nach unten sehen, um zu wissen, dass die Kette jetzt zu sehen war, ich wusste es in dem Augenblick, in dem ich Skyler scharf Luft holen hörte.

»Was zum Teufel …?«

Ich schluckte. »Nimm sie mir ab.« Es war eine gewagte Bitte. Eine, bei der ich riskierte, erneut eins übergebraten zu bekommen. Doch wenn ich ihn davon überzeugen wollte, dass ich nichts mit der Sache zu tun hatte, musste er mit eigenen Augen sehen, wie gefährlich dieses Ding war.

»Hast du nicht gesagt, dass das nicht geht?«

»Tu es einfach.«

Ohne meine Finger loszulassen, streckte er die freie Hand nach meinem Hals aus. Ich wappnete mich innerlich gegen den Angriff, machte mich auf den Schmerz gefasst. Überrascht beobachtete ich, wie sich seine Hand um die Kette legte und er die Rückseite nach vorne drehte, ohne dass etwas geschah. Die kühlen Glieder streiften über meinen Hals, doch das war alles, was ich spürte. Keine Hitze, kein Schmerz, kein Angriff. Er nestelte daran herum.

»Der Verschluss lässt sich nicht öffnen«, sagte er schließlich so leise, als fürchtete er, das Wesen darin auf uns aufmerksam zu machen. »Ich werde sie dir über den Kopf ziehen müssen.«

Ich würgte ein »Okay« hervor.

Er versuchte es mit einer Hand, blieb jedoch mit der Kette an meinem Ohr hängen. »Ich brauche beide Hände.«

»Wenn du mich loslässt, wird sie wieder unsichtbar. Es muss etwas mit deinen …«

»Die Tattoos.« Er nickte und krempelte seinen Ärmel hoch. »Leg deine Hand auf meinen Arm, dann habe ich beide Hände frei.«

Ich folgte seiner Aufforderung und spürte die Bewegung seiner Muskeln unter meinen Fingern, als er die Arme bewegte. Ein Knistern erfüllte die Luft, sobald er die Kette mit beiden Händen berührte, als hätte das Ding darin gespürt, dass es ihm jetzt an den Kragen ging. Die Luft lud sich elektrisch auf, die feinen Härchen an meinen Armen und in meinem Nacken richteten sich auf.

»Bereit?«

Als ich nickte, hob er die Kette an. In dem Augenblick, an dem sie meinen Hals nicht mehr berührte, schoss ein Blitz daraus hervor. Die Druckwelle erfasste mich und warf mich zu Boden. Keuchend blieb ich liegen. Mein Rücken schmerzte so sehr, dass ich kaum noch Luft bekam. Ein paar Sekunden, vielleicht waren es auch Minuten, lag ich einfach nur da, die Augen geschlossen, auf meine Atmung konzentriert. Ich musste die Kette nicht sehen, um zu wissen, dass sie noch immer um meinen Hals lag.

Das war gründlich schiefgegangen.

Als der Schmerz so weit abgeflaut war, dass ich mich wieder bewegen konnte, ohne Sterne zu sehen, kämpfte ich mich auf die Beine. Jede Bewegung jagte eine neue Schmerzwelle durch meinen Körper und ich verfluchte Skyler dafür, dass er mir nicht half.

Wo zum Teufel steckte er?

Mit zitternden Beinen kam ich zum Stehen. Wütend sah ich mich nach Skyler um – und erstarrte. Er lag drei Meter entfernt vor der Mauer im Gras und bewegte sich nicht.

»Skyler!«

Mit drei Schritten war ich bei ihm und ließ mich neben ihm auf die Knie fallen. »Skyler! Oh Gott, bitte …« Sein Hemd war über der Brust verkohlt, dort, wo ihn der Blitz getroffen haben musste. Der Blitz, von dem ich geglaubt hatte, dass er nur mir etwas anhaben konnte. Ich war davon ausgegangen, dass sich die Angriffe ausschließlich gegen mich richten würden. Sonst hätte ich ihn doch niemals dazu aufgefordert, mir die Kette abzunehmen!

»Skyler?« Ich legte meine Finger an seinen Hals und tastete nach seinem Puls, doch meine Hände zitterten so sehr, dass ich nichts spürte. Was, wenn er tot war? *Dann hast du dich deines Problems entledigt, kleine Zauberin.* Die Worte ließen mich zusammenfahren. *Sei nicht so sentimental! Er ist ein Sucher. Er wird uns nur Ärger machen!*

In dieser Hinsicht hatte die Stimme recht. Trotzdem war es mein Herz, das in diesem Moment die Kontrolle übernahm. Ich würde es mir niemals verzeihen, wenn er meinetwegen starb! »Bitte«, flehte ich. »Ich brauche dich.« Dabei wusste ich selbst nicht, ob ich damit seine Hilfe meinte, oder ihn, den Jungen – den Mann –, in den ich mich verliebt hatte.

Warum konnte ich seinen Puls nicht spüren? Lag es wirklich nur daran, dass ich zu aufgewühlt war, oder war dort nichts mehr, was ich hätte ertasten können? Ich musste herausfinden, ob er noch atmete. Tränen sammelten sich in meinen Augen und nahmen mir die Sicht. Meine Hand lag zitternd auf seiner Brust. Ich wollte mich gerade über ihn beugen, als er einen heftigen Atemzug machte und sich ruckartig aufsetzte. Erschrocken fuhr ich zurück und landete auf dem Hintern.

Skyler sah sich um. »Heilige Scheiße, was war das?«

In diesem Moment spürte ich keine Schmerzen und keine Angst, nur grenzenlose Erleichterung darüber, dass er lebte. Ich schloss die Augen und zwang mich zu atmen. Die Tränen quollen über und liefen stumm über mein Gesicht.

Plötzlich war er neben mir. Er schloss seine Arme um mich und zog mich an seine Brust. Ich ließ es geschehen. Dankbar um seine Wärme und sein Leben.

»Hey«, flüsterte er. »Es ist nichts passiert. Alles ist gut.«

Trotzdem konnte ich nicht aufhören zu weinen. Es war, als wären alle Dämme gebrochen, nachdem ich erst einmal damit angefangen hatte. Ich klammerte mich an ihn, das Gesicht an seiner Brust vergraben, dort, wo sein Hemd nach Rauch und verkohltem Stoff roch, und wünschte mir, wir wären nicht die, die wir nun einmal waren.

Er hörte nicht auf, mir übers Haar zu streichen und beruhigend auf mich einzureden, und ich konnte nichts anderes tun, als es geschehen zu lassen und den Trost des einzigen Menschen zu genießen, der es je geschafft hatte, mein Herz zum Rasen zu bringen und ganze Schwärme von Schmetterlingen durch mein Innerstes flattern zu lassen.

»Warum hast du mir nicht schon viel früher davon erzählt?«, fragte er, ohne mich loszulassen.

Ich befreite mich aus seinen Armen und richtete mich ein Stück weit auf, wich seinem Blick jedoch aus. »Das wollte ich.«

»Deshalb bist du letzte Nacht zu mir gekommen.«

»Nachdem ich gesehen habe, was du bist, hatte ich Angst, dass du …«

»Dass ich denke, du hättest etwas damit zu tun?«

In nickte, unsicher, ob ich den Moment verfluchen sollte, in dem ich sein Geheimnis aufgedeckt hatte, oder ob ich dankbar sein musste, dass ich es herausgefunden hatte, bevor ich mich ihm in vollem Umfang anvertrauen konnte.

Skyler legte mir eine Hand unter das Kinn und zwang mich ihn anzusehen. »Ich habe durchaus die nötigen Mittel, um herauszufinden, ob jemand das Opfer eines Zaubers wurde oder ob er sich aus freien Stücken mit einem magischen Gegenstand schmückt. Himmel, Raine, ich muss dir nur in die Augen sehen, um zu erkennen, welche Angst dir dieses Ding macht. Dazu braucht es nun wirklich keine Sucher-Kunststücke.«

Andernfalls hätte ich auch ein ernsthaftes Problem, denn ich zweifelte nicht daran, dass er meine Magie bemerken würde, wenn er erst seine Fähigkeiten bei mir anwendete.

»Das Amulett ist der Gegenstand, wegen dem du hier bist, oder?«

»Es wäre schon ein ziemlicher Zufall, zwei magische Artefakte an einem Ort zu finden.« Er zuckte die Schultern. »Andererseits scheint sich ein Zauberer auf dem Gelände herumzutreiben. Die Chancen, dass er mehr als ein Artefakt besitzt, stehen vermutlich gar nicht so schlecht.«

»Aber es war Kims Kette«, gab ich zu bedenken. »Max hat sie ihr geschenkt und ich glaube nicht, dass einer der beiden etwas mit Magie zu tun hat.«

»Und deshalb wolltest du zu Max, nicht wahr? Du wolltest in seinem Zimmer nach einem Anhaltspunkt suchen. Etwas, das dir helfen könnte, die Kette loszuwerden.«

»Ja, aber ich glaube wirklich nicht, dass Max etwas damit zu tun hat.«

»Ich auch nicht. Was auch immer für ein Zauber auf diesem Schmuckstück liegt, ich kann mir nicht vorstellen, dass er ihn wissentlich hier eingeschleppt hat. Ich glaube auch nicht, dass Max derjenige war, der mich letzte Nacht angegriffen hat. Vermutlich wollte er nichts weiter als Kim eine Freude machen, da ist er irgendwo über dieses Artefakt gestolpert und hat es für sie gekauft, ohne zu wissen, worum es sich dabei in Wahrheit handelt.« Er dachte einen Moment nach, dann sagte er: »Max muss ins Sekretariat gekommen sein, als Mrs Finch gerade bei Jenkins war. Er hat die Post auf ihrem Schreibtisch gesehen und sich den Umschlag geschnappt, der an ihn adressiert war, ohne zu ahnen, dass seine Sendung einen Alarm ausgelöst hat.«

Das klang plausibel. Welche Form von Magie auch immer in dem Amulett steckte, es schien eine Weile gedauert zu haben, sie freizusetzen. Vielleicht hatte ich sie auch mit meinem Fluch blockiert, sodass Kim nicht schon viel früher von diesem fremden Wesen übernommen worden war. Vielleicht hatte mein Fluch aber auch alles nur schlimmer gemacht oder dieses Ding erst auf den Plan gerufen. Am Ende wäre ohne mein Eingreifen gar nichts passiert und die Magie weiterhin unter Verschluss geblieben.

»Weißt du, warum ich mich entschlossen habe, Sucher zu werden?«, fragte Skyler plötzlich und fuhr fort, ohne mir Gelegenheit zu geben, etwas zu erwidern. Mir fiel ohnehin keine Antwort ein. »Damit genau so etwas nicht passiert. Ich will verhindern, dass Dinge wie dieses Amulett den Menschen Schaden zufügen können. Deshalb muss ich sie aus dem Verkehr ziehen.«

Sie? Ich war mir sicher, dass er damit nicht nur die Artefakte meinte, sondern auch die Zauberer, die sie besaßen.

»Früher habe ich mir nie Gedanken über Magie gemacht. Ich habe mir nie die Frage gestellt, ob sie gefährlich ist oder nicht. Ihre Existenz, egal wie selten sie auch geworden sein mag, war einfach eine Tatsache.«

»Was hat sich verändert?« *Was war der Auslöser, der dich zu meinem Feind gemacht hat?*

Eine Weile schwieg er und ich glaubte förmlich zu spüren, wie er nach den passenden Worten suchte, jenen Worten, die mir seine Entscheidung verständlich machen sollten. Ich bezweifelte jedoch, dass ich es verstehen würde. Ich wollte es gar nicht verstehen.

»Ich bin am Stadtrand von London aufgewachsen«, sagte er dann. »Meine Zwillingsschwester und ich, wir hatten wohl das, was man die perfekte Kindheit nennt. Keine Geldsorgen, eine intakte Familie und auch sonst keine Probleme.« Bei der Erinnerung daran, stahl sich ein leises Lächeln in seine Züge, das jedoch schlagartig verschwand, als er fortfuhr: »An unserem sechzehnten Geburtstag waren wir mit unseren Eltern in einem voll besetzten Restaurant beim Essen, als ein Mann hereinkam und sich in der Mitte des Raumes aufbaute und sich mit einer gewaltigen magischen Explosion in die Luft jagte.« Skyler fuhr sich über die Augen, doch die Geste vermochte es nicht, den Schatten der Erinnerung daraus zu vertreiben. »Ich erinnere mich noch an seine letzten Worte, die einzigen Worte, die er gesagt hat. Sie haben sich in meinem Verstand festgesetzt und sind über die Jahre niemals verstummt.«

»Freiheit für alle Zaubernden«, sagte ich leise. Der Anschlag des Selbstmordattentäters war damals monatelang durch alle Medien gegangen. Es war der erste von einer ganzen Welle von Angriffen gewesen, mit denen eine Gruppe von Zauberern versucht hatte, für ihre Rechte zu kämpfen. Ein Weg, der den normalen Menschen, allen voran der Magiepolizei nur noch deutlicher gemacht hat, warum Magie gefährlich war und verfolgt werden musste. Vielleicht hätte die Hoffnung bestanden, dass die Zauberei eines Tages geduldet, wenn schon nicht akzeptiert werden konnte – diese Anschläge hatten sie ein für alle Mal zerstört.

»Freiheit für alle Zaubernden«, wiederholte Skyler meine Worte. »Das Motto der Magier. Bei diesem Anschlag gab es siebzehn Tote. Meine Mom war eine davon. Ich selbst hatte Glück, die Druckwelle hat mich hinter einen umgestürzten Tisch katapultiert, der mich vor dem Schlimmsten bewahrt hat.«

Unwillkürlich hob ich die Hand und zeichnete mit meinem Finger die Narbe an seiner Wange nach. »Stammt sie daher? Von diesem Tag?«

»Ich bin an etwas hängen geblieben, vielleicht hat mich auch ein umherfliegender Gegenstand getroffen.«

Ich wollte meine Finger zurückziehen, doch Skyler legte seine Hand über meine und hielt sie fest. Er drückte sein Gesicht in meine Handfläche und ich ertappte mich dabei, wie ich mit dem Daumen über seine Wange strich. »Was war mit deinem Vater und deiner Schwester?«

»Dad ist nichts passiert. Er war gerade im Waschraum, als es geschah. Jill … sie hatte weniger Glück.« Er schluckte schwer. »Manchmal wünschte ich, es wäre ihr ergangen wie Mom, doch Jill hat es überlebt. Die Ärzte haben sie für einige Wochen in ein künstliches Koma versetzt, damit sich ihr Körper von den Verletzungen erholen konnte. Es wäre besser gewesen … Sie sitzt seitdem im Rollstuhl, vom Hals abwärts gelähmt, und an der Stelle ihres Körpers, die sie noch fühlen kann – in ihrem Kopf –, stecken winzige Splitter, die die Ärzte nicht entfernen konnten, ohne dabei ihre Hirnfunktionen zu gefährden. Im Augenblick verursachen sie ihr nur schreckliche Schmerzen, doch eines Tages wird einer dieser Splitter zu wandern beginnen und sie entweder töten, oder Teile ihres Gehirns zerstören.« Seine Augen schimmerten feucht und ich kämpfte gegen den Drang an, ihm eine einzelne Träne von den Wimpern zu küssen, die sich dort sammelte.

»Sie hatte so viele Pläne«, sagte er heiser. »Sie wollte ein Sportstipendium und träumte davon, als Langstreckenläuferin bei den Olympischen Spielen anzutreten. Jetzt kann sie schon froh sein, wenn sie es von einem Zimmer ins andere schafft.« Die Träne löste sich von seiner Wimper und fiel zu Boden. Ein einzelner Tropfen, der sofort in der Erde versickerte. Ich wünschte mir, ebenso spurlos verschwinden zu können.

Skyler nahm meine Hand von seiner Wange, ließ sie aber nicht los. Einen Moment lang betrachtete er unsere ineinander verschlungenen Finger, ehe er mir wieder in die Augen sah. Obwohl ich noch immer den Schmerz darin sah, den die Erinnerung ausgelöst hatte, war sein Blick fest. »Damals habe ich angefangen die Zauberei zu hassen«, sagte er. »Ich habe mir geschworen, alles dafür zu tun, dass anderen Familien ein ähnliches Schicksal erspart bleibt. Gleich nach meinem Abschluss bewarb ich mich bei der Magiepolizei und meldete mich nach der Grundausbildung zu den Suchern.« Sein Blick brannte vor Entschlossenheit. »Ich will nicht andere die Drecksarbeit machen lassen und nur die Verhaftungen durchführen. Ich will derjenige sein, der diese Subjekte aufspürt, bevor sie die Leben Unschuldiger zerstören.«

Ich wusste nicht, was ich sagen sollte. Alles, was mir durch den Kopf ging, war, wie sehr ich ihn verstand. Wie sehr ich seinen Hass auf die Magie – oder zumindest diesen *einen* Magier – nachvollziehen konnte. Gleichzeitig spürte ich, wie auch der letzte Hoffnungsschimmer schwand, dass ich ihm jemals die Wahrheit über mich sagen und er sie akzeptieren konnte. Ganz gleich wie viel er auch für mich empfinden mochte, ich war sein erklärter Feind, auch wenn er das im Augenblick noch nicht ahnte. Ich war die Verkörperung dessen, was er zutiefst verabscheute und auszurotten geschworen hatte.

»Hey, kein Grund, so bedrückt dreinzuschauen.« Er drückte meine Hand. »Ich habe mit der Vergangenheit abgeschlossen und meinen Weg gefunden, mit alldem fertigzuwerden.«

Vielleicht hatte er das wirklich, doch sein Weg war leider einer, der uns auf verschiedene Seiten zwang.

»Ich bin mir übrigens gar nicht so sicher, ob das Amulett wirklich der Gegenstand ist, nach dem ich suche«, wechselte er abrupt das Thema.

Noch in meinen trüben Gedanken gefangen blinzelte ich verwirrt. »Warum nicht?«

»Mein Sensor springt nicht an. Er hat sich nicht einmal gemeldet, als ich die Kette berührt habe.«

»Was für ein Sensor?«

»Uns Suchern wird ein Sensor unter die Haut implantiert, der zu vibrieren beginnt, sobald wir mit Magie in Kontakt kommen.«

Heilige Scheiße! So oft, wie ich in letzter Zeit auf meine Kräfte zurückgegriffen hatte, grenzte es an ein Wunder, dass ihm das Ding noch nicht um die Ohren geflogen war. »Bezweifelst du etwa, dass das Amulett magisch ist?«

Er rieb sich die verkohlte Stelle an seiner Brust, dort, wo

der Blitz ihn getroffen hatte. »Ich schätze, das kann ich wohl nicht mehr, oder?«

»Und was machen wir jetzt?«

»Wir machen da weiter, wo ich dich unterbrochen habe«, sagte er. »Wir sehen uns bei Max um.«

24

»Was machen wir, wenn er in seinem Zimmer ist?«, fragte ich, als wir die Treppen im Wohnheim nach oben liefen.

»Er ist nicht da. Es ist Essenszeit. Vielleicht ist er sogar noch im Meeting.«

»Aber wenn doch?« Bisher war Verlass darauf gewesen, dass er erst spät zu den Mahlzeiten erschien. Seit er jedoch mit Kim Schluss gemacht hatte, war ich mir nicht mehr sicher. Max könnte längst gegessen haben und zurück in seinem Zimmer sein. »Du klopfst an und ich warte in der Putzkammer gegenüber«, schlug ich vor. »Falls er da ist, schleppst du ihn zu einem Fernsehabend, in die Sporthalle oder sonst wohin. Sobald ihr weg seid, sehe ich mich in seinem Zimmer um.«

Skyler war anzusehen, wie wenig ihm mein Vorschlag gefiel.

»Du willst, dass ich dir helfe«, fuhr ich fort, bevor er etwas einwenden konnte. »Dann solltest du mich auch lassen. Oder vertraust du mir nicht?«

»Unsinn!« Er war auf dem Treppenabsatz stehen geblieben, griff nach meiner Hand und zog mich an sich. Mit der freien Hand strich er mir eine Strähne aus dem Gesicht. »Natürlich vertraue ich dir. Es ist nur so, dass ich vermutlich besser weiß, wonach ich suchen muss.«

»Berufserfahrung«, vermutete ich und er nickte. »Die hilft dir aber nichts, wenn wir nicht ins Zimmer können, weil Max drin sitzt, wie der Drache auf seinem Hort.«

Er seufzte. »Du hast ja recht. Meinetwegen. Ich übernehme die Ablenkung, du die Spionage.«

Wir erreichten Max' Stockwerk und spähten den Gang

entlang. Niemand zu sehen. Mit ein paar schnellen Schritten, bei denen meine Schuhsohlen leise quietschten, während Skyler keinen Laut verursachte, erreichten wir Max' Zimmer. Skyler stieß die Tür zur Putzkammer auf und schob mich hinein, sorgsam darauf bedacht, meinen Rücken nicht zu berühren. Neben der Tür blieb ich stehen und spähte durch den Spalt auf den Gang hinaus.

Skyler klopfte an. Als auch nach dem dritten Klopfen niemand reagierte, bedeutete er mir, zu ihm zu kommen. Fasziniert beobachtete ich, wie er ein kleines Mäppchen aus seinem Hosenbund zog, den Reißverschluss öffnete und etwas herauszog, das ich erst auf den zweiten Blick erkannte: einen Dietrich.

Viel hätte nicht gefehlt, und ich hätte mir mit der Hand auf die Stirn geschlagen. Natürlich sperrte Max ab, wenn er sein Zimmer verließ! Daran hatte ich nicht einmal gedacht, als ich vor nicht einmal zwei Stunden im Begriff gewesen war, mich in sein Zimmer zu schleichen. Mein ganzes Vorhaben wäre bereits an der Tür gescheitert.

Ein kurzes Klacken und die Tür sprang auf. Skyler schob mich über die Schwelle, schloss die Tür hinter sich und verstaute sein Einbrecherwerkzeug, während ich mir einen ersten Überblick verschaffte.

Im Gegensatz zu Skylers nüchternem, fast schon spartanischem Zimmer, erinnerte Max' Bude eher an einen Schrein. Überall an den Wänden hingen Regale, vollgestopft mit Pokalen, Medaillen und gerahmten Siegerurkunden. So wie es aussah, war Max nicht nur im Basketball ein Ass, sondern auch beim Laufen und in der Leichtathletik. Seine Schranktür war über und über mit Bildern tapeziert, die ihn allesamt beim Sport oder einer anschließenden Siegerehrung zeigten. Zwischendrin klafften ein paar Lücken. Vermutlich hatten dort Fotos von Kim gehangen.

Skylers Blick blieb an dem Laptop auf Max' Schreibtisch hängen. »Mal sehen, ob wir da etwas finden.«

Er klappte ihn auf und schaltete ihn ein. »Nicht passwortgeschützt.« Ein zufriedenes Grinsen breitete sich über seine Züge aus. Das Leuchten des Bildschirms tauchte sein Gesicht in gespenstisches Licht. Er drückte ein paar Tasten und klickte sich durch verschiedene Menüs, bis sich Max' E-Mail-Programm öffnete.

Ich trat näher an den Schreibtisch heran, um mehr erkennen zu können, als ich schwarze Flecken zu sehen begann, die sich von außen immer weiter nach innen ausbreiteten und mein Sichtfeld mehr und mehr begrenzten, bis die Welt um mich herum in völliger Schwärze versank.

Die Dunkelheit hüllte mich ein, legte sich mir wie ein Schleier über Augen und Ohren und nahm mir nicht nur mein Augenlicht, sondern auch die Fähigkeit, zu sprechen. Oder mich auf andere Weise bemerkbar zu machen. Nicht einmal den kleinen Finger konnte ich noch rühren, ganz gleich, wie sehr ich es auch versuchte.

Es war, als hätte mich jemand über den Rand einer Klippe gestoßen. Jetzt fiel ich, stürzte in einen scheinbar bodenlosen Abgrund, ohne zu wissen, wo oben und unten war. Schlimmer noch als die Angst vor dem tödlichen Aufprall war die Finsternis, die mich umfing. Nicht zu wissen, wo ich mich befand, erfüllt von einem Gefühl der Enge, das mir mehr und mehr die Kehle zuschnürte, war eine Form von Horror, wie ich sie seit dem Tod meines Vaters und dem Verschwinden meiner Mutter nicht mehr erlebt hatte.

Ich taumelte durch die Finsternis, mitgerissen von einer Kraft, die ich weder gerufen hatte noch kontrollieren konnte. Einer Kraft, die mich herumwirbelte, bis mir übel wurde und ich den Aufprall herbeisehnte, der dem Grauen, das mich gepackt hielt, ein Ende bereitete.

Mein Rücken schmerzte ebenso wie meine Oberarme – so sehr, dass ich einen Schrei nicht länger unterdrücken konnte. Der Bann war gebrochen. Mein eigener schmerzerfüllter Ruf hallte in zahllosen Echos in meinen Ohren wider. Die Dunkelheit um mich herum weichte auf, zerfaserte zu grauen Flocken und gab schließlich den Blick auf Skyler frei, der vor mir stand.

Es waren seine Hände, die mir den Schmerz zufügten. Er hielt mich bei den Armen gepackt und schüttelte mich so heftig, dass ich die Erschütterung bis tief in meine Knochen spürte und meine Zähne lautstark aufeinanderschlugen. Stöhnend versuchte ich mich zu befreien und geriet ins Taumeln. Er hielt mich immer noch, doch sein Griff war nicht länger die gnadenlose Umklammerung, sondern lediglich zwei stützende Hände, die verhinderten, dass ich stürzte.

Nur langsam nahm meine Umgebung wieder Konturen an. Wir standen nicht mehr vor Max' Schreibtisch, sondern am anderen Ende des Zimmers.

Verwirrt blinzelnd sah ich Skyler an. »Was ist passiert?«

»Die Magie hat die Kontrolle über dich gewonnen. Diese fremde Macht. Du hast gesprochen, aber es waren nicht deine Worte.«

»Was habe ich … hat es gesagt?«

»Du hast mich angeschrien, ich solle aufhören, mich in deine Angelegenheiten einzumischen. Ich solle verschwinden. Als ich nicht reagierte, hast du mich angegriffen.« Er schüttelte den Kopf. »Nicht du – dieses Ding.« Er gab mich so vorsichtig frei, als fürchte er, ich könne jeden Moment zusammenbrechen. Seine Hände waren immer noch in meiner Nähe, bereit mich zu stützen, sollte es nötig sein.

»Kannst du dich an etwas erinnern?«

Ich schüttelte den Kopf. »Da war nur Schwärze. Es fühlte sich an, als würde ich fallen.«

»Hast du … habe ich dir wehgetan?«

Am liebsten hätte ich verneint, es ließ sich jedoch kaum verleugnen, dass ich vor Schmerz geschrien hatte. »Ist schon okay. Aber woher wusstest du, dass es nicht ich war?«

»Abgesehen davon, dass ich dich noch nie so altmodisch habe reden hören? Ich musste dich nur ansehen, um es zu wissen.«

»Es waren meine Augen, oder?«

Er nickte. »Dunkelbraun.«

Ich schluckte. »Und jetzt?«

»Das schönste Grün, das ich kenne.« Seine Fingerspitzen strichen über meine Wange, sein Gesicht kam dem meinen immer näher. Jeden Moment würde er mich küssen. Ich hielt den Atem an, unsicher, ob ich es zulassen oder ihn von mir stoßen sollte. Himmel, ich wünschte es mir so sehr, doch je eher ich aufhörte, ihn an mich heranzulassen, desto leichter würde es mir fallen, mich von ihm fernzuhalten. Als hätte er meinen inneren Kampf gespürt, zog er seine Hand zurück und ging auf Abstand. »Können wir weitermachen? Schaffst du das?«

»Und ob!« Natürlich hatte ich Angst, aber ich musste dieses Ding loswerden, bevor es mich noch einmal in die Schwärze stoßen konnte. Das nächste Mal würde ich vielleicht nicht mehr zurückfinden. Skylers Hand verlieh mir die nötige Entschlossenheit, es hinter mich zu bringen. Seine Berührung war für mich wie ein Anker, der mich im Hier und Jetzt verwurzelt hielt.

Ein paar Sekunden später beugten wir uns wieder über Max' Laptop. Skyler hatte bereits das Mailprogramm aufgerufen und klickte sich jetzt so schnell durch den Posteingang und verschiedene Ordner, dass ich Mühe hatte, überhaupt etwas auf dem Bildschirm zu erkennen, bevor es wieder verschwunden war.

»Ha! Sieh dir das an!« Er deutete auf die Mail mit dem Betreff *Ersteigerung Amulett*, die sich unter den gelöschten Mails befand, und öffnete sie. Seine Augen zuckten von einer Seite zur anderen, als er das Dokument überflog. »Bingo!«

Es war eine Kaufbestätigung. Max hatte das Amulett in einem Online-Auktionshaus ersteigert. Sofort öffnete Skyler die nächste E-Mail mit demselben Betreff. Darin bedankte sich Max für die schnelle Lieferung und schrieb dem Verkäufer, dass er es kaum erwarten konnte, das Gesicht seiner Freundin zu sehen, wenn er ihr sein Geschenk übergab. Abgesendet hatte er die Mail an dem Tag, an dem im Sekretariat die Magiesensoren auf die Eingangspost reagiert hatten. Wären wir uns nicht sowieso schon sicher gewesen, dass das Amulett der Gegenstand war, nach dem Skyler suchte, hätten wir spätestens jetzt den Beweis dafür gehabt.

Ich hatte den Text gerade fertig überflogen, da drückte Skyler schon die Weiterleiten-Taste und tippte seine E-Mail-Adresse ein. Das Ganze wiederholte er mehrmals. Sobald er die letzten Nachrichten abgeschickt hatte, löschte er alles aus dem Gesendet-Ordner und fuhr den Laptop herunter.

Er klappte den Deckel zu und sah mich an. »Wir haben, was wir brauchen. Verschwinden wir.«

25

Zwei Minuten nachdem wir wie die Diebe aus Max' Zimmer geschlichen waren, betraten wir Skylers Zimmer. Er knipste das Licht an und verriegelte die Tür hinter uns. Keine zehn Sekunden später saß er mit seinem Laptop auf den Knien auf dem Bett und klopfte neben sich auf die Matratze.

»Setz dich«, forderte er mich auf. »Sehen wir uns an, zu wem uns Max' Mail führt.«

Mein Blick wanderte unentschlossen zwischen dem Bett und der Tür hin und her. Es war mir unangenehm, mit ihm allein zu sein. Nicht dass wir das vorher nicht auch gewesen wären, aber das hier war sein Schlafzimmer – irgendwie war das noch einmal etwas anderes als ein Einbruch in ein fremdes Zimmer.

Skyler deutete meine Reaktion falsch. »Mach dir keine Sorgen, der Raum ist geschützt. Hier kann uns niemand hören.«

Ich erinnerte mich daran, wie es gewesen war, als ich letzte Nacht vor seiner Tür gestanden hatte. Tatsächlich hatte ich nichts gehört, aber … »Hören vielleicht nicht, aber das Licht ist durch den Türspalt deutlich zu sehen.« Wenn jemand etwas von ihm wollte, würde er wissen, dass Skyler hier war.

Er stellte den Laptop zur Seite, holte ein Handtuch aus dem Bad und verschloss damit den Spalt unter der Tür. Als er fertig war, drehte er sich zu mir um. Ich sah ihm an, dass er etwas sagen wollte, vermutlich eine seiner flapsigen Bemerkungen, statt jedoch den Mund zu öffnen, ging er zu seinem Schrank, holte einen Rollkragenpullover heraus und hielt ihn mir hin. »Zieh den an, der ist bestimmt bequemer als der Blazer.«

Ich hatte vollkommen vergessen, dass ich noch immer seine Jacke trug. Ein wenig widerwillig befreite ich mich aus dem warmen Stoff und gab sie ihm zurück. Kühle Luft strich über meinen Oberkörper und brachte meinen Entschluss von heute Morgen, die Kälte den Schmerzen vorzuziehen, ins Wanken. Schnell streifte ich den Pulli über, der genauso nach Skyler roch wie der Blazer. Er war tatsächlich bequemer und mindestens genauso warm.

»Okay, dann lass uns mal sehen, was wir haben.« Er warf den Blazer über den Schreibtischstuhl, setzte sich wieder aufs Bett und schnappte sich den Laptop. Ich ließ mich neben ihm auf der Matratze nieder und beobachtete, wie er sein Mailprogramm öffnete. Seine Benutzeroberfläche sah vollkommen normal aus, keine Regierungslogos und keine geheimen Programme – zumindest nicht, soweit ich es auf den ersten Blick erkennen konnte. Ein Laptop, wie ihn tausende Schüler besaßen.

Wir studierten noch einmal Max' Mailverkehr und kamen beide zu dem Schluss, dass er vermutlich keine Ahnung hatte, was mit dem Amulett verbunden war. Dafür waren seine Mails einfach zu harmlos. Auch im Angebot zur Auktion fanden wir nichts Verdächtiges, das darauf hingedeutet hätte, dass es sich um mehr als ein schönes Schmuckstück handelte.

»Wenn Max nicht wusste, was es mit dieser Kette auf sich hat, wie kann es dann sein, dass die magische Aura plötzlich verschwunden ist?« Im Sekretariat hatten die Magiesensoren noch darauf angesprochen, doch heute hatte Skyler nichts gespürt. Auch nicht, als er das Amulett berührt hatte.

Er schüttelte den Kopf. »Jemand muss es abgeschirmt haben. Die Frage ist nur, wer? Wir sollten Max lieber nicht sofort von der Liste der Verdächtigen streichen.«

»Wir sollten ihn aber auch nicht vorverurteilen.« Mit

Grauen erinnerte ich mich an den Schüler, den Jake damals angeschwärzt hatte, den Jungen, den wir nie wieder zu Gesicht bekommen hatten, nachdem er von der Magiepolizei abgeführt worden war.

»Hier wird niemand vorverurteilt. Ich sage nur, dass wir für alle Möglichkeiten offen sein sollten.«

»Okay.«

Skyler schnappte sich sein Handy und wählte die Telefonnummer des Verkäufers, die auf der Rechnung stand. Angespannt lauschte ich dem gedämpften Klingelton, der aus dem Lautsprecher drang. Es war mittlerweile Abend, und wenn es sich nicht um einen privaten Verkäufer handelte, standen unsere Chancen schlecht, ihn um diese Zeit noch zu erreichen. Skyler schien das ebenfalls erkannt zu haben. Er ließ das Handy sinken. Sein Finger schwebte bereits über der Auflegen-Taste, als es im Lautsprecher knackte und ein »Hallo?« ertönte.

»Hallo«, gab Skyler zurück. »Spreche ich mit Mr Ripley?«

»Am Apparat«, bestätigte die Stimme vom anderen Ende der Leitung. »Was kann ich für Sie tun?«

»Mein Name ist Skyler Matthews von der Einheit zur Aufspürung und Eindämmung magischer Auswüchse.«

»Magiepolizei?« Der Mann klang verunsichert. »Stimmt etwas nicht?«

»Ich habe nur ein paar Fragen zu einem Schmuckstück, das vor Kurzem von einem Max Newman ersteigert wurde.«

»Das war der Junge, der seiner Freundin ein Geschenk machen wollte.«

»Genau der. Was wissen Sie über dieses Schmuckstück? Woher stammt es?«

Skyler wirkte angespannt und mit einem Mal war ich mir sicher, dass er sich verfluchte, nicht gleich einen Einsatztrupp zu Mr Ripleys Haus geschickt zu haben, der verhindern konnte, dass er sich aus dem Staub machte. Was sicher der Fall wäre, wenn er etwas mit dem Gegenstand zu tun hatte.

»Ich bekomme doch keinen Ärger, oder?« Ripley klang verunsichert.

»Nicht, wenn Sie kooperieren und mir alles sagen, was Sie darüber wissen. Dann werde ich auch die Leute abziehen, die vor Ihrem Haus stehen.«

Netter Bluff.

Und ausgesprochen wirkungsvoll.

Ripley stieß die Luft aus. »Was auch immer mit dem Ding nicht stimmt, ich habe nichts damit zu tun. Ich habe es nur angekauft und weiterveräußert. Ich bin Antiquitätenhändler.«

»In Ordnung, Mr Ripley, dann verraten Sie mir doch bitte, woher das Amulett stammt.«

Aus dem Lautsprecher war das Klappern einer Tastatur zu hören, gefolgt von einem gedämpften »Da haben wir es ja«. Dann wurde die Stimme wieder deutlicher: »Es stammt aus dem Nachlass eines Priesters, den ich vor ein paar Wochen angekauft habe. Wenn Sie wollen, gebe ich Ihnen gerne die Daten des Mannes, mit dem ich das Geschäft abgeschlossen habe. Soweit ich weiß, handelt es sich dabei um den Neffen des Erblassers.«

Skyler drückte mir das Telefon in die Hand und öffnete eine Datei auf seinem Laptop. »Schießen Sie los.«

Mr Ripley gab ihm die Daten durch. Skyler tippte alles mit und wiederholte sämtliche Angaben noch zweimal, bevor er nickte. »In Ordnung, Mr Ripley. Gibt es sonst noch etwas, das Sie über den Schmuck, das Erbe oder diesen Priester wissen?«

»Nein, Sir. Außer dass der Erbe ein Amerikaner war, wie Sie ja aus der Adresse ersehen können, weiß ich nichts weiter. Ich stecke meine Nase nicht in die Angelegenheiten meiner Geschäftspartner.« Keine Fragen stellen für den Fall, dass man die Antwort nicht kennen wollte. Wer konnte schon sagen, ob die Ware immer aus einwandfreien Quellen stammte.

»Gut.« Skyler machte eine kurze Pause. »Wir werden Ihre Angaben überprüfen. Sollten Sie sich als richtig erweisen, ziehe ich meine Männer von Ihrem Haus ab.« Dann beendete er das Gespräch.

»In den Staaten ist es gerade Mittag«, sagte er. »Wenn wir Glück haben, erreichen wir den Mann, von dem Ripley das Amulett hat.«

»Glaubst du, dass er die Wahrheit gesagt hat?«

»Ich denke schon, ich werde trotzdem dafür sorgen, dass ihn jemand im Auge behält.« Er nahm sein Handy und tippte eine SMS. Sobald er fertig war, sah er mich wieder an. »Versuchen wir es also bei diesem Erben in den USA.«

Kurz darauf hatte er die Nummer eingegeben und das Telefon wieder auf Lautsprecher gestellt. Ich ertappte mich dabei, dass ich die Luft anhielt, und zwang mich weiterzuatmen. Das Telefon klingelte und klingelte und ich dachte schon, wir hätten kein Glück, als am anderen Ende der Leitung plötzlich ein Knacken erklang.

»Buster Mortens hier, bitte sprechen Sie nach dem Piep«, dröhnte es aus dem Lautsprecher.

Skyler fluchte, fing sich jedoch sofort wieder und hinterließ eine Nachricht mit der dringenden Bitte um Rückruf. Dass er der Magiepolizei angehörte, erwähnte er in diesem Fall nicht, lediglich, dass es sich um eine wichtige Angelegenheit bezüglich einer Erbsache handelte.

Eine Weile saßen wir schweigend nebeneinander und starrten auf das Display des Handys, das zwischen uns auf der Matratze lag. Warteten darauf, dass es zum Leben erwachte und die Stille durchbrach, die sich wie eine Mauer zwischen uns erhob. Aber es klingelte nicht.

»Was machen wir, wenn er sich nicht meldet?«

»Dann ….«

»Schickst du deine Leute hin«, beendete ich den Satz für ihn. Die Magiepolizei war eine weltweit operierende Truppe, sodass es ihm nicht schwerfallen dürfte, in kürzester Zeit jemanden vor Ort zu haben, der dort die nötigen Türen eintrat.

Skyler nickte und wir verfielen in erneutes Schweigen. Seit seinem Anruf waren lediglich ein paar Minuten vergangen, mir jedoch erschienen sie bereits wie eine Ewigkeit. Nicht auszudenken, wie es sich anfühlen würde, die ganze Nacht hier zu warten. Oder länger.

»Darf ich dich etwas fragen, Raine?«

Ich nickte, auch wenn ich mir nicht sicher war, ob mir die Frage gefallen würde.

»Wenn mein Auftrag hier erledigt ist und ich Holbrook Hill verlassen muss, werden wir uns dann wiedersehen?«

Ja! »Ich glaube nicht, dass das eine gute Idee ist.«

Er drehte sich zu mir herum und sah mich an. »Warum nicht?«

Weil du mein größter Feind bist. »Du hast mich belogen, Skyler. Das ist keine Kleinigkeit für mich. Ich denke nicht, dass ich dir das verzeihen oder dir jemals wieder völlig vertrauen kann.«

»Können wir es nicht versuchen? Du empfindest doch etwas für mich, Raine. Das spüre ich. Nimm uns nicht die Chance, herauszufinden, was aus uns werden könnte.«

Diese Chance hatte er uns bereits vor Jahren genommen, als er sich für eine Laufbahn bei der Magiepolizei entschieden hatte. »Ich fürchte, Vertrauen hat für mich einen größeren Stellenwert als meine Gefühle.« *Und noch wichtiger ist mir mein Leben.*

»Vertrauen lässt sich wieder aufbauen.«

Warum konnte er nicht einfach aufhören? Am liebsten hätte ich ihn angeschrien, ihn angefleht, nicht länger auf mich einzureden und mich einfach in Ruhe zu lassen, doch meine Angst, etwas Falsches zu sagen, etwas, das mich verraten oder weitere Fragen provozieren konnte, war einfach zu groß.

»Mein Beruf ist das Einzige, worüber ich dir nicht von Anfang an die Wahrheit gesagt habe. Alles andere stimmt. Himmel, ich habe dir sogar von meiner Familie erzählt. Von meiner Schwester. Davon wissen nicht einmal meine engsten Freunde und Kollegen etwas.«

Wenn ich mich mit ihm einließ, bedeutete das, dass sich ständig ein Haufen Magiepolizei in unserem Umfeld herumtreiben würde. Engste Freunde und Kollegen. Sogar in Skylers Freizeit wären sie ständig präsent. Selbst wenn ich ihm vertrauen könnte, wäre das allein schon ein Grund, mich von ihm fernzuhalten. Trotzdem zog ich meine Hand nicht weg, als er danach griff. Ich weiß nicht, ob ich noch immer so sehr in meine Gedanken vertieft war oder einfach nicht die nötige Kraft aufbrachte. Vielleicht sehnte ich mich auch – trotz allem – nach seiner Nähe.

Sein Daumen strich über meinen Handrücken. Schlagartig spürte ich die Kette an meinem Hals, doch ich weigerte mich, ihr Beachtung zu schenken, und richtete meine Aufmerksamkeit stattdessen auf die Wärme seiner Berührung. Ein Seufzer kam über meine Lippen, ehe ich es verhindern konnte.

Skyler lächelte, so zaghaft, fast schon schüchtern, wie ich es bei ihm noch nie gesehen hatte. Hoffnungsvoll. »Wir können es schaffen, Raine.«

Als er mich in seine Arme zog, wehrte ich mich auch dagegen nicht. Er versuchte nicht, mich zu küssen, hielt mich einfach nur fest und zeigte mir dadurch seine Entschlossenheit, um mich zu kämpfen. Einen aussichtslosen Kampf, den er bereits lange vor seinem Beginn verloren hatte. Trotzdem klammerte auch ich mich für eine Weile an das Gefühl, dass alles gut werden könnte, und ließ zu, dass er mich hielt.

Ich weiß nicht, wie lange wir so dasaßen, als mir allmählich die Augen zufielen. Anfangs kämpfte ich noch dagegen an, doch schon bald driftete ich immer mehr in den Schlaf ab und schreckte erschrocken auf, sobald ich merkte, dass ich eingenickt war.

»Leg dich hin«, sagte Skyler neben meinem Ohr. »Schlaf ein bisschen. Ich wecke dich, wenn es etwas Neues gibt.«

Ein wenig widerwillig folgte ich seiner Aufforderung, wobei ich mir nicht sicher war, was mich zögern ließ – die Tatsache, dass ich im Bett eines Jungen (der eigentlich gar kein Junge mehr war) schlafen sollte, oder die Angst davor, dass ich mich im Schlaf verraten könnte. Mir war jedoch bewusst, dass ich so oder so jeden Moment einschlafen würde, da konnte ich es mir ebenso gut bequem machen.

Ich rollte mich an der Bettkante zusammen und schloss die Augen. Das Letzte, was ich spürte, bevor ich in den Schlaf hinüberglitt, war, wie Skyler eine Decke über mir ausbreitete.

Ich versank in wirren Träumen. Ein Schatten verfolgte mich auf Schritt und Tritt. Er versuchte mich einzuholen, mir nahe zu kommen, doch ich rannte und rannte, bis meine Lungen brannten und meine Beine unter mir nachzugeben drohten. Als mich meine Kräfte verließen und ich in die Knie ging, legte er sich über mich. Dunkelheit hüllte mich ein und nahm mir die Sicht. Ich kämpfte dagegen an, doch je länger unser Kampf andauerte, desto stärker schien er zu werden.

Alles geschah vollkommen lautlos.

Die ganze Zeit über war mir bewusst, dass ich schlief und die Nachtmahre mir nichts anhaben konnten, trotzdem war ich nicht in der Lage, sie abzuschütteln oder die Augen zu öffnen. Zu wissen, dass ich träumte, änderte auch nichts daran, dass mir die Bilder, die mich verfolgten, eine Höllenangst einjagten.

Es ist nur ein Traum, sagte ich mir immer wieder. *Nur ein Traum.*

Beinahe schien es, als wären es diese Worte, die mir meine geistige Gesundheit bewahrten und verhinderten, dass die Schatten die Oberhand gewannen und mich hinab in die ewige Finsternis zerrten.

Wieder und wieder entzog ich mich dem Schemen, ehe er mich vollends einhüllte. Ich kroch darunter hervor, und als er sich erneut über mich warf, gelang es mir, ihn zurückzustoßen. Ein wütender Schrei durchbrach die Stille des Traums.

Dann veränderten sich die Bilder.

Die Schwärze zog sich zurück und offenbarte den Blick auf die nächtliche See. Der Mond spiegelte sich auf den Wellen und verwandelte die Schaumkronen in eine glitzernde Pracht. Eine körperlose Stimme mischte sich unter das Rauschen des Meeres, vereinte sich mit dem gleichmäßigen Schlagen der Wellen zu einer beruhigenden Melodie. Einer Melodie voller Sehnsucht, deren Schönheit mich lächeln ließ. Unwillkürlich fragte ich mich, ob ich nur im Traum lächelte oder auch in Wirklichkeit. Immer mehr lullte mich die Musik ein und ließ mich tiefer in den Schlaf gleiten. Einen Schlaf, frei von Albträumen, in dem es nichts weiter gab, als die Weite des Meeres und die liebliche Melodie, die von den Wellen an mein Ohr getragen wurde.

Plötzlich drangen Rufe durch die Traumbilder. Lärm. Einzelne Fragmente von Worten. Halb rechnete ich damit, jeden Moment die vertrauten Bilder meiner Kindheit vor mir zu sehen, die Dunkelheit des Schrankes, meinen Vater tot auf dem Boden, den letzten Blick in die erstarrten Züge meiner Mutter, ehe sie sie fortbrachten. Ich wollte aufwachen, wollte mir die Schönheit meines Traumes nicht durch den Schrecken der Erinnerung zerstören lassen, doch die Stimme hielt mich gefangen und versuchte mich weiter in die Tiefen des Schlafes hinabzuziehen.

Immer wieder erklangen Geräusche. Ein Scheppern, als sei etwas umgestürzt, gefolgt von weiteren Rufen. Die Stimme schwoll an, als kämpfte sie darum, den Lärm zu übertönen, der mehr und mehr an mein Ohr drang.

Etwas stimmte nicht.

Jemand versuchte bewusst, mich in den Schlaf zu zwingen, während um mich herum etwas passierte. Ich wusste nicht, was vor sich ging, doch mir wurde schlagartig bewusst, dass es etwas mit mir zu tun hatte. Ich musste aufwachen. Sofort!

Aber es wollte mir nicht gelingen, die Augen zu öffnen.

Der Lärm um mich herum nahm zu, wurde so laut, dass die Stimme nicht länger gegen ihn ankam.

Aufwachen, Raine! Du musst aufwachen!

Ich kämpfte gegen den Schlaf an. Noch immer wollten sich meine Augen nicht öffnen. Mit einer letzten Kraftanstrengung nahm ich all meine Willenskraft zusammen und stieß den Anblick der nächtlichen See ebenso von mir wie die immer weiter anschwellende Melodie, die in ihrem Bemühen, den Lärm zu übertönen, inzwischen selbst so laut geworden war, dass sie mir in den Ohren schmerzte.

Endlich gelang es mir, die Lider zu heben. Das Licht der Deckenlampe blendete mich und ließ meine Augen tränen. Blinzelnd ließ ich meinen Blick den Geräuschen zum Fußende des Bettes folgen und sah, wie Skyler zwei Meter durch die Luft geschleudert wurde und mit dem Rücken gegen die Wand knallte.

Ein zorniges Kreischen zog meine Aufmerksamkeit auf sich. Ruckartig setzte ich mich auf. Am anderen Ende des Raumes, dort, wo Skyler eben noch gestanden haben musste, ehe er durch die Luft gewirbelt worden war, erhob sich die schemenhafte Gestalt einer Frau. Sie war im Begriff gewesen, Skyler nachzusetzen, als sie mich bemerkte und mitten in der Bewegung erstarrte. Wie wabernder Nebel umrahmte ihr Haar das Gesicht. Ein Gesicht, das nur aus Umrissen bestand. Formlos, als müsse sein Erschaffer ihm erst noch seine Konturen verleihen. Dann jedoch öffnete sich inmitten dieser konturlosen Masse ein Mund. Ein weiterer Schrei erklang, so schrill, dass sich die Härchen an meinen Armen aufrichteten und mir eine Gänsehaut über den Rücken kroch.

Die Ränder der Gestalt fransten aus, zerfaserten mehr und mehr, wurden vom Luftzug aufgenommen und stiegen in Form einzelner Schwaden zur Decke empor, wo sie sich zu einem Wirbel verdichteten. Gebannt beobachtete ich, wie der Nebel sich zusammenzog und wieder ausweitete, als kämpfe er darum, seine menschliche Form zu erhalten. Plötzlich schoss die Wolke auf mich zu. Ihre Spitze verjüngte sich, zielte wie ein Speer auf meinen Hals. Ein greller Blitz tauchte das Zimmer einen Herzschlag lang in grelles Licht. Dann traf die Wolke auf das Amulett, das nun sichtbar geworden war, und versickerte darin. Als der letzte Fetzen Nebel verschwand, war auch das Amulett nicht mehr zu sehen. Trotzdem starrte ich noch immer auf die Stelle, an der der Nebel verschwunden war.

Die Gestalt.

Jenes Wesen, das versuchte, meinen Körper zu übernehmen.

Ich rieb mit der Hand über meinen Hals, als könnte ich die Kette und die darin innewohnende Magie auf diese Weise loswerden. Immer schneller und fester fuhr ich über die Haut und hörte selbst dann nicht auf, als sie zu brennen begann.

Skylers Hand stoppte mich. Seine Finger, die sich über meine legten und mich zwangen, in der Bewegung innezuhalten. Als ich ihn ansah, ging er vor mir in die Knie und erwiderte meinen Blick besorgt.

»Alles in Ordnung?«, erkundigte er sich.

»Das sollte ich wohl eher dich fragen.« Die Wunde an seiner Stirn hatte sich wieder geöffnet und ein Blutstropfen zwängte sich zwischen den Klammern hindurch. Trotzdem winkte er ab.

»Was ist passiert?«, wollte ich wissen. »Wie konnte dieses Ding dich angreifen?«

»Es muss passiert sein, als du eingeschlafen bist«, sagte er. »Dadurch musst du die Kontrolle verloren haben. Zumindest ermöglichte der Schlaf es diesem Wesen wohl, sein Gefängnis zu verlassen. Es ... die Gestalt manifestierte sich vor dem Bett. Eine Weile stand sie nur da und betrachtete dich. Dann bemerkte sie mich und griff sofort an.«

»Es wollte dich töten?« Ich hielt den Atem an, ich wusste nicht, ob ich für die Antwort bereit war.

Skyler zuckte die Schultern. »Es war wohl eher ein gescheiterter Versuch.«

Die Worte waren leicht dahingesagt, aber ich hatte gesehen, wie er durch die Luft geflogen war. Er hatte diesem Wesen nichts entgegenzusetzen gehabt. Wenn es mir nicht gelungen wäre, den Schlaf abzuschütteln, hätte es ihn umgebracht!

Mir war plötzlich eiskalt. Ich wusste längst, dass etwas in diesem Amulett gefangen war, etwas, das sich zu befreien versuchte. Aber etwas zu wissen und es zu sehen, sind zwei sehr verschiedene Dinge.

Dieses Wesen schien mehr und mehr die Kontrolle über mich zu gewinnen. Es hatte mich in den Schlaf gelullt, um seinem Gefängnis entsteigen und sich frei bewegen zu können. Was wäre passiert, wenn ich nicht aufgewacht wäre? Hätte es erst Skyler umgebracht und dann jeden anderen Schüler, der seinen Weg kreuzte?

Hinter meiner Stirn setzte ein dröhnender Kopfschmerz ein, als wollte mich die Kreatur darauf aufmerksam machen, dass sie noch immer da war und auf ihre Chance wartete.

»Jetzt wissen wir zumindest, dass es eine Frau ist«, fuhr Skyler fort. »Ein Geist oder eine Seele.«

Er sagte noch mehr, doch das Hämmern in meinem Kopf wurde so stark, dass ich seinen Worten kaum noch folgen konnte. »Hast du ein Aspirin für mich?«

»In letzter Zeit nimmst du ziemlich viel von dem Zeug.«

Ich zuckte die Schultern. »Mein Rücken schreit danach, die Schmerzen loszuwerden. Aber im Augenblick ist es mal wieder mein Kopf.«

Skyler runzelte die Stirn. »Die Kopfschmerzen plagen dich schon länger, oder?«

»Seit ein paar Tagen.«

»Seit du das Amulett hast?«

Ich sah ihn überrascht an. Dann nickte ich. Das kam in etwa hin. Vielleicht auch, seit ich das erste Mal in Kims Verstand gezogen worden war – wobei ich mir ziemlich sicher war, dass ich in dieser Situation Kims Schmerzen gespürt hatte.

»Schluckt Kim nicht auch seit Tagen immer wieder Tabletten?«

Wieder nickte ich. »Seit …« *Meinem Fluch.* »Seit Max ihr das Amulett geschenkt hat. Oder kurz danach.«

»Hast du dich in der letzten Zeit müde oder erschöpft gefühlt?«, bohrte er weiter.

»Ein wenig. Warum?« Worauf wollte er hinaus?

»Ich glaube, dass diese Seele dem Träger des Amuletts Energie abzapft. Auf diese Weise steigert sie ihre Macht, bis sie mehr und mehr die Kontrolle gewinnt.«

»Gibt es keinen Weg, das zu verhindern?«

»Runen.«

»Was?«

»Wir könnten es mit Schutzrunen versuchen, ähnlichen Zeichen, die auch mich vor Magie schützen. Sie unterdrücken die Seele und verhindern, dass sie die Kontrolle übernimmt.«

Mir klappte die Kinnlade herunter. »Ich soll mich tätowieren lassen? Ganz?!«

»Nein, um Himmels willen!« Skyler hob abwehrend die Hände. »In solchen Fällen malen wir die Zeichen mit Henna auf. Wie die verblassenden Tattoos, die sich Touristen gerne beim Strandurlaub verpassen lassen. Das Zeug hält ein paar Wochen, vielleicht ein paar Monate, dann ist es verschwunden.«

Ein geringer Preis, wenn es mich vor den Übergriffen dieser Seele schützen würde. Ich nickte. »Okay. Versuchen wir es.« Seine Tattoos hatten ihn in den letzten beiden Tagen mindestens zweimal vor magischen Angriffen geschützt. Sicher, er war verletzt worden, aber ohne die Runen wäre er tot gewesen. Wenn die Hennavariante auch nur annähernd so gut wirkte, hatte ich womöglich eine Chance, die ganze Sache mit heiler Haut zu überstehen.

Kaum hatte ich mein Einverständnis gegeben, stand Skyler auch schon vor seinem Schrank. Er holte eine Sporttasche heraus und zog ein Buch daraus hervor. Der braune Ledereinband war abgegriffen, die Seitenränder vergilbt und die Buchdeckel wurden mit zwei Lederbändern zusammengehalten. Zwischen den Seiten ragten Zettel heraus, die er wohl als Lesezeichen eingeschoben hatte. Fast schon vorsichtig stellte er die Tasche an ihren Platz zurück und setzte sich mit dem Buch in der Hand aufs Bett.

»Ich hoffe, dass ich darin die richtigen Zeichen finde.«

»Du kennst sie nicht?«

»Ich kenne eine Menge Schutzzeichen, aber ich kann sie dir unmöglich alle aufmalen«, sagte er. »Und bevor wir beginnen, muss ich sichergehen, dass es die richtigen sind.«

Er löste die Bänder und schlug das Buch auf. Stille breitete sich aus, einzig vom Rascheln der Seiten durchbrochen, wenn er umblätterte. Ich saß schweigend daneben und verdrängte die unzähligen Fragen, die mir durch den Kopf gingen. Wenn in diesem Büchlein wirklich die Lösung für mein Problem mit der Seele stand, würde ich den Teufel tun und Skyler jetzt stören. Für meine Fragen war später auch noch Zeit. Die Minuten zogen dahin, wurden zu einer Stunde, dann zu zwei, ehe Skyler schließlich mit einem Kopfschütteln das Buch schloss.

»Nichts.« In seinem Tonfall schwang dieselbe Frustration mit, die auch ich in diesem Augenblick empfand. Wobei es bei mir wohl über bloße Frustration hinaus schon eher in Richtung nackter Angst ging.

»Und jetzt?«

Skyler packte das Buch wieder in die Tasche zurück und griff nach seinem Handy. »Jetzt werde ich im Hauptquartier nachfragen.« Er seufzte. »Vermutlich hätte ich das schon vor zwei Stunden tun sollen.«

Auch wenn im Hauptquartier vielleicht jemand wusste, mit welchen Symbolen ich mich vor der Seele schützen konnte, gefiel mir der Gedanke nicht, dass Skyler sie in diese Sache hineinzog. Andererseits würde mein Name ohnehin spätestens in seinem Bericht auftauchen – so oder so, die Magiepolizei würde von meiner Beteiligung erfahren. Es gab also keinen Grund, nicht jede Hilfe in Anspruch zu nehmen, die ich unter diesen Umständen bekommen konnte.

Es dauerte eine Weile, ehe jemand Skylers Anruf entgegennahm. Kunststück, es war mitten in der Nacht, und selbst wenn das Labor, ihre Zauberküche oder wie immer sie den Ort nannten, an dem ihre Zauberer ihren Dienst taten, vermutlich rund um die Uhr besetzt war, arbeiteten sie um diese Zeit sicher nur mit einer Notbesetzung.

Als endlich jemand abnahm, hielt ich den Atem an. Angespannt hörte ich zu, wie Skyler mit erstaunlich wenigen Worten sein Problem schilderte. Mein Name fiel nicht. Auch vermied er jede größere Beschreibung. Stattdessen klangen seine Ausführungen fast schon hypothetisch – eine Seele in einen Gegenstand gebunden, die nun auf einen Menschen übertragen werden sollte. »Die Übertragung hat begonnen«, sagte er. »Ich brauche die Zeichen, die verhindern, dass die Seele an Macht gewinnt, und die sie unter Verschluss halten, bis wir sie entfernen können.«

Er lauschte der Antwort, gab hin und wieder ein »Hm« oder ein »Ja« oder »Nein« von sich. Dann sagte er »In Ordnung, aber beeilt euch« und beendete das Gespräch.

»Schicken sie dir eine Mail mit den Zeichen?«

Er verzog das Gesicht. »Sobald sie sie haben.«

»Wie bitte?« Ich hatte angenommen, dass die Zauberer lediglich einen Knopf an ihrem PC zu drücken brauchten, und schon wären die richtigen Muster da.

»Ich habe dir ja gesagt, dass es sehr viele unterschiedliche Zeichen gibt und selbst unsere Zauberer haben sie nicht alle parat. Andernfalls hätte ich sie auch in meinem Buch gefunden.«

»Und das heißt?«

»Dass wir warten, bis sie sich melden.« Er atmete tief durch. »Es wird eine Weile dauern, so wie ich es verstanden habe, läuft gerade ein großer Einsatz, der fast alle Kapazitäten erfordert.«

Es war, als ließen seine Worte sämtliche Energie aus meinem Körper entweichen. Ich ließ mich nach hinten auf das Bett fallen und starrte an die Decke, die unter den verzweifelten Tränen verschwamm, die sich in meinen Augen sammelten. Wenn mir nicht einmal mehr die Magiepolizei sofort helfen konnte, hatte ich wohl wirklich das ganz große Los gezogen.

Ich atmete ein paarmal tief durch, blinzelte die Tränen fort und setzte mich wieder auf. »Was machen wir jetzt?«

»Bis ich die Schutzzeichen anbringen kann, solltest du unbedingt wach bleiben. Solange du nicht schläfst, kann die Seele dich nicht kontrollieren.«

Den Rest der Nacht verbrachten wir damit, auf den Anruf seiner Zauberer zu warten – oder wenigstens auf eine Antwort aus den USA. Skyler füllte mich mit Unmengen von Kaffee ab, die er aus dem Aufenthaltsraum organisierte, und achtete darauf, dass ich nicht einschlief. Ich war ohnehin zu angespannt, um Ruhe zu finden.

26

Im Morgengrauen schlich ich in mein Zimmer zurück. Ich duschte und schlüpfte in meine Schuluniform. Der Schlafmangel ließ mich frösteln, weshalb ich Skylers Rollkragenpullover wieder überzog. Die warme Wolle war wie eine Rüstung, in der ich mich sicher fühlte. Sobald ich fertig war, schnappte ich mir meine Tasche und machte mich auf den Weg zum Frühstück, wo mich Skyler wie gewohnt vor dem Speisesaal erwartete.

»Tun wir das Richtige?«, fragte ich ihn, als wir uns in die Schlange an der Essensausgabe einreihten.

»Unter all den Leuten bist du sicherer als allein in deinem Zimmer.«

Ihm machte der Gedanke zu schaffen, dass ich nach der durchwachten Nacht einschlafen und der Seele damit Tür und Tor öffnen konnte. Darum stellte er mir nicht nur eine Tasse Kaffee auf mein Tablett, sondern gleich zwei. Ich fühlte mich zwar immer noch hellwach und so mit Adrenalin vollgepumpt, dass ich das Gefühl hatte, die nächsten Tage nicht schlafen zu können, fürchtete aber, dass sich das schnell ändern würde, sobald ich allein war.

Wir setzten uns zu Mercy und den anderen, die uns neugierig musterten. Lilys Blick blieb an den beiden Tassen auf meinem Tablett hängen.

»Lass mich raten«, grinste sie, »ihr habt die ganze Nacht auf den Mathetest gelernt?«

Ich nickte und die drei brachen in Gelächter aus.

»Raine, wir schreiben gar keinen Mathetest«, lachte Mercy. »Wenn du dir schon eine Ausrede suchst, dann wenigstens eine weniger leicht durchschaubare.«

Wir haben die ganze Nacht über versucht zu verhindern, dass eine Seele meinen Körper besetzt und meinen Geist auslöscht.

Skyler bedachte mich mit einem vielsagenden Blick. »Ich hab dir doch gesagt, dass wir vor den dreien nichts geheim halten können.«

»Braucht ihr auch nicht. Wir sind doch alle eine große Familie.« Ty wackelte mit den Augenbrauen.

Skyler scherzte mit den dreien, als wäre letzte Nacht nichts geschehen. Ich war dankbar um das bisschen Normalität, auch wenn es nur ein paar Stunden anhielt. Gleichzeitig war ich erleichtert, dass niemand von mir erwartete, dass ich mich beteiligte. Sie waren meine Schweigsamkeit am Morgen gewöhnt, sodass ich mich zurückhalten und ihnen zuhören konnte, ohne mich selbst mit mehr als ein oder zwei Sätzen einzubringen.

Als Kim den Speisesaal betrat, zuckte ich unwillkürlich zusammen. Das war dämlich, denn von ihr ging keine Gefahr mehr aus, dessen war ich mir ziemlich sicher. Vermutlich musste ich auch nicht länger fürchten, in ihren Geist gesogen werden – nicht mehr, nachdem ich nun das Medaillon mit der Seele trug. Trotzdem gruselte es mich bei ihrem Anblick.

Ohne uns zu beachten, ging sie zu ihrem Tisch und setzte sich zu ihren Freunden. So wie es aussah, hatten sich die Fronten zwischen ihr, Tanya, Cin und Michelle geklärt. Alle benahmen sich wie immer. Der Einzige, der fehlte, war Max.

Am Morgen dachte ich noch, er würde einfach nur Kim aus dem Weg gehen. Als er jedoch im Laufe des Tages auch nicht im Unterricht auftauchte, begann ich mir Sorgen zu machen, die sich erst in Nichts auflösten, als ich von einem seiner Basketballkumpels hörte, er sei wegen einer familiären Angelegenheit nach Plymouth gefahren.

Der Tag verlief so friedlich wie schon lange nicht mehr.

Skyler sorgte für ständigen Kaffeenachschub und ich hatte das Gefühl, dass die braune Brühe mit jeder Tasse stärker wurde. Noch ein paar Tassen und ich würde Herzrasen bekommen.

Nicht nur für meinen Kaffee war gesorgt, sondern auch für meinen Schutz. Wie schon zuvor hatte er Lily und Mercy darauf angesetzt, mich überallhin zu begleiten, wohin er mir nicht folgen konnte. »Nur um sicherzugehen, dass Kim nicht noch einmal was versucht«, hatte er erklärt.

Die beiden hätten gar keine Erklärung gebraucht, sie warteten nämlich nur darauf, mich allein in die Finger zu bekommen, um mich über letzte Nacht auszufragen.

»Seid ihr jetzt fest zusammen?«, platzte es aus Mercy heraus, als wir das erste Mal an diesem Morgen den Waschraum betraten.

Wir sind weiter davon entfernt als jemals zuvor. Ich schüttelte den Kopf. »Nein, sind wir nicht.«

»Was? Warum nicht?« Lily sah vom Waschbecken auf, wo sie sich gerade die Hände gewaschen hatte, und richtete ihren Blick auf mein Spiegelbild. »Ihr habt die halbe Nacht miteinander verbracht!«

Wenn ich ihr gesagt hätte, dass es sogar die ganze Nacht gewesen war, wäre sie vermutlich in Ohnmacht gefallen. Stattdessen zuckte ich die Schultern. Wie sollte ich den beiden erklären, dass sich die Dinge zwischen Skyler und mir grundlegend verändert hatten? Die Wahrheit konnte ich nicht sagen, und um irgendwelche Lügen zu erfinden, fühlte ich mich heute nicht fit genug.

»Sag nicht, dass er schüchtern ist! Nie im Leben!«

Auf Skyler mochte vieles zutreffen, aber schüchtern war er nun wirklich nicht. Das war keine Aussage, auf der ich mich ausruhen konnte. »Es geht mir einfach alles zu schnell«, war die einzig plausible Antwort, die mir einfiel.

»Aber du magst ihn!«

Nachdem wir die letzten beiden Wochen beinahe ununterbrochen zusammen gewesen waren, hätte es merkwürdig ausgesehen und nur noch weitere Fragen provoziert, wenn ich etwas anderes als Ja darauf geantwortet hätte. »Gebt mir einfach noch ein paar Tage Zeit. Ich verspreche euch, ihr werdet die Ersten sein, die es erfahren.« Mit ein wenig Glück war Skylers Auftrag bis dahin beendet und er hatte Holbrook Hill längst verlassen. Ich würde ein paar Tage die traurige Verlassene spielen und schließlich würde alles wieder seinen gewohnten Gang gehen. Daran, dass es mich womöglich in ein paar Tagen gar nicht mehr geben würde – oder nur noch meinen Körper, besetzt von einer anderen Seele –, wollte ich im Augenblick nicht denken.

Ich verschwand in einer der Kabinen, schloss hinter mir ab und gab vor, die Fragen, mit denen mich Lily und Mercy bombardierten, nicht mehr zu hören.

Der Vormittag verging, ohne dass ich Probleme hatte, die Augen offen zu halten. Ich wusste nicht, ob es das Koffein war, das mich wachhielt, oder weil ich nach so einer Menge Kaffee alle naselang auf die Toilette musste – so oder so: Es funktionierte.

Keine Blackouts und auch keine Ausflüge in Kims Geist.

Kim ging mir erfreulicherweise aus dem Weg, trotzdem ertappte ich mich immer wieder dabei, wie ich sie beobachtete. Ich suchte nach Anzeichen dafür, dass sie noch immer unter einem Zauber stand oder unter den Nachwirkungen meines Fluchs litt. Aber da war nichts. Sie sah gesünder aus, nicht mehr so blass wie in den letzten Tagen, und sie griff kein einziges Mal nach ihren Schmerztabletten. Kunststück, die schluckte ja jetzt ich.

Hätte ich in der Sporthalle nicht mit eigenen Augen gesehen, wie ihr die Trennung von Max zu schaffen machte, wäre ich nicht auf den Gedanken gekommen, dass sie sich auch nur im Geringsten daran störte. Sie flirtete wie verrückt mit den Jungs aus dem Basketballteam und begegnete uns anderen mit der gewohnten Arroganz. Es war eine Maske, aber immerhin war es Kims eigene Maske und nichts, was durch den Einfluss eines Zaubers oder eines anderen Wesens hervorgerufen wurde.

Mittags waren Skyler und ich die Ersten an unserem Tisch. »Hast du schon etwas gehört?«, fragte ich zum wohl hundertsten Mal an diesem Tag.

Er stellte sein Tablett ab, fischte das Handy aus seiner Hosentasche und warf einen Blick auf das Display. »Immer noch nichts.«

»Scheint ein ziemlich großer Großeinsatz zu sein.« Mit einem Mal fühlten sich meine Beine ziemlich wackelig an. »Was, wenn sie nichts Passendes finden?«

»Ausgeschlossen.«

»Aber wenn …

»Raine, hör auf! Sie werden etwas finden und sie werden es mir mailen. Du musst nur noch ein wenig durchhalten. Okay?«

»Okay.«

»Sie finden immer etwas«, fügte er dann noch hinzu, als müsse er nicht nur mich, sondern auch sich selbst davon überzeugen.

»Was ist mit dem Amerikaner?«

»Immer noch nichts. Ich habe ein paar Leute darauf angesetzt.«

»Du lässt ihn verhaften?« Ich hatte Mühe, meine Lautstärke unter Kontrolle zu halten.

Skyler schüttelte den Kopf. »Sie sollen nur nachsehen, wo er steckt. Bis heute Abend gebe ich ihm noch Zeit für seinen Rückruf. Ich glaube, auf diese Weise werden wir mehr

Informationen bekommen, als wenn er festgenommen und verhört wird.«

Er wollte noch mehr sagen, doch in diesem Augenblick bekamen wir Gesellschaft. Es war wirklich erstaunlich, zu beobachten, wie schnell Skyler vom ernsthaften Sucher auf die Rolle des unbeschwert witzelnden Schülers umschalten konnte. Erstaunlich und erschreckend, denn es führte mir einmal mehr vor Augen, dass ich nicht mehr über ihn wusste als das, was er mich wissen lassen wollte. Wie viel von dem Jungen, den ich kennengelernt hatte, war der echte Skyler gewesen?

Der Nachmittag zog sich hin wie Kaugummi. Ich verweigerte jede weitere Kaffeeaufnahme, meine Füllmenge war mehr als erreicht. Noch eine Tasse und ich würde platzen.

»Du brauchst das Koffein«, versuchte Skyler mich zu überzeugen.

»Ich bringe keinen einzigen Schluck mehr runter.«

Im ersten Moment schien es, als wolle er mir widersprechen, dann jedoch nickte er und trank den Kaffee selbst, den er für mich geholt hatte. Tatsächlich bekam ich die Wirkung des fehlenden Koffeins ziemlich schnell zu spüren. Schon in der folgenden Unterrichtsstunde wurden meine Lider schwer. Vielleicht war es auch nur das *Wissen* um das fehlende Koffein. So oder so, ohne Kaffee bekäme ich ganz schnell ein Problem. Mit Kaffee aber auch.

Entsprechend erleichtert war ich, als Skyler mir nach der nächsten Pause eine Schachtel mit Koffeintabletten in die Hand drückte.

»Wo hast du die her?«

»Krankenstation.«

»Schwester Hepsen hat die einfach so rausgerückt?«

»Schwester Hepsen weiß nicht, dass sie fehlen.«

»Oh.«

Dankbar nahm ich die Packung entgegen und spülte zwei Tabletten mit einem Schluck Wasser herunter. Als ich das Gluckern in meinem Bauch spürte, wünschte ich mir, Skyler wäre schon früher auf die Idee mit den Tabletten gekommen.

Die Zeit bis zum Abendessen verbrachten wir zum ersten Mal seit Tagen wieder in der Bibliothek. An Lernen war allerdings nicht zu denken. Statt meiner Hausaufgaben kritzelte ich Muster auf meinen Block, während Skyler alle drei Sekunden auf sein Handy starrte, als könnte er es durch bloße Willenskraft dazu bewegen, die erwarteten Nachrichten auszuspucken.

Beim Abendessen lud Ty uns zu seiner nächsten Zimmerparty ein, die er für den Samstag plante. Obwohl es bereits Donnerstag war, erschien mir der Samstag in so weiter Ferne zu sein, dass ich spontan zusagte. Ich konnte mir gerade noch ein »Wenn ich dann noch ich selbst bin, komme ich gerne« verkneifen.

Als Skyler und ich wenig später den Speisesaal verließen, stieß ich an der Tür einmal mehr mit Kim zusammen, die gerade hereinkam.

»Pass doch auf, du dumme Kuh!«

Sie war definitiv wieder ganz die Alte. Ich war so erleichtert, dass die ganze Zauberei und Flucherei spurlos an ihr vorübergegangen zu sein schien, dass ich mit einem spontanen »Muh!« antwortete, ehe ich an ihr vorbei auf den Gang trat.

»Was war das denn? Habt ihr eine Geheimsprache entwickelt?«

»Kim spricht schon länger Muhisch, deshalb dachte ich, dass sie mich am besten versteht, wenn ich in ihrer Sprache antworte.« Ich konnte ihm schlecht sagen, welche Last es von meinem Gewissen nahm, zu sehen, dass ich ihr – egal wie bescheuert und unleidlich sie auch sein mochte – mit meiner Magie nicht dauerhaft geschadet hatte. Zum Glück gab Skyler sich mit meiner Antwort zufrieden und quittierte sie lediglich mit einem Grinsen. Gefolgt von einem Blick auf das dunkle Handydisplay.

»Ist das Ding überhaupt aufgeladen?«

Er warf mir einen strafenden Blick zu, auf den hin ich unwillkürlich die Hände hob. »Ich meine ja nur ... Was machen wir jetzt?«

»Wir gehen zu mir und warten.«

Ich war mir nicht sicher, wie ich eine weitere Nacht ohne Schlaf, dafür voller Ungewissheit überstehen sollte. So, wie es aussah, würde ich es in den nächsten Stunden herausfinden.

»Ich schleiche mich bei dir rein, sobald es im Haus ruhig geworden ist.«

»Komm lieber gleich mit.«

Nach dem Abendessen bis zum Zapfenstreich um elf waren die Stockwerksaufsichten besonders emsig und streng darauf bedacht, dass sich keine Mädchen in die Zimmer der Jungs schlichen und umgekehrt. Da mir der Gedanke nicht behagte, die nächsten Stunden allein in meinem Zimmer zu bleiben, folgte ich Skyler trotzdem zu seinem Wohnheim. Die meisten befanden sich noch beim Essen, die Gänge und das Treppenhaus waren beinahe ebenso verwaist wie der Aufenthaltsraum auf Skylers Etage, in den er mich schob, als er Mr Cranston den Gang entlangkommen sah.

»Ich lenke ihn ab«, raunte Skyler mir zu und drückte mir seinen Zimmerschlüssel in die Hand. »Wenn er nicht hinsieht, lauf los.«

Bevor ich etwas erwidern konnte, kehrte er auf den Gang zurück und einen Moment später hörte ich ihn mit Mr Cranston sprechen. Ich zählte bis zehn, dann spähte ich auf den Gang hinaus. Skyler hatte den Vertrauenslehrer ein

Stück von der Tür zum Aufenthaltsraum entfernt abgefangen. Der Weg zu seinem Zimmer war frei. Zumindest fast, denn Mr Cranston stand seitlich, sodass er mich aus dem Augenwinkel bemerken würde.

»… den nächsten Test?«, hörte ich Skyler sagen.

Cranstons Antwort war zu leise, als dass ich sie verstanden hätte. Skyler drehte sich ein Stück von mir fort, wohl in der Hoffnung, dass Mr Cranston seiner Bewegung folgen würde, doch der Lehrer blieb stehen.

»Vielleicht könnten Sie kurz einen Blick auf meine Notizen werfen?«

Mit einem Handgriff zog er sein Notizbuch aus dem Rucksack, schlug es auf und hielt es dem Lehrer unter die Nase. Als dieser sich darüberbeugte, rückte Skyler näher an ihn heran und versperrte ihm damit die Sicht in meine Richtung.

Eine bessere Chance würde ich nicht bekommen.

Ich lief los. Skylers Schlüssel hielt ich fest in meiner Faust umklammert und stürmte den Gang entlang, wobei ich mich darum bemühte, so wenig Geräusche wie möglich zu machen. Meine Finger schwitzten und fast hätte ich den Schlüssel fallen gelassen. Zum Glück bekam ich ihn zu fassen, bevor er mir entglitt, rammte ihn ins Schloss und sperrte auf. Die Tür schwang lautlos nach innen auf. Ich zog den Schlüssel ab und schlüpfte ins Zimmer. Hinter mir hörte ich, wie Skyler immer noch mit Mr Cranston über seine Notizen sprach. Ihre Stimmen verstummten erst, als ich die Tür leise zudrückte.

Vielleicht sollte ich die Zeit nutzen, um mich umzusehen. Womöglich fand ich einen Bericht oder irgendeinen Hinweis darüber, welche Informationen Skyler über mich an sein Hauptquartier weitergegeben hatte. Ehe ich jedoch auch nur einen Schritt auf seinen Schreibtisch und den daraufstehenden Laptop zumachen konnte, ging hinter mir die Tür auf.

»Danke noch mal«, rief Skyler den Gang entlang. »Sie haben mir sehr geholfen, Mr C!« Dann war er im Zimmer und schloss von innen ab. Ein zufriedenes Grinsen breitete sich über sein Gesicht aus. »Den sind wir los.«

Wenn nur alles so einfach ginge.

Skyler zog sein Handy aus der Hosentasche. »Ich versuche es jetzt noch einmal in den USA. Vielleicht erreichen wir diesen Erben endlich.«

Bevor er die Nummer wählen konnte, gab das Handy ein Signal von sich. »Eine Mail aus dem Hauptquartier.« Er öffnete die Nachricht und studierte sie. Schlagartig hellte sich seine Miene auf. »Die Zeichen! Endlich. Lass uns gleich anfangen.«

Er legte das Handy auf den Nachttisch, ging zum Schrank und zog ein Lederbündel von der Länge und etwa dem doppelten Umfang eines Unterarmes daraus hervor. Es sah aus wie die ledernen Hüllen, in denen Maler oft ihre Utensilien aufbewahrten. Streng genommen war es wohl auch nichts anderes. Immerhin wollten wir Zeichen auf meine Haut pinseln.

Er platzierte das Bündel auf dem Bett, löste die Schnüre, die es zusammenhielten, und rollte es zu einem langen Streifen aus. Pinsel verschiedener Größe, kleine Tuben, Tiegel und Röhrchen kamen zum Vorschein. Sein Zeigefinger wanderte in der Luft über die Pinselreihen, ehe er einen herauszog und die Spitze nachdenklich betrachtete. »Der dürfte gehen.«

»Wie oft hast du das schon gemacht?«

Den Pinsel in der Hand sah er auf. »Dutzende Male. Mindestens.«

»Und wie oft hat es funktioniert? Hast du …« *Hast du je-*

mals jemanden verloren, der auf diese Weise geschützt war? Die Frage wollte mir nicht über die Lippen kommen.

»Immer.« Er deutete mit dem Pinsel auf mich. »Und bevor du nach Beweisen fragst – der steht vor dir.«

»Du?«

Er nickte. »Bisher habe ich die Zeichen nur bei mir angewandt, und wie du siehst, lebe ich noch. Wenn ich die richtigen Symbole kenne, weiß ich also, was ich tue.«

»Sollten deine Tattoos nicht ausreichen, um dich zu schützen?«

»Gegen die gängigsten Bedrohungen schon«, sagte er. »Der Platz für Tätowierungen ist allerdings ein wenig begrenzt, um jeden erdenklichen Fall mit Runen abzusichern. Zumindest, wenn du hinterher nicht wie irgendein Stammeskrieger von oben bis unten voller Tätowierungen sein möchtest.«

Ich bezweifelte, dass das der wahre Grund war. Skyler glaubte an das, was er tat. Er verfolgte die Magie mit aller Macht. Warum sollte er also darauf verzichten, sich so umfangreich zu schützen wie nur möglich? Darauf fiel mir nur eine Antwort ein: Die Tätowierungen mussten sich noch gut unter der Kleidung verbergen lassen, um seine Tarnung nicht zu gefährden.

»Manchmal«, fuhr er fort, »bekommt man es mit Formen der Magie zu tun, auf die man nicht vorbereitet ist. Für den Fall habe ich meinen kleinen Malkasten hier dabei.«

Ich fragte mich, wie oft er wohl in seinem Alltag mit Situationen in Berührung kam, auf die er nicht vorbereitet war – und wie gut seine Chancen standen, noch ausreichend Zeit zu haben, um sich mit ein paar Pinselstrichen davor zu schützen. Dann fiel mir etwas anderes ein. »Du willst aber jetzt nicht …? Also die Stelle, an der du die Runen anbringst …«

Er grinste und für einen Moment sah ich meine schlimmsten Befürchtungen bestätigt. Dann schüttelte er den Kopf. »Keine Sorge, du musst dich nicht ausziehen. Wir nehmen deinen Arm. Der Unterarm sollte genügen.«

Ich stieß erleichtert die Luft aus, was ihm ein Lachen entlockte.

»Mach den Arm frei, dann fangen wir an.«

27

Ich schob den Ärmel des Pullovers zurück und machte mich am Ärmelknopf meiner Bluse zu schaffen, als mich das Klingeln des Handys zusammenfahren ließ. Skyler schnappte es sich und warf einen Blick auf das Display.

»Das ist er!« Er setzte sich neben mich aufs Bett und schaltete sofort den Lautsprecher dazu. »Skyler Matthews hier. Danke für Ihren Rückruf, Mr Mortens.«

Ein Rauschen in der Leitung verstärkte den Eindruck, dass jedes gesprochene Wort erst den Atlantik überqueren musste, ehe es seinen Empfänger erreichte.

»Was kann ich für Sie tun, Mr Matthews?«

»Wir sind im Besitz eines Erbstücks, das Sie vor Kurzem an einen Onlinehändler verkauft haben, und würden gerne etwas über seine Geschichte erfahren.«

»Hm. Nun ja … Sie müssen wissen, dass ich Onkel Grahams gesamtes Erbe verkauft habe und nicht mit jedem einzelnen Stück vertraut bin. Ich kann Ihnen aber versichern, dass es sich bei den Stücken um keinen übermäßigen Schatz handelt. Falls der Verkäufer zu viel von Ihnen verlangt haben sollte, tut es mir leid, das ist jedoch eine Angelegenheit, die Sie mit ihm klären sollten.«

»Es geht nicht um den Preis, Mr Mortens, sondern um das Objekt an sich. Das Schmuckstück scheint etwas Besonderes zu sein.«

Einen Moment lang herrschte Schweigen.

»Ich vermute, es handelt sich um ein Medaillon.«

Skyler warf mir einen vielsagenden Blick zu, den ich nicht recht zu deuten wusste. Wollte er mir zu verstehen geben, dass wir der Geschichte des Amuletts auf der Spur waren, oder sah er in Buster Mortens einen Verdächtigen, den er jeden Moment von seinen Leuten hochnehmen lassen würde?

»Ja, Sir«, bestätigte Skyler. »Ein Medaillon aus ziseliertem Silber.«

»Sie haben da ein wirklich schönes Stück erworben mit einer interessanten Geschichte.« Er lachte. »Einer Geschichte, die ich als Junge so oft zu hören bekam, dass sie mir damals beinahe zu den Ohren herauskam. Heute allerdings ist es eine schöne Erinnerung an ein Stück Kindheit. Tatsächlich bin ich sogar froh, dass Sie anrufen und ich sie Ihnen erzählen kann. Ohne sie wäre Onkel Grahams Erbe irgendwie unvollständig.«

So, wie er darüber sprach, war ich mir sicher, dass er nichts mit der Magie zu tun hatte. Für ihn war das Amulett nichts weiter als eine Kindheitserinnerung.

Skylers Augen glänzten erwartungsvoll. Das Haar fiel ihm in die Stirn und warf einen Schatten auf sein Gesicht, der ihn in Verbindung mit der Narbe auf seiner Wange fast schon bedrohlich aussehen ließ. Wie ein Raubtier auf der Jagd, das kurz davor stand, seine Beute zu schlagen. Hoffentlich war die Beute in diesem Fall nur die Geschichte des Amuletts und nicht der ahnungslose Mr Mortens.

»Dann bin ich gespannt, Ihre Geschichte zu hören«, sagte Skyler ernst.

Am anderen Ende der Leitung klapperte etwas, es hörte sich an, als würde Mr Mortens mit einem Glas hantieren und noch einmal etwas trinken, bevor er mit seiner Erzählung begann. »Es ist nicht nur die Geschichte des Medaillons, sondern auch die einer großen Liebe«, sagte er schließlich. »Die Geschichte eines Hexers.«

Skyler nickte, als hätte er nichts anderes erwartet.

»Sein Name war Calder Ravenwood«, fuhr Mortens ohne Unterbrechung fort. »Er wurde in eine Zeit hineingeboren, in der Magie noch nichts Verbotenes war, und war von klein auf ein Bewunderer der Zauberer und ihrer Fähigkeiten. In seinen Adern floss jedoch keine Magie, ein Umstand, den er von jeher zutiefst bedauert hatte. Um zu werden wie seine großen Vorbilder, wählte er den einzigen Weg, der einem Nichtmagischen möglich ist: Er beschwor einen Dämon und schloss einen Pakt mit ihm.«

Wenn ein Nichtmagischer, jemand ohne eigene Magie im Blut, die Kunst der Zauberei erlernte, wurde er zum Hexer. Zauberer und Magier durften sich nur jene nennen, die die Gabe von Geburt an in sich trugen.

»Der Dämon pflanzte ihm den magischen Funken ein, jenen Kern, der nötig ist, um Magie anzuzapfen und ihn in der Kunst der Hexerei zu unterweisen. Im Gegenzug und um seine Dankbarkeit zu beweisen, hatte er Aufträge für seinen Mentor zu erfüllen und ihm nach seinem Tod seine Seele zu übereignen.«

»Ist der Name dieses *Mentors* bekannt?«, fiel Skyler ihm ins Wort.

»Mein Onkel kannte ihn, ich bin mir jedoch nicht mehr sicher. Ich glaube, er hieß Abbas oder Abaras. Etwas in der Art.«

»Arabas?«

»Ja, das war der Name!«

Skylers Blick war auf das Hennaset mit den Pinseln gerichtet, als überlege er, mit welchen Runen er sich vor dem Dämon schützen könne. Verflucht, war es am Ende ein Dämon, der sich aus meinem Amulett zu befreien versuchte?

»Ravenwood hat seine Seele verkauft, um zu bekommen, wonach er sich am meisten sehnte, ohne zu ahnen, dass er dem Kostbarsten in seinem Leben erst später begegnen sollte«, berichtete Mortens weiter. Es erstaunte mich, wie freimütig er über Magie sprach, dann jedoch wurde mir bewusst, dass es für ihn nicht mehr als eine Geschichte war, die sein Onkel ihm immer erzählt hatte. Er wusste nicht um die Wahrheit dahinter. »In den kommenden Jahren saugte er alles Wissen auf, das der Dämon zu geben bereit war. Er erfüllte seine Aufgaben gewissenhaft und nutzte das Erlernte, um sich ein angenehmes Leben zu schaffen. Dann begegnete er Lavinia, einer wunderschönen Hexe, die ebenfalls ein Zögling des Dämons war. Es war Liebe auf den ersten Blick. Eine Liebe, von der Calder Ravenwood sicher war, dass sie alle Zeiten überdauern würde. Als jedoch die Zauberei verboten und schließlich verfolgt wurde, gerieten er und Lavinia ins Visier jener Leute, die es sich in den Kopf gesetzt hatten, alles Magische auszurotten. Ihre Verfolger schafften es, die Verbindung zu ihrem dämonischen Mentor zu kappen und das Tor zu schließen, durch das Arabas Kontakt zu dieser Welt hielt. Bei dem Versuch, aus dem Land zu fliehen, fiel Lavinia den Magiejägern in die Hände und fand ihr Ende auf dem Scheiterhaufen.« Mortens legte eine kunstvolle Pause ein, vermutlich an derselben Stelle, an der auch sein Onkel früher pausiert hatte. »Calder wollte sich jedoch nicht mit ihrem Tod abfinden. Es gelang ihm, ihre Seele einzufangen, als diese aus ihrem sterbenden Körper aufstieg, und in ein Medaillon zu bannen. Als er sich damit davonstehlen wollte, wurde er gestellt. Ihm gelang die Flucht, das Medaillon jedoch fiel in die Hände seiner Verfolger.«

Ganz allmählich begann ich zu begreifen, warum diese Seele so altertümlich klang. Sie war ein Wesen, eine Frau, die vor Jahrhunderten gelebt hatte. Jemand, der keine Ahnung von Handys, Fernsehen oder dem Internet hatte und der trotzdem mit aller Macht in diese Welt drängte. Die Frage war nur, warum jetzt? Warum nicht vor 50 oder 100 Jahren? Was war geschehen, dass es sie ausgerechnet jetzt in die Freiheit drängte – auf meine Kosten?

Ich setzte an, meine Frage zu stellen, doch Skyler legte mir die Hand auf den Arm und schüttelte den Kopf. Sofort klappte ich meinen Mund wieder zu. Mr Mortens wusste nicht, dass es sich bei dieser Geschichte um mehr als ein Märchen handelte. Wenn ich ihm nun zu verstehen gab, dass die Legende, die sein Onkel ihm erzählt hatte, der Wahrheit entsprach, könnte ihn das erschrecken. Genug, um den Rest seiner Geschichte für sich zu behalten.

Mortens ahnte nichts von meinen Gedanken und auch nichts davon, wie wichtig seine Geschichte für mich war. »Die Magiejäger versuchten damals, das Schmuckstück zu zerstören«, sagte er. »Doch ganz gleich, was sie auch unternahmen, alle Versuche schlugen fehl. Schließlich gab man es in die Hände eines Priesters. Dieser legte einen Segen darüber. Auf diese Weise sollte die Aura verborgen und ein Aufspüren unmöglich gemacht werden. Calder Ravenwood hat Lavinias Seele nie wieder gefunden. Das Amulett jedoch wurde über die Generationen innerhalb der Gemeinde von Priester zu Priester weitergegeben und der Segen aufrechterhalten. Mein Onkel war der letzte. Als er in den Ruhestand ging, wurde die Kirche geschlossen. Sparmaßnahmen.« Das letzte Wort spie er förmlich aus. »Das Medaillon nahm er mit sich. Mit seinem Tod endet die Geschichte der Wächter, wie sich die Priester selbst nannten. Die Legende jedoch sagt, dass Calder noch immer da draußen ist und nach der Seele seiner geliebten Lavinia sucht.«

»Hatten Sie keine Angst, dass etwas passieren könnte, wenn der Segen nicht mehr erneuert wird?«

Mortens lachte. »Nein, natürlich nicht. Das Ganze ist eine schöne Geschichte. Aber nicht mehr. Sie ist ebenso wahr wie all die anderen Geschichten, die Onkel Graham so oft erzählt hat – von Piraten, Schatzsuchern und bösen Zauberern.«

Wobei die Zauberer erwiesenermaßen nicht in der Kategorie Märchen anzusiedeln waren.

»Das ist wirklich eine wunderbare Geschichte«, sagte Skyler nach einer kurzen Pause. »Ich werde Sie meiner Freundin erzählen, wenn ich ihr das Medaillon schenke. Sie liebt romantische Geschichten. Das war doch alles, oder kommt noch mehr?«

»Nein, das war es. Onkel Graham hat seine Erzählung gerne ein bisschen weiter ausgeschmückt, er war einfach ein talentierterer Erzähler als ich, aber im Kern war das alles. Mehr gibt es nicht zu erzählen.«

Skyler dachte einen Moment nach, dann nickte er. »Ich danke Ihnen für Ihre Zeit, Mr Mortens.«

»Gerne. Ich freue mich, dass das Schmuckstück in so guten und interessierten Händen ist.«

Die beiden sagten Lebewohl, dann beendete Skyler die Verbindung und sah mich an. »Immerhin wissen wir jetzt mit Sicherheit, womit wir es zu tun haben.« Dabei klang er ausgesprochen zufrieden, als wäre diese alte Geschichte die Lösung unserer Probleme.

»Mit einer Hexenseele.« In meinen Ohren klang das weder beruhigend noch in irgendeiner Form nach einem gelösten Problem. Zumindest erklärte es einiges – zum Beispiel die Farbe von Kims Aura. Ich hatte angenommen, dass das Grau etwas mit ihrem Charakter zu tun hatte. Es war jedoch auch die Farbe, die für eine verirrte Seele stand. Was erschreckend viel Sinn ergab. Mein Fluch hatte mich an Kim gebunden und damit indirekt auch an das Amulett. Die Seele darin musste wie ein Verstärker gewirkt haben. Sie zog mich immer wieder in Kims Sicht – zumindest, solange sie die Kette getragen hatte. Seit ich das Ding hatte, waren die Ausflüge in ihren Geist ausgeblieben. Es musste also an der Magie der Kette liegen. Oder an der Seele.

28

»Wie geht es jetzt weiter?«, wollte ich wissen.

Skyler tippte sich nachdenklich mit dem Zeigefinger gegen die Unterlippe, dann meinte er: »Sobald ich dir die Schutzrunen aufgemalt habe, werde ich die Informationen an meine Leute in London weitergeben.«

»Gibt es denn keinen Weg, mir diese Kette einfach abzunehmen und sie zu vernichten?«

»Nicht hier.«

Seit ich Mr Mortens Geschichte gehört hatte, drängte es mich noch mehr, dieses Ding so schnell wie möglich loszuwerden. Der Gedanke, mich weiteren Übergriffen dieser Seele auszusetzen, bereitete mir beinahe körperlichen Schmerz. Natürlich hatte Mortens es nicht gesagt, aber diese Seele war auf der Suche nach einem neuen Körper. Und ich war ihr Ziel. »Können wir es nicht trotzdem versuchen?«

»Und dich dabei umbringen?« Skyler schüttelte den Kopf. »Ich werde Max noch ein paar Fragen stellen und danach fahren wir ins Hauptquartier nach London.«

Allein bei der Vorstellung, mitten in die Zentrale der Magiepolizei hineinzumarschieren, wurde mir übel. Ich konnte unmöglich dorthin gehen! Aber welche Optionen hatte ich? Entweder würde die Hexenseele meinen Körper übernehmen oder die Magiepolizei die Wahrheit über mich herausfinden. So oder so wäre es mein Ende. Es war die Wahl zwischen Pest und Cholera.

»London«, echote ich. »Und dort können sie mir helfen?«

»Ich denke schon.« Aus seinem Blick sprach Zweifel. Er wusste es nicht. Er wusste nicht, ob jemand aus seiner Behörde tatsächlich etwas für mich tun konnte. Dabei hatten sie doch eigene Zauberer, die für sie arbeiteten und unter anderem dafür zuständig waren, die Runen auf den Körpern der Sucher anzubringen und magische Gegenstände zu analysieren. Sie mussten doch in der Lage sein, jemandem ein verflixtes Schmuckstück abzunehmen.

Ganz sicher würde ich mich nicht in die Höhle des Löwen begeben, wenn ich nicht sicher sein konnte, dass ich sie ohne das Amulett und lebend wieder verlassen würde.

»Ich verstehe einfach nicht, warum ich plötzlich im Besitz des Medaillons bin«, überlegte ich laut. »Max hat es Kim geschenkt und so, wie es aussah, schien sie das Ziel der Seele gewesen zu sein. Was hat sich geändert? Warum ich?«

»Darüber kann ich auch nur spekulieren. Vielleicht war Kim nicht kompatibel genug, sodass die Seele sich einen anderen Träger gesucht hat.«

»Aber die Seele, diese Lavinia, kann doch in ihrem Zustand gar nicht imstande gewesen sein, sich einfach mal aus dem Medaillon zu befreien und damit zu mir zu marschieren, um es mir um den Hals zu legen. Wie kommt dieses Ding also dahin, wo es jetzt ist?« Hilflos deutete ich auf meinen Hals.

»Sie muss einen Helfer haben.«

Das ergab erschreckend viel Sinn. Das Ritual unter Kims Fenster. Das Gefühl, dass mich jemand verfolgte, als ich mich in den Wald geschlichen hatte, um den Fluch von Kim zu nehmen. Die gesichtslose Gestalt, die im Traum an meinem Bett erschienen war, ihre Worte gemurmelt und mir schließlich die Kette umgelegt hatte. Nur dass es wohl doch kein Traum gewesen war. »Wer könnte das sein? Calder Ravenwood?« Ich schnaubte. »Wohl kaum. Er müsste inzwischen um die dreihundert Jahre alt sein.«

»Was, wenn er einen Weg gefunden hat, die Zeit zu überdauern?«

Ein dreihundert Jahre alter Hexer, der auf dem Gelände herumschlich und versuchte, seiner Geliebten einen neuen Körper zu beschaffen. Die bloße Vorstellung jagte mir einen Schauder über den Rücken. »Du meinst, er könnte wirklich …?«

»Es ist zumindest nicht auszuschließen.« Skyler drehte sich so weit zu mir herum, dass wir uns fast gegenübersaßen. »Was hat Mortens gesagt? Der Segen sollte verhindern, dass es aufgespürt wird. Ein Segen muss regelmäßig erneuert werden. Nach dem Tod des Priesters ist er langsam verblasst.«

»Jemand, der wusste, wonach er suchte, hätte es also problemlos aufspüren können?«

Er nickte. »Ich glaube, dieser Jemand ist Calder Ravenwood.«

»Aber …«

»Er muss es sein«, beharrte Skyler. »Wäre er nicht mehr am Leben, würde diese Seele auch nicht länger existieren.«

»Soll das heißen …?«

»Wenn derjenige stirbt, der die Seele gebunden hat, bevor sie einen neuen Körper findet, vergeht auch die Seele.« Er zuckte die Schultern. »Wer außer dem Hexer sollte daran interessiert sein, diese Seele zu befreien?«

»Vielleicht jemand, der ihre Geschichte kennt und sich erhofft, dass sie ihm ein paar magische Tricks beibringen oder Kontakt zu diesem dämonischen Mentor vermitteln kann?« Wenn Calder wirklich noch am Leben war, musste der Dämon ziemlich angepisst sein. Immerhin wartete er schon seit ein paar hundert Jahren auf die ihm zustehende Seele des Hexers.

»Eher unwahrscheinlich. Ich glaube nicht, dass die Priester, die über die Generationen hinweg über die Seele gewacht haben, diese Geschichte über ihre eigenen Familien hinaus verbreiteten. Viele haben sie vermutlich nicht einmal ihren

Familien anvertraut. Hätte es sich herumgesprochen, was sie bewachten, und sich jemand erhofft, darüber einen umfassenderen Zugang zur Magie zu bekommen, hätte sicher schon viel früher jemand versucht, das Medaillon an sich zu bringen. Wenn jemand von der Geschichte gehört hätte, hätte er – verborgene Aura hin oder her – auch gewusst, wo er es finden würde. Da es aber nicht gestohlen wurde und vermutlich nie auch nur einen Diebstahlversuch gab, tippe ich auf den Hexer.« Skyler rieb sich nachdenklich das Kinn. »Es klingt unwahrscheinlich angesichts seines Alters, aber er ist meiner Meinung nach der Einzige, der in der Lage wäre, die Aura aufzuspüren. Der Einzige, der weiß, wonach er überhaupt suchen muss. Vermutlich hat er sie schon in dem Augenblick gespürt, in dem der Segen erlosch.«

»Warum hat er es sich dann nicht geholt?«

»Vielleicht war er nicht schnell genug. Er hat die Aura geortet und sich auf den Weg gemacht, um sich das Amulett zu holen. In der Zwischenzeit hat Mortens es aber weiterverkauft, und bevor Ravenwood den Händler erreichen konnte, hatte der das Medaillon bereits an Max verschickt.«

»Dann ist er der Spur also hierhergefolgt. Und dann?«

»Ich kann auch nur spekulieren, das ist dir hoffentlich klar. Angenommen, er kam mit dem Wunsch hierher, es an sich zu bringen und Lavinias Seele zu befreien, dann hätte er …

»Er brauchte einen Körper für sie und warum nicht Kim nehmen, wenn sie das Medaillon ohnehin schon trug.« Abgesehen davon, dass sie die offensichtliche Wahl war, verfügte sie obendrein auch noch über eine sehr hübsche Hülle, in die Ravenwood die Seele seiner Geliebten stecken konnte. Er hätte es schlechter treffen können. »Dann hat er also das Ritual durchgeführt, um die Seele an sie zu binden und ihr … den Übergang zu ermöglichen?«

»Das nehme ich an. Aber etwas muss schiefgegangen sein.«

Und ich hatte auch so eine Ahnung, was das gewesen sein könnte. Keine vierundzwanzig Stunden nachdem der Hexer (angenommen, er war es tatsächlich und hatte es wirklich getan) unter Kims Fenster sein Ritual ausgeführt und die Seele an Kims Körper gebunden hatte, legte ich meinen Fluch über Kim. Vielleicht hatte ich damit den Übergang gestört, ihn irgendwie behindert, vielleicht sogar gänzlich verhindert. Irgendwas musste mein Fluch jedenfalls bewirkt haben, andernfalls wäre Kim längst nicht mehr sie selbst gewesen, sondern eine Hexe mit Kims Gestalt und Augen wie zwei Kohlenstückchen.

Ich wollte Skyler fragen, warum er mich ausgewählt hatte, doch ich schluckte die Frage herunter. Ich hatte Magie im Blut. Vielleicht war der Transfer auf diese Weise leichter, womöglich erhoffte Calder sich dadurch auch eine Stärkung von Lavinias Fähigkeiten. Vielleicht spielte meine Magie aber auch gar keine Rolle und ich war lediglich diejenige, die am leichtesten greifbar gewesen war. Oder es war einfach seine Art, sich dafür an mir zu rächen, dass ich den Übergang der Seele in Kims Körper gestört hatte. Welche Variante es auch sein mochte, es war nicht ratsam, mit Skyler darüber zu sprechen.

Während ich noch überlegte, was ich sagen, wie ich die zwischen uns entstandene Stille füllen konnte, ohne mich in irgendeiner Form verdächtig zu machen, stand er auf und wandte sich den Tuben und Tiegeln aus seiner Ledermappe zu. Ich beobachtete, wie er in einem leeren Gefäß eine rotbraune Paste anrührte, sie mit ein wenig Wasser und ein paar Tropfen anderer Flüssigkeiten verdünnte und dabei immer wieder die Konsistenz prüfte. Seine Lippen, die ich fast nur mit einem Lächeln darauf kannte, waren zu einem schmalen Strich zusammengepresst. Die Konzentration zeichnete eine steile Falte zwischen seine geraden Augenbrauen. Jeglicher Schalk war aus seinem Blick gewichen und hatte einem ernsten, fast schon nachdenklichen Ausdruck Platz gemacht. Seine offenkundige Sorge machte mich nervös. Es wäre mir lieber gewesen, er hätte mir versichert, dass alles gut werden würde, statt mich merken zu lassen, dass er selbst nicht so recht daran zu glauben schien. Daran, dass die Runen mich für eine gewisse Zeit schützen konnten, zweifelte er nicht. Es war das, was danach kam, das seine Skepsis weckte. Er glaubte nicht daran, dass seine Leute mir mit all ihrem Wissen helfen konnten. Der immer gut gelaunte, optimistische und starke Skyler, den ich kennengelernt hatte, glaubte nicht, dass ich gerettet werden konnte.

Zum x-ten Mal verrührte er den Inhalt des Gefäßes. Er kippte es leicht zur Seite, beobachtete, wie der Inhalt, der Schwerkraft folgend, die Glaswand entlangkroch. Zufrieden mit dem Ergebnis legte er das Stäbchen, mit dem er gerührt hatte, zur Seite und stellte den Tiegel auf dem Nachttisch ab.

»Schieb deinen Ärmel hoch«, forderte er mich auf, ohne mich anzusehen. Seine Aufmerksamkeit galt den in der Ledermappe aufgereihten Pinseln. Er zog einen heraus, prüfte die Spitze, steckte ihn wieder zurück und griff nach dem nächsten. Schließlich hatte er den passenden Pinsel gefunden – denselben, den er schon vor Mr Mortens Anruf ausgewählt hatte.

Ich lenkte meinen Blick auf meine Ärmel und machte mich daran, sie so weit wie möglich nach oben zu schieben. Je mehr Platz Skyler für seine Runen hatte, desto mehr Schutz würden sie mir bieten. Wenn es mich vor den Übergriffen der Seele schützte, konnte er mir meinetwegen beide Arme, die Beine und den Rücken mit seinen Zeichen bepinseln.

Ohne dass es mir aufgefallen war, hatte er innegehalten.

Sein Blick war auf mein Gesicht gerichtet. Er studierte meine Züge, als versuchte er sich mein Gesicht bis ins letzte Detail einzuprägen. Beinahe zögernd hob er die Hand. Sein Zeigefinger strich über meine Unterlippe. Langsam. Und so zärtlich, dass es schmerzte. Ich wollte mich befreien, wollte den Kopf abwenden. Doch ich konnte mich nicht bewegen. Es gelang mir nicht einmal, meinen Blick von seinen Augen zu lösen. Ich war gefangen von diesem Moment, von der Wärme in seinen Augen und der Zärtlichkeit seiner Berührung. Seine Nähe überwältigte mich, erfüllte mich mit Sehnsucht. Doch ganz gleich, wie sehr ich es mir auch wünschte, ich konnte ihn nicht haben. Konnte nicht mit ihm zusammen sein.

Die Traurigkeit schlug wie eine Welle über mir zusammen, setzte sich als Kloß in meinem Hals fest und machte mir das Atmen schwer. Ich schluckte heftig, doch ich kam nicht dagegen an. Ein gebrochener Seufzer kroch mir über die Lippen.

»Hey.« Plötzlich saß Skyler neben mir auf dem Bett und zog mich an sich. »Mach dir keine Sorgen. Wir schaffen das. Ich lasse nicht zu, dass dir etwas passiert.«

Da war sie, die Lüge, die zu hören ich mir vorhin noch gewünscht hatte. Jetzt jedoch wäre es mir lieber gewesen, dass *wir* es schaffen könnten. Er und ich. Nicht nur den Kampf gegen die Seele, die mich zu verschlingen versuchte, sondern den Kampf um die Zukunft.

Er schloss die Arme enger um mich und vergrub sein Gesicht in meinem Haar. Sein Atem strich warm über meinen Hals. »Wir werden einen Weg finden, das verspreche ich dir. Ich werde alles tun, um dich von dieser verfluchten Magie zu befreien. Alles. Ich will … Ich *werde* dich nicht an sie verlieren.«

Ich war mir nicht sicher, ob er mit »sie« Lavinias Seele

oder die Magie meinte. Was die Magie anging, würde er sein Versprechen nicht einlösen können – solange er mein Gehirn nicht zu Matsch verwandelte, würde die Magie immer ein Teil von mir sein.

Ich lehnte mich an ihn und gab mich noch einmal der Illusion hin, dass er und ich wirklich zusammengehören könnten. Ein letztes Mal, bevor wir uns dem Kampf gegen Calder Ravenwoods Magie stellen würden. Einen Kampf, der unweigerlich mit einem Verlust enden würde. Wenn ich mich nicht selbst an diese Seele verlor, würde ich Skyler verlieren.

Skyler lehnte seine Stirn an meine, nur für ein paar Sekunden. Dann hob er den Kopf, küsste mich auf den Haaransatz und stand auf. »Lass uns anfangen. Je eher die Runen auf deiner Haut sind, desto schneller wirst du dich wieder sicher fühlen.«

Ich bezweifelte, dass ich mich überhaupt jemals wieder sicher fühlen würde. Aber das behielt ich für mich. Skyler schob die Ärmel von Pullover und Bluse noch ein Stück weiter nach oben. »Streck den Arm aus.« Ich tat es. Er runzelte die Stirn. »Auf Dauer wird das nicht allzu bequem sein.«

»Wie lange gedenkst du denn zu malen?«

»Nicht lange.«

»Dann wird es gehen.«

Einen Moment betrachtete er meinen durchgestreckten Arm, dann packte er sein Kopfkissen, legte es auf meine Knie und platzierte meinen Arm darauf.

»Du wirst den Bezug versauen.«

»Für so etwas haben wir ein Spesenkonto«, bemerkte er trocken, zog sich den Schreibtischstuhl heran und setzte sich zwischen mich und den Nachttisch, auf dem sein Farbtiegel stand. »Okay, halt still. Je akkurater die Runen sind, desto besser wirken sie.«

»Wie viel Zeit gewinne ich?«

»Ein paar Tage. Wenn alles gut geht.«

Nicht viel, aber es musste reichen.

Er warf einen Blick auf sein Handy, studierte die Mail mit den verschlungenen Formen eingehend, dann tauchte er den Pinsel in die Farbe und setzte die erste Linie an der Innenseite meines Unterarms an. Die Farbe war feucht und kalt, der Pinsel kitzelte meine Haut und verursachte mir eine Gänsehaut. Nur mühsam widerstand ich dem Drang, darüberzureiben. Meine Augen folgten dem Schwung des Pinsels, verfingen sich in der Spiralform, die Skyler auf meinen Arm auftrug und die ohne Unterbrechung sofort in die nächste Spirale überging. Skyler hatte die Augenbrauen konzentriert zusammengezogen und die Zähne so fest in seine Unterlippe gegraben, dass sie bereits weiß schimmerte. Sorgsam zeichnete er seine Spiralmuster. Dass er dabei eine Vorlage benutzte, beruhigte mich nicht. Was, wenn er einen Fehler machte? Wenn das Muster abwich und keine Wirkung mehr zeigte?

Dann bin ich erledigt.

Die Spiralen veränderten ihre Größe, anfangs kaum merklich, dann immer deutlicher. Verschlungene Schriftzeichen verbanden sich mit den Mustern zu einer fließenden Einheit. Obwohl Skyler die Zeichen ohne zu zögern mit einem einzigen Pinselstrich auftrug, nahm er sich vor jedem neuen Symbol ein paar Sekunden Zeit, um sich die Muster auf dem Display einzuprägen. Es fiel mir schwer, den Ranken und Kreisen, die sich immer weiter über meinen Arm ausbreiteten, einen Sinn abzutrotzen. Tatsächlich schienen sich die Spiralen vor meinen Augen zu drehen, je länger ich darauf starrte. Sie bewegten sich, wirbelten immer schneller im Kreis und trugen meine Gedanken fort. War das die Wirkung, die sie auf Magie hatten? Lenkten sie die Magie ab, wirbelten sie durcheinander und ließen sie ihr Ziel vergessen? Beim Betrachten der Zeichen fühlte ich mich mehr und mehr mitgerissen, verloren in den endlosen Windungen von Spiralen und verschlungenen Runen. Ich kniff die Augen zusammen, doch es wollte mir nicht gelingen, einen mir bekannten Buchstaben in den Runen zu erkennen. Es war, als blickte ich auf eine fremde Sprache, deren Schrift nicht die geringste Ähnlichkeit mit der unsrigen hatte. Alt sahen die Zeichen aus, doch trotzdem hatten sie nichts mit den alten Schriften gemein, die ich in Büchern über Magie gesehen hatte. Diese Runen waren etwas vollkommen Eigenständiges.

Je länger es dauerte, desto mehr verlor ich das Gefühl in meinem Arm. Das Kissen machte es mir leichter, trotzdem musste ich ihn durchstrecken und – was mir noch schwerer fiel – ruhig halten. Meine Finger zitterten von der Anstrengung und ich kämpfte darum, das Zittern vom Rest meines Armes fernzuhalten. Dass die Farbe mehr und mehr auf meiner Haut brannte, machte es nicht leichter. Anfangs war es lediglich ein leichtes Prickeln und Kribbeln gewesen, keines von der angenehmen Sorte, wie ich es verspürte, wenn Skyler mich berührte; je mehr Farbe jedoch meinen Arm zierte, desto schmerzhafter wurde es. Es sah ganz danach aus, als wäre ich auf Henna allergisch. Ich konnte nur hoffen, dass sich die Allergie auf meine Haut beschränkte und ich nicht plötzlich einen Asthmaanfall oder Magenkrämpfe bekam.

Da die Runen meine beste und vielleicht einzige Chance waren, etwas gegen die Macht der Seele auszurichten, beschloss ich, die unangenehme Nebenwirkung der Farbe erst einmal für mich zu behalten. Ich brauchte diese Zeichen. Von ein bisschen Schmerz würde ich mich nicht einschüchtern lassen.

Auch wenn er mit jeder Sekunde durchdringender wurde.

Mein Arm brannte und sandte tobende Wellen bis in meine Schulter hinauf.

Ich biss die Zähne zusammen und betrachtete die Haut um die Zeichen herum genauer. Da war weder eine Rötung zu erkennen noch etwas, das nach einem Ausschlag aussah. Keine Pusteln und auch sonst nichts Auffälliges. Vielleicht war es die Magie, die sich auf diese Weise bemerkbar machte. Womöglich musste es so sein.

Als es schlimmer wurde, konnte ich ein Stöhnen nicht mehr ganz unterdrücken. Sofort hielt Skyler inne und sah mich an. »Stimmt was nicht?«

Ich verzog das Gesicht. »Ich wundere mich gerade darüber, dass alles, was hilft, immer irgendwie wehtun muss. Oder schlecht schmeckt.«

Er sah mich verständnislos an.

»Die Runen«, rutschte es mir heraus, obwohl ich es nicht sagen wollte. Verflucht, ich hatte schon vorhin zu viel gesagt! Aber jetzt war es zu spät. »Die Farbe brennt.«

»Du dürftest eigentlich nichts weiter spüren als den Pinsel. Bist du auf Henna allergisch?«

»Scheint so.« Ich zuckte die Schultern. »Vielleicht ist es ja auch die Seele, die sich gegen den Bannzauber wehrt. Mach einfach weiter. Ich halte das schon aus, wenn ich die Seele damit unter Kontrolle bringen kann.«

»Das ist nicht die Seele.«

»Nein?«

»Nein.« Nachdenklich kaute er auf dem Ende des Pinsels herum. »Die Muster drängen sie zurück, sie kann sie nicht durchbrechen und müsste deshalb schwächer werden. Zu schwach, als dass du sie länger spüren könntest.«

Da ich nicht wusste, was ich darauf erwidern sollte, nickte ich nur.

Skyler nahm seine Arbeit wieder auf. »Ich bin gleich fertig«, sagte er, während er den Pinsel über meinen Arm wandern, ihn Kreise ziehen und Schlaufen malen ließ. »Nur noch ein paar Zeichen. Hier und ... da. Geschafft.«

Kaum hatte er den letzten Pinselstrich gemacht, leuchteten die Runen feuerrot auf, als würden sie von innen heraus glühen. So schnell das Leuchten gekommen war, so schnell war es auch wieder verschwunden – und mit ihm der Schmerz.

Die Farbe auf meinem Arm war schlagartig trocken und es sah aus, als wären die Runen bereits vor Tagen oder gar Wochen aufgetragen worden.

Skyler war aufgestanden, nicht abrupt, sondern ganz langsam, wie in Zeitlupe. Der Stuhl war hinter ihm umgekippt, doch er schien es gar nicht zu bemerken. Wie versteinert stand er da und starrte auf die verschlungen Zeichen auf meinem Arm. Jedes Gefühl war aus seinen Zügen gewichen und mit ihm alle Farbe.

Er ließ den Pinsel fallen, als hätte er sich die Finger daran verbrannt. Farbe spritzte in dünnen Tröpfchen auf den Teppichboden.

»Du bist eine von ihnen!« Die Ader an seiner Schläfe pulsierte im Takt seines Herzschlags. »Die ganze Zeit über hast du mich angelogen, mich eingewickelt, dabei bist du genauso schrecklich wie dieses Ding, vor dem ich dich beschützen wollte!«

Ich erstarrte. Das Glühen. Der Schmerz. Das alles war keine Reaktion auf die Seele gewesen und es hatte auch nichts mit einer Allergie zu tun. Es war meine Magie, die auf die Runen reagiert und sich dagegen zur Wehr gesetzt hatte. Meine Magie hatte mich verraten.

»Skyler, ich ...«, setzte ich an und stand ebenfalls auf. »Du ... Wir können ... Es ist nicht ...« *Nicht so, wie du denkst?* Es war genau so, wie er dachte! Verflucht, warum brachte ich keinen vernünftigen Satz zustande, es ging hier immerhin um mein Leben! Ich hatte Mühe zu atmen. Die Enttäuschung in seinen Augen zu sehen war schlimmer als die Wut, die er aus jeder Pore zu verströmen schien. Auch schlimmer als jede Form von Hass, mit der er mich überziehen konnte. Doch noch schwerer war die Verachtung zu ertragen, die sich mit jedem Herzschlag tiefer in seinem Blick einbrannte und die Enttäuschung mehr und mehr daraus verdrängte.

»Du bist eine Lügnerin! Eine verdammte Zauberin bist du! Magischer Abschaum!«

Seine Wut brach sich Bahn und schlug in einer Welle von gebrüllten Sätzen über mir zusammen. Er überschüttete mich mit einem Wortschwall, dessen Sinn ich nicht länger erfassen konnte. Er bestand nur noch aus sengendem Zorn. Ich hätte in Panik verfallen und versuchen müssen, aus dem Zimmer zu flüchten, doch ich konnte mich nicht bewegen. Konnte nicht einmal einen Plan fassen. In meinem Kopf gab es nur einen einzigen Gedanken: *So endet es also.*

Ich wollte Skyler die Wut nehmen, wollte ihn so weit besänftigen, dass er in der Lage wäre, mir zuzuhören. Wenn ich ihm alles erklären könnte … Instinktiv streckte ich meine Hand nach ihm aus, wollte sie auf seinen Arm legen. Eine Verbindung zwischen uns erschaffen, durch die ich meine Kraft fließen lassen und seinen Zorn mildern konnte.

Skyler schüttelte meine Hand ab. »Fass mich nicht an. Nie wieder!«

Mit einem letzten Blick auf mich, der all seinen Abscheu zur Schau stellte, machte er kehrt und verließ das Zimmer. Das Schlagen der Tür hatte etwas Endgültiges an sich.

29

So endete es also.

Skyler war fort und ich stand allein in seinem Zimmer. Ich weiß nicht, wie lange ich mitten im Raum stand, nicht in der Lage, mich zu bewegen, und kaum fähig, mich aufrecht zu halten.

Es kam mir vor wie Stunden.

Zum zweiten Mal in meinem Leben hatte ich das verloren, das mir am wichtigsten war. Den Menschen, der mir am wichtigsten war.

Ich schlang die Arme um den Oberkörper und kämpfte gegen die Tränen an. Doch welchen Sinn hatte es noch, sie zurückzuhalten?

Ich war allein.

Niemand sah mich.

Allein. Das Wort hallte durch meinen Geist, wieder und wieder, als hätte ich erst jetzt begriffen, was es bedeutete, wirklich allein zu sein. All die Jahre, in denen ich die Einsamkeit gesucht hatte, war sie mir immer wie ein Freund erschienen. Jetzt jedoch, da ich Skyler endgültig verloren hatte, schien mir die Tragweite erst wirklich bewusst zu werden.

Allein.

Niemand, der sich um mich sorgte.

Mich vermisste.

Mich beschützte.

Skyler war nicht lange in meinem Leben gewesen, doch er hatte es geschafft, mein Denken und meine Gefühle vollkommen auf den Kopf zu stellen. Er hatte vollbracht, was keinem der Menschen gelungen war, die in den letzten Jahren meinen Weg gekreuzt hatten: Er hatte die Mauer niedergerissen, die ich so mühsam um mich herum errichtet hatte – und mich inmitten der Trümmer zurückgelassen.

Allein.

Und bald würde ohnehin nur noch eine leere Hülle von mir existieren, ohne Leben, ohne das, was mich ausmachte – entweder würde die Seele meinem Bewusstsein ein Ende setzen oder die Magiepolizei.

Jeden Moment würden Skylers Leute ins Zimmer stürmen, so wie sie damals in unser Haus gestürmt waren, und mich abführen. Im Gegensatz zu meiner Mutter hatte ich niemanden, der sich schützend vor mich stellen würde.

Niemand, den es interessierte, ob ich lebte oder starb.

Ich sollte fliehen. Abhauen, solange ich noch konnte, und versuchen, zumindest einen Vorsprung zu gewinnen. Doch ich konnte mich nicht bewegen. Ich war wie paralysiert. Selbst das Atmen fiel mir schwer. Zitternd starrte ich auf die Tür, wartete darauf, dass sie kamen, um mich zu holen, während ich noch immer versuchte, meine streikenden Muskeln zum Gehorsam zu zwingen.

Es dauerte lange, bis ich endlich die Kraft dazu aufbrachte, mich zu bewegen. Ich drehte mich zur Tür herum und war im Begriff, einen ersten Schritt darauf zuzumachen, als sie geöffnet wurde.

Ich fuhr zurück, darauf gefasst, mich einem Trupp schwarz gekleideter Männer gegenüberzusehen, die ihre Waffen auf mich richteten. Doch es war nur Skyler. Er trat in den Raum, drückte die Tür hinter sich ins Schloss und blieb stehen.

Die Wut war aus seinen Zügen geschwunden und hatte einer starren Leere Platz gemacht, die schlimmer war als alles andere. Sein wunderschönes Gesicht, die strahlenden Augen, in denen stets ein Lächeln zu blitzen schien, wirkten wie tot. Selbst die Narbe an seiner Wange, die immer ein wenig dunkler geschimmert hatte, schien jede Farbe verloren zu haben. Ich konnte es nicht ertragen, ihn anzusehen, deshalb senkte ich den Kopf.

Sein Schweigen zog sich in die Länge. Krampfhaft suchte ich nach etwas, mit dem ich es füllen konnte, Worte, die die feindselige Stille durchbrechen und mir den Skyler zurückgeben würden, den ich kannte. Doch ich war mir nicht einmal sicher, ob mir meine Stimme überhaupt gehorchen würde. Abgesehen davon würde nichts, was ich sagte, die Situation verbessern.

Also ertrug ich die Stille und wartete.

Sekunden zogen sich ins Endlose, wurden zu einer Minute, dann zwei. Ich war mir der Tatsache bewusst, dass er mich musterte. Vermutlich suchte er nach Anzeichen, die mich ihm als Zauberin hätten zu erkennen geben müssen. Anzeichen, die selbst seinem geschulten Auge verborgen geblieben waren.

»Es war ein Fluch«, brach Skyler endlich sein Schweigen.

Ich sah auf, unsicher, wovon er sprach. »Was?«

»Als Kim letzte Woche den Ausschlag bekam.«

Er hatte es bemerkt! Wie zum Teufel konnte er es gemerkt und trotzdem nichts gesagt haben? Da er mir keine Frage gestellt, sondern lediglich eine Feststellung ausgesprochen hatte, sagte ich nichts. Ich schlang die Arme fester um mich in dem Versuch, mich gleichermaßen zu trösten und vor dem zu schützen, was mir bevorstand. Noch immer fühlte ich mich wie erstarrt. Innerlich war ich erfroren, jedes Gefühl war tot. Ich hatte Skyler in dem Moment verloren, in dem ich erfahren hatte, was er war. Jedoch wurde mir erst jetzt bewusst, wie endgültig dieser Verlust war. Wir hatten keine Auseinandersetzung gehabt. Nichts, was sich durch Worte oder eine Entschuldigung aus dem Weg räumen ließ.

Dass er von dem Ausschlag wusste, überraschte mich. Er hatte unmittelbar hinter mir gestanden, als es passiert war.

Wenn ihm nicht entgangen war, was ich getan hatte, warum hatte er nichts gesagt? Mich nicht sofort verhaftet?

Als ich den Kopf hob, merkte ich, dass er mich ansah. In seinem Blick lag ein Ausdruck, als würde meine Reaktion bestätigen, was er ohnehin längst gewusst hatte.

»Es war nur ein schwaches Vibrieren«, sagte er. »So schwach, dass ich mir nicht sicher war. Es hätte ebenso gut von jemandem kommen können, der in diesem Moment an uns vorüberging. Ich wünschte, es wäre so gewesen.« Für einen Moment fiel die Starre von ihm ab und offenbarte die Gefühle, die in ihm gegeneinander ankämpften, doch es kostete ihn nur ein kurzes Kopfschütteln und schon fiel die Maske wieder herab und brachte jede Emotion in seinen Augen zum Erlöschen. »Die Wahrheit ist, dass ich es die ganze Zeit geahnt habe. Doch ich wollte es nicht wahrhaben. Ich habe mir gewünscht, dass ich mich irre. Aber du warst es. Du bist eine Fluchweberin. Deshalb konnte ich deine Magie nur so schwach spüren.«

Wieder fiel die Maske in sich zusammen und gab einen Blick auf seine im Wettstreit liegenden Gefühle frei. Wut, Bedauern und Enttäuschung flammten wie Blitze in seinen Augen auf, gruben für die Dauer einiger Herzschläge verräterische Linien in sein Gesicht, ehe es ihm gelang, sie abzuschütteln und erneut eine eisige Miene aufzusetzen.

Seit er den Raum betreten hatte, hatte er mich zwar beinahe ununterbrochen angesehen, dabei seinen Blick aber von meinen Augen ferngehalten. Als fürchtete er, ich würde ihn verhexen, sobald sich unsere Blicke trafen. Oder als könne er es nicht ertragen, mir in die Augen zu sehen. Ich war nicht länger seine Freundin, sondern etwas, das er mit kalter Professionalität betrachtete. Etwas, das zu bekämpfen er sich geschworen hatte.

»Sag mir nur eines, Raine. Hast du über mich gelacht,

nachdem du herausgefunden hast, was ich bin? Hast du über den dummen Sucher gelacht, der auf dich hereingefallen ist?«

Ich schüttelte den Kopf. »Ich habe getrauert«, sagte ich leise. »Um uns. Und um das, was niemals aus uns werden kann.«

Für einen Moment sah ich die Qual in seinen Augen, dann jedoch glätteten sich seine Züge wieder. Wurden hart und so eisig, dass es mir Angst machte.

In dem Versuch, meine Furcht zu verbergen, biss ich die Zähne so fest aufeinander, dass meine Kiefer schmerzten. Ich würde ihn nicht um mein Leben anflehen. Es hätte ohnehin keinen Sinn. Die einzige Chance, die mir noch blieb, war die Flucht.

Ich musste hier weg, doch dazu musste ich an ihm vorbei. Ganz langsam, Zentimeter für Zentimeter, schob ich mich zur Seite. Wenn ich schnell genug war, konnte ich die Tür vielleicht erreichen. Ich spannte meine Muskeln an, bereit loszuspringen, doch Skyler vertrat mir den Weg.

»Du kannst nicht gehen.« Seine Stimme klang kalt und schneidend.

Ich konnte aber auch nicht bleiben. »Dann verhaftest du mich jetzt?«

»Noch nicht.« Ein Umstand, den er zu bedauern schien. »Erst werden wir diese Seele bannen und dem Amulett seine magische Kraft nehmen.«

»Und danach wirst du mich verhaften.«

Er nickte. »Das ist meine Aufgabe. Und ich werde sie erfüllen.«

Seine Worte hätten mich in Panik versetzen sollen, doch stattdessen taten sie weh. Nachdem seine Küsse und seine Nähe Gefühle in mir geweckt hatten, die ich so lange zu verleugnen versucht hatte, fühlten sich seine Worte wie

Verrat an. Ich wandte den Blick ab und kämpfte gegen die aufsteigenden Tränen. Da legte er seine Hand auf meinen Arm. Ich blinzelte die Tränen zurück und sah auf. Für einen Moment war die Kälte aus seinen Zügen gewichen und er war wieder der Skyler, den ich kannte. Mein Skyler.

»Ich mag dich, Raine«, sagte er sanft. »Mehr, als ich sollte. Aber …«

»Aber es darf nicht sein.«

»Nein. Niemals.« Er zog seine Hand zurück, als hätte er sich verbrannt. Schlagartig war jede Wärme aus seinen Zügen gewichen und mir war bewusst, dass dies die letzten persönlichen, die letzten freundlichen Worte waren, die ich aus seinem Mund hören würde. Ab sofort hatte ich es nur noch mit einem Sucher zu tun, der seine Arbeit erledigte.

Ich war versucht, es doch auf einen Fluchtversuch ankommen zu lassen. Sich mit der Hexenseele herumzuschlagen erschien mir allemal einfacher, als mein Leben oder zumindest meinen Verstand an die Magiepolizei zu verlieren. Wenn ich ihn zur Seite stieß … nein! Ich musste ihn außer Gefecht setzen. Ihm eins überbraten. Nur so konnte ich mir einen Vorsprung verschaffen.

Dann jedoch wurde mir bewusst, dass es keinen Ort gab, an dem ich mich vor ihm verstecken konnte. Nicht, solange ich seinen Sender in mir trug. Das verdammte Ding, das es ihm möglich machte, mich immer und überall zu finden.

30

»Was machen wir jetzt?«

Es kostete mich alle Kraft, meiner Stimme einen kühlen, geschäftsmäßigen Tonfall zu verleihen. Mich selbst zu bemitleiden oder in Schockstarre zu verfallen, brachte mich im Augenblick nicht weiter. Heulend und zitternd zusammenbrechen konnte ich auch später noch, wenn ich in Sicherheit war. Doch dazu musste ich es erst einmal schaffen, Skyler zu entkommen.

Wenn es mir gelänge, ihn in Sicherheit zu wiegen, ihn davon überzeugen, dass ich von seiner Hilfe abhängig war, würde seine Wachsamkeit früher oder später nachlassen. Dann konnte ich die Gelegenheit zur Flucht nutzen. Vorher jedoch musste ich einen Weg finden, den Sender zu deaktivieren. Heilige Scheiße, die Menschen hatten Angst vor Magie, gleichzeitig erfanden sie technische Geräte, mit denen sie dasselbe bewirken konnten wie mit Zauberei! Wo war da bitte der Sinn?

»Wir werden mit Max sprechen.«

»Was, wenn er deine Fragen nicht beantworten will oder kann?«

»Dann werde ich ihn verhaften und nach London bringen lassen. Unsere Verhörspezialisten haben bisher noch jeden weichgekocht. Ab sofort ist das eine offizielle Sucherangelegenheit.«

Ich sparte mir die Frage, ob das nicht von Anfang an der Fall gewesen war, denn ich wusste, was er meinte. Bisher hatte er mehr oder weniger halboffiziell gehandelt, um mich zu schützen. Jetzt gab es keinen Grund mehr dafür. Er würde alles in seiner Macht Stehende unternehmen, um die Seele zu bannen und das Amulett von seiner Magie zu befreien, denn das war sein Job. Mich zu retten gehörte nicht mehr zu seinen Prioritäten. Wenn mir etwas zustieß, würde er das als Kollateralschaden verbuchen und seiner Arbeit nachgehen, als wäre nichts gewesen. Als wäre ich *nicht* gewesen.

»Komm mit.« Er packte mich am Handgelenk und schob mich vor sich auf den Gang hinaus. Mit der freien Hand schloss er die Tür ab, dann drehte er sich zu mir herum. Wieder sah er mich zwar an, vermied es aber, mir dabei in die Augen zu blicken. Als hätte er Angst vor dem, was er darin finden könnte. »Ich werde dich jetzt loslassen. Vorher möchte ich dich allerdings noch einmal an den Sender erinnern. Damit kann ich dich jederzeit und überall finden. Also erspare uns beiden bitte die Mühe und lauf nicht weg.«

Was sollte ich darauf erwidern? Ich hätte ihn beschimpfen können, ihn treten oder sonst etwas. Nichts davon hätte etwas an meiner Situation geändert. *In Sicherheit wiegen*, rief ich mir in Erinnerung und nickte.

Einen Moment noch ruhte sein Blick auf meinem Gesicht, das Nachtlicht tauchte seine Züge in kaltes Blau, dann gab er mein Handgelenk frei, blieb aber den gesamten Weg zu Max' Zimmer so dicht neben mir, dass er mich mühelos jederzeit wieder hätte packen können. Noch vor zwei Stunden hätte er es darauf angelegt, dass wir uns beim Gehen berührten, jetzt jedoch achtete er sorgsam darauf, dass das nicht geschah. Als hätte ich eine ansteckende Krankheit. Am liebsten hätte ich ihm ins Gesicht geschrien, dass Magie weder ansteckend noch böse war, doch sosehr es mich juckte, wäre ein derartiger Ausbruch meinen Plänen nur hinderlich gewesen. Also hielt ich den Mund.

Vor Max' Zimmer bedeutete er mir stehen zu bleiben und klopfte an. Von drinnen kam keine Antwort. Nicht weiter verwunderlich, immerhin war es nach Mitternacht und Max schlief vermutlich tief und fest. Skyler versuchte es ein weiteres Mal, dann drehte er am Türknauf. Verschlossen. Holbrook Hill war ein sicherer Ort. Die meisten Schüler sperrten ihre Zimmer ab, wenn sie sie verließen, doch kaum einer verriegelte die Tür, wenn er sich schlafen legte. Vermutlich nur solche, die von besessenen Mitschülern, unbekannten Zauberern und magischen Gegenständen bedroht wurden.

Also war ich wohl die Einzige.

Zumindest bis zu diesem Augenblick.

Skyler zückte seinen Dietrich und knackte zum zweiten Mal das Schloss zu Max' Zimmer. Er stieß die Tür weit auf und es kostete uns lediglich einen Blick, um zu erkennen, dass der Raum verlassen war. Das Bett war unbenutzt und auch sonst deutete nichts auf Max' Anwesenheit hin. Kein Lichtstrahl, der unter der Badezimmertür nach außen drang, keine Silhouette, die sich vor dem Fenster oder sonst wo im Raum von der Dunkelheit abhob.

Nichts.

Trotzdem schob Skyler mich in den Raum. Sobald wir über die Schwelle waren, schloss er die Tür hinter uns, knipste das Licht an und durchsuchte jeden Winkel des Zimmers. Selbst im Schrank sah der misstrauische Sucher nach. Als er Max auch unter dem Bett nicht fand, machte er sich daran, die Unterlagen auf seinem Schreibtisch, in den Schubladen und in seiner Schultasche nach Hinweisen auf seinen Verbleib zu durchsuchen.

»Steht heute irgendeine Party an, auf der er sich herumtreiben könnte?«

Es dauerte ein paar Sekunden, bis ich begriff, dass die Frage an mich gerichtet war. Ich sparte es mir, ihm zu sagen, dass ich nicht von jeder Party erfuhr, die in der Schule gefeiert wurde, und zuckte lediglich die Schultern. »Nicht dass ich wüsste. Abgesehen davon ist es mitten in der Woche.« Dann erinnerte ich mich daran, dass er den ganzen Tag nicht im Unterricht gewesen war. »Er ist nicht hier.«

»Ach?«, erwiderte Skyler ätzend, mit einem Blick in den verlassenen Raum.

»Nein, ich meine, er ist nicht im Internat.« In knappen Worten erzählte ich ihm, was ich aufgeschnappt hatte.

»In Plymouth? Wegen einer Familienangelegenheit? Ich fress meine Pinsel, wenn das stimmt.«

Er schnappte sich Max' Laptop und ging noch einmal seine E-Mails durch. Keine zwei Minuten später klappte er den Deckel zu. »Nichts. Kein einziger Hinweis.«

Machte das Max jetzt zum Verdächtigen? »Ob ihm etwas zugestoßen ist?«

»Das werden wir herausfinden.« Er verschwand kurz im Bad, kehrte einen Moment später fluchend zurück und wandte sich dem Schrank zu. Zwei Minuten lang suchte er die darin hängenden Kleidungsstücke ab, ehe er mit einem triumphierenden »Ha!« ein kurzes, schwarzes Haar in die Höhe hielt.

Bevor ich fragen konnte, was er damit vorhatte, bedeutete Skyler mir mit einem Kopfnicken, ihm zu folgen, und kurz darauf waren wir wieder in seinem Zimmer.

Zurück in der Höhle des Löwen.

»Und jetzt?«

»Werden wir Max aufspüren«, sagte er, ohne mich anzusehen. Er befestigte Max' Haar vorsichtig auf einem Stück Tesafilm, ohne den Klebstreifen dabei von der Rolle abzutrennen, und holte die Sporttasche aus dem Schrank. Er zog das Buch heraus, in dem er gestern nach den Schutzsymbolen gesucht hatte, und legte es vor dem Bett auf den Boden, gefolgt von einer mit Schnitzereien verzierten Holzschatulle von der Größe eines Schuhkartons und ein paar dicken Kerzenstumpen.

Ungläubig starrte ich auf die Sachen, die er vor sich auf dem Boden ausgebreitet hatte. »Mit Magie? Du willst ihn allen Ernstes mit Zauberei aufspüren?«

»Hast du eine bessere Idee?«, sagte er, ohne seine Aufmerksamkeit von den Dingen vor sich zu nehmen.

»Nein. Ich finde es nur erstaunlich, wie flexibel ihr Magiepolizisten mit der so verdammenswerten Zauberei umgeht.« Ich hatte es nicht aussprechen wollen, doch jetzt, da mir die Worte über die Lippen gekommen waren, brauchte ich mich auch nicht mehr zurücknehmen. »Ihr verteufelt jeden, der auch nur das kleinste bisschen Magie im Blut hat, benutzt die Zauberei aber ohne jeden Skrupel, solange sie euch von Nutzen ist. Weißt du, wie man das nennt?« Ich schoss die Antwort gleich hinterher: »Doppelmoral.«

Skyler sah auf. »Wir tun, was nötig ist, um die Magie zu bekämpfen.«

»Und dabei seid ihr nicht zimperlich, wenn es um die Wahl eurer Mittel geht. Ich wette, keiner von euch verbohrten, bornierten … keiner von euch ist während der letzten hundert Jahre je auf den Gedanken gekommen, dass Magie auch etwas Gutes sein könnte. Dabei nutzt ihr sie für eure angeblich guten Taten! Ihr lasst euch von Zauberern helfen, Menschen aufzuspüren, die nichts getan haben. Menschen, die genau so sind wie eure Zauberer.« Einmal angefangen redete ich mich mehr und mehr in Rage. »Wie schützt ihr euch vor euren eigenen Magiern? Habt ihr sie angekettet? Bestimmt sind sie mit Sendern ausgestattet und wahrscheinlich habt ihr ihnen auch gleich noch ein paar Sprengladungen um den Hals gehängt, die ihr zur Explosion bringen könnt, falls sich mal einer von ihnen aus dem Staub machen sollte. Ach was! Bestimmt explodieren die Dinger automatisch, wenn sich eure treuen Mitstreiter auch nur einen Schritt zu weit von ihrem angedachten Platz entfernen.

Ihr blast ihnen die Rübe weg, und das nur, weil ihr Angst vor etwas habt, das ihr nicht versteht. Angst vor etwas, das auch Gutes bewirken kann!«

Skylers Augen funkelten. »Gutes? Dann erzähl mir doch mal, wie viel Gutes du schon mit deinen Flüchen bewirkt hast. Fangen wir doch bei Kims Ausschlag an.«

»Flüche können durchaus Gutes bewirken.« Unter anderem konnte ich mir damit Menschen wie Kim vom Hals halten. Sicher, genauer betrachtet würde jeder vernünftig denkende Mensch sagen, dass der Fluch, mit dem ich Kim davon abgehalten hatte, länger auf uns Loser loszugehen, nicht besonders freundlich war. Immerhin habe ich damit unmittelbar auf ihren Willen eingewirkt, ihr die freie Entscheidung genommen, nett zu uns zu sein, und sie dazu gezwungen. Trotzdem waren Flüche nicht von Natur aus böse. »Zunächst einmal«, fuhr ich fort, »ist allein das Wort Fluch schon viel zu negativ behaftet. Das klingt so, als wäre es ausschließlich etwas Schlimmes.«

»Ach, wie würdest du es dann nennen? Ich denke immer noch an den Ausschlag.«

Den Ausschlag, den ich im Augenblick am liebsten ihm verpassen würde. Oder Schlimmeres. »Wie wäre es mit Beeinflussung? Eine Beeinflussung der Umstände. Meine Magie könnte zum Beispiel dazu genutzt werden, Verbrecher – oder Verdächtige – dazu zu bringen, die Wahrheit zu sagen. Oder verfeindete Parteien Frieden schließen zu lassen.«

»Gegen ihren freien Willen.«

»Wenn jemand auf diplomatischem Weg dazu gebracht wird, ist das ja auch immer gaaanz freiwillig! Das mag dann zwar ohne Magie sein, geschieht dafür zumeist aber durch eine Art von Beeinflussung, die man gemeinhin als Erpressung bezeichnen könnte. Ist das wirklich besser?«

Einen Moment lang schien er über meine Worte nachzudenken. Dann schüttelte er den Kopf. »Niemand sollte zu etwas gezwungen werden, das er nicht möchte.«

Ich schnaubte. »Was ja heutzutage auch nie passiert. Sanktionen, Gewaltandrohung, Konsequenzen. Trotzdem können die Menschen tun, was sie möchten, wirst du mir vermutlich sagen – nur dass sie das nicht machen, weil sie die Folgen ihres freien Willens fürchten müssen. Erzähl mir nicht, dass das auch nur einen Deut besser ist als ein Fluch! Magie ist eine neutrale Kraft, die erst durch den, der sie einsetzt, gut oder böse wird. Nimm meine Mutter. Sie nutzte ihre Kraft, um Krankheiten zu heilen und Menschen zu helfen. Ihre Magie half besser gegen Depressionen als jedes Psychopharmakon. Und was hat ihr das eingebracht?« Ich holte einmal tief Luft und schluckte meine Wut herunter. Ruhiger sagte ich: »Es geht doch in Wahrheit gar nicht darum, ob Magie gut oder böse ist, sondern nur darum, eine Kraft unter Kontrolle zu halten, die euch Angst macht.«

»Der, der sie einsetzt, macht sie also zu dem, was sie ist? Was sagt das über dich aus, Miss Ausschlag?«

Er hatte kein Wort verstanden. »Dass ich nur ein Teenager bin, der sich nicht immer unter Kontrolle hat. Ein Mensch, der irgendwie versucht, nicht aufzufallen und sein Leben und seinen Verstand beisammenzuhalten in einer Welt, die mir alles genommen hat?! Eine Welt, vor der ich um jeden Preis verbergen muss, was ich bin.«

»Deine Magie macht dich unberechenbar.«

»Blödsinn! Ich weiß sehr wohl, wie weit ich gehen kann! Ein Ausschlag ist wohl kaum schlimmer, als stundenlang in eine dunkle Putzkammer eingesperrt zu sein. Und wer weiß«, fügte ich giftig hinzu. »Vielleicht wäre ich ja ausgeglichener, wenn meine Mutter bei mir wäre und mich den vernünftigen Einsatz und die Regeln im Umgang mit meiner Magie lehren könnte. Diese Chance hat mir ein Trupp deiner Leute genommen, als sie in unser Haus eindrangen, meinen Vater erschossen und meine Mutter mitnahmen. Ich weiß bis heute nicht mit Sicherheit, was sie mit ihr gemacht haben. Und diese Ungewissheit zerfrisst mich.«

Der letzte Satz war mehr, als ich sagen, als ich eingestehen wollte. Mit den letzten Worten kippte meine Stimme und ich wusste, dass ich nicht mehr weiterreden konnte, wenn ich nicht riskieren wollte, in Tränen auszubrechen. Skyler verstand ohnehin nicht, dass Magie nicht gefährlicher war als etwa das Talent, Menschen mit schönen Worten zu beeinflussen, oder die Benutzung von Schusswaffen. In wie vielen Ländern auf dieser Welt war der Besitz von Waffen legal? Menschen konnten einfach in einen Laden marschieren, sich eine Pistole kaufen und den Nächstbesten damit abknallen. Dasselbe konnte ein Zauberer mit einem Blitz oder einem Feuerball bewirken. Wo war da der Unterschied? Beides konnte ich nur verhindern, indem ich den Menschen von klein auf ein gewisses Verständnis für das mit auf den Weg gab, was richtig oder falsch war.

Skyler konnte oder wollte das nicht sehen. Ein wenig verstand ich ihn sogar. Genauso wie mich hatten auch ihn die Umstände geprägt. Wären seine Mutter und seine Schwester einer Pistolenkugel zum Opfer gefallen, statt einem magischen Angriff, würde er heute gegen den Besitz von Schusswaffen kämpfen.

So kämpfte er gegen Magie – und gegen mich.

Ich ließ mich auf den Schreibtischstuhl sinken und sagte nichts mehr. Es gab ohnehin nichts, womit ich ihn überzeugen konnte, dass er eine falsche Strategie verfolgte. Um nicht länger mit der Ablehnung und der Verachtung konfrontiert zu sein, die er mit jedem Blick aussandte, ließ ich meine Augen durch den Raum wandern.

»Du vermisst deine Mutter sehr.«

Er hätte kaum etwas sagen können, das mich mehr überraschte.

»Du deine nicht?«

»Doch. Natürlich.«

Ich schluckte den Kloß herunter, der sich in meinem Hals festgesetzt hatte, und zwang mich, die nächsten Worte auszusprechen. Eine Frage, deren Antwort ich mehr fürchtete als alles andere auf der Welt. »Weißt du, was sie mit meiner Mutter gemacht haben?«

»Man hat ihr ihre Magie genommen.«

Man. Nicht: meine Leute. Oder: wir. Man. Als wäre die Magiepolizei, für die er arbeitete, eine gesichtslose Masse, mit deren Tun er nichts zu schaffen haben wollte.

»Du meinst, sie haben ihr Gehirn in ein Stück gekochtes Gemüse verwandelt.«

»Hör auf, dich zu quälen.«

Ich war nicht diejenige, die mich quälte. Wenn überhaupt, waren es Skyler und seine Leute. Obwohl mir die Worte schon auf der Zunge lagen, sprach ich sie nicht aus. Stattdessen schüttelte ich den Kopf. »Es wäre besser, sie wäre nicht mehr am Leben«, flüsterte ich. Die Vorstellung von Mom, wie sie in einer der Besserungsanstalten des Ministeriums saß, unfähig, ihre Gedanken und Körperfunktionen zu kontrollieren, stumm vor sich hin vegetierend und auf die Gnade des Todes wartend, war schlimmer als alles andere. Mom war eine kluge, lebenslustige Frau gewesen, die so ein Dasein weder verdient noch gewollt hätte.

Skyler ließ die Hand sinken, in der er zwei Kerzen hielt. »Wünschst du dir das für sie? Ihren Tod?« Zu meinem Erstaunen klang es nicht wie eine Anschuldigung. Nur wie eine einfache Frage.

»Unter diesen Umständen?« Ich schluckte schwer. »Ja.«

Ein sekundenlanges Schweigen breitete sich zwischen uns aus, dann sagte er: »Sie hat ihren Frieden gefunden.«

Woher weißt du das?, wollte ich ihn fragen. Doch das war überflüssig. Natürlich wusste er es. Er kannte meine Akte und vermutlich hatte er sich auch über meine Familie erkundigt, bevor er nach Holbrook Hill gekommen war. Er sagte die Wahrheit. Ich sah es an seinen Augen, an der Art, wie er die Mundwinkel gequält verzog, und daran, dass er – zum ersten Mal, seit er die Wahrheit über mich herausgefunden hatte – meinem Blick nicht auswich.

Mom war tot.

Ich hätte traurig sein sollen. Oder wütend. Vielleicht auch beides. Doch alles, was ich in diesem Moment empfand, war grenzenlose Erleichterung. Endlich über ihr Schicksal Bescheid zu wissen, zu wissen, dass das Leiden für sie ein Ende hatte, war mehr, als ich mir erhofft hatte. Wenn ich diese Welt verließ, konnte ich es in der Gewissheit tun, niemanden zurückzulassen, der meine Hilfe brauchte.

Was nicht hieß, dass ich deshalb bereit war, kampflos aufzugeben.

»Wie?«, flüsterte ich, nicht in der Lage, meine Frage vollständig zu formulieren.

Einen Moment dachte ich schon, er würde mir nicht antworten. Sein Blick war bereits abgewandt, seine Aufmerksamkeit gehörte den Kerzen, die er auf dem Boden zu einem kleinen Kreis formierte. »Eine Infektion«, sagte er schließlich, ohne aufzusehen. »Gleich nach dem … Eingriff.«

Es war sinnlos, ihn danach zu fragen, wie dieser Eingriff nun genau ausgesehen hatte. Das Wort selbst war ihm schon kaum über die Lippen gekommen, ganz sicher würde er nicht mehr darüber verraten. Es war auch nicht wichtig. Wenn ich Pech hatte, würde ich es ohnehin früher herausfinden, als mir lieb war.

»Danke.«

Jetzt sah er doch noch einmal auf. »Wofür?«

»Dafür, dass du mir Gewissheit gegeben hast.«

Er nickte nur, dann machte er sich wieder an seinen Kerzen zu schaffen. Sobald er sie aufgestellt hatte, öffnete er die Holzschatulle. Der Deckel klappte in meine Richtung auf, sodass ich nicht sehen konnte, was sich darin verbarg. Als er jedoch eine kleine Räucherschale herausholte und sie im Zentrum des Kerzenkreises platzierte, war ich mir ziemlich sicher, dass es sich dabei um eine Art Ausrüstung für Laienzauberer handelte.

»Wie soll das funktionieren?« Nur Menschen, denen die Magie im Blut lag, konnten Zauberei ausüben. Jeder Nichtmagische benötigte einen Mentor, der ihn dazu in die Lage versetzte. Abgesehen davon, dass der Preis dafür – in Form der eigenen Seele – zu hoch war, konnte ich mir nicht vorstellen, dass jemand, der Magie und all ihre Wesen so sehr verabscheute wie Skyler, sich mit einem Dämon einlassen würde. Andererseits hatte er Arabas' Namen gekannt.

»Ich habe keinen Pakt geschlossen, falls du das meinst.« Aus einem Plastiktütchen schüttete er eine Kräutermischung in die Räucherschale, verschloss den Beutel sorgfältig wieder und legte ihn in die Schatulle zurück. Er griff in das Kästchen, nahm eine gläserne Phiole heraus und hob sie in die Luft. Eine zähe, rote Flüssigkeit leckte über die Glaswände. »Zaubererblut.«

Das wurde ja immer besser! Nicht genug, dass sie Magie verdammten – solange sie ihnen nicht selbst nützlich war –, jetzt schröpften sie auch noch ihre eigenen Zauberer, die unter wer weiß welchen Umständen für das Ministerium arbeiteten, und saugten ihnen das Blut aus! Um damit jene Kunst auszuüben, die sie zutiefst verabscheuten!

Skyler löste den Pfropf von der Phiole und tröpfelte ein

wenig Blut auf die Kräutermischung. Ich verkniff mir einen Kommentar darüber, was für erbärmliche Heuchler er und seinesgleichen doch waren, und wandte den Kopf ab. Mein Blick fiel auf den Laptop, den er auf dem Schreibtisch abgestellt hatte. Plötzlich hatte ich eine Idee.

»Kann ich deinen Laptop benutzen?«, fragte ich.

»Willst du einen Hilferuf absetzen?«

»Klar. An alle Magier dieser Welt. Damit sie dich ordentlich in den Hintern treten.« Als ob mir jemand rechtzeitig zur Hilfe kommen könnte, wenn ich jetzt über das Internet Alarm schlug. Ganz zu schweigen davon, dass ich nicht einmal wusste, *wen* ich hätte alarmieren sollen. »Während du deinen Hokuspokus machst, könnte ich mich im Internet umsehen, ob ich etwas über die Geschichte der Hexenseele finde. Vielleicht ein paar Details, die Mortens ausgelassen oder nicht gewusst hat.«

Skyler dachte kurz nach, dann nickte er. »Klingt vernünftig. Mach das.« Sichtlich war auch ihm klar, dass ich nichts tun konnte, was mich aus meiner Lage befreien würde.

Nun ja, fast nichts.

Tatsächlich interessierte ich mich im Augenblick kein Stück für die Hexenseele. Ich hatte etwas anderes im Sinn. Kaum hatte ich den Laptop aufgeklappt, sprang er auch schon an. Ich startete die Suchmaschine in zwei Fenstern. In einem gab ich die Suchbegriffe *Calder Ravenwood, Seele, Medaillon, Magie* ein und schickte die Anfrage los, ehe ich das Fenster wegklickte. Die Finger meiner linken Hand lagen auf der Tastenkombination, mit der ich es binnen eines Wimpernschlags wieder in den Bildschirmvordergrund holen konnte. Nur für den Fall, dass Skyler auf die Idee kam nachzusehen, was ich hier trieb. Im zweiten Fenster gab ich die Suchanfrage ein, die mich wirklich interessierte: *Unschädlich machen RFID-Chips.*

Ich baute darauf, dass der Sender auf der gängigen RFID-Technologie basierte, und alles, was einen dieser Chips außer Gefecht setzte, auch auf ihn wirken würde. Eine bessere Idee hatte ich im Augenblick nicht.

Es dauerte nicht lange, bis ich eine Antwort auf meine Frage fand. Da ich den Chip weder in die Mikrowelle stecken, noch einen elektromagnetischen Impuls zur Verfügung hatte, mit dem ich ihn zerstören konnte, blieb mir nur eine Möglichkeit, solange das Ding unter meiner Haut steckte: Alufolie. Wenn ich den Chip damit abschirmte, konnte ich ein Auslesen der Daten und damit ein Aufspüren meines Aufenthaltsortes verhindern.

Aber wie um alles in der Welt sollte ich unauffällig an ein Stück Alufolie kommen? Vielleicht war in einer der Küchen bei den Aufenthaltsräumen eine Rolle zu finden, ganz sicher in der Küche hinter dem Speisesaal. Allerdings würde ich Skyler nur schwer vermitteln können, warum ich ausgerechnet jetzt dringend – und am besten allein – in die Küche musste. Ich könnte behaupten, Hunger zu haben. Tatsächlich konnte ich mich nicht einmal daran erinnern, wann ich zum letzten Mal etwas gegessen hatte. Aber selbst wenn er mir glaubte, würde er darauf bestehen, mich in die Küche zu begleiten. Spätestens wenn er sah, wie ich nach einer Rolle Alufolie griff, würden bei ihm die Alarmglocken schrillen.

Es musste eine andere Möglichkeit geben.

Ich schloss die Fenster, die ich für die RFID-Chips geöffnet hatte, und holte die Suchanfrage nach Calder und der Seele wieder nach oben. Dann ließ ich meinen Blick durch den Raum schweifen. Skyler war so in sein Tun vertieft, dass er mir keine Aufmerksamkeit schenkte. Er hatte eine Grundrisskarte der Internatsgebäude neben sich auf dem Boden ausgebreitet und zeichnete mit einem Pinsel verschlungene Muster auf deren Ränder. Als Vorlage diente ihm das abgegriffene Buch, das er als Erstes aus der Sporttasche gezogen hatte.

Das alles war auf schreckliche Weise falsch. Vor mir saß ein Sucher und benutzte, ohne mit der Wimper zu zucken, verbotene Magie, während ich wegen meiner angeborenen Gabe verhaftet und bestraft werden würde.

Höchste Zeit, meinen Fluchtplan weiter voranzutreiben.

Ich stieß lautstark die Luft aus und gab dann einen unterdrückten, aber wohldosierten Laut von mir, von dem ich hoffte, dass er nicht zu sehr nach einem Winseln klang.

Skyler sah auf. »Stimmt was nicht?«

»Ich fürchte, ich bin ziemlich unterzuckert. Du hast wohl nicht zufällig etwas da?«

Behutsam legte er den Pinsel zur Seite, darauf bedacht, keine Farbe auf die Karte zu spritzen, und stand auf. Er öffnete die oberste Schublade seiner Wäschekommode und offenbarte mir den Blick auf den größten Vorrat von Süßigkeiten, den ich je außerhalb eines Supermarktes gesehen hatte. »Sieht so aus, als würde ein Sucher jede Menge Kalorien verbrennen.«

»In meinem Job habe ich oft keine Gelegenheit für regelmäßige Mahlzeiten«, sagte er, während er seine Vorräte studierte. »Dass es hier einen Speisesaal mit geregelter Verpflegung gibt, ist ein echter Glücksgriff.«

Ich reckte den Hals und ließ meinen Blick über die angesammelten Schokoriegel, Gummibärchen und Schokoladentafeln wandern, bis ich fand, wonach ich suchte. »Kann ich die blaue Schokotafel haben? Bitte.«

Als er sie mir gab, berührten sich unsere Hände. Ich wollte meine Hand zurückziehen, brachte es aber nicht über mich. Auch Skyler hielt für einen Moment inne. Sein Daumen fuhr an meinem entlang. Dann jedoch schien ihm bewusst zu werden, was er tat. Er gab die Schokolade so abrupt frei, dass sie beinahe heruntergefallen wäre.

»Danke«, sagte ich und wusste nicht recht, ob ich die Schokolade meinte oder diesen kurzen Augenblick der Nähe.

Er nickte nur, setzte sich auf den Boden und nahm seine Arbeit wieder auf.

Ich entfernte die äußere Verpackung der Schokolade und blickte zufrieden auf das, was darunter lag: Alufolie. Vorsichtig, um sie nur ja nicht einzureißen, schlug ich sie zurück, brach mir ein Stück Schokolade ab und schob es mir in den Mund. Immerhin musste ich den Schein wahren, abgesehen davon hatte ich tatsächlich Hunger. Allerdings waren meine Gedanken derart abgelenkt, dass ich den Geschmack der Schokolade kaum wahrnahm. Es hätte Knoblauch-Nuss sein können und es wäre mir vermutlich nicht einmal aufgefallen. Trotzdem verputzte ich die halbe Tafel, was mich ziemlich genau vier Bissen kostete, bevor ich den Rest wieder vorsichtig in die Folie wickelte und in meine Hosentasche steckte.

Halb fürchtete ich schon, Skyler würde mich davon abhalten, doch er war so in seine Schriftzeichen versunken, dass er keinen Blick für mich hatte. Erst als ich aufstand, erregte ich seine Aufmerksamkeit.

»Was hast du vor?«

Ich deutete auf die Badezimmertür.

Skyler runzelte die Stirn, als sei er sich nicht sicher, ob er mich wirklich aus den Augen lassen könne. Konnte er nicht. Musste er aber – zumindest wenn ich eine Chance haben wollte, ihm zu entkommen. »Da drin gibt es kein Fenster«, sagte ich. »Wenn ich nicht über Nacht die Fähigkeit gewonnen habe, mich durch den Abfluss zu zwängen, werde ich wohl nicht verschwinden.«

Mit einem Nicken signalisierte er mir, zu gehen. Sobald ich die Tür hinter mir abgesperrt und das Licht angeschaltet hatte, lehnte ich mich dagegen und schloss erleichtert die Augen. Seinen verachtenden Blicken entkommen zu sein war wie eine Befreiung. Viel Zeit ließ ich mir jedoch nicht, um dieses Gefühl zu genießen. Wenn ich eine Chance haben wollte, ihm zu entkommen, durfte ich keinesfalls sein Misstrauen wecken. Je mehr ich mich beeilte, desto besser.

Mit dem Licht war die Lüftung angegangen und übertönte die Geräusche meiner Bewegungen. Trotzdem klappte ich den Toilettendeckel lautstark hoch, nur für den Fall, dass Skyler lauschte. Dann wandte ich mich dem Schränkchen unter dem Waschbecken zu und öffnete es, dieses Mal darauf bedacht, es geräuschlos zu tun. Neben einer Rolle Toilettenpapier und Skylers Kulturbeutel fand ich, worauf ich gehofft hatte: einen kleinen Verbandskasten.

Ich zog die Schokolade aus der Hosentasche, legte sie auf die Ablage über dem Waschbecken und schnappte mir den Verbandskasten. Zehn Sekunden später hatte ich eine Packung Pflaster und eine kleine Schere gefunden. Schnell streifte ich Skylers Pullover über den Kopf, öffnete die obersten Knöpfe meiner Bluse und zog den Stoff so weit auseinander, dass ich die Stelle erreichen konnte, an der er mir den Sender unter die Haut injiziert hatte. Ich konnte nur hoffen, dass er sich nicht in meinem Körper bewegte und noch immer an derselben Stelle saß. Vorsichtig wickelte ich die Schokolade aus der Folie, schüttelte ein paar Krümel ins Waschbecken und legte die Folie auf die Stelle, an der ich den Sender vermutete. Dann schnitt ich die Pflaster zurecht und befestigte die Folie damit so fest wie möglich auf meiner Haut. Die Schutzstreifen ließ ich in der einen Hosentasche verschwinden, die restliche Schokolade, jetzt nur noch in das Papier gewickelt, in der anderen. Mit drei raschen Griffen verstaute ich die Schere und die restlichen Pflaster wieder und schob den Verbandskasten zurück an seinen Platz. Schnell zog ich meine Bluse wieder zurecht und schloss die Knöpfe. Erschrocken sah ich, dass die Folie unter dem Kragen hervorblitzte, sobald ich jedoch wieder in Skylers Pullover geschlüpft war, war unter dem Rollkragen nichts mehr zu sehen. Jetzt musste ich nur noch dafür sorgen, dass er das gute Stück nicht zurückverlangte. Ich drückte die Spülung, ließ den Deckel zufallen und drehte den Wasserhahn auf. Um mir die Hände zu waschen – und um die verräterischen Schokoladenkrümel aus dem Waschbecken zu spülen.

Nachdem ich mir die Hände abgetrocknet und noch einmal tief Luft geholt hatte, kehrte ich zu Skyler zurück. Den Sender hatte ich außer Gefecht gesetzt. Jetzt brauchte ich nur noch eine passende Gelegenheit zur Flucht.

31

»Es ist so weit«, sagte Skyler. »Setz dich wieder hin und verhalte dich still.«

Es ist nicht leicht, reglos zu verharren, wenn man in Wahrheit nichts anderes will als davonlaufen. Trotzdem schaffte ich es, einigermaßen ruhig sitzen zu bleiben, auch wenn ich dafür die Hände in meinem Schoß zu Fäusten ballen musste.

Schwefelgeruch breitete sich in der Luft aus, als Skyler ein Streichholz anriss und damit eine Kerze nach der anderen anzündete, ehe er es in die Räucherschale mit den Kräutern und dem Zaubererblut warf. Die Mischung entzündete sich sofort. Ein dünner heller Rauchfaden kräuselte sich daraus empor, zerfaserte langsam in der Luft und löste sich auf wie Morgennebel am fortschreitenden Tag.

Ich rechnete damit, dass Skyler irgendwelche Formeln sprechen oder einen rituellen Gesang anstimmen würde, doch statt etwas zu sagen, zog der den Grundrissplan näher zu sicher heran und griff nach der Phiole mit dem Zaubererblut. Ich versuchte einen Blick auf die Zeichen zu erhaschen, die er auf die Ränder des Papiers aufgetragen hatte, versuchte ihnen einen Sinn abzutrotzen, doch in meinen Augen war es nichts weiter als eine Mischung aus verschlungenen Linien und ineinander verwobenen Buchstaben, deren Anordnung für mich ohne Bedeutung war.

Skyler entfernte den Korken von der Phiole, griff nach dem Streifen Tesafilm, auf den er Max' Haar geklebt hatte, und träufelte einen Tropfen Blut darauf. Behutsam verkorkte er die Phiole wieder und stellte sie zur Seite. Dann schloss er die Augen. Den Klebstreifen mit Blut und Haar über dem Gebäudeplan in die Höhe haltend, hielt er für einige Sekunden inne. Er atmete tief durch, als sei es wichtig, die Gerüche der Kräuter in sich aufzunehmen – was nur ein Nichtmagischer glauben konnte. Schließlich ließ er den Klebstreifen fallen. Langsam schwebte das Plastik der darunterliegenden Karte entgegen.

Zwei Zentimeter über dem Papier stoppte es plötzlich in der Luft. Es wankte, als hätte ein Luftzug es erfasst, tänzelte mal hierhin, mal dorthin, kreiste mehrmals über einer Stelle, ehe es seinen Weg über den Grundrissplan fortsetzte und endlich auf einer Stelle am linken oberen Ende zum Liegen kam.

Der Stuhl knarrte, als ich mich nach vorne beugte, um zu sehen, wo der Klebstreifen gelandet war. Skyler öffnete die Augen und sah mich strafend an. »Was denn?«, schnappte ich. »Das Ding ist gelandet, dein Hokuspokus ist fertig, großer Zauberer.«

Erst jetzt richtete er seinen Blick auf die Karte vor ihm. »Ein Speicher? Was hat Max auf einem Speicher zu suchen?«

»Lass es uns herausfinden«, sagte ich und stand auf. Nicht dass es mich wirklich interessiert hätte, doch mir war alles recht, damit ich endlich fortkam. Solange ich in diesem Zimmer festsaß und Skyler mich nicht aus den Augen ließ, tendierten meine Chancen, ihm zu entkommen, gen null. Wenn wir jedoch im Haus unterwegs waren …

Zum zweiten Mal an diesem Abend schlichen wir aus Skylers Zimmer. Auf halbem Weg zum Treppenhaus schreckte uns das Knarren einer Tür auf. Ich erstarrte. Skyler griff nach meinem Arm und schob mich auf die Schatten zu, die sich zwischen den Nachtlichtern auf dem Gang ausbreiteten, als ich Mercy erkannte. Sie schlüpfte rückwärts aus Tys Zimmer. Als sie sich herumdrehen und gehen wollte, schlang Ty seinen Arm um ihre Taille. Schwungvoll zog er sie zu sich zurück und küsste sie. Mercy schlang die Arme um seinen Hals und erwiderte seinen Kuss, ehe sie sich losmachte. »Du willst wirklich, dass sie uns erwischen«, flüsterte sie.

»Wenn ich dafür noch einen Kuss bekomme, ist das die Strafe wert.«

Sie küsste ihn noch einmal, dann befreite sie sich aus seinen Armen und schlüpfte in die andere Richtung davon, ohne Skyler und mich in den Schatten zu bemerken. Ty blickte ihr hinterher, bis sie außer Sicht war. Er wollte gerade in sein Zimmer zurückkehren, als er Skyler und mich entdeckte. Geistesgegenwärtig schlang Skyler einen Arm um mich. Ich war davon überzeugt, dass es ihm nie gelingen würde, Ty vorzumachen, er hätte uns bei einem geheimen Stelldichein überrascht. Als dieser jedoch grinste, wusste ich, dass er genau das glaubte. Skyler legte den Zeigefinger der freien Hand auf seine Lippen und bedeutete Ty, uns nicht zu verraten.

Ty zwinkerte uns verschwörerisch zu, ehe er in seinem Zimmer verschwand und die Tür hinter sich schloss. Skyler gab mich so abrupt frei, als hätte er sich die Finger an mir verbrannt, und dirigierte mich wortlos zum Treppenhaus.

Der Ort, an den der Klebstreifen mit Max' Haar uns führte, war ein alter Dachboden über den Klassenzimmern, noch hinter dem Speicherraum, in dem alte, nicht länger benötigte Lehrmittel aufbewahrt wurden, die wegzuwerfen sich keiner die Mühe machte.

Ich war noch nie hier oben gewesen. Ab dem Augenblick, in dem wir im Obergeschoss das Treppenhaus verließen und einer schmalen Holztreppe bis unter das Dach folgten, war es, als würden wir eine andere Welt betreten. Eine Welt, angefüllt mit Erinnerungen und alten Dingen. Ausgemusterte Globen fristeten hier ebenso ihr Dasein wie zusammengerollte Wandkarten, Skelette aus dem Biologieunterricht, denen bereits diverse Knochen fehlten, unzählige Bücher und kistenweise Laborausrüstung. Dazu gesellten sich ausrangierte Möbel. Es war kühl und über alldem lag ein durchdringendes modriges Aroma. Kleine Staubflocken wirbelten bei jeder Bewegung auf, schwirrten vor uns durch die Luft und kitzelten mich in der Nase. Niesend folgte ich Skyler durch den Raum. Überall hingen Spinnweben, die Dielen knarrten bei jedem Schritt unter unseren Sohlen, und es war mühsam, sich einen Weg zwischen all den Kisten und vollgestopften Regalen hindurch zu bahnen, die den Raum beinahe vollständig auszufüllen schienen.

»Hältst du mich wirklich für böse?«, platzte es aus mir heraus.

Skyler schob sich an einem Stapel Kisten vorbei. »Falls du versuchen willst, mich davon zu überzeugen, dich laufen zu lassen, vergiss es.«

»Das war keine Antwort.«

»Du willst eine Antwort? Ganz ehrlich? Die Antwort ist Ja. Zauberer sind böse.«

Verbohrter Idiot! »Ist meine Aura deswegen farblos? Man sagt, schlechte Menschen haben keine Lieder. Ist eine farblose Aura das Magierpendant zu diesem Spruch? Böse Zauberer haben keine Farben? Etwas in der Art?«

Wenn ich mir eine Antwort erhofft hatte, wurde ich enttäuscht. Alles, was ich bekam, war eine gehobene Augenbraue und ein ungeduldiges Kopfschütteln. Ich bohrte nicht weiter nach. Vermutlich würde mir ohnehin nichts von dem gefallen, was er zu sagen hatte. Dafür würde ich mit jedem weiteren Wort nur noch tiefer in die Bredouille geraten – dabei stand mir das Wasser sowieso schon bis zum Hals.

In Gedanken versunken stolperte ich über einen Haufen alter Zeitungen. Ich verlor das Gleichgewicht, versuchte einen Sturz zu verhindern, in dem ich nach dem Erstbesten griff, das ich zu fassen bekam. Unglücklicherweise handelte es sich dabei um einen reichlich instabilen Kartonstapel. Statt mich zu fangen, riss ich ihn mit mir. Die Kartons schlugen gleichzeitig mit meinen Knien auf dem Boden auf. Eine dicke Staubwolke stieg in die Luft, hüllte mich ein und brachte mich erneut zum Niesen.

»Lass die Spielchen«, hörte ich Skyler von irgendwo jenseits des Staubs sagen.

Da er sich nicht die Mühe machte, mir aufzuhelfen, kämpfte ich mich selbst wieder auf die Beine und klopfte mir den Schmutz von den Klamotten.

Was war das für ein trostloser Ort?

Je weiter wir auf den Speicher vordrangen, desto mehr musste ich mir eingestehen, dass ich allmählich doch wissen wollte, was Max hier oben zu suchen hatte.

Am hinteren Ende des Raumes, zwischen einem Regal und einer verkehrt herum abgestellten Kommode, war eine Tür. Skyler hob den Grundriss in die Höhe und warf einen Blick darauf. »Das muss es sein«, sagte er dann. »Dahinter ist er.«

Er faltete den Plan zusammen und steckte ihn in die Gesäßtasche seiner Jeans, ehe er die Tür aufzog. Dahinter war es dunkel. Skyler tastete nach einem Lichtschalter. Als er ihn schließlich fand, flackerte eine nackte Glühbirne auf, die in der Mitte des Raumes von der niedrigen Decke hing. Das schmutzige gelbe Licht erreichte kaum die Wände.

Ein strenger Geruch erfüllte die Luft. Süßlich mit einem Hauch von Schwefel, als hätte der Teufel persönlich diesem Dachboden einen Besuch abgestattet. Wahrscheinlicher war es aber wohl, dass irgendwo eine tote Ratte lag. Auch Skyler war der Gestank nicht entgangen. Er verzog das Gesicht, sagte jedoch nichts. Igitt, wann hatte hier jemand zum letzten Mal gelüftet?

Die Hand vor Mund und Nase haltend, sah ich mich um.

Der Raum war voll mit Kleiderständern auf Rollen, bis unter die Decke gestapelten Kisten, alten Bühnenbildern, Stoffbahnen und mehreren Truhen.

»Was soll das sein?«, fragte Skyler.

»Der Theaterfundus.« Bis vor ein paar Jahren hatte Holbrook Hill eine aktive Theatergruppe gehabt, mit der Zeit jedoch war das Interesse daran erloschen, da kaum jemand zur Vorstellung kam. Das Internat war einfach zu abgelegen, um Besucher anzulocken, und an den Besuchstagen hatten die meisten Schüler und ihre Freunde und Verwandten anderes im Sinn, als sich ein paar Stunden schweigend in eine drittklassige Aufführung zu setzen. Nach einigen Jahren, in denen die Beteiligung immer weiter schwand, war die Theater-AG schließlich aufgelöst worden. Und hier waren ihre Überreste begraben.

»Max?«, rief ich.

Keine Antwort.

Skyler schob sich weiter in den Raum hinein, blickte in Schränke und hinter Kulissen, öffnete eine Truhe nach der anderen, als erwartete er, Max zwischen den Requisiten zu finden. Ich streifte ziellos hin und her, wieder mehr mit der Frage beschäftigt, ob das der geeignete Zeitpunkt wäre, mich davonzumachen, als damit, wo Max steckte.

In einer Ecke stand eine massive Eichenholztruhe, unter deren Deckel ein Stück Stoff herausragte. Grüner Stoff in der Farbe unserer Schuluniformen. Vielleicht ein Blazer. Ich deutete darauf. »Sieht so aus, als hätte dich dein Hokuspokus zu einem Haufen ausrangierter Klamotten geführt.« Vielleicht war auch etwas dabei, das Max einmal getragen hatte, und der Zauber hatte deshalb darauf angesprochen. Und während wir hier nach ihm suchten, feierte er irgendwo eine Party. »Wenn du wieder in der Zentrale bist, solltest du dir den Zauber vielleicht noch einmal erklären lassen.«

Skyler war stehen geblieben und sah die Truhe an. »Er muss hier sein«, sagte er, wobei es ihm nicht gelang, die Frustration aus seiner Stimme zu bannen. »Ich habe alles richtig gemacht.«

»Sicher.« Ich hob den Deckel der Truhe an, ohne den Blick von Skyler abzuwenden. Es war kindisch, aber sein Gesicht zu sehen, wenn er sich eingestehen musste, dass er sich geirrt hatte, verschaffte mir eine gewisse Befriedigung. »Sieht nicht nach richtig gemacht aus.«

Seine Augen ruhten noch immer auf der Truhe. »Ich fürchte doch.« Er schob sich an mir vorbei, nahm mir den Deckel aus der Hand und klappte ihn ganz nach hinten. »Komm her.«

»Was? Warum?«

Da bemerkte ich den Gestank, der aus der Truhe aufstieg. Ich unterdrückte ein Würgen und richtete, eine Hand immer noch vor Mund und Nase, meinen Blick auf das Innere der Truhe, halb erwartend, die verendete Ratte zu sehen.

Ich sah einen ausgebreiteten Blazer über ein paar Decken.

Ich sollte gehen, sollte sehen, dass ich fortkam. Fort von dem Gestank, der sich immer intensiver in meiner Nase festsetzte, und von Skyler. Stattdessen griff ich nach dem Blazer und zog ihn zur Seite. Was wie mehrere Decken ausgesehen hatte, war tatsächlich nur eine einzige. Ich hatte eine Ecke davon zusammen mit dem Blazer erwischt und sie angehoben. Darunter kam ein bleiches Gesicht zum Vorschein.

»Oh mein Gott!«

Wie versteinert starrte ich in Max' reglose Züge. Die Haut war weiß, fast wächsern, darunter zeichneten sich die Venen wie Flüsse auf einer Landkarte ab. Seine Lippen schimmerten bläulich. In seinem Mundwinkel hing ein Blutstropfen, war darin getrocknet wie ein deplatzierter Schönheitsfleck. Das Schlimmste jedoch waren seine Augen. Starr und leblos. Weit aufgerissen, als hätte ihn der Tod vollkommen überrascht.

Skyler nahm mir den Stoffzipfel aus der Hand und riss die Decke fort. Ein Schwall von Verwesungsgeruch stieg auf dem entstandenen Luftzug empor und ließ mich erneut würgen. Trotzdem konnte ich meine Augen nicht von der Leiche lösen.

Wer auch immer Max in diese Truhe gesteckt hatte, hatte seinen Körper regelrecht zusammengefaltet. Kopf und Oberkörper waren merkwürdig verdreht, der Winkel, in dem sie zueinander und zum Rest des Körpers standen, sah entsetzlich falsch aus.

»Sein Genick ist gebrochen«, sagte Skyler.

»Ist er daran gestorben?« Meine Stimme klang undeutlich hinter meiner Hand.

Er zuckte die Schultern. Es war ohnehin eine dumme Frage gewesen. Woher sollte Skyler wissen, woran Max gestorben war. Sein Genick konnte ebenso gut gebrochen sein, als sein Mörder ihn in diese Kiste … Ich schob den Gedanken von mir, verdrängte ihn zusammen mit den Bildern, die dabei in mir aufstiegen.

Skyler sagte noch etwas, doch ich hörte ihm nicht zu. Alles, was ich noch wahrnahm, war Max. Der gute, freundliche Max, der jetzt tot in einer alten Truhe lag. Etwas an diesem Bild stimmte nicht, doch sosehr ich mich auch darauf konzentrierte, es wollte mir einfach nicht gelingen, den Fehler zu finden.

»Raine?«

Ich hörte Skyler, doch es gelang mir immer noch nicht, meinen Blick von der Truhe loszureißen und ihn anzusehen.

Wie lange lag Max schon hier?

Ich versuchte mich daran zu erinnern, wann ich ihn zuletzt gesehen hatte. Irgendwann gestern, im Unterricht. Was war ihm nur zugestoßen? Wer hatte ihm das angetan? Und wer hatte diese Geschichte in Umlauf gebracht, dass er angeblich nach Plymouth gefahren war?

Ob Kim …? Unwillkürlich schüttelte ich den Kopf. Ich traute ihr einiges zu, doch abgesehen davon, dass ihre Kraft nicht ausreichen würde, einem großen und kräftigen Kerl wie Max einfach das Genick zu brechen, war sie keine Mörderin. Zumindest nicht, solange sie sie selbst war.

»Raine?« Skylers Hand auf meinem Arm riss mich in die Wirklichkeit zurück. Endlich konnte ich meinen Blick von Max lösen.

Ich sah auf. »War sie das?«

»Die Seele?« Er schüttelte den Kopf. »Ich glaube nicht, dass sie bereits genug Macht dazu hat.«

Bereits? Er rechnete also damit, dass es geschehen und sie sich aus meinem Körper befreien und frei umherstreifen würde? Ich schluckte. »Aber sie hat doch auch dich angegriffen.«

»Sie musste warten, bis du schläfst, um die Kontrolle zu übernehmen«, gab er zu bedenken. »Meiner Meinung nach war der Angriff auf mich die erste Gelegenheit, zu der sie das Amulett verlassen hat.«

»Nicht ganz.«

Er sah auf. »Was?«

Ich erzählte ihm noch einmal, was passiert war, als ich versucht hatte, das Amulett zu fassen zu bekommen. Erzählte davon, wie ich gegen die Wand geschleudert worden war und mich später auf dem Boden im Kampf mit dem dunklen Schemen wiedergefunden hatte. Dieses Mal offenbarte ich ihm jedoch alles – einschließlich der Aurensicht. Als ich zu der Stelle kam, an der ich davon berichtete, was ich im Spiegel gesehen hatte, als wir miteinander gerungen hatten, hob Skyler die Hand.

»Das ist der Beweis«, sagte er. »Sie hat dich nicht selbst angegriffen. Dazu war sie nicht körperlich genug. Sie hat lediglich ihre Magie benutzt, um dich dazu zu bringen, dass du dich gegen dich selbst wendest.«

»Was war, als sie noch in Kim gesteckt hat?«

»Noch weniger Kraft, würde ich sagen. Deshalb ist die Kette nicht länger an Kim gebunden, sondern an dich.«

Wenn es weder Kim noch die Seele gewesen war, fiel mir nur noch einer ein, der Max das angetan haben konnte. »Du hast den Zauberer in Verdacht, oder? Den, der auch dich angegriffen hat.«

»Das scheint mir die logische Schlussfolgerung zu sein.«

Seine Hand lag noch immer auf meinem Arm. Unschlüssig, ob ich mich ihm entziehen sollte, richtete ich meinen Blick auf die Stelle, an der er mich berührte. Sofort zog er seine Hand zurück.

Er setzte an, etwas zu sagen, hatte den Mund schon geöffnet, schloss ihn aber gleich wieder. Ich war mir sicher, dass er drauf und dran gewesen war, mich zu trösten oder sich zumindest zu erkundigen, ob ich in Ordnung war. Doch Trost und die Frage nach meinem Wohlbefinden hatten auf seiner Agenda nichts mehr zu suchen, seit er um meine Magie wusste. »Geh zur Seite.«

Ich hatte ohnehin schon viel zu viel Zeit vertan. Max' Tod war schlimm, doch daran konnte ich nichts mehr ändern, mich jedoch konnte ich vielleicht noch retten.

»Skyler.« Dieses Mal war ich es, die seine Hand ergriff. Ich spürte das Zucken seiner Muskeln, spürte, wie er sich instinktiv meinem Griff entziehen wollte, doch er tat es nicht. Misstrauen schwamm in seinem Blick. »Es tut mir leid, dass es zwischen uns …« Ich wollte noch mehr sagen, brauchte die Worte, um mein Handeln darunter zu verbergen, doch meine Stimme versagte mir ihren Dienst.

Was, wenn sein implantierter Sensor auf meine Magie anschlug?

Es war ein Risiko, das ich eingehen musste.

Noch immer seine Hand haltend konzentrierte ich mich auf meine Gabe. Ich fokussierte meine Gedanken darauf, Skyler sein Misstrauen zu nehmen und ihm ein Gefühl von Frieden und Ruhe einzupflanzen. *Du hast nichts zu befürchten*, vermittelte ich ihm, gab es ihm in Form von Bildern und Gefühlen ein. *Spüre die Ruhe, die dich erfüllt, und vergiss deine Sorgen und Ängste.*

Der Anflug eines Stirnrunzelns zeigte sich auf seinem Gesicht und ich fürchtete schon, er hätte mich durchschaut. Dann jedoch glätteten sich seine Züge und das Misstrauen schwand aus seinem Blick.

Denk nicht länger über mich nach. Ich ließ Bilder in seinem Geist entstehen, die ihn und mich zusammen zeigten. Erinnerungen an die unbeschwerten Stunden, die wir miteinander gehabt hatten. Diese Bilder heraufzubeschwören war schmerzhaft, denn sie stammten aus einer Zeit, die unwiederbringlich hinter uns lag. Trotzdem konnte ich spüren, welche Macht sie über Skyler hatten. Seine Hand zuckte nicht mehr, lag jetzt ganz ruhig in meiner. Sein Atem ging regelmäßig und auf seinen Lippen zeigte sich der Anflug eines Lächelns. *Du brauchst nicht zu fürchten, dass ich etwas Dummes tun könnte. Ich mache dir keine Schwierigkeiten. Alles ist gut. Du vertraust mir. Liebende vertrauen einander.*

Liebende. Das Wort ließ mich schlucken. Was auch immer wir füreinander empfunden hatten, war vorbei. Zumindest seine Gefühle hatten sich um 180 Grad gedreht. Was meine eigenen Gefühle anging, würde es wohl noch ein wenig dauern, sie in den Griff zu bekommen. Doch sosehr

Skyler mich auch verabscheuen, mich vielleicht sogar hassen mochte, so wenig konnte er gegen die Macht seiner Erinnerung ausrichten. Seine Gefühle mochten der Vergangenheit angehören, doch sie waren noch nicht lange genug tot, um sie nicht mit ein wenig Magie wieder zum Leben erwecken zu können.

Alles ist gut, wiederholte ich und verstärkte das Gefühl der Zufriedenheit in ihm, ließ den Frieden durch meine Fingerspitzen in seinen Körper strömen und hüllte seinen Geist darin ein wie in eine warme Decke.

Als er meine Finger umfasste und sanft drückte, wusste ich, dass ich gewonnen hatte.

»Du musst dir das nicht länger ansehen«, sagte er ruhig. »Warte vor der Tür auf mich.«

Nur mit Mühe gelang es mir, einen erleichterten Seufzer zu unterdrücken. Skyler mochte mich verachten, doch ein Teil von ihm versuchte immer noch, mich zu beschützen. Diesen Teil hatte ich mit meiner Gabe erreicht. Ich hatte es geschafft, ihn in Sicherheit zu wiegen und zugleich seine Sorge um mich zu wecken.

Dankbar erwiderte ich den Druck seiner Hand, ehe ich sie losließ und kehrtmachte.

Sobald ich draußen war, schloss ich die Tür hinter mir. Die Ruhe, die ich ihm eingegeben hatte, würde nicht lange anhalten. Sein Misstrauen würde mit jeder Sekunde stärker werden und schließlich würde es ihm gelingen, das Gefühl des Friedens abzuschütteln und in die Realität zurückzufinden.

Mein erster Impuls war, zu laufen. So schnell und so weit ich konnte, doch Skyler war trainiert und sportlich. Er würde mich einholen, bevor ich überhaupt in die Nähe des Ausgangs gelangte.

Ich musste ihn hier festsetzen, ihn davon abhalten, mir zu folgen.

Mein Blick wanderte über den Speicher und blieb an einem Schrank hängen, der nicht weit von der Tür im Raum stand. Wenn es mir gelang, ihn zu kippen, würde er die Tür verbarrikadieren und Skyler wäre eingeschlossen.

So leise wie möglich schob ich ein paar Kisten zur Seite, die zwischen dem Schrank und der Tür standen, dann maß ich den Abstand zwischen dem Möbel und der Tür ab. Mit ein bisschen Glück würde der Schrank nicht zu Boden fallen, sondern sich auf etwa halber Höhe mit der Tür verkeilen. Da ich bezweifelte, dass ich den Schrank lautlos verschieben konnte, musste ich es darauf ankommen lassen. Ich hatte bei dieser Sache nur einen Versuch. Wenn Skyler auf den Lärm aufmerksam wurde und die Tür nicht verrammelt war, hatte ich verloren.

Ich ging um den Schrank herum, stemmte die Hände dagegen und legte alle Kraft in meine Arme. Erst sah es so aus, als ließe er sich nicht bewegen. Dann verstärkte ich meine Anstrengung und das Möbel geriet langsam ins Wanken. Ein letzter, kräftiger Stoß und der Schrank kippte. Ich hatte mich nicht getäuscht. Statt zu Boden zu krachen, blieb die Oberkante auf halber Höhe der Tür hängen. Auf der anderen Seite hörte ich Skyler rufen, gefolgt von einem Rütteln am Türknauf und Klopfen auf Holz.

»Das bringt doch nichts, Raine!«

Ich sparte mir den Atem für eine Antwort und nutzte meine Kraft lieber dazu, noch eine Kommode vor den Schrank zu schieben, damit dieser nicht so leicht auf den Boden rutschte.

Sobald ich fertig war, machte ich kehrt und verließ unter Skylers wütenden Rufen den Dachboden. Skyler mochte festsitzen, trotzdem hatte mir die Aktion nur einen Vorsprung verschafft. Ich wusste, dass er sein Handy in der Hosentasche hatte. Damit konnte er in kürzester Zeit dafür sorgen, dass jemand auftauchte und ihn befreite. Es sei denn, er hatte hier oben keinen Empfang.

Obwohl meine Zeit knapp war, machte ich einen Umweg über mein Zimmer. Ich schnappte mir meine Jacke und den Rucksack, den ich nach meinem letzten Fluchtversuch noch nicht ausgepackt hatte, und verließ das Haus. Im Garten schleuderte ich mein Handy in die Büsche. Der Sender unter meiner Haut war schon schlimm genug, da wollte ich Skyler nicht auch noch die Möglichkeit geben, mich über GPS zu orten.

32

Als ich Holbrook Hill verließ, wurde es bereits hell.

Darum bemüht, keinem Frühaufsteher über den Weg zu laufen, der sich an mich erinnern oder mir gar Fragen stellen würde, mied ich die Wege und das Haupttor und suchte mir eine abgelegene Stelle, an der ich über die Mauer kletterte.

Kaum war ich auf der anderen Seite, schulterte ich meinen Rucksack und folgte der Straße in Richtung Tavistock. Einen Moment lang war ich versucht gewesen, mich auf dem Internatsgelände zu verstecken, meine Sorge, dass der Sender womöglich noch aufzuspüren war, solange ich mich in Skylers Nähe und damit in der Nähe eines Peilgeräts befand, hielt mich davon ab. Selbst wenn es mir gelingen sollte, ein sicheres Versteck zu finden, wäre die Sicherheit nur von kurzer Dauer. Binnen weniger Stunden würde es innerhalb des Anwesens nur so von Magiepolizisten wimmeln, die jeden Quadratzentimeter auf den Kopf stellten. Ich bezweifelte, dass ich unter ihren Augen das Gelände unbemerkt verlassen konnte.

Ich musste jetzt von hier fort.

Es wäre mir lieber gewesen, mich im Wald zu verstecken, statt der Straße in Richtung des nächsten Ortes zu folgen, da ich jedoch damit rechnete, dass Skylers Verstärkung hier mit Helikoptern und Wärmebildkameras anrückte, war das keine Option.

Mit schnellen Schritten folgte ich der Straße, hielt mich im Schatten der Bäume, wann immer sich welche boten, und duckte mich in den Schutz der Felder, sobald ich einen Wagen hörte. Obwohl ich mich immer wieder verstecken musste, schaffte ich es in etwas mehr als zwanzig Minuten nach Tavistock.

Sobald die ersten Häuser in Sicht kamen, beschleunigte ich meinen Schritt weiter, unentschlossen, was ich nun tun sollte. Der Bahnhof hier war bereits vor Jahrzehnten stillgelegt worden und dort, wo einst Reisende auf ihre Züge gewartet hatten, genossen jetzt Touristen die Annehmlichkeiten einer zu Ferienwohnungen umgebauten Bahnhofsstation.

Ich folgte der Straße weiter in den Ort hinein. Jeder Automotor, jeder Ruf ließ mich zusammenzucken. Trotzdem fühlte ich mich hier bedeutend sicherer als auf der Landstraße inmitten freier Felder. Hier gab es genügend Häuser mit Gärten und Hinterhöfen, in denen ich mich verkriechen konnte. Zumindest, solange ich rechtzeitig bemerkte, dass sie mir auf den Fersen waren.

Im Augenblick jedoch war mir nicht daran gelegen, unterzutauchen, sondern noch mehr Abstand zwischen Holbrook Hill und mich zu bringen.

Ich folgte der Hauptverkehrsstraße bis zur Plymouth Road, an der die Busse abfuhren. Es war mir vollkommen egal, welcher Bus gerade dortstand – ich würde in den erstbesten steigen, der mich nur von hier fortbrachte.

Tatsächlich hatte ich die Qual der Wahl.

Als ich die Haltestelle erreichte, standen mehrere Busse bereit. Rasch studierte ich die Anzeigen an der Front. Ich war schon versucht, in den Bus nach Plymouth zu steigen, in der Hoffnung, meine Spuren in einer größeren Stadt besser verwischen zu können, als mir der Gedanke kam, dass sich Skyler in etwa ausrechnen konnte, zu welcher Zeit ich hier angekommen war. Damit würde es ihm nicht schwerfallen, herauszufinden, welche Busse hier gestanden hatten. Sicher würde er es ebenfalls für am wahrscheinlichsten halten, dass ich auf direktem Weg nach Plymouth fuhr und dort untertauchte. Deshalb stieg ich in den Bus ins zwei Kilometer entfernte Gunnislake.

Ich kaufte mir beim Fahrer ein Ticket und suchte mir einen freien Platz. Die Fensterscheiben waren getönt, sodass man von außen nicht hereinsehen konnte, trotzdem sank ich tief in den Sitz und schlug den Kragen meiner Jacke hoch, um mein Gesicht zu verbergen. Schlagartig spürte ich die Müdigkeit, die ich seit Stunden verdrängt hatte. Meine Lider wurden schwer und ich hatte Mühe, die Augen länger offen zu halten. Da ich es mir nicht erlauben konnte, meine Station zu verpassen, rutschte ich nach vorne, sodass eine bequeme Haltung unmöglich war. Glücklicherweise musste ich nicht lange warten, bis der Fahrer die Tür schloss, den Motor anließ und ruckelnd anfuhr. Er hatte einen stürmischen Fahrstil, mit heftigen Beschleunigungen und ruckartigen Bremsungen, den ich unter anderen Umständen als unangenehm empfunden hätte. Gegen meine Müdigkeit war es das perfekte Mittel.

Die Fahrt war schnell vorüber, und ehe ich michs versah, erreichten wir den Bahnhof in Gunnislake. Ich sprang auf die Straße und ging über den Parkplatz zum Bahnsteig hinüber. Am Zugang hing der Fahrplan. Die Plattform war verlassen, der Morgenzug seit zwanzig Minuten weg. Der nächste würde erst in etwa zwei Stunden kommen. Vielleicht wäre es doch besser gewesen, den Bus nach Plymouth zu nehmen, statt hier für mehrere Stunden festzusitzen. Unentschlossen sah ich mich um. Der Bus war bereits weitergefahren. Meine einzige Möglichkeit, von hier fortzukommen, war der Zug. Skyler wusste das ebenfalls. Wenn er mich nicht unmittelbar in Plymouth suchte, würde er hierherkommen. Vielleicht schickte er auch einen Teil seiner Männer hierher und den Rest nach Plymouth. So oder so wünschte ich mir, eine bessere Option oder zumindest einen besseren Plan zu haben. Das Einzige, was ich tun konnte, damit sie mich nicht sofort fanden, war, den Bahnsteig zu meiden und ein Stück weiter entfernt auf den Zug zu warten.

Ich ging über den Parkplatz, folgte ihm bis zum hinteren Ende, wo er vor einer Reihe aus Büschen endete. Von dort aus konnte ich den Parkplatz und den Zugang zum Bahnsteig im Auge behalten. Ich würde sehen, wenn sie kamen, ohne selbst sofort gesehen zu werden. Und wenn sie auftauchten, konnte ich noch immer verschwinden.

Die Büsche waren nass vom Morgennebel. Tautropfen benetzten meine Jacke, als ich mir einen Weg zwischen dem Grün hindurch bahnte. Zu meiner Rechten öffnete sich ein großer, gepflegter Garten, an dessen anderem Ende ein Haus stand. Links von mir waren weitere Bäume und Büsche, die ein kleines Gebäude umgaben. Zu klein für ein Wohnhaus. Ich kämpfte mich voran, um es mir genauer anzusehen. Es entpuppte sich als alter Schuppen, der mit einem Vorhängeschloss gesichert war. Dahinter gab es weitere Büsche und Bäume, die, soweit ich das beurteilen konnte, die Bahnstrecke noch ein ganzes Stück säumten. Genug Deckung, um im Notfall verschwinden zu können.

Einigermaßen beruhigt kehrte ich an den Rand des Parkplatzes zurück und ließ mich, verborgen hinter einer Reihe von Büschen, auf den Wurzeln einer Eiche nieder.

Ich lehnte mich gegen den Stamm, behielt den Blick auf das Bahnhofsgelände gerichtet und wartete.

Klamme Kälte stieg vom Boden auf, drang durch den Stoff meiner Jeans und ließ mich frösteln. Obwohl ich fror, schaffte ich es nicht länger, die Augen offen zu halten. Ich suchte nach den Koffeintabletten, doch die lagen in meiner Schultasche in meinem Zimmer. Immer wieder döste ich kurz ein und fuhr jedes Mal wieder hoch, sobald mir der

Kopf auf die Brust sank. Ich hatte Angst davor, zu schlafen. Nicht nur weil ich jedes Mal fürchtete, Skyler vor mir zu sehen, wenn ich die Augen das nächste Mal öffnete, oder den Zug zu verpassen, sondern auch aus Furcht davor, dass die Hexenseele einmal mehr die Kontrolle übernehmen könnte.

Was, wenn es mir beim nächsten Mal nicht mehr gelang, die Kontrolle über meinen Körper zurückzugewinnen?

Aber die Runen würden mich schützen. Auch wenn meine Magie instinktiv auf die arkanen Zeichen reagiert hatte, spürte ich, dass sie wirkten. Ich wusste nicht, wie lange oder wie weit sie mir helfen würden, aber für den Augenblick war ich in Sicherheit.

Wieder fielen mir die Augen zu.

Meine Gedanken drifteten ab, mischten sich mit Bildern, die einer Mischung aus albtraumhafter Fantasie und Erinnerung entsprangen. Die Gesichter meiner Eltern mischten sich mit den schemenhaften Umrissen der Seele. Sie rangen miteinander und gingen mehr und mehr ineinander über. Ein Schuss erklang. Doch es war nicht mein Vater, der zu Boden ging, sondern ich selbst. Ich sah mich daliegen, als wäre ich nichts weiter als ein unbeteiligter Zuschauer, beobachtete meinen Todeskampf, ohne das Geringste dabei zu empfinden. Als würde ich mich ins Unvermeidliche fügen.

Über mir stand Skyler, die Pistole in der Hand, mit der er mich erschossen hatte. Seine Miene war so kalt, wie ich sie noch niemals zuvor gesehen hatte.

Einen Moment lang sah es aus, als wolle er etwas sagen, stattdessen spuckte er auf meinen Leichnam, drehte sich um und ging davon. Bei seinem ersten Schritt erklang ein Knacken, als breche etwas unter seinen Sohlen entzwei. Doch er bewegte sich über glatten Beton.

Wieder ein Knacken.

Es kam aus der Wirklichkeit, durchdrang den Traum mit

solcher Deutlichkeit, dass es daran keinen Zweifel gab. Ich riss die Augen auf. Ein Schatten fiel über mich. Es dauerte einen Moment, bis ich mich im Zwielicht zurechtfand. Die schemenhaften Umrisse formten sich zu einer Gestalt. Ich öffnete den Mund, unsicher, ob ich schreien oder einen überraschten Ausruf von mir geben wollte. Es spielte ohnehin keine Rolle, denn ehe mir ein Laut über die Lippen kam, raste mir der Holzknüppel entgegen. Ein letzter Gedanke zog durch meinen Geist, bevor sich die Schwärze über mich legte und mein Bewusstsein erlosch: Ich war von Max Newman niedergeschlagen worden. Jenem Jungen, dessen Leiche ich vor nicht einmal zwei Stunden gefunden hatte.

33

Ich kam nur langsam wieder zu mir.

Vor meinem Bewusstsein spürte ich den Schmerz. Anders als der Kopfschmerz der letzten Tage kam dieser nicht aus dem Inneren meines Schädels, sondern von außen. An meiner Schläfe, dort, wo der Schmerz saß, spannte die Haut.

Getrocknetes Blut, schoss es mir durch den Kopf.

Irgendetwas war passiert.

Etwas, das verhinderte, dass ich wie jeden Morgen in meinem Bett aus dem gewohnten Traum erwachte. Ich hatte nicht geträumt. Was mich gefangen hielt, war nicht von Bildern und Erinnerungen erfüllt, sondern von reiner Dunkelheit. Einer Dunkelheit, die jetzt von Stimmen durchdrungen wurde. Ein Mann und eine Frau, die leise miteinander sprachen. Zärtlich. Ich lauschte der Melodie ihrer Worte, ohne ihnen einen Sinn abtrotzen zu können. Dafür war ich noch zu tief in der Finsternis gefangen.

Mein Bewusstsein kehrte nur ganz allmählich zurück. Ich lag auf einem harten Untergrund. Meine Hand und meine Wange ruhten auf rauem Holz. Ich war also nicht mehr im Freien, und dass ich meine Hand bewegen konnte, bedeutete, dass ich nicht gefesselt war.

Warum sollte ich gefesselt sein?

Ich versuchte mich zu erinnern, was passiert war, als ich die Frau sagen hörte: »Sie wacht auf.«

»Es ist nur für kurze Zeit«, sagte der Mann. »Alles ist vorbereitet und schon bald kann uns nichts mehr trennen.«

»Jede Minute ist zu lang, Liebster.« Mit jedem Wort wurde ihre Stimme undeutlicher.

Als ich die Augen öffnete, erklang ein Fauchen. Ein

Schatten schoss auf mich zu und versickerte unterhalb meines Kinns.

Die Runen sollten verhindern, dass Lavinia die Oberhand gewann, doch solange mein Bewusstsein ausgeschaltet war, schien sie sich frei bewegen zu können. Ich hob die Hand und tastete nach meinem Hals. Meine Finger trafen auf das Medaillon. Es dauerte einen Moment, bis ich die Bedeutung dieser Information verarbeitet hatte.

»Es ist nicht nötig, es länger zu verbergen«, sagte der Mann.

Der Klang seiner Stimme brachte schlagartig meine Erinnerung zurück.

Die Hexenseele.

Skyler, der wusste, wer ich wirklich war.

Max' tote Augen, die mir aus der Truhe entgegengeblickt hatten.

Meine Flucht.

Und ein Toter, der mich niedergeschlagen hatte.

Max …

Ich setzte mich auf, ignorierte den Schmerz in meinem Kopf ebenso wie den Schwindel, der mich übermannte, und wandte mich dem Ursprung der Stimme zu.

Der Mann, der keine zwei Meter von mir entfernt stand und auf mich herabblickte, hatte keine Ähnlichkeit mit dem toten Jungen, dessen Stimme ich eben noch aus seinem Mund gehört hatte. Er war ungefähr so groß wie Max, doch damit endeten die Ähnlichkeiten bereits. Sein dunkelblondes Haar fiel ihm in langen Strähnen auf die Schultern herab. Die Augen waren von einem blassen Blau und seine hageren Züge hatten etwas Ehrfurchtgebietendes an sich. In einer Lederscheide an seinem Gürtel steckte ein Athame, ein doppelschneidiger Zeremoniendolch, mit kunstvoll verziertem Griff.

Der Mann grinste: »Du hast jemand anderen erwartet.« Seine Stimme veränderte sich mit jedem Wort, wurde tiefer und melodischer, bis nichts mehr darin an Max erinnerte. »Eine Weile trug ich die Gestalt dieses Jungen, jetzt ist das nicht mehr nötig.«

Die Gestalt dieses Jungen?

Nur langsam erfasste ich den Sinn seiner Worte. Und plötzlich begriff ich, was mit Max' Leichnam nicht gestimmt hatte. Der Geruch. Ich hatte Max noch einen Tag, bevor wir seine Leiche gefunden hatten, gesehen. Niemand verweste innerhalb von ein paar Stunden. Schon gar nicht bei diesem Wetter. Auf dem Dachboden jedoch hatte es gerochen, als läge Max bereits seit einer Woche dort. Was vermutlich auch der Fall war.

»Sie sind der Hexer«, stellte ich fest. »Calder Ravenwood.«

»Kluges Mädchen.«

Seine Magie musste ihn in die Lage versetzt haben, Max' Aussehen und damit seinen Platz einzunehmen. Nachdem er ihn umgebracht hatte.

Ich spähte an ihm vorbei, um mir einen Überblick über meine Umgebung zu verschaffen. Ich saß an der hinteren Wand eines großen Raumes, neben mir lag mein Rucksack. Wände und Böden waren aus Holz, vor der hinteren Wand stapelten sich ein paar Möbel, davor lagen magische Utensilien aufgereiht. Ein großes Pentagramm war mit roter Farbe im Zentrum des Raumes auf den dunklen Holzboden gemalt worden, jeder Zacken mit den Zeichen einer alten, arkanen Schrift ausgefüllt. Und um den fünfzackigen Stern herum war ein großer Kreis aufgemalt worden, dessen äußere Linien von kleineren Kreisen durchbrochen wurden, deren Bedeutung ich nicht einmal erahnen konnte. Dies hier war nicht das Werk eines Zauberers, sondern das eines Hexers. Geborene Zauberer arbeiteten nicht mit

Pentagrammen und auch nicht mit roter Farbe. Eine Farbe, in die vermutlich das Blut des Hexers gemischt war. Das war Blutmagie. Jene Form der Zauberei, die sich ihre Stärke durch den Lebenssaft des ausübenden Hexers erkaufte. Eine Opfergabe, um die fehlende Magie zu kompensieren und die Mächte gewogen zu stimmen, die ihre Energie in den Zauber lenken und ihn funktionieren lassen würden.

So, wie das Pentagramm aussah, musste Ravenwood schon länger daran arbeiten. Den ganzen gestrigen Tag, während er die Leute in dem Glauben gelassen hatte, er – Max – sei in einer Familienangelegenheit unterwegs.

Zu meiner Linken erhob sich ein Tresen, dahinter erblickte ich eine kleine Küchenzeile, daneben eine Tür, hinter der sich vermutlich eine Speisekammer verbarg. Auf der rechten Seite führte eine weitere Tür in einen Gang, in dem ich den Zugang zu Bad und Schlafzimmer und den Ausgang vermutete. Hinter mir und auf der gegenüberliegenden Seite durchbrachen jeweils zwei große Fenster die Wand.

Hütten wie diese gab es in dieser Gegend häufig. Die meisten wurden als Jagdhütten genutzt, manche auch an Touristen vermietet. Nach der Ausstattung zu schließen tippte ich auf Letzteres.

Einen Moment noch ruhte Ravenwoods Blick auf mir, dann wandte er sich ab und setzte seine Ritualvorbereitungen fort. Ich war mir sicher, dass er den Übergang der Seele in meinen Körper beschleunigen und mein Ich damit auslöschen wollte.

»Wie haben Sie mich gefunden?«, fragte ich, um Zeit zu gewinnen.

Er griff nach einem Karton mit Kerzen und machte sich daran, sie aufzubauen. An jede Spitze des Pentagramms eine. »Ich habe gespürt, wie Lavinia mich rief. Also bin ich ihr gefolgt.«

Es sah ganz danach aus, als konnte mich dieser Tage wirklich jeder aufspüren.

»Sie kann mit Ihnen kommunizieren? Wenn ich bei Bewusstsein bin?«

Calder platzierte die letzte Kerze im Pentagramm und sah auf. »Nicht so, wie wir jetzt kommunizieren. Es sind eher Gefühle, die sie aussendet. In diesem Fall ein Drang, mich zu sehen. Nonverbale Kommunikation, wenn du es so willst.« Der leere Karton flog zur Seite. »Ich war beschäftigt und wollte erst gar nicht reagieren, dann jedoch spürte ich, dass sie sich von mir entfernte. Das konnte ich nicht ignorieren.«

»Wäre aber besser gewesen«, sagte ich.

»Hör zu, Mädchen.«

»Raine. Mein Name ist Raine. Vergessen Sie das nicht, wenn Sie versuchen mich auszulöschen.«

Er ging vor mir in die Hocke und legte mir die Hände auf die angezogenen Knie. Ich schob sie fort. »Du brauchst keine Angst zu haben. Es wird nicht wehtun. Du wirst überhaupt nichts spüren.«

Ich würde nur mich selbst verlieren. »Warum ich?«

»Das war so nicht geplant.« Calder stand auf und wandte sich wieder den Vorbereitungen seines Zaubers zu. Er hob eine Feinwaage aus einem anderen Karton und machte sich daran, Kräuter darauf abzuwiegen. »Ursprünglich war Kim mein Ziel. Alles wäre perfekt gewesen, wenn du nicht deinen verflixten kleinen Fluch auf ihr abgeladen hättest.«

Mir war klar, dass er nicht den Ausschlag meinte.

»Das Medaillon war so lange vor mir verborgen gewesen, dass ich die Hoffnung schon fast aufgeben wollte.«

»Dann ist der Priester gestorben und kurz darauf war der Segen weg und Sie konnten es plötzlich wieder spüren«, mutmaßte ich.

»Du bist gut informiert.«

Das war der Vorteil, wenn man mit einem Sucher zusammenarbeitete. Sofern man in meinem Fall von Zusammenarbeit sprechen konnte. Allerdings verkniff ich es mir, Calder darauf hinzuweisen, wer Skyler wirklich war. Falls er es noch nicht herausgefunden hatte, wollte ich ihm die Überraschung nicht verderben.

Sosehr ich ihn vor ein paar Stunden noch loswerden wollte, so sehr wünschte ich mir jetzt, dass Skyler hier wäre. Ich brauchte seine Hilfe. Aber wie sollte er mich finden, mitten im Nirgendwo? Wenn es ihm mittlerweile gelungen sein sollte, sich aus dem Dachboden zu befreien, war er vermutlich bereits auf halbem Weg nach Plymouth.

Wenn ich eine Chance haben wollte, musste ich zumindest versuchen, ihn auf mich aufmerksam zu machen.

Ich veränderte meine Haltung, gab vor, meinen Nacken zu massieren, und fuhr dabei mit den Fingern an der Innenseite meines Kragens entlang. Um so viel Ablenkung zu schaffen wie möglich, ließ ich auch noch den Kopf kreisen. Meine Finger streiften über den Rand des Pflasters, lösten es von meiner Haut und streiften die Folie zur Seite. Das musste genügen. Ich konnte nur hoffen, dass Skyler auch noch versuchen würde, den Sender aufzuspüren, wenn seine bisherigen Versuche ins Leere gelaufen waren.

»Ich weiß über das Medaillon Bescheid.« Jetzt kam es darauf an, Zeit zu schinden, um Skyler ausreichend Gelegenheit zu geben, hierherzukommen. »Aber ich weiß nicht, wie Sie nach Holbrook Hill gekommen sind. Oder wie Sie überhaupt so lange überleben konnten.«

Ravenwood studierte die Skala seiner Waage und schüttete noch ein wenig aus dem Tütchen in seiner Hand nach, ehe er es wieder verschloss und nach dem nächsten griff.

»Das Leben geht manchmal seltsame Wege«, sagte er.

»Mein Mentor war fort. Du hast sicher von ihm gehört, nicht wahr? Sie haben ihn verjagt, doch ich fand einen anderen. Einen, der Arabas nicht sonderlich gewogen war und es geradezu darauf anlegte, ihn zu demütigen, indem er mir mehr beibrachte als Arabas selbst in all den Jahren.« Calder lachte. »Dem Hass dieses Wesens ist es zu verdanken, dass ich heute über Kenntnisse verfüge, die Arabas mir nie vermittelt hätte. Und obendrein verlängerte er meine Lebensspanne. Nicht, um mir einen Gefallen zu erweisen, sondern nur, um Arabas damit zur Weißglut zu treiben.«

»Der Pakt.«

Er nickte. »Mein Pakt mit Arabas sieht vor, dass ihm nach meinem Tod meine Seele gehört. Kein Tod – keine Seele. Ein großer Verlust für einen Dämon. Kanta… mein anderer Mentor wusste das natürlich.« Er nahm ein weiteres Kräuterpäckchen aus der Schachtel. »Als ich Lavinia plötzlich wieder spüren konnte, folgte ich ihrer Spur. Ich setzte mich ins nächste Flugzeug, doch als ich den Ort erreichte, war sie nicht länger dort. Unglücklicherweise war meine Verbindung zu ihrer Seele nach all dieser Zeit so schwach geworden, dass ich immer wieder einige Zeit verstreichen lassen musste, ehe ich sie wieder spüren konnte. Deshalb folgte ich ihrer Spur auf die althergebrachte Weise: Detektivarbeit.«

Auf diesem Weg fand er den Händler und schließlich Max, der das Amulett ersteigert hatte.

»Sobald ich wusste, wo sie war, traf ich meine Vorbereitungen. Es kostete mich ein paar Tage, diesen Platz hier zu finden, und noch einmal ein paar, um alles zusammenzubekommen, was ich zur Übertragung von Lavinias Seele benötigte. Als ich endlich so weit war, hatte der Junge das Medaillon bereits seiner Freundin geschenkt. Es war perfekt.« Calder legte die Kräuter zur Seite und sah mich an. »Ich machte mir die Erinnerungen des Jungen zu eigen, bevor ich ihn mir vom Hals schaffte und seinen Platz einnahm.«

»Vom Hals schaffen? Sie haben ihn umgebracht!«

»Tragisch, aber zu diesem Zeitpunkt nicht vermeidbar. Die beiden waren ein Paar. Niemand hätte sich darüber gewundert, wenn sie ihre Zukunft gemeinsam verbrachten – auch wenn sich dann jemand anderes hinter ihren Gesichtern verbarg.« Er zuckte die Schultern. »Letztlich ist es deine Schuld, dass sein Opfer umsonst war.«

»Meine Schuld?«, schnappte ich. »Opfer? Sie tun ja gerade so, als hätte Max sich freiwillig gemeldet!«

»Hättest du dich nicht mit deinen kleinen Taschenspielertricks eingemischt, hätte der Körper des Mädchens Lavinias Seele nicht abgestoßen und ich hätte keinen anderen Wirt für sie suchen müssen.« Sein Blick maß mich von oben nach unten. »Du bist nicht so hübsch wie diese Kim, aber mit deiner Magie wirst du das bessere Gefäß sein.«

Ich wusste, dass mich keine Schuld traf, trotzdem verursachten mir seine Worte einen Stich. »Sie haben ein Ritual unter Kims Fenster durchgeführt. Ich habe Sie gesehen.«

Er nickte. »Der erste Schritt für den Übergang. Alles wäre gut gegangen, wenn du dich nicht eingemischt hättest. Der Übergang wäre ungestört vorangeschritten. Lavinias Seele hätte sich im Körper dieses Mädchens gefestigt und ihn schließlich zur Gänze übernommen. Es wäre eine Sache von zwei oder drei Tagen gewesen, dann hätten wir die Schule verlassen und unser eigenes Leben führen können.« Ein Schatten huschte über seine Augen. »Du kannst dir vielleicht meine Überraschung vorstellen, als nichts passierte. Nein, das stimmt nicht. ›Nichts‹ ist das falsche Wort. Als du den Fluch auf das Amulett gelegt hast, hast du damit Lavinias Seele darin eingesperrt. Ein Teil von ihr war jedoch bereits mit Kim verbunden, ehe der Übergang auf so abrupte Weise ein Ende fand. Als du den Fluch wieder aufgehoben hast, war es bereits zu spät. Lavinias Seele konnte sich nicht mehr in Kims Körper festsetzen. Ohne ein neues Gefäß wäre sie im Nichts vergangen.« Seine Lippen verzogen sich zu einem spöttischen Grinsen. »Betrachte es als Wiedergutmachung deines unüberlegten Handelns, dass du nun dieses Gefäß sein wirst.«

Calder verstaute die Kräuter, schüttete die Mischung, die er in der Waagschale gesammelt hatte, in einen Mörser und begann sie mit einem Stößel zu zermahlen. Wie viel Zeit würden seine Vorbereitungen noch in Anspruch nehmen? Das Pentagramm war fertig, die Kerzen aufgestellt. Außer der Kräutermischung konnte nicht mehr viel fehlen. Zu wenig, das mich davor trennte, meinen Geist an die Seele der Hexe zu verlieren.

Ich musste noch mehr Zeit gewinnen. Allerdings sollte ich wohl besser nicht darauf bauen, dass Skyler mich rechtzeitig finden würde, und mir lieber Gedanken darüber machen, wie ich von hier verschwinden konnte.

Mein Blick wanderte durch den Raum, auf der Suche nach etwas, das ich Calder Ravenwood über den Schädel ziehen konnte.

»Ihre Lavinia hat versucht mich umzubringen«, sagte ich, um ihn von meinem Tun abzulenken.

Er schüttelte den Kopf. »Sie hat dich lediglich davon abgehalten, weiter zu versuchen, das Medaillon zu entfernen.«

»Und mich dabei fast umgebracht.«

Der Hexer lachte. »Keine Angst, du bist zäher, als du denkst. Und Lavinia weiß um deine Wichtigkeit.«

Dass sie mich nur verprügeln wollte, bis ich mich nicht mehr wehren konnte, beruhigte mich nur bedingt.

»Warum haben Sie Skyler angegriffen?«

Ravenwood legte den Stößel zur Seite und schüttete die

zerstoßenen Kräuter in eine kupferne Feuerschale. »Der Junge war im Weg.«

Das ergab durchaus Sinn. Solange Skyler und ich ständig zusammenhingen, hatte Max – oder wohl besser der Hexer, der dank Magie Max' Aussehen angenommen hatte – nicht die geringste Chance gehabt, an mich heranzukommen. Seine knappe Antwort verschaffte mir die Gewissheit, dass er tatsächlich nicht wusste, dass Skyler ein Sucher war.

»Ich hielt ihn für tot«, fuhr er nach einer kurzen Pause fort. »Bevor ich mich jedoch davon überzeugen konnte, tauchten ein paar Typen aus dem Team auf. Ich musste sie ablenken und verhindern, dass sie deinen Freund finden. Als ich später zurückkam, um seinen Leichnam verschwinden zu lassen, war er fort. Du kannst dir sicher meine Überraschung vorstellen, als er am nächsten Tag zum Unterricht erschien. Der Junge ist zäher, als gut für ihn ist.«

Du hast ja keine Ahnung.

Mein Blick wanderte von der Küchenzeile hinüber zu den aufgestapelten Möbeln und von dort aus weiter durch den Raum. Über dem Sofa, das an die Wand geschoben worden war, hing ein Gewehr. Auf dem Fensterbrett darunter stand eine Schachtel Patronen. Abgesehen davon, dass ich mir nicht sicher war, ob ich überhaupt damit umgehen konnte, bezweifelte ich, dass das Gewehr geladen war. Mir blieb nur ein Versuch für meinen Angriff, und mein Zeitfenster ließ weder zu, das Gewehr vorher auf Munition zu überprüfen, noch, es zu laden. Das Einzige, was mir einigermaßen als Waffe dienen konnte, war ein Stuhl. Falls es in der Küche Messer gab, waren sie von hier aus nicht zu sehen, und ich konnte es nicht riskieren, wertvolle Zeit auf der Suche nach einem Messer zu verlieren.

Der Stuhl also.

Ich wartete, bis Calder sich über das Pentagramm beugte,

um die Schale mit den Kräutern in seinem Zentrum abzustellen. Dann sprang ich auf. Die ersten fünf Schritte machte ich so schnell, dass mein Kreislauf gar keine Chance hatte, darauf zu reagieren. Als mich der Schwindel übermannte, war es ohnehin zu spät, denn es war derselbe Augenblick, in dem auch der Hexer auf mein Tun aufmerksam geworden war.

Er ließ die Kräuterschale fallen und wirbelte zu mir herum. Ich rechnete damit, dass er versuchen würde, mich zu fassen zu bekommen, und schlug einen Haken, um seinem Griff zu entgehen. Statt mich jedoch zu packen, verpasste er mir einen Stoß. Ich prallte gegen den Küchentresen und ging zu Boden. Bunte Sterne explodierten vor meinen Augen und nahmen mir die Sicht. Keuchend versuchte ich wieder hochzukommen. Ich kämpfte gegen den Schwindel an, der mich jetzt mit voller Wucht überkam und von den Beinen reißen wollte.

Verdammte Kopfverletzung!

Eine Hand schloss sich um meinen Oberarm und riss mich so heftig auf die Beine, dass ich glaubte, es würde mir die Schulter auskugeln. Der dunkle Schleier vor meinen Augen lichtete sich, löste sich auf zu einem durchlässigen Grau und gab den Blick auf Calder Ravenwood frei. Die Finger seiner rechten Hand klammerten sich noch immer um meinen Arm, während er die Linke in die Höhe hob. Ein paar Lederschnüre baumelten darin.

»Du lässt mir keine andere Wahl«, sagte er in einer Ruhe, die in krassem Gegensatz zu der Wut in seinem Gesicht stand. Er veränderte seinen Griff so, dass er mir den Arm auf den Rücken drehen konnte. Mit seinem Körper presste er mich gegen den Tresen und klemmte meine freie Hand zwischen dem Tresen und meinem Bauch ein. Das Leder schnitt in mein Handgelenk, als er es mehrmals darumwickelte und festzurrte. Sobald die Schlinge saß, griff er nach meinem anderen Arm und zog auch ihn hinter meinen Rücken. Ich stöhnte auf, halb vor Schmerz, halb aus Frustration. Wie sollte ich jetzt noch freikommen? Das Band umfing nun auch mein anderes Handgelenk. Der Druck verstärkte sich, als Ravenwood anzog. Ich spürte die flinken Bewegungen seiner Finger, als er sich anschickte, den Knoten zu binden.

Bevor er sein Werk vollenden konnte, explodierte das Fenster zu unserer Linken mit einem ohrenbetäubenden Knall. Scherben regneten herab und mit ihnen noch etwas anderes. Etwas, das aussah wie eine Metalldose, rollte polternd über den Boden und verströmte dabei dichten grauen Nebel, der sich rasch ausbreitete.

Eine Rauchgranate.

Der Hexer zerrte mich mit sich, zog mich fort vom Nebel, als es einen weiteren Aufschlag gab. Dieses Mal rollte uns das Ding unmittelbar vor die Füße. Der ausströmende Rauch war nicht grau, sondern heller mit einem leicht bläulichen Einschlag. Eine Sekunde später wusste ich, dass die Farbe nicht der einzige Unterschied war. Das Gas brannte in meinen Augen, ließ sie tränen und machte es mir beinahe unmöglich, sie länger offen zu halten. Meine Kehle brannte und ich begann zu husten.

34

Ravenwood reagierte schnell. Er trat die Granate ans andere Ende des Raumes und zerrte mich fort, bevor ich die volle Wirkung des Gases zu spüren bekam. Was ich abbekommen hatte, reichte mir mehr als zur Genüge. Der Hexer selbst war verschont geblieben. Offensichtlich hatte er mich nicht nur als Schutzschild zwischen sich und das Tränengas gehalten, sondern auch schnell genug den Kopf abgewandt, um nicht sofort von der Wirkung erwischt zu werden.

Er stieß mich am Küchentresen vorbei, riss die Tür zur Speisekammer auf und schob mich hinein. Blinzelnd und gegen die brennenden Tränen ankämpfend, die mir über das Gesicht strömten, versuchte ich den Überblick nicht zu verlieren. Ein schwieriges Unterfangen angesichts der Tatsache, dass zu meiner Tränenblindheit jetzt auch noch das Halbdunkel der Kammer kam.

Ein lautes Krachen, dann strömten uns Luft und Licht entgegen. Der Hexer hatte die Rückwand der Kammer durchbrochen und stieß mich durch den entstandenen Spalt nach draußen.

»Warte hier!«, fuhr er mich an und drückte mich gegen die Rückwand des Hauses.

Ich ging hustend in die Knie. Gierig sog ich die frische Luft ein, versuchte mit jedem Atemzug, den Rauch und das Tränengas aus meinen Lungen zu treiben, während mein Blick Ravenwoods verschwommenen Umrissen folgte.

Er hatte das hintere Ende der Hauswand noch nicht erreicht, als Skyler um die Ecke bog. Ich hätte nicht gedacht, dass ich mich noch einmal so sehr freuen würde, ihn zu sehen.

Eine Pistole auf den Hexer gerichtet kam er näher. »Calder Ravenwood«, wie ein Donnerhall durchbrach seine Stimme die Stille. »Kraft meines Amtes als Ermittler der Einheit zur Aufspürung und Eindämmung magischer Auswüchse erkläre ich Ihnen im Namen des Ministeriums die Verhaftung. Hände an die Wand. Beine auseinander und keine Bewegung.«

»Ein Sucher?« Ravenwood lachte. »Seit wann nimmt das Ministerium Kinder in seinen Dienst?«

Dieses Kind würde ihm den Arsch aufreißen.

Der Hexer dachte nicht daran, Skylers Aufforderung zu folgen. Statt sich zu ergeben, sprang er zur Seite. Der Lauf der Pistole folgte seiner Bewegung. Skyler drückte den Abzug. Ein Schuss knallte. Blut spritzte aus Ravenwoods Oberschenkel. Mit einem zornigen Brüllen riss er den Arm in die Höhe und feuerte einen Blitz auf Skyler ab.

Dieser warf sich zur Seite. Der Blitz verfehlte ihn, traf jedoch die Waffe in seiner Hand. Skyler schrie auf und ließ sie fallen. Mit einem dumpfen Laut landete die Pistole im Gras. Selbst durch den Tränenschleier hindurch sah ich, dass sie qualmte und auf eigenartige Weise verformt aussah. Nutzlos.

Ich streifte die Lederfesseln ab, die lose von meinen Handgelenken baumelten. Unentschlossen kniete ich im Gras, unsicher, ob ich bleiben und Skyler helfen oder die Gelegenheit zur Flucht nutzen sollte. Wenn Skyler den Kampf gewann, hatte ich eine Chance. Die Folie war noch immer unversehrt, ich brauchte sie nur wieder über den Chip zu legen und konnte untertauchen.

Ravenwood würde sich nicht geschlagen geben. Er war niemand, der sich lebend fassen ließ. Wenn Skyler ihn tötete, war ich nicht nur ihn, sondern auch die Seele los, die mit seinem Tod im Nichts vergehen würde. Wenn der Hexer jedoch die Oberhand behielt …

Bevor ich entscheiden konnte, was ich tun sollte, musste ich etwas gegen das Tränengas unternehmen. Solange ich kaum etwas sah und mehr hustete, als zu atmen, war ich niemandem eine Hilfe. Mir selbst am allerwenigsten.

Während Skyler und der Hexer einander langsam umkreisten, verschaffte ich mir einen Überblick von der Umgebung. Das Haus stand auf einer großen Lichtung, deren Ränder eine dichte Front aus Eichen und Birken säumte. Von irgendwoher drang ein gedämpftes Plätschern an mein Ohr. Ein Bach. Genau das, was ich brauchte!

Ohne den Männern weitere Beachtung zu schenken, rappelte ich mich auf und folgte dem Plätschern. Es führte mich um das Haus herum, dann sah ich ihn. Verschwommen zwar, aber deutlich genug, um meinen Weg zu finden. Ein schnell fließendes Gewässer, keine zwei Meter breit und nicht einmal zwanzig Meter von der Hütte entfernt.

Ich stolperte über die Wiese und ließ mich am Ufer auf die Knie fallen. Mit den Händen schöpfte ich Wasser und versuchte mir damit die Augen auszuspülen. Ein ziemlich sinnloses Unterfangen, das nicht mehr brachte, als dass mein Gesicht sauber wurde. Um endlich die Reste des Gases aus meinen Augen zu bekommen, beugte ich mich nach vorne und tauchte den Kopf unter Wasser.

Mit geöffneten Augen ließ ich das kühle Nass über mein Gesicht strömen, bewegte den Kopf mal zur einen und mal zur anderen Seite, um das Wasser aus jedem erdenklichen Winkel in meine Augen zu bekommen. Die Kälte linderte das Brennen. Ich verharrte noch ein paar Sekunden länger, bevor ich mich wieder aufrichtete.

Das heißt: Ich *wollte* mich aufrichten.

Ein plötzlicher Druck in meinem Nacken zwang meinen Kopf nach unten, hielt ihn unter Wasser gedrückt. Ich kämpfte dagegen an, versuchte die Finger abzuschütteln, die mich gepackt hielten. Meine Hände glitten durch die Luft, ohne jedoch auf etwas zu stoßen. Mein Kopf war schon viel zu lange unter Wasser. Ich brauchte Luft. Musste atmen. Panisch schlug ich um mich, versuchte mich zu befreien oder zumindest herumzuwerfen, um mein Gesicht aus dem Wasser zu bekommen.

Meine Finger stießen auf etwas, doch es war keine feste Gestalt, sondern fühlte sich eher an wie eine zähe Masse, durch die meine Hand mit nur wenig Widerstand hindurchglitt. Sobald sich meine Finger jedoch durch diese Masse gegraben hatten, ließ der Druck in meinem Nacken nach. Ich bäumte mich auf, riss den Kopf zurück und warf mich nach Luft schnappend auf den Rücken.

Über mir ragte Lavinias schemenhafte Silhouette auf. Wasser tropfte von ihr herab und sammelte sich auf dem Boden zu einer kleinen Pfütze. Auf dem Hintern robbte ich rückwärts, fort von ihr und dem Bachufer.

Langsam folgte sie mir, ihr Gesicht in den Tiefen ihrer nebelhaften Gestalt verborgen.

»Du kannst mir nichts tun!«, keuchte ich. Meine Augen brannten noch immer, das Wasser hatte mir nur kurze Linderung verschafft, doch im Augenblick war das meine geringste Sorge. Ich riss meinen Ärmel zurück und hielt meinen Arm in die Höhe. »Siehst du das? Diese Runen beschützen mich vor dir!«

Sie lachte. *Dieses Gekritzel wird mich ganz sicher nicht aufhalten.*

»Was willst du tun?«, japste ich. »Mich umbringen?« Ich gab mir alle Mühe, spöttisch zu klingen, wohl wissend, dass sie mich lebend brauchte, wenn sie meinen Körper übernehmen wollte.

Es wird genügen, dein Bewusstsein auszulöschen.

Na, vielen Dank auch.

Ich bewegte mich weiter rückwärts. Sobald ich ein wenig mehr Abstand zwischen uns gebracht hatte – nicht dass ich darauf hoffte, dass mir das nützen würde –, sprang ich auf die Beine. Von der anderen Seite des Hauses drang Kampflärm zu uns herüber. Wilde Rufe, gepaart mit dumpfen Schlägen und kleineren Explosionen. Ich verdrängte meine Sorge um Skyler ebenso wie die Frage danach, wie er sich schlug. Im Augenblick hatte ich ein ganz anderes Problem.

Lavinias Gestalt war noch immer nicht mehr als schemenhafter Nebel. Ganz egal, wie sehr ich mich anstrengte, dahinter ihre Züge auszumachen, ich brachte lediglich meine Augen dazu, heftiger zu tränen.

Immer weiter zog ich mich zurück, vergrößerte den Abstand zwischen der Gestalt gewordenen Hexenseele und mir und fragte mich, wem ich eigentlich etwas vormachen wollte. Solange dieses Ding an mich gebunden war, konnte ich ihm unmöglich entkommen. Flucht war von Anfang an keine Option gewesen, das wurde mir nun klar. Dafür hatte die Seele bereits zu viel Macht. Wir mussten es zu Ende bringen. Jetzt und hier. Ein für alle Mal.

Lavinia schien derselben Meinung zu sein. Während ich noch nach einer Strategie suchte, mit ihr fertigzuwerden, sprang sie vor und stieß mich mit so viel Wucht von sich, dass ich ein Stück durch die Luft flog, ehe ich hart auf der Erde aufschlug. Jeder Knochen in meinem Leib schmerzte und am liebsten wäre ich liegen geblieben, doch hier am Boden fühlte ich mich ihr zu sehr ausgeliefert. Obwohl es mir schwerfiel, zwang ich mich auf die Beine.

Calder hat ein Ritual durchgeführt, eröffnete sie mir. *Eines, das dich noch enger an mich gebunden hat. Du hast keine Kontrolle mehr über mich. Daran können auch die Schmierereien auf deinem Arm nichts ändern.*

Mit einem schrillen Lachen schoss sie auf mich zu. Dieses Mal jedoch wurde ich nicht von ihrem Angriff durch die Luft geschleudert. Ich spürte einen Schlag gegen die Brust, der mich wanken ließ, und rechnete damit, dass ihre schemenhafte Gestalt einmal mehr im Amulett versickern würde. Als ich jedoch nach unten sah, drang der Nebel nicht in das Schmuckstück, sondern geradewegs in meinen Brustkorb.

Sie war in mir.

Nicht länger im Amulett, sondern in mir. In meinem Körper.

Bei dem bloßen Gedanken wurde mir übel.

Ich musste etwas tun, solange ich noch die Kontrolle über mein Handeln hatte. Skyler. Ich musste Skyler helfen, damit er mir half. Mit unsicheren Schritten lief ich am Haus entlang, um die Ecke. Mit dem Eindringen der Seele in meinen Körper hatte sich etwas verändert. Ich fühlte eine Last, schlimmer, als das unsichtbare Amulett es je gewesen war. Aber ich bemerkte auch einen entscheidenden Vorteil: Meine Augen tränten nicht mehr und ich war wieder imstande, meine Umgebung klar und deutlich zu erkennen. Immerhin.

Skyler war in Bedrängnis. Er blutete aus mehreren Wunden an Armen und Beinen, und auch seine linke Gesichtshälfte war von einem roten Film überzogen, der jedoch von der alten Wunde zu stammen schien, die sich wieder geöffnet hatte. Er lag auf dem Boden und versuchte gerade wieder hochzukommen. Der Hexer stand keine zwei Meter von ihm entfernt. Kleine Blitzte zuckten zwischen seinen Fingerspitzen hin und her, als er sie aneinanderrieb. Als würde er sie mit Energie aufladen. In dem Augenblick, in dem er seinen Arm hob und seine tödliche Ladung abfeuerte, riss Skyler eine handtellergroße goldene Scheibe in die Höhe. Obwohl die Blitze auf Skyler gerichtet waren, fingen sie sich in der Scheibe, bündelten sich zu einem gleißenden Strahl und warfen die Wucht des Angriffs auf den Hexer zurück.

Von seiner eigenen Energieladung getroffen taumelte er rückwärts und fiel auf die Knie. Rauch stieg aus seiner Brust auf, der Pullover dort war großflächig versengt und die Haut darunter sah sicher kaum besser aus.

Skyler war noch immer nicht auf den Beinen, die Abwehr des Angriffes hatte ihn zusätzliche Kraft gekostet. Der Hexer würde sich vor ihm wieder fangen und einen erneuten Vorstoß unternehmen. Es sei denn …

Mit einem Schrei machte ich einen Satz nach vorne, sprang dem Hexer in den Rücken und riss ihn mit mir zu Boden. Wir wälzten uns über den Rasen, ich schlug ihm meine Fingernägel ins Gesicht und bohrte ihm die andere Hand in den verbrannten Brustkorb. Er stank ekelhaft, nach einer Mischung aus Schweiß und versengtem Fleisch.

Ein Kreischen erfüllte meine Ohren. Es war aus meinem Mund gekommen, doch es war nicht meine Stimme, die da durch mich sprach.

Nimm deine dreckigen Finger von ihm!

Ich wurde zurückgeworfen, ob von der Seele oder durch die Gegenwehr des Hexers wusste ich nicht. Schlitternd rutschte ich über das Gras, ehe ich zum Liegen kam.

Skyler rief etwas, doch ich war mit dem Kopf aufgeschlagen, und das Klingeln, das daraufhin in meinen Ohren erscholl, übertönte jeden anderen Laut bis zur Unkenntlichkeit.

Immerhin hatte er es geschafft, wieder auf die Beine zu kommen und zum erneuten Angriff überzugehen. Er warf sich dem Hexer entgegen und drosch ihm die Faust ins Gesicht. Taumelnd und miteinander ringend versanken sie im Kampf. Ich wünschte, ich könnte Calder und seine Hexe verfluchen, doch dafür musste ich mich konzentrieren – und ganz gleich, wie sehr ich mich auch bemühen würde, in einer Situation wie dieser war das unmöglich.

Mein Blick fiel auf einen Stapel Feuerholz, der über die

gesamte Breite der Hauswand bis unter die Fensterkanten aufgeschichtet war. Ohne Waffe konnte ich nicht viel ausrichten. Mit einem Scheit sah das schon wieder ganz anders aus. Ich stand auf. Zwei Schritte, dann hatte ich das Haus erreicht und hielt ein stattliches Stück Holz in der Hand. Ein bisschen kurz, aber besser als nichts.

Ich lief zu den Kämpfenden zurück, die sich auf dem Boden wälzten. Langsam begann ich sie zu umkreisen auf der Suche nach der geeigneten Gelegenheit, Ravenwood das Scheit überzuziehen.

Doch meine Hand zielte auf Skyler.

Ich wollte meine Bewegung korrigieren, aber mein Körper gehorchte mir nicht.

Nein! Nicht!

Es war die Seele, die meine Bewegung lenkte. Ich kämpfte dagegen an, versuchte die Herrschaft über meinen Körper zurückzugewinnen. Mein Arm zitterte unter der Anstrengung, als zwei Willen ihm unterschiedliche Befehle übermittelten, aber er gab nicht nach. Lavinia hatte die Kontrolle übernommen.

Für einen Moment war Ravenwood von meinem – unserem – Auftauchen überrascht. Nachdem ich ihn vorhin schon angegriffen hatte, fürchtete er wohl einen erneuten Vorstoß von mir. Der kurze Augenblick der Ablenkung genügte Skyler. Mit einem gezielten Hieb schlug er den Hexer nieder und setzte gleich darauf noch einmal nach, um ganz sicherzugehen. Er griff an seinen Gürtel und zog ein Paar Handschellen hervor. Keine gewöhnlichen Fesseln, wie ich wusste, sondern solche, die mit Runen versehen waren, die jedwede Form von Magie unterdrückten.

»Oh Gott, ich kann nichts mehr sehen!« Wieder waren es Lavinias Worte, die aus meinem Mund kam. »Skyler, hilf mir! Es tut so weh!«

Sie brachte mich dazu, die Hände zu heben und an die Seiten meines Kopfes zu pressen, während sie meinen Stimmbändern Jammerlaute entlockte, von denen ich nicht einmal gewusst hatte, dass ich dazu in der Lage war.

Skyler ließ die Handschellen sinken und sah mich an. »Raine? Wie schlimm ist es?«

»Sehr schlimm«, klagte Lavinia aus meinem Mund. »Ich glaube, ich werde gleich ohnmächtig.«

Er wandte sich von Ravenwood ab und kam auf uns zu.

Tu das nicht!, wollte ich schreien, doch meine Stimme gehorchte nicht länger mir, sondern Lavinia, die ein gehauchtes »Bitte hilf mir. Lass mich nicht allein« von sich gab.

Bleib weg! Verflucht, sah er denn nicht, dass das nicht ich war? Wenn er mich auch nur ein bisschen kannte, musste er doch wissen, dass ich mir eher die Zunge abbeißen würde, als ihm etwas vorzuheulen. Ganz besonders nach allem, was zwischen uns geschehen war.

Ich streckte meinen Geist nach Lavinia aus, versuchte ihre Gefühle zu erreichen, doch sie lachte nur. *Ich weiß, was du vorhast, kleine Zauberin.*

Damit war mein Vorhaben gestorben. Gefühle ließen sich nicht beeinflussen, wenn das Opfer wusste, was ich tat. Falls es doch möglich war, war es eine Form, die ich nicht beherrschte.

Skyler kam näher. Meine Finger klammerten sich fester um das Scheit, die Muskeln in meinem Arm zuckten, bereit, jeden Moment zuzuschlagen. In Skylers Rücken erhob sich Ravenwood. Ich wollte ihn warnen, doch noch immer gehorchten mir meine Stimmbänder nicht. Der Hexer wirkte geschafft und müde, womöglich zu müde, um weitere Magie einzusetzen. Meine anfängliche Erleichterung verflog jedoch schlagartig, als er den Athame zog, der erstaunlicherweise noch immer an seinem Gürtel steckte. Das Licht fing sich in der langen Klinge und blendete mich, als er die Waffe hob.

»Hältst du noch einen Moment durch?«, fragte Skyler. »Ich muss ihm nur noch Handschellen anlegen, dann kümmere ich mich um dich.«

Verdammt, dreh dich um! Sieh nach hinten!

Ravenwood kam näher. Ich kämpfte gegen die Vorherrschaft der Seele an, warf mich gegen die Mauer, hinter der sie mich in meinem eigenen Körper eingesperrt hatte, und versuchte sie zu durchbrechen.

Der Hexer hatte Skyler fast erreicht.

»Hinter …«, war alles, was mir über die Lippen kam, bevor mich die Seele kreischend zu Boden warf und meinen Willen zurück in das Gefängnis stieß, das sie mit ihrem Geist – vielleicht auch mit ihrer Magie – in meinem Innersten für mich errichtet hatte.

Das eine Wort jedoch hatte genügt.

Skyler reagierte sofort. Er fuhr herum, wich noch in der Drehung zur Seite aus, sodass ihn der Dolch, der von hinten auf sein Herz gezielt hatte, lediglich an der Schulter erwischte.

Der Hexer riss die Waffe sofort wieder aus Skylers Fleisch und setzte nach. Skyler jedoch bekam ihn beim Handgelenk zu fassen und stoppte den Angriff noch in der Luft. Sie rangen jetzt um den Dolch. Immer wieder kam die Klinge Skylers Hals und Gesicht gefährlich nahe, ehe es ihm gelang, Ravenwoods Hand zurückzudrängen.

Noch immer unter der Kontrolle der Seele war ich zum Zusehen verdammt. Lavinia hatte recht gehabt, die Runen konnten sie nicht aufhalten. Alles, was sie bewirkten, war, dass ich nicht länger in der Dunkelheit versank, sobald sie die Herrschaft übernahm. Stattdessen musste ich mit ansehen, was sie tat, ohne das Geringste dagegen ausrichten zu können.

Ich begriff erst, dass sich meine Beine in Bewegung gesetzt hatten, als ich Skyler plötzlich immer näher kam. Wir kamen von hinten. Er bemerkte uns nicht. Meine Hand schloss sich fester um das Scheit. Ich versuchte die Muskeln zu lockern und sie dazu zu bringen, es fallen zu lassen. Ohne Erfolg. Da hatte ich eine Idee. Wenn ich nicht gegen den Willen der Seele ankam, dann würde ich ihn eben unterstützen. Ich sandte einen Impuls an meine Muskeln, befahl ihnen, fester zuzugreifen. Das schien Lavinia zu gefallen, zumindest hinderte sie mich nicht daran und ließ zu, dass ich den Griff um das Holzscheit weiter verstärkte.

Wenn du glaubst, den Angriff auf Calder lenken zu können, irrst du dich, erklang ihre Stimme in meinem Geist.

Und wenn sie glaubte, dass das mein Ziel war, irrte sie sich. Ich drückte zu, immer weiter und weiter, bis ich einen hässlichen ziehenden Schmerz in meinem Handgelenk verspürte. Die Muskeln zogen sich in heftigen Kontraktionen zusammen. Der Krampf zwang mich – uns –, das Scheit fallen zu lassen.

Mit einem dumpfen Laut schlug es auf dem Boden auf.

Du verdammtes Miststück!

Ihr Zorn lenkte sie so weit ab, dass es mir gelang, die Oberhand über meinen Körper zurückzugewinnen. Ich sprintete los, lief so schnell ich konnte, um mein Ziel zu erreichen, ehe Lavinia erneut die Kontrolle übernahm.

Mit langen Schritten stürmte ich auf das Haus zu, sprang durch das Loch, das Calder in die Wand getreten hatte, und lief in den Wohnraum. Mit dem Fuß fegte ich die Kerzen am Pentagramm zur Seite, dann griff ich mir die rote Farbe, mit der er die Zeichen auf den Boden angebracht hatte. Ich riss den Deckel herunter und schüttete den Inhalt über dem Pentagramm aus, während ich gleichzeitig darin herumlief und die Farbe so gut wie möglich über den Schriftzeichen verteilte.

Lavinia kreischte und schrie und kämpfte darum, mich wieder unter ihre Knute zu zwingen, doch ihr Zorn schien es ihr unmöglich zu machen, ihre Kräfte genug zu bündeln. Vielleicht hatte die Zerstörung des Pentagramms ebenfalls etwas bewirkt. Zumindest würde es mir Zeit verschaffen, falls Calder wirklich gewann und seine Vorbereitungen von Neuem beginnen musste.

Auf jeden Fall fühlte es sich gut an, das Werk des Hexers zerstört zu haben. Leider war das kein dauerhafter Zustand. Schon spürte ich, wie Lavinias Willen wieder an Stärke gewann. Mein Bein zuckte unter ihrem Versuch, es erneut in ihren Dienst zu zwingen. Ein Ruck, ein erster Schritt in die von ihr gewünschte Richtung. Dann noch einer. Ich versuchte stehen zu bleiben, doch meine Beine bewegten sich weiter auf die Wand zu, an der das Gewehr hing. Sie riss es aus seiner Halterung und schnappte sich die Schachtel mit den Patronen.

Woher zum Teufel wusste eine dreihundert Jahre alte Frau, wie ein modernes Gewehr funktionierte?

Lavinia schien meine Frage aufgefangen zu haben. Wieder einmal lachte sie. *Ich sehe es in deinem Geist.*

Krampfhaft bemühte ich mich, jeden Gedanken an die Waffe und ihre Funktion zu verdrängen. Es war der berühmte rosa Elefant. Wenn einem jemand sagte, man solle nicht an einen rosa Elefanten denken, woran denkt man dann? Mein Elefant war in diesem Fall ein Gewehr.

Lavinia legte die Patronen ein.

Ihre Bewegungen wurden mit jedem Handgriff flüssiger. Als sie sich zum Gehen wandte, folgten meine Beine ihrem Befehl. Ich sperrte mich mit aller Macht gegen sie, kämpfte sowohl gegen jeden weiteren Schritt wie auch gegen die Waffe in ihren Händen an. Tatsächlich gerieten wir ins Stocken. Ich spürte, wie sie sich konzentrierte und ihre

Kraft in meine Beine fließen ließ, um sie ihrem Willen zu unterwerfen.

Und genau das war ihr Fehler.

Im Loch in der Wand hielt Lavinia inne und legte das Gewehr an. Draußen stand Skyler mit dem Rücken zu uns. Er hatte das Messer des Hexers an sich gebracht und war im Begriff, zuzustechen. Noch immer meinen Willen bekämpfend, hob Lavinia das Gewehr und nahm Skyler ins Visier. Während sie ihre Energie auf die Kontrolle meiner Arme und Beine konzentrierte, gab ich meinen Kampf darum auf und lenkte mein komplettes Bewusstsein einzig und allein in die Bewegung meines Oberkörpers. Mit einem Ruck fuhr ich herum. Ich gewann so viel Schwung, dass es uns beinahe von den Beinen gerissen hätte, doch es gelang mir, mich nach vorne zu werfen und meinen Kopf mit voller Wucht gegen die Wand zu schlagen.

Lavinia brüllte vor Zorn.

Mir wurde schwarz vor Augen, und noch während ich zu Boden sackte, wusste ich, dass auch Lavinia diese Schwärze sah. Ich hatte uns beide ausgeknockt. Das Lächeln auf meinen Lippen war der Beweis, dass ich in diesem Augenblick die Oberhand hatte. Es war mein Lächeln.

Ich schlug auf dem Boden auf, und das Letzte, was ich sah, bevor sich die Dunkelheit über mich herabsenkte, war, wie Skyler dem Hexer das Messer ins Herz stieß.

35

Als ich die Augen wieder öffnete, wollte es nicht mehr hell werden. Nur langsam begriff ich, dass es Skyler war, der das Licht von mir fernhielt. Er hatte sich über mich gebeugt und blickte auf mich herab.

Meine Augenlider flatterten und meine Hand zuckte. Halb fürchtete ich, Lavinia könne erneut die Kontrolle darüber übernehmen, doch ich spürte ihre Anwesenheit nicht mehr. Auch das Gewicht des Amuletts war von meinem Hals verschwunden. Das Zucken in meiner Hand war nichts weiter als ein Zittern. So wie auch der Rest meines Körpers zitterte. Ob vor Angst, vor Erschöpfung oder Erleichterung vermochte ich nicht zu sagen. Vielleicht hatte ich mir mit meinem Aufprall an der Wand auch einen Hirnschaden zugezogen und das war eine der Auswirkungen.

»Raine? Bist du das?«

»Fragst du das, weil du mich verhaften willst?«

Er stieß erleichtert die Luft aus. »In erster Linie wollte ich sichergehen, dass meine Vermutung auch zutreffend war und die Seele fort ist, wenn der Hexer stirbt.«

Dann war er also tot. Calder Ravenwood hatte nach all den Jahren endlich sein Ende gefunden. Vorsichtig und mit Skylers Hilfe setzte ich mich auf. Ich spähte über seine Schulter zu der Stelle, an der der Leichnam des Hexers lag. Halb rechnete ich damit, einen Dämon über ihn gebeugt zu sehen, der ihm die vor so langer Zeit versprochene Seele aus dem Leib riss. Aber vermutlich konnte sich der Dämon dieser Seele auf andere Weise bemächtigen, auch ohne dass er dafür den Leichnam aufsuchen und in Stücke reißen musste.

»Was du getan hast, war das Mutigste, was ich je gesehen

habe«, sagte Skyler und lenkte meine Aufmerksamkeit von Ravenwoods Leichnam wieder auf sich. Er kniete dicht neben mir, einen Arm in meinem Rücken, um mich zu stützen. Und wieder spürte ich seinen Atem auf meinem Gesicht. Konnte man von diesem Gefühl der Wärme und Nähe abhängig werden?

Ich rieb mir den dröhnenden Schädel. »Es war wohl eher das Dümmste, was ich je getan habe.« Am liebsten hätte ich mich zusammengerollt und drei Tage durchgeschlafen. Ich bezweifelte, dass ich überhaupt noch zu einem einzigen Schritt in der Lage sein würde. Allein aufzustehen erschien mir schon wie ein unüberwindbares Hindernis. In meinem ganzen Leben hatte ich mich noch nie so ausgelaugt gefühlt. Gut, ich hatte auch noch nie zuvor gegen eine Seele gekämpft, die mir meinen Körper streitig machen wollte.

»Ist es schlimm?« Skyler hob die freie Hand und strich mir vorsichtig über die Wange. Seine Berührung schmerzte, trotzdem wehrte ich mich nicht dagegen. Ich wollte, dass er mich berührte. Wollte ihn ein letztes Mal spüren, bevor er mich festnahm.

»Ich bin froh, dass du so schnell bemerkt hast, dass das Signal des Senders wieder da ist«, sprach ich den ersten Gedanken aus, der mir durch den Kopf schoss.

Skyler kniff die Augen zusammen. »Es war nie weg. Ich war lediglich so spät dran, weil mich ein gewisser Jemand auf einem Dachboden eingesperrt hatte.«

»Aber die Folie …«

In seinen Augen kämpften Entrüstung und Amüsement gegeneinander an, als er etwas erkannte. »Dafür wolltest du die Schokolade!« Er dachte einen Moment nach, dann sagte er: »Auf dem Dachboden, kurz bevor du abgehauen bist, hast du etwas mit mir gemacht, oder? Mein Sensor hat vibriert, aber ich war nicht in der Lage … Ich war wie gebannt.«

Es war sinnlos, es zu leugnen, er wusste ohnehin, dass ich Magie im Blut hatte. Deshalb nickte ich. »Ich habe deine Stimmung beeinflusst und dir deine Wut und dein Misstrauen genommen und dich stattdessen friedlich gestimmt.«

»So etwas kann Magie?«

Wieder nickte ich, behielt dabei aber für mich, dass meine Gabe auch andersherum funktionierte und ich ebenso gut einen ruhigen Menschen aufwiegeln konnte, wenn ich es wollte.

»Es hat sich nicht schlecht angefühlt.« Er klang erstaunt. »Nicht … böse.«

»Magie ist nicht böse«, wiederholte ich noch einmal, was ich ihm letzte Nacht schon gesagt hatte. »Es ist eine neutrale Kraft, die erst von ihrem Benutzer in eine Richtung gelenkt wird.«

»Meine Güte, du klingst wie eine Werbebroschüre für Zauberei.«

»Und du wie ein Magiepolizist. Ach, ich vergaß: Du *bist* ja ein Magiepolizist.«

Ein Schatten legte sich über sein Gesicht und schlagartig war jeder Anflug von guter Laune daraus verschwunden. »Du weißt, dass ich dich ausliefern muss.«

Ich nickte, unfähig, ihm in die Augen zu sehen. Vielleicht hätte ich eine Chance gehabt, zu entkommen. Ab dem Augenblick jedoch, in dem mich Lavinias Seele am Bach angegriffen hatte, war es zu spät gewesen. Jetzt hatte ich keine Kraft mehr zu kämpfen. Ich hob die Arme und hielt ihm meine Hände entgegen, damit er mir die Handschellen anlegen konnte. Statt des kühlen Metalls spürte ich jedoch seine Finger, die sich warm um meine Handgelenke schlossen. Behutsam zog er mich auf die Beine.

»Ich habe mir immer gewünscht, jemandem wie dich zu finden, aber …«

»Sag es nicht.«

»Ich muss es sagen. Ich will, dass du weißt, dass das nichts mit dir zu tun hat. Wenn die Umstände andere wären …

»Nicht.« Ich legte ihm meinen Zeigefinger auf die Lippen und brachte ihn zum Schweigen.

Skyler zog meine Hand fort und hielt sie fest. »Es darf einfach nicht sein.«

»Ich weiß.«

Er wollte noch mehr sagen, doch ich schüttelte den Kopf, wollte die leeren Worte nicht hören, mit denen er seine Arbeit und seine Einstellung der Magie gegenüber zu rechtfertigen versuchte. Er konnte mir nicht einmal in die Augen sehen. Auch mir fiel es schwer, ihn anzusehen. Mein Blick wanderte unstet hin und her und blieb schließlich auf dem Feuerholzstapel hängen, der neben mir aufgeschichtet war. Blitzschnell griff ich zu, schnappte mir das erstbeste Scheit und zog es ihm über den Schädel. Wie ein gefällter Baum ging Skyler zu Boden. Ich vergewisserte mich rasch, dass ich ihn nicht umgebracht hatte, dann lief ich ins Haus, holte meinen Rucksack und verschwand.

Schottische Highlands, ein kleines Dorf am Ufer des Loch Inchard Sechs Monate später …

»Ich habe die Küche dichtgemacht und den Müll rausgestellt.« Murray, der Inhaber des *Kings Inn* lehnte sich seitlich gegen das Whiskyregal hinter der Bar. »Macht es dir was aus, wenn ich verschwinde?«

Ich sah vom Becken auf, an dem ich gerade die letzten Gläser gespült hatte. »Nein, geh nur. Ich kümmere mich um den Rest.«

»Dafür schulde ich dir was.« Das war der Spruch, den ich so ziemlich jeden Abend zu hören bekam, seit ich hier arbeitete, genauso wie die darauf folgenden Worte »Vergiss nicht abzusperren«. Der Pub befand sich in einem kleinen Dorf mit nicht einmal einhundert Einwohnern, einem Ort, in dem nicht nur jeder jeden kannte, sondern auch niemand seine Haustür verriegelte. Nur Murray, der lange in verschiedenen Großstädten gelebt hatte, bevor es ihn zurück in seinen Heimatort gezogen hatte, konnte sich nicht von dem Drang befreien, alles abzusperren. Er winkte mir noch einmal kurz zu, machte kehrt und verschwand im Gang zur Küche. Zehn Sekunden später hörte ich die Hintertür klappen.

Ich war allein.

Allein.

Der Zustand, den sich seit meiner Flucht aus Holbrook Hill zugleich am meisten zu schätzen wie auch zu hassen gelernt hatte.

Nachdem ich Skyler bei der Jagdhütte niedergeschlagen hatte, war ich nach London geflüchtet. Ich hatte einen Arzt aufgetrieben, der, ohne Fragen zu stellen, den Sender herausgeschnitten und zerstört hatte. Danach hatte ich mich auf dem Schwarzmarkt umgehört, bis ich jemanden fand, der sich bereit erklärte, mir für einen Batzen Geld ein Schutzamulett herzustellen – eines, das mich vor Skylers Aufspürzauber verbergen würde.

Max' Tod und mein Verschwinden waren einige Tage durch die Presse gegangen. Zu meinem Verschwinden existierten mehrere Theorien. Die eine besagte, dass ich, wie Max auch, ermordet worden war und man meine Leiche lediglich noch nicht gefunden hatte. Der anderen Theorie zufolge hatte mich Max' Tod so mitgenommen, dass ich davongelaufen war und nun verwirrt und trauernd umherstreifte. Schon bald wurden die Meldungen über Max und mich jedoch von anderen, wichtigeren Nachrichten abgelöst.

In den ersten Wochen hatte ich meinen Aufenthaltsort beinahe täglich gewechselt. Bemüht, meine Spuren zu verwischen, war ich von Hotel zu Hotel und von Pension zu Pension gezogen, immer unter einem anderen Namen und mit wechselnden Haarfarben. Ich zog von Unterkunft zu Unterkunft, rastlos und immer mit einem Blick über die Schulter, um sicherzugehen, dass mir niemand folgte.

Ich war mir sicher gewesen, dass es mir nur in einer Millionenmetropole dauerhaft gelingen würde, unterzutauchen. Eins zu werden, mit all diesen Gesichtern, die die Straßen und Plätze bevölkerten. Aber das war nicht der Fall. Ich hatte mich nie auch nur ansatzweise sicher gefühlt. Erst als ich London hinter mir gelassen hatte und weit in den schottischen Norden gefahren war, hatten die Beklemmung und das Gefühl, verfolgt zu werden, nachgelassen. Die Gegend hier oben war dünn besiedelt und selbst in den Ortschaften gab es nur wenige Bewohner. Arbeitsplätze waren rar gesät. Da ich mir jedoch meinen Lebensunterhalt verdienen musste, war ich im *Kings Inn* hängen geblieben. Murray hatte mir nicht nur einen Job als Bedienung, sondern auch eine kostenfreie Unterkunft im Hinterzimmer des Pubs angeboten.

Längst kannte ich die Stammgäste, alles Leute aus dem Ort. Eine übersichtliche Anzahl von Gesichtern, unter der ein Fremder sofort herausstechen würde. Doch es gab hier keine Fremden. Der Ort war so abgelegen, dass sich nur wenige Touristen hierherverirrten. Die meisten fuhren nur durch, ohne einen Halt einzulegen und den Pub zu besuchen.

Für mich war es der ideale Unterschlupf.

Es war kurz vor Mitternacht, die letzten Gäste waren vor ein paar Minuten gegangen und ich musste nur noch die Tische abwischen, die Stühle zurechtrücken und ein wenig aufräumen. Ich trocknete die letzten Gläser ab und stellte sie ins Regal.

Wie jeden Abend fragte ich mich, wie es wohl Ty, Mercy und Lily gehen mochte und ob Kim sich von den Attacken der Seele erholt hatte. Vielleicht war sie ja ins Kloster gegangen nach allem, was ihr zugestoßen war. Ich wäre gerne zu Max' Beerdigung gekommen, aber das war unmöglich. Die Magiepolizei würde nur darauf warten, mich an seinem Grab zu verhaften. Selbst jetzt, Monate später, fiel es mir noch schwer, zu begreifen, was passiert war – und dass Ravenwood Max' Tod als Opfer bezeichnet hatte.

Manchmal malte ich mir aus, wie sie alle zum Unterricht gingen, auch Max, und sich auf ihren Abschluss vorbereiteten. Ich stellte mir vor, wie es wäre, mit ihnen zusammen zu sein. Sogar mit Kim. Nur an einen wagte ich nicht zu denken. Die Erinnerungen an Skyler waren einfach zu schmerzhaft.

Je mehr Zeit seit meiner Flucht vergangen war, desto deutlicher war mir bewusst geworden, dass ich ihn tatsächlich liebte. Ich war mir sogar sicher, dass er meine Gefühle erwiderte. Sein Beruf und seine Vergangenheit machten es uns jedoch unmöglich, zusammen zu sein. Ich stand für alles, was er verabscheute.

Ich vermisste ihn, trotzdem war es besser so. Immerhin war ich frei und am Leben. Alles war wie immer, nur dass es nicht mehr ausreichte, unauffällig zu bleiben. Jetzt musste ich unsichtbar sein.

Es sollte mir nichts ausmachen, allein zu sein, schließlich war ich das seit zwölf Jahren gewohnt. Doch für eine Weile war es anders gewesen. Diese kurze Zeit, in der ich geliebt worden war und selbst geliebt hatte, hatte alles verändert. Sie hatte ausgereicht, um die Narben wieder aufzureißen, die mit dem Verlust meiner Eltern entstanden waren.

Mein Leben gehörte jetzt wieder mir, aber die Freude darüber wollte sich nicht einstellen. Ich hatte um dieses Leben gekämpft, doch jetzt bedeutete es mir plötzlich nichts mehr.

Jeder Tag war so einsam und leer wie der davor.

Ich schloss die Augen und atmete durch. Der Mensch vergaß schnell. Auch ich würde vergessen. Schon bald würde ich mich nicht mehr daran erinnern, wie es mit Skyler gewesen war. Bis dahin musste ich einfach die Zähne zusammenbeißen.

Ich öffnete die Schublade unter dem Tresen und schnappte mir den Schlüssel. Auf dem Weg zur Tür machte ich einen Umweg durch den Gastraum, um die Fenster zu schließen. Ich war gerade auf die Bank geklettert, um das letzte zu verriegeln, als ich hörte, wie hinter mir die Tür geöffnet wurde. Ich seufzte. Von Zeit zu Zeit versuchte einer der umliegenden Bauern noch einen Absacker zu ergattern, bisher war es mir jedoch immer gelungen, sie freundlich, aber bestimmt unter Hinweis auf die Sperrstunde wieder fortzuschicken. Mit ein wenig Glück würde es keine lange Diskussion werden.

»Tut mir leid«, rief ich. »Wir haben schon geschlossen.«

»Wusstest du, dass deine Aura nicht farblos ist?«

Der Klang der Stimme ließ mich erstarren.

»Einer der Zauberer hat mir einmal erklärt, dass ein Mensch seine eigenen Aura nicht erkennen kann«, fuhr er fort. »Ich habe keine Magie im Blut, deshalb sollte ich eigentlich auch nicht in der Lage sein, überhaupt irgendwelche Auren zu erkennen, dank der Tattoos kann ich es trotzdem. Dazu brauche ich nur ein bisschen Konzentration und eine Berührung. Deine Aura habe ich mir angesehen, als ich dir die Runen auf den Arm gemalt habe. Sie ist smaragdgrün.«

Die Farbe des Herzens.

Meine Hand zitterte, als ich den Fensterriegel schloss, und meine Knie waren so weich, dass ich beim Hinuntersteigen beinahe von der Bank gefallen wäre. Es gelang mir gerade noch, mich an einem Tisch abzufangen. Skyler zu sehen, war ein noch größerer Schock, als nur seine Stimme zu hören. Sein Haar war ein wenig kürzer, doch das war das Einzige, das sich verändert hatte. Er hatte noch immer diese Wirkung auf mich, die es mir schwer machte, mich nicht sofort in seine Arme zu werfen. Ein ziemlich unpassendes Verhalten für jemanden, der kurz davorstand, verhaftet zu werden.

»Wie hast du mich gefunden?«

Er schloss die Tür hinter sich und legte den Riegel vor. Mein Blick wanderte in Richtung Küche, zur Hintertür. Skyler kam ein paar Schritte auf mich zu und postierte sich so, dass er mir gleichermaßen den Weg zur Vorder- wie zur Hintertür abschnitt.

»Auf dieselbe Art wie Max«, beantwortete er schließlich meine Frage. »Du hättest die Spuren in deinem Zimmer beseitigen sollen. Ich brauchte lediglich ein Haar.«

Abgesehen davon, dass mir keine Zeit geblieben war, das zu tun, hätte es ihm – Haar hin oder her – gar nicht gelingen dürfen, mich aufzuspüren. »Ich habe ein Schutzamulett.« Ich zog die dünne Scheibe unter dem Kragen meines Pullovers hervor und hielt sie wie einen Schutzschild vor mir in die Luft.

Skyler kam noch näher. Ich wich zurück, bis ich mit dem Rücken gegen einen Tisch stieß. Er stand jetzt so dicht vor mir, dass ich seinen Atem spüren konnte. Sofort kamen die Erinnerungen an jene Zeit zurück, in der zwischen uns noch alles in Ordnung gewesen war. Eine Zeit, in der wir uns geküsst und in der ich mir ernsthafte Hoffnungen auf eine Zukunft mit ihm gemacht hatte.

Unsere Finger berührten sich, meine Haut knisterte, als er nach dem Schutzamulett griff und es hin und her drehte, um es von allen Seiten zu betrachten. »Ich hoffe, du hast dafür nicht zu viel bezahlt. Das Ding ist nicht mehr wert als das Material, aus dem es gemacht ist. Billiges Blech übrigens.«

»Du meinst …?«

»Der Verkäufer hat dich übers Ohr gehauen.«

All die Monate, in denen ich mich geschützt gewähnt hatte, hatte ich in Wahrheit auf dem Präsentierteller gesessen. Bei dem bloßen Gedanken wurde mir übel. Wie hatte ich nur so naiv sein können, mich auf das Wort eines Mannes zu verlassen, den ich nicht einmal kannte. »Wenn es nicht gewirkt hat, warum kommst du erst jetzt?«

»Ich hatte eine Menge zu erledigen«, sagte er, ohne einen Zoll zurückzuweichen. »Viel Schreibkram und ein paar Dinge, über die ich mir klar werden musste.« Seine Hand fuhr meinen Arm entlang. »Weißt du, dass es mich verrückt gemacht hat, all die Monate ohne dich zu sein?«

»Mach dich nicht über mich lustig.« Meine Stimme bebte und ich hatte Mühe, nicht in Tränen auszubrechen. »Tu das, weshalb du hergekommen bist, aber spiel nicht mit mir. Bitte.«

Er nickte. »In Ordnung.«

Und dann beugte er sich vor und küsste mich. Seine Lippen berührten die meinen ganz sanft, fast schon vorsichtig. Als fürchtete er, jeden Moment in Flammen aufzugehen. Ich hätte ihn von mir stoßen, ihn anschreien und ihm sagen sollen, dass ich das nicht wollte. Doch zum Lügen fehlte mir die Kraft. Sein Kuss war genau das, was ich wollte. Das, was ich mir während der letzten sechs Monate jeden Tag ersehnt hatte. Und für den Augenblick war es mir vollkommen egal, ob es klug war, ihn zu küssen, oder nicht. Die Chancen, dass das der letzte Kuss meines Lebens war, standen nicht schlecht.

Als er die Arme um mich schloss und mich an sich zog, schmolz der letzte Rest meiner Gegenwehr dahin. Ich schlang meine Arme um seinen Nacken und vergrub eine Hand in seinem Haar. Seine Lippen waren warm und fest. Anfangs zögerlich vertiefte er den Kuss schnell, eroberte meinen Mund erst mit seinen Lippen und dann mit seiner Zunge. Ich seufzte leise auf, als er mir mit der Zungenspitze über die Mundwinkel strich, und öffnete meine Lippen, um ihn einzulassen. Immer wieder veränderte Skyler seinen Rhythmus, war mal fordernd und drängend, dann wieder zärtlich, fast schon schüchtern.

Als er seine Lippen schließlich von meinen löste, hätte ich um ein Haar protestiert.

»Wow«, flüsterte er atemlos. »Ich hatte vergessen, dass es sich so anfühlt, dich zu küssen.«

»Wie?«

»So perfekt.«

Seine Worte brachten mich in die Wirklichkeit zurück. Ich befreite mich aus seinen Armen und ging einen Schritt auf Abstand. »Keine Spielchen, habe ich gesagt!«

»Das ist kein Spiel, Raine.«

»Ach ja? Seit du weißt, was ich bin, konntest du mir die meiste Zeit über nicht einmal in die Augen sehen, und jetzt das? Erzähl mir nicht, dass das kein Spiel sein soll.«

»Du hast recht«, sagte er ruhig. »Ich konnte dich nicht ansehen. Ich hatte Angst, dass ich sonst die Wahrheit erkennen würde.«

»Welche Wahrheit?«

»Dass ich dich liebe, ganz egal was du bist.«

Als hätten seine Worte alle Kraft aus meinen Beinen gesogen, ließ ich mich auf die Bank neben mir sinken.

Skyler setzte sich neben mich, griff nach meiner Hand und legte seine Hände darum. »Ich dachte immer, Magie sei etwas grundsätzlich Böses«, sagte er. »Dann bin ich dir begegnet und du hast mir gezeigt, dass ich falschlag.« Er hob meine Hand an seine Lippen und hauchte mir einen Kuss auf die Fingerspitzen. »Wusstest du, dass ich im Begriff war, dich laufen zu lassen, als du dich entschieden hast, mir das Holzscheit überzubraten? Du haust mich um, Raine MacDaniels. Im wahrsten Sinne des Wortes.«

Je mehr er sagte, desto größer wurde meine Verwirrung. Die Schmetterlinge, die wie blöde durch meine Eingeweide flatterten, trugen nicht unbedingt zur Klärung meines Geistes bei. »Kannst du mir in einigermaßen einfachen und verständlichen Worten erklären, warum du hier bist?«

»Zuerst einmal sollte ich wohl sagen, dass dein Name in meinem Bericht über den Fall Holbrook Hill keinerlei Erwähnung gefunden hat.«

Ein viel zu komplizierter Satz für meinen derzeitigen Geisteszustand, trotzdem glaubte ich seinen Sinn erfasst zu haben.

»Keiner meiner Kollegen weiß von dir. Niemand wird dich verfolgen oder verhaften. Für die Schule und die Behörden bist du nichts weiter als eine Ausreißerin. Du kannst jederzeit zurück und dein Leben ohne Angst weiterleben. Zumindest nicht mit mehr Angst, als es wohl bisher schon der Fall gewesen ist.«

»Und du bist gekommen, um mir das zu sagen.«

»Eigentlich bin ich gekommen, um bei dir zu bleiben«, sagte er. »Wenn du mich willst.«

Mir fehlten die Worte.

»Allerdings«, fuhr er fort, »bin ich ein armer Schlucker. Ich habe nur ein wenig Erspartes, mein Auto ist alt und klapprig und ich bin arbeitslos.«

»Du bist was?«

»Ich musste mich entscheiden – du oder mein Job.«

»Aber du liebst deinen Job!«, entfuhr es mir. »Du glaubst an das, was du tust!«

Er zuckte die Schultern. »Ich schätze, ich habe etwas gefunden, woran ich mehr glaube. Und jemanden, den ich mehr liebe.«

Mit jedem seiner Worte hatte sich meine Anspannung ein wenig mehr gelöst. Ich konnte noch immer nicht fassen, was er da sagte. Dass er hier war. Bei mir. Und ich konnte die Tränen nicht länger zurückhalten. »Wie geht es jetzt weiter?«, schniefte ich.

»Du machst erst einmal deinen Schulabschluss. Sobald du ihn hast, gehen wir fort. Nach Frankreich oder gleich nach Amerika. Wir könnten studieren und uns dort ein eigenes Leben aufbauen, fernab von allen, die uns kennen.«

»Das klingt, als würdest du schon wieder versuchen, dich mit mir zu verabreden, Skyler Matthews.«

Er grinste verwegen. »Ich glaube, ich bin schon ein paar Schritte weiter.«